中华典籍与国家文明研究丛书

宋丽娟 著

西方的中国古典小说研究

1714—1919

上海古籍出版社

《中华典籍与国家文明研究丛书》编委会

主 编

查清华

编辑委员会（按姓氏笔划排列）

朱易安　李定广　李　贵

吴夏平　陈　飞　查清华

曹　旭　詹　丹　戴建国

本书为国家社科基金项目（15BZW068）研究成果

谨以此书献给我的父亲宋建国

（1953—2001）

目　录

绪　论
"中学西传"背景下西方中国古典小说研究的发轫

　　文学和文化的交流是双向的，明清时期，与"西学东渐"相呼应，以介绍和传播中国传统文化为旨归的"中学西传"亦成为一种文化现象。而中国古代典籍在西方的流播与翻译则构成了"中学西传"的重要途径。从十六世纪到二十世纪初，传至西方的中国古代典籍涵盖了经、史、子、集等各个方面。其中，中国古典小说作为一种叙事文学体裁，通过委婉曲折的情节、巧妙严谨的结构、富赡详致的细节、绵延拓展的时空赋予小说描写和表现社会的内涵和功用，从而使中国古典小说成为谱写中国社会生活和风俗世态的真实画面。中国古典小说因此备受西人的青睐，被视作了解中国和中国人最为生动和有效的媒介，被源源不断地搜集、输送、翻译和介绍到西方，从而构成了"中学西传"的重要组成部分。西方的中国古典小说研究正是在"中学西传"的历史语境中生成。

并于 1823 年圣诞节前夕携带着他的万卷藏书乘坐"滑铁卢号"轮船返回英国。在返回英国的航行途中，马礼逊还为其藏书编写书目，即《马礼逊手稿书目》（*Morrison's Manuscript Catalogue*）。据《马礼逊手稿书目》著录，马礼逊收藏有《禅真后史》《驻春园小史》《飞龙全传》《粉妆楼》《封神演义》《海瑞公案》《杏花天》《好逑传》《希夷梦》《呼家后代》《红楼梦》《肉蒲团》《儒林外史》等一百余种中国小说。而雷慕莎、柯恒儒（Julius Heinrich Klaproth，1783 - 1835）、斯当东（George Thomas Staunton，1781 - 1859）、伟烈亚力（Alexander Wylie，1815 - 1887）、鲍迪埃（Jean Pierre Guillaume Pauthier，1801 - 1873）、德理文（d'Hervey-Saint-Denys，1822 - 1892）、威妥玛（Thomas Francis Wade，1818 - 1895）等西方汉学家亦纷纷致力于汉籍的收藏，且都重视对中国古典小说文本的搜集和著录，如伟烈亚力在其《汉籍解题》（*Notes on Chinese Literature*）中曰："这类小说虽然被官方目录忽略，被中国学者鄙视，却是最能洞察中国礼仪习俗的媒介，反映汉语语言变迁的样本，是大部分中国人获取历史信息的重要渠道，从而融汇成中国人特有的民族性格。因此，必须给予此类小说应有的重视，在书目中加以著录。"[1] 因此，伟烈亚力在《汉籍解题》中专列"小说"（works of fiction）子目，著录了《三国志演义》《西游记》《后西游记》《金瓶梅》《水浒传》《东周列国志》《红楼梦》《西洋记》《说岳全传》《封神演义》《正德皇游江南传》《双凤奇缘》《好逑传》《玉娇梨》和《平山冷燕》15 种中国小说。

此外，皇家亚洲学会、法兰西学院等汉学研究机构还建立了专门的图书馆以收藏汉籍，十分重视汉籍的收藏和编目。如皇家亚洲

---

[1] Alexander Wylie, *Notes on Chinese Literature*，Shanghai：American Presbyterian Mission Press，1867，p.161.

学会的中文图书馆位于上海，以较为充实的汉籍收藏闻名当世，修德（Samuel Kidd，1799-1843）、高第（Henri Cordier，1849-1925）、何为霖（H. F. Holt）等西方学者曾先后编纂有皇家亚洲学会图书馆藏汉籍书目，如修德的《皇家亚洲学会中文文库目录》于1838年在伦敦出版，该书目分为语言、历史、传记、诗歌、三教等22类，其所著录的中国小说有《红楼梦》《桃花艳》《天雨花》《第一奇书》《粉妆楼》《今古奇观》《好逑传》《花笺记》《白圭传》《唐平鬼传》《金石姻缘》《四才子》《梼杌闲评》《绣像二度梅》《满汉西厢记》《三才子》《聊斋志异》《封神演义》等25种①。由此可见，西方的汉籍收藏，即对中国古典小说文本的搜集和典藏为西方的中国古典小说研究提供了文献支持，而对中国古典小说的整理和著录亦拉开了西方中国古典小说研究的帷幕。

其次，中国古典小说在西方的翻译促进了西方中国古典小说研究的逐渐拓展。就现有资料来看，最早将中国古典小说译介为西文的或为旅居巴黎的华人黄嘉略，他在弗雷莱（Nicolas Fréret，1688-1749）的建议下曾将《玉娇梨》前三回译成法文，惜乎译文未正式付梓。黄嘉略《玉娇梨》法文手稿现存法国国家图书馆②，虽然译稿并未正式出版，但弗雷莱在1714年法国王家碑文与美术学院的学术例会上宣读其论文《中国诗歌》（De la Poësie des Chinois）时，曾提及黄嘉略的《玉娇梨》译稿③。傅尔蒙在其编纂

① Samuel Kidd, *Catalogue of the Chinese Library of the Royal Asiatic Society*, London: John W. Parker, 1838.

② BNF, Mss. fr, NAF280, FF.140-208.

③ 弗雷莱的发言稿整理发表时，又附上一首从《玉娇梨》选译的《新柳诗》，见 Nicolas Fréret, "De la Poësie des Chinois," *Histoire de l'Académie Royale des Inscriptions et Belles-lettres 3* (1723), p.290. 之后，又作为《好逑传》英译本的附录出版，见 "A Dissertation on the Poetry of the Chinese. Extracted from a Memoir of M. Fréret," *Hau Kiou Choaan or the Pleasing History*, London: R. and J. Dodsley, 1761, pp.209-210.

的《皇家图书馆藏汉籍书目》中亦著录了黄嘉略的小说译稿①。弗雷莱后来还专门记述了黄嘉略的小说翻译："《玉娇梨》这部小说使我认识到，也许通过出版中国小说，可以有助于黄嘉略获得声誉，并解决其经济拮据问题。虽然黄嘉略性情闲静澹然，但生活的拮据亦令人沮丧。但是，《玉娇梨》翻译不久就中途而辍，可能是因为当时我和黄嘉略的联系中断了，也可能是因为这部小说从最初几回开始就过于严肃，缺乏引人入胜的情节，难以获得成功。小说的主人公是文人，情节为文人间的诗文酬和。"② 可见，弗雷莱之所以建议黄嘉略翻译《玉娇梨》，是出于对黄嘉略声誉和经济利益的考虑，同时，鉴于弗雷莱与黄嘉略的密切合作主要集中于1712—1714年，且由于弗雷莱于1714年12月被捕而一度中断，由此可以推知，黄嘉略《玉娇梨》前三回的译文至迟于1714年大抵已经完成③。

若以正式出版而论，则以1735年在巴黎勒梅尔西埃出版社出版的《中华帝国全志》（*Description Géographique*，*Historique*，*Chronologique*，*Politique et Physique de L'Empire de la Chine et de la Tartare Chinoise*）为最早④。该书由法国传教士杜赫德博士（Jean-Baptiste Du Halde，1674-1743）编著而成，书中第三卷收录

---

① Étienne Fourmont，*Catalogus Librorum Bibliothecæ Regiæ Sinicorum*，Paris：Bullot，1742，pp.431-432.

② Elisseeff-Poisle，*Nicolas Fréret（1688-1749），Réflexion d'un Humaniste du XVIIe Siecle sur la Chine*，Paris，IHEC，1978，p.145.

③ 据日本学者内田庆市考证，梵蒂冈图书馆藏有《玉娇梨》意大利文手写本，该译文大约完成于1700年。可参看内田庆市《有关〈拜客问答〉的若干问题及其他》，《东アジア文化交涉研究》（*Journal of East Asian cultural interaction studies*）第10号，2017年3月31日；陈艺璇、王燕《中国小说西译之嚆矢——梵蒂冈〈玉娇梨〉手写本的发现》，《明清小说研究》2019年第3期。

④ P. J. B. Du Halde，*Description Géographique，Historique，Chronologique，Politique et Physique de L'Empire de la Chine et de la Tartare Chinoise*，Paris：P. G. Le Mercier，1735.

学的著述①为依据，制成如下表格：

表 1.1　西人著述所载中国小说书目

年代	题　　名	作者	出　版	所载中国小说名录
1811	*Essai Sur la Langue et la Littérature*（《中国语言和文学随笔》）	Abel-Rémusat	Paris：Chez Treuttel et Wurtz	《好逑传》《山海经》
1836	*The Chinese: A General Description of the Empire of China and Its Inhabitants*（《中国人：中华帝国及其居民概述》）	John F. Davis	London：C. Knight	《才子书》《好逑传》
1836	*A Historical and Descriptive Account of China*（《中国：一个历史和描述性的叙述》）	Hugh Murray	Edingburgh：Oliver & Royd, Tweeddale Court	《好逑传》《玉娇梨》《吕大郎还金完骨肉》《三与楼》《合影楼》
1841	*China, or Illustrations of the Symbols ... and Literature of China*（《中国，或中国符号、哲学、文物、风俗、迷信、法律、政府、教育和文学例证》）	Samuel Kidd	London：Printed for Taylor & Walton	《红楼梦》

---

① 本节所选西人著述，以 1714 年至 1919 年间，有专章或专节论及中国文学或小说，及以中国小说为专门研究对象，且其对中国小说的论述具有一定的代表性为准。可参看宋丽娟、孙逊《"中学西传"与中国古典小说的早期翻译（1735—1911）》，《中国社会科学》2009 年第 6 期。

续　表

年代	题　　名	作者	出　版	所载中国小说名录
1848	*The Middle Kingdom*（《中国总论》）	Samuel W. Williams	New York & London：Wiley & Putnam	《三国志》①《列女传》《聊斋志异》《红楼梦》
1850	*Le Siècle des Youên*（《元代》）	Antoine Pierre Louis Bazin	Paris：Imprimerie Nationale	《三国志》《水浒传》
1873	*An Hour with a Chinese Romance*（《花一个小时阅读中国小说》）	Alfred Lister	*China Review* Vol.22 No.6	《三国志》《玉娇梨》《红楼梦》《好逑传》《群英杰》
1879—1883	*The Cusus Literaturæ Sinicæ*（《中国文化教程》）	P. Zottoli, S. J.	Chang-ai：ex typographia Misssionis Catholicae in Orphanotrophio Tou-Sè-Wè	《孝弟里》（《三孝廉让产立高名》）《双义祠》（《吴保安弃家赎友》）《薄情郎》（《金玉奴棒打薄情郎》）《芙蓉屏》（《崔俊臣巧会芙蓉屏》）《三国志》《好逑传》《玉娇梨》《平山冷燕》《水浒传》《西厢记》《琵琶记》《白圭志》《斩鬼传》《三合剑》

---

① 即《三国演义》，西方人往往将之著为《三国志》《三国志演义》等。另，耶鲁大学所藏卫三畏档案中有一份中文书单。其所著录的中国小说有《列国》《三国志》《说唐》《今古奇观》《聊斋》《智囊》《搜神记》《十才子》，见 Samuel Wells Williams Family Papers，Series 4，Box 26。

年代	题　　名	作者	出　版	所载中国小说名录
1880	《中国文学史纲要》（Очерк истории китайской литературы）	В. П. Васильев	издаваемой Ф. Коршем и К. ЛПиккемор	《聊斋志异》《西游记》《三国志》《红楼梦》《水浒传》《金瓶梅》《品花宝鉴》《好逑传》《玉娇梨》《白蛇精记》《开辟演义》《东周列国志》《七国演义》《战国》
1884	*Gems of Chinese Literature*（《古文选珍》）	Herbert A. Giles	London，B. Quarith，Shanghai：Kelly & Walsh	《三国演义》《红楼梦》《聊斋》《镜花缘》
1897	*Chinese Fiction*（《中国小说》）	E. W. Thwing	*China Review* Vol.22 No.6，Vol.23 No.2	《十才子》（《三国志》《好逑传》《玉娇梨》《平山冷燕》《水浒传》《西厢记》《琵琶记》《花笺》《平鬼传》《白圭传》）《四大奇书》《聊斋志异》《东周列国》《今古奇观》《红楼梦》《荡寇志》《二度梅》《雷锋塔》《麟儿报》《万年青》《南北宋》《列女传》《智囊》《子不语》《南游华帝传》《搜神记》《俗说倾谈》《神仙通鉴》《二十四史》

年代	题　　名	作者	出　版	所载中国小说名录
1898	*Chinese Fiction*（《中国小说》）	George T.Candlin	Chicago：the Open Court Publishing Company	《三国演义》《水浒传》《西游记》《西厢记》《琵琶记》《红楼梦》《聊斋志异》《东周列国志》《好逑传》《玉娇梨》《白圭志》《平山冷燕》《斩鬼传》《封神演义》
1901	*A History of Chinese Literature*（《中国文学史》）	Herbert A. Giles	London：W. Heinemann	《三国演义》《水浒传》《西游记》《金瓶梅》《玉娇梨》《列国传》《封神演义》《今古奇观》《平山冷燕》《二度梅》《聊斋志异》《红楼梦》《笑林广记》
1902	*Geschichte der Chinesischen Litteratur*（《中国文学史》）	Wilhelm Grube	Leipzig：C. F. Amelangs Verlag	《三国演义》《白蛇精记》《聊斋志异》《封神演义》

　　上述列表中，载录的中国古典小说有四十余种，涉及的题材、体式比较多样，其中才子佳人小说有《好逑传》《玉娇梨》《平山冷燕》《二度梅》《麟儿报》等；历史演义小说有《三国演义》《东周列国志》《南北宋志传》等；世情小说有《红楼梦》《金瓶梅》等；神魔小说有《西游记》《封神演义》《南游华帝传》等；话本、拟话本小说有《吕大郎还金完骨肉》《三与楼》《合影楼》《三孝廉让产立高名》《吴保安弃家赎友》《金玉奴棒打薄情郎》等。所载录的小说包含白话小说和文言小说两种体式，其中，白

话小说占百分之八十以上，可见，西人关注的中国小说似以白话小说为主。文言小说有《山海经》《列女传》《聊斋志异》《智囊》《子不语》《笑林广记》等。

另外，在中国古典小说西译文本之首，通常附有译者撰写的序言，内容多为对所选译小说的介绍，如罗伯聃（Robert Thom，1807－1846）在其翻译的《王娇鸾百年长恨》(*Wang Keaou Lwän Pih Neen Chang Hän*)① 序言中指出该小说译自《今古奇观》，并简单介绍了《今古奇观》这本小说选集，又追溯出所选译的小说故事亦见于《情史》。但有时会对中国小说的西译现状进行梳理，如德理文（d'Hervey-Saint-Denys）编译的《三种中国小说》(*Trois Nouvelles Chinoises*)②，在序言中罗列了一份译自《今古奇观》的小说译文书目，包括《两县令竞义婚孤女》《滕大尹鬼断家私》《杜十娘怒沉百宝箱》《李谪仙醉草吓蛮书》《卖油郎独占花魁》《灌园叟晚逢仙女》《宋金郎团圆破毡笠》《俞伯牙摔琴谢知音》《庄子休鼓盆成大道》《蔡小姐忍辱报仇》《怀私怨狠仆告主》《念亲恩孝女藏儿》《吕大郎还金完骨肉》《女秀才移花接木》《王娇鸾百年长恨》15 种小说的 22 种译文。有时则从宏观的角度，对中国小说的整体概况做出论述，如道格斯（Robert Kennaway Douglas，1838－1913）的《中国故事集》(*Chinese Stories*)③ 以《中国小说》(*Chinese Fiction*) 为序言，从主题特征、审美旨趣、题材类型等诸多方面对中国小说做出阐释，并具体介绍了《三国演义》《水浒传》《好

① R. Sloth, *Wang Keaou Lwän Pih Neen Chang Hän*, *The Lasting Resentment of Miss Keaou Lwan Wang*, *a Chinese Tale Founded on Fact*, Canton: Canton Press Office, 1839. R. Sloth 为罗伯聃（Robert Thom）的笔名。

② d'Hervey-Saint-Denys, *Trois Nouvelles Chinoise*, Paris: Ernest Leroux, Éditeur, 1885.

③ Robert K. Douglas, ed. and trans., *Chinese Stories*, Edinburgh and London: William Blackwood and Son, 1893.

述传》《聊斋志异》《今古奇观》《笑林广记》6 种中国小说。所以说，中国古典小说西译文本的序言，作为一种依附于译文的特殊文本，亦成为中国小说书目的有效载体。

二、西人关于中国典籍的著录与中国古典小说书目

随着中西文化交流的拓展和深入，西人面对浩如烟海的中国典籍和日益充盈的西人论华书籍，以中国目录学著作和汉学研究的已有成果为参照，开始从目录学的角度，对中国典籍和西人论华书籍进行整理和编目。其中，比较重要的有伟烈亚力的《汉籍解题》（*Notes on Chinese Literature*）、梅辉立（William Frederick Mayers，1831‐1878）的《中国经典书目提要》（*Bibliographical Notes on Chinese Books*）、高第的《西人论华书目》（*Bibliotheca Sinica: Dictionnaire Bibliographique Des Ouvrages Relatifs à L'Empire Chinois*）等。书中皆有一部分涉及中国小说书目，下文将简略论之。

1.《汉籍解题》（*Notes on Chinese Literature*），1867 年

伟烈亚力的《汉籍解题》，又称《中国文献记略》《中国文学札记》等，最早于 1867 年由美华书馆在上海和伦敦发行。该书模仿《四库全书总目提要》四部分类法，将两千余种中国典籍按经（Classics）、史（History）、子（Philosophers）、集（Belles-letters）分类著录，并给出简略提要。其中，子部下列儒家、兵家、艺术、谱录、类书、小说家、释家等 14 个子目录，在"子部·小说家"条目下著录的作品凡 104 种，其中叙述杂事的有《山房随笔》《山居新语》《遂昌杂录》《辍耕录》等，缀辑琐语的有《博物志》《续博物志》《述异记》《酉阳杂组》等，记录异闻的有《穆天子传》《神异经》《海内十洲记》《汉武帝内传》《搜神记》等，大抵仿照《四库全书总目提要》摘录而成。

但是，特别值得注意的是，在"子部·小说家"条目下，伟烈

亚力又列出"小说"（works of fiction）子目，并著录《三国志演义》《西游记》《后西游记》《金瓶梅》《水浒传》《东周列国志》《红楼梦》《西洋记》《说岳全传》《封神演义》《正德皇游江南传》《双凤奇缘》《好逑传》《玉娇梨》和《平山冷燕》15种中国通俗小说，是较早地从目录学角度，对中国小说尤其是通俗小说进行著录的有益尝试。

2.《中国经典书目提要》（*Bibliographical Notes on Chinese Books*），1867年　　　　　　　　　　　　　　　　　　。

梅辉立撰写的《中国经典书目提要》于1867年在《中日释疑报》（*Notes and Quires On China and Japan*）分八次连载，后又于1872年在《凤凰杂志》（*the Phoenix*）再刊。该文将中国经典分为志传演义（Paraphrases of History）、志怪（the Record of Marvels）、游记（Works of Travel）、谱录（Chinese Biographical Dictionaries）和小说（Chinese Works of Fiction）五类，著录了数十种中国典籍："志传演义"类：《残唐五代全传》；"志怪"类：《聊斋志异》；"游记"类：《南游记》《蜀游日记》《入蜀记》；"谱录"类：《古今同姓名录》《尚友录》《历代名贤列女姓氏谱》《古品节录》等；"小说"类分为历史小说和言情小说。"历史小说"计有《三国演义》《水浒传》《夏商传》《春秋列国志传》《东周列国传》《昭君传》《隋唐传》《说唐》《反唐演义》《残唐五代史演义》《五虎平西传》《五虎平南后传》《万花楼》《说岳全传》《洪武传》《英烈传》；"言情小说"计有《好逑传》《平山冷燕》《玉娇梨》《群英杰》《大红袍传》《二度梅》《金瓶梅》《品花宝鉴》《红楼梦》《续红楼》《演红楼》等。

小说散见于"志怪演义"、"志怪"、"小说"诸类，分类虽然稍嫌模糊，但就"小说"类而言，则初具小说专科目录的雏形。仅历史小说就著录了16种，且为《三国演义》《水浒传》等小说编写了比较详致的提要，并将言情小说的缘起追溯到元代。在中国小说编目的同时，对小说展开了更深一步的研究。

3.《西人论华书目》（*Bibliotheca Sinica: Dictionnaire Bibliographique des Ouvrages Relatifs à L'Empire Chinois*），1878—1885 年

高第《西人论华书目》1878 年至 1885 年在巴黎由欧内斯特·勒鲁克斯（Ernest Leroux）出版社陆续出版，1895 年又发行其补充卷。全书分为综合、地理、历史、宗教、科学艺术、语言文学等部，分门别类地将欧洲人关于中国的著述编纂成目，是欧洲人关于中国著述的一部权威目录学著作。

《西人论华书目》关于中国小说的著录主要见于"文学类"，其著录有以下特点：首先，著录突出了所谓"才子书"，即《三国演义》《好逑传》《玉娇梨》《平山冷燕》《水浒传》《西厢记》《琵琶记》《花笺记》《平鬼传》《三合剑》，并罗列了每种才子书的西译文本；其次，辑录了其他译成西文的中国小说及其西译文本，如《今古奇观》《十二楼》《龙图公案》《红楼梦》《金瓶梅》《聊斋志异》《范鳅儿双镜团圆》《二度梅》等；再次，以汉学家为目，著录其翻译的中国小说，如儒莲翻译的《白蛇精记》《滕大尹鬼断家私》《大树坡义虎送亲》等；最后，收录其他散见的中国故事和小说的西译文本，如《画图缘》《西游真诠》《疗妒缘》《麟儿报》《镜花缘》的译文等。另外，《西人论华书目》"历史类"亦著录了一些译成西文的中国小说，如《绣像封神演义》《东周列国志》《三国演义》《平南后传》《南宋志传》等，多为历史演义小说。

综上所述，伟烈亚力的《汉籍解题》、梅辉立的《中国经典书目提要》和高第的《西人论华书目》，以专著或专文的形式，采用目录学的方法，为中国典籍或西人论华著述编纂专门书目。而中国小说书目，作为其中的一部分，或著录于"子部·小说家类"，或著录于文学类，或著录于历史类，或单独设类，在中国

传统四部分类和西方学科分类的聚合中探索中国小说的著录方式。

三、西人所编图书馆藏书目录与中国古典小说书目

西人编纂的图书馆藏书目录，特别是以中国或东方为主题的藏书目录是中国古典小说书目又一独特的存在形态，它包括西方汉学家的藏书书目，如马礼逊、雷慕莎、柯恒儒、伟烈亚力、威妥玛的藏书书目；西人设立的中国研究机构的图书馆藏书目录，如皇家亚洲学会图书馆书目；及英国、法国等各大图书馆的汉籍书目。

1.《皇家图书馆写本目录》(*Catalogus Codicum Manuscriptorum Bibliothecæ Regiæ*)，1739 年

该目录 1739 年在巴黎出版，是用拉丁文编写的法国皇家图书馆馆藏书目，其中汉籍部分由法国汉学家傅尔蒙编纂而成①。该书目著录有《好逑传》《玉娇梨》《平山冷燕》《拍案》《水浒传》等中国小说。

2.《皇家图书馆藏汉籍书目》(*Catalogus Librorum Bibliothecæ Regiæ Sinicorum*)，1742 年

该书目由傅尔蒙在《皇家图书馆写本目录》的基础上以法文编写而成，收入其撰写的《中国官话》(*Linguæ Sinarum Mandarinicæ Hieroglyphicæ Grammatica Duplex*)，1742 年在巴黎出版②。该书目分为语法、地理、历史、经典、哲学等 13 类，著录的中国小说有《好逑传》《玉娇梨》《平山冷燕》《拍案》《三国演义》《水浒传》。

---

① *Catalogus Codicum Manuscriptorum Bibliothecæ Regiæ*，Paris：Imprimerie Royale，1739.

② Étienne Fourmont，"Catalogus Librorum Bibliothecæ Regiæ Sinicorum"，*Linguæ Sinarum Mandarinicæ Hieroglyphicæ Grammatica Duplex*，Paris：Josephi Bullot，1742，pp.345 - 516.

3.《国王图书馆的中文藏书和新目录规划》(*Mémoire sur les Livres Chinois de la Bibliothèque du Roi et Surle Plan du Nouveau Catalogue*)，1817 年

雷慕莎担任法国第一任汉学教习时，亦负责法国皇家图书馆馆藏汉籍的编目工作，其书目最早刊载 1817 年《百科年鉴》(*Annales Encyclopédiques*)[①]，1818 年在巴黎有单行本发行，1826 年又收入其编纂的《亚洲丛刊》(*Mélanges Asiatiques*)。该书目著录的中国小说有《好逑传》《玉娇梨》《平山冷燕》《西厢记》《琵琶记》《三国演义》和《水浒传》。

4.《柏林皇家图书馆藏汉满文图书目录》(*Verzeichniss der Chinesischen und Mandshuischen Bücher und Handschriften der Königlichen Bibliothek zu Berlin*)，1822 年

该书目由柯恒儒编纂而成，1822 年在巴黎出版[②]。书目分为历史地理、哲学伦理、医学、小说等 8 类，其著录的中国小说有《三国演义》《水浒传》《列国志》与《肉蒲团》。

5.《马礼逊手稿书目》(*Morrison's Manuscript Catalogue*)，1824 年

《马礼逊手稿书目》[③]由来华新教传教士马礼逊就其中文藏书编纂而成，该书目依循马礼逊《华英字典》396 个以罗马字母注音的汉字进行编目和排序，共著录了 900 余条条目。其中著录的小说有《智囊》《禅真后史》《咫闻录》《驻春园小史》《吹影编》《飞龙全传》《粉妆楼》《封神演义》《凤凰池》《霭楼胜览》《霭楼逸志》《海瑞

[①] Abel-Rémusat，"Mémoire sur les Livres Chinois de la Bibliothèque du Roi et Surle Plan du Nouveau Catalogue"，*Annales Encyclopédiques*，1817.

[②] Julius Heinrich Klaproth，*Verzeichniss der Chinesischen und Mandshuichen Bücher und Handschriften der Königlichen Bibliothek zu Berlin*，Pairs：in der Königlichen Druckerer，1822.

[③] 《马礼逊手稿书目》现藏伦敦大学亚非学院马礼逊特藏室，编号 MS80823。

公案》《杏花天》《好逑传》《希夷梦》《回文传》《呼家后代》《红楼梦》《后红楼梦》《续红楼梦》《洪武全书》《花笺第八才子》《肉蒲团》《儒林外史》等一百余种。

6.《雷慕莎藏书书目》(*Catalogue des Lives*, *Imprimés et Manuscrits la Bibliothèque de Feu M. J.-P. Abel-Rémusat*)，1833 年

该书目由梅森·西尔韦斯特（Maison Silvestre）编纂而成，1833 年在巴黎出版①。书目分为神学、律法、科学与艺术、文学、历史与汉满日印度文书籍等类，其中，"文学"（Belles-Lettres）著录了《好逑传》《玉娇梨》《花笺记》《十二楼》《宋金郎团圆破毡笠》等中国小说的西译文本；而"汉满日印度文书籍" （Ouvrages Chinois，Tartares，Japonais，Indiens，etc.）又下设神学与律法、哲学与科学及艺术、文学和历史 4 个子目，著录有《金瓶梅》《绣像第一才子》《玉娇梨》《好逑传》《平山冷燕》《西厢记》《琵琶记》、*Pe ngan king ko*② 等中国小说。

7.《皇家亚洲学会中文文库目录》(*Catalogue of the Chinese Library of the Royal Asiatic Society*)，1838 年

修德牧师编纂的这一书目分为语言、历史、传记、诗歌、佛教、三教、小说、游记等 22 类③。其所著录的中国小说计有 25 种，"传记"（Biography）录有《列女传》，"三教"（The three sects）著录有《搜神记》《三教源流》《封神演义》，"小说" （Works of fiction）录有《红楼梦》《桃花艳》《天雨花》《第一奇书》《粉妆楼》《金瓶梅传》、*shih tsing ya tseu*、*shin low che*、《今古奇观》《好逑

---

① Maison Silvestre，*Catalogue des Lives*，*Imprimés et Manuscrits la Bibliothèque de Feu M. J.-P. Abel-Rémusat*，Paris：J.-S. Merlin，1833.

② 馆藏书目中以拼音著录的中国小说，可以还原的则还原中文篇名，不能确指的，则保留原拼音著录。下文同此。

③ Samuel Kidd，*Catalogue of the Chinese Library of the Royal Asiatic Society*，London：printed by John W. parker，1838.

传》、*yuen jin pih chung*、《花笺记》《七才子》《白圭传》《牡丹亭还魂》《唐平鬼传》《金石姻缘》《四才子》《梼杌闲评》《绣像二度梅》《满汉西厢记》《三才子》《聊斋志异》）。

8.《柯恒儒藏书书目》（*Catalogue des Livres Imprimés，des Manuscrits et des Ouvrages Chinois，Tartares，Japonais，etc.，Composant la Bibliothèque de Feu M. Klaproth*），1839 年

朗德雷斯（C. Landresse，1800‐1862）编纂的《柯恒儒藏书书目》共分为 7 目：经典；哲学与宗教；法律、政治与管理；历史；地理；科学与艺术；文学①。文学（Littérature）又分为辞典、诗歌、小说与戏曲等 12 子目。其中，"小说与戏曲"（Romans et pieces de théâter）子目著录有小说《金瓶梅》《玉娇梨》《水浒传》《好逑传》《画图缘传》《红楼梦》等。

9.《国家科学院亚洲博物馆馆藏中文、满文、其他多种语言及日文、韩文书籍和手稿目录》（*Catalogue des Livres et Manuscrits Chinois，Mandchous，Polyglottes，Japonnais et Coreens de la Bibliothèque de Musee Asiatique de l'Academie Impriale des Sciences*），1840 年

该书目由玛丽·费利西特·布罗塞特（Marie-Félicité Brosset，1802‐1880）编纂而成，1840 年在圣彼得堡出版②。全书共分为字典、宗教、历史、文学、科学、医学等 18 类。"文学类"又下设历史小说、小说、戏曲、诗歌、歌谣 5 个二级子目录。中国小说见录于"历史小

---

① C. Landresse，*Catalogue des Livres Imprimés，des Manuscrits et des Ouvrages Chinois，Tartares，Japonais，etc.，Composant la Bibliothèque de Feu M. Klaproth*，Paris：R. Merlin，libraire，1839.

② Marie-Félicité Brosset，*Catalogue des Livres et Manuscrits Chinois，Mandchous，Polyglottes，Japonnais et Coreens de la Bibliothèque de Musee Asiatique de l'Academie Impriale des Sciences*，St. Pétersbourg：À l'imprimerie de l'Académie impériale des sciences，1840.

说"（Romans historiques）和"小说"（Romans fiction）内，计有《水浒传》《好逑传》《三国演义》《金瓶梅》《石头记》《十才子》《笑林广记》《玉娇梨》《第一奇书》《平山冷燕》《麟儿报》《西厢记》《西游记》、*Tchan-tchew-héow-chi*、《金云翘》《笑得好》、*fan-kouan-chi*。

10.《御书房满汉书广录》（*Verzeichniss der Chinesischen und Mandshu-Tungusischen Bücher und Handschrifen der Königlichen Bibliothek zu Berlin. Eine Fortsetzung des im Jahre 1822 Erschienenen Klaproth'schen Verzeichnisses*），1840 年

《御书房满汉书广录》由硕特（Wilhelm Schott，1807 - 1899）在柯恒儒《柏林皇家图书馆藏汉满文图书目录》的基础上编撰而成①。其中，小说著录于"小说化的故事、小说与戏剧"（Romanisirte Geschichte，Romane und Bühnestücke）子目，著有《开辟传》《隋唐演义》《唐演传》《唐五代传》《飞龙全书》《西洋记》《三国演义》《花笺记》《岭南史》《二度梅传》等。

11.《东印度公司图书馆馆藏书目》（*A Catalogue of the Library of the Hon. East-India Company*），1845 年

该目录 1845 年在伦敦发行②，全书共分为历史、法令与政策、科学、文学、东方语言 5 类。汉籍及与之相关的书籍著录于"东方语言"类，又下分为语法、词典、汉籍、汉译合璧与译本 5 个子目，辑录被译成西文的中国小说有《好逑传》《玉娇梨》《范鳅儿双镜团圆》以及马礼逊的《中国春神》、德庇时的《中国小说》、帕维（Théodore Pavie，1811 - 1896）的《中短篇小说集》（*Choix de Contes et Nouvelles*，含《灌园叟晚逢仙女》《李谪仙醉草吓蛮书》《俞伯牙

---

① Wilhelm Schott，*Verzeichniss der Chinesischen und Mandshu-Tungusischen Bücher und Handschrifen der Königlichen Bibliothek zu Berlin*，Berlin：Druckerei der Königlichen akademie der wissenschaften，1840.

② *A Catalogue of the Library of the Hon. East-India Company*，London：J. & H. Cox，1845.

摔琴谢知音》等）。1851 年又出版了该书目的补编，其所增补的被译成西文的中国小说有《三国演义》《宋金郎团圆破毡笠》等①。

12.《Ve Dondey-Dupré 东方图书馆书目》（*Catalogue de la Librairie Orientale de Ve Dondey-Dupré*），1846 年

该书目分为汉籍、西译汉籍、中国历史、中国杂录、日本典籍等 7 个部分②。其中"汉籍"共著录中国典籍 123 条，将小说、戏剧、诗歌等著录在一起，并给出简略提要。在提要中明确标著为中国小说的有"十才子"、《水浒传》《说唐全传》《二度梅》《反唐演义传》《粉妆楼》《飞龙全传》《海公大红袍全传》《好逑传》《洪武全传》《红楼梦》《红楼后梦》、*jin-kouei-tching-tong-choue-tang-hoeu-tchouen*、*jin-kouei-tching-si*、*i-fong-sioue-king-chi-sin-chou*、《九才子书》、*king-chi-sin-chou*、*kouai-sin-pien*、*kouang-iu-tsou-sin-tchi*、《今古奇观》《列女传》《绿牡丹全传》、*lo-thong-tsao-pe-tsien-hoou-tchouen*、《南北宋志传》、*ngai-leou-i-tchi*、*pe-ngnan-king-ji*、*pen-thsao-kang-ou*、《百美图传》《三国演义》《搜神记》《醒世姻缘》《西厢记》《太平广记》《梼杌闲谈》、*sing-sin-pien*、*tchang-yen-tao*、《说唐后传》《第一才子书》。另外，在"西译汉籍"中辑录了《宋金郎团圆破毡笠》《好逑传》《玉娇梨》3 种中国小说的西译文本，及马礼逊的《中国春神》（*Heræ Sinicæ*，含《三教源流》译文）、德庇时的《中国小说》（*Chinese Novels*，即《合影楼》《夺锦楼》与《三与楼》的译文选集）。

13.《詹姆斯·马登 1847 年东方目录》（*James Madden's Oriental Catalogue for 1847*），1847 年

该书目 1847 年在伦敦出版③，著录的中国小说有《玉娇梨》和

---

① *A Supplement to the Catalogue of the Library of the Hon. East-India Company*，London：J. & H. Cox，1851.
② *Catalogue de la Librairie Orientale de Ve Dondey-Dupré*，Paris：Imprimerse de Ve Dondey-Dupré，1846.
③ *James Madden's Oriental Catalogue for 1847*，London：8，Leadenhall Street，1847.

《三国演义》，并辑录了译成西文的中国小说《白蛇精记》《好逑传》《玉娇梨》《三国演义》等。

14.《乔治·斯当东爵士赠国王学院图书馆中文书籍印本及稿本书目》(*Catalogue of Chinese Printed Books & Manuscripts Presented to the Library of King's College By Sir George Staunton*)，1853 年

《乔治·斯当东爵士赠国王学院图书馆中文书籍印本及稿本书目》① 分为语言、历史、伦理、诗歌、小说等 11 目，共著录中国典籍 74 种，其中"小说"（Novels）目著有《聊斋志异》《红楼梦》《三国演义》《好逑传》《唐演传》与《今古奇观》6 种小说。

15.《拜勒藏书书目》(*Catalogue des Livres Français，Allemands，Anglais，Italiens，Grecs，Latins et Orientaux Imprimés et Manuscrits de la Collection de Livres Chinois et des Peintures et Dessins Faits en Chine et dans l'Inde Composant la Bibliothèque de Feu M. Charles Henry Bailleul*)，1856 年

《拜勒藏书书目》全称为《拜勒所藏法、德、意大利、希腊、英、拉丁语及中文书籍与稿本以及中国印度的绘画与绘图目录》，1856 年在巴黎出版②。该书目分为经典、宗教、文学、历史地理、百科全书等 7 目，"文学"（Littérature）又分为"辞典"与"诗歌小说"子目。其中"诗歌小说"（Poésies，romans，ect.）子目著录有《三国演义》《金瓶梅》《平山冷燕》《西游真诠》《梼杌闲评》《二度梅》《好逑传》《今古奇观》《拍案惊奇》等中国小说。

---

① *Catalogue of Chinese Printed Books & Manuscripts Presented to the Library of King's College*，1853.《乔治·斯当东爵士赠国王学院图书馆中文书籍印本及稿本书目》现藏伦敦大学亚非学院图书馆（SOAS callmark EC82.114）。

② *Catalogue des Livres Français，Allemands，Anglais，Italiens，Grecs，Latins et Orientaux Imprimés et Manuscrits de la Collection de Livres Chinois et des Peintures et Dessins Faits en Chine et dans l'Inde Composant la Bibliothèque de Feu M. Charles Henry Bailleul*，Paris：H. Labitte，1856.

16.《古今图书目录》(*Catalogue de Livres Anciens et Modernes*)，1863 年

该目录 1863 年在巴黎出版，目录的第四部分为与东方、非洲等国家地区的语言、文学及历史相关的书籍目录，按国别分类著录①。其中，第 4689 至 4824 条为中国书目，涉及的中国小说有《山海经》《玉娇梨》《平山冷燕》及德庇时翻译的《中国小说》。

17.《埃尔·利奥波德·范·阿尔施泰因藏书书目》(*Catalogue des Livres et Manuscrits Formant la Bibliothèque de Feu Mr. P. Léopold van Alstein*)，1863 年

该书目 1863 年在比利时根特出版②，分为神学、法学、科学与艺术、文学、历史、补录等 8 目，"文学"(Belles-lettres) 又分为语法、亚洲语言、亚洲语言、修辞等 14 个子目，共著录汉籍约 362 种，其中，第 2466 至 2814 著录于"亚洲语言"之"中国语言文学"(Langue et Littérature)，第 5410 至 5422 著录于"补录"之"汉籍补录"。著录的中国小说有《今古奇观》《三国演义》《玉娇梨》《平山冷燕》《水浒传》《金瓶梅》《红楼梦》《南北宋志传》《洪武全传》《西游真诠》《大唐全传》《东西两汉全传》等。

18.《皇家亚洲学会北中国支会图书馆书目（含伟烈亚力藏书书目）》(*A Catalogue of the Library of the North China Branch of the Royal Asiatic Society* [*Including the Library of Alex. Wylie, esq.*])，1872 年

高第编纂的本书目分为宗教、科学艺术、文学、历史 4 类③。

---

① *Catalogue de Livres Anciens et Modernes*, Paris: Maisonneuve et Cⁱᵉ, 1863.

② Pierre Léopold van Alstein, *Catalogue des Livres et Manuscrits Formant la Bibliothèque de Feu Mr. P. Léopold van Alstein*, Gand: C. Annoot-Braeckman, 1863.

③ Henri Cordier, *A Catalogue of the Library of the North China Branch of the Royal Asiatic Society* (*Including the Library of Alex. Wylie, esq.*), Shanghai: Printed at the "Ching-Foong" General Printing Office, 1872.

"文学类"下设"语言"和"作品"2个二级子目录，"作品"类又下设"寓言、故事、小说"、"诗歌"和"戏剧"3个三级子目录。在"寓言、故事、小说"（Fables，Tales and Novels）条目下主要辑录被译成西文的中国小说，计有《好逑传》《范鳅儿双镜团圆》《三与楼》《白蛇精记》《大明正德皇游江南传》《三国演义》《王娇鸾百年长恨》《平山冷燕》的西译文本，及德庇时的《中国小说》、儒莲的《中印故事集》（Les Avadânsa，含《三国演义·董卓之死》《滕大尹鬼断家私》《刘小官雌雄兄弟》的译文）。

19.《印度事务部图书馆藏中、日、满文典籍解题目录》（Descriptive Catalogue of the Chinese，Japanese，and Manchu Books），1872 年

该书目由苏谋士（James Summers，1828－1891）编撰而成[1]，分为语言、哲学与宗教、杂录三类，共著录中国典籍 170 条。其中，小说著录于"杂录"（Miscellaneous Works），著有《好逑传》《夷坚志》《日记故事》《三国演义》《山海经》《玉娇梨》。

20.《鲍迪埃中文藏书书目》（Bibliothèque Chinoise: Catalogue des Livres Chinois Composant la Bibliothèque de Feu M. G. Pauthier），1873 年

《鲍迪埃中文藏书书目》1873 年在巴黎出版[2]。该书目分为经典、哲学与宗教、地理、文学等十二目，"文学"（Belles-Lettres）又下设词典、中国文学等 4 个子目。其中，"中国文学"（Littérature Chinoise）又分为诗歌、才子书、丛书、文集、类书等 5 类。"才子书"（Les Thsaï Tseu）著录的中国小说有《第一才子书》《玉娇梨》《好逑传》《白蛇精

---

[1]　James Summer，Descriptive Catalogue of the Chinese，Japanese，and Manchu books，London：printed by order of the secretary of state for India in council，1872.

[2]　Louis-Xavier de Ricard，Bibliothèque Chinoise. Catalogue des Livres Chinois Composant la Bibliothèque de Feu M. G. Pauthier，Paris：Ernest Leroux，1873.

记》与《第八才子花笺》；"丛书"（Mélanges）著录有《今古奇观》。

21.《牛津大学图书馆中文书目》（*A Catalogue of Chinese Works in the Bodleian Library*），1876 年

艾约瑟（Joseph Edkins, 1823－1905）编纂的这一书目①，没有分类，共著录中国典籍 299 条，其中著录的中国小说计有《东晋志传》《今古奇观》《子不语》《飞龙传》《列国志》《靖匪编》《聊斋志异评注》《三国演义》《山海经》《搜神记》《红楼梦》《南史演义》《续英烈传》《肉蒲团》《水浒传》《五凤吟》《双凤奇缘》《度生公案》《龙图公案》《琵琶记》《夜谭随录》《隋唐传》《封神演义》《西晋志传》《五虎平西狄青前传》《后宋慈云走国全传》《万花楼》《小红袍》《说呼全传》《说唐演义》《唐前后传》《绿牡丹》《西汉全传》《东汉全传》《金石缘》《岭南逸史》《南北宋传》《十二楼》《三唐征西》《征东传》《平山冷燕》《好逑传》《玉娇梨》《雷锋塔》《西厢记》《花笺记》《斩鬼传》《残唐五代》《玉楼春》《浓情快史》《笑林广记》《白圭传》《西游记》《麟儿报》《说唐全传》《天豹图传》《水浒后传》《水石缘》《国色天香》《西湖佳话》《家宝全集》《绿牡丹》《家宝初集》《荔镜奇逢集》和《游江南传》。另录有翻译小说《意拾秘传》《天路历程官话》与《续天路历程官话》。

22.《凯礼中文藏书书目》（*Bibliothèque Chinoise: Catalogue des Livres Chinois Provenant de la Bibliothèque* de Feu M. J. M. Callery），1876 年

《凯礼中文藏书书目》1876 年在巴黎出版②，该书目分为西人论华书目和汉籍书目两部分。其中，"汉籍书目"（Textes Chinois

---

① Joseph Edkins, *A Catalogue of Chinese Works in the Bodleian Library*, Oxford: Clarendon press, 1876.

② *Bibliothèque Chinoise: Catalogue des Livres Chinois Provenant de la Bibliothèque de Feu M. J. M. Callery*, Paris: Ernest Leroux, 1876.

Imprimés en Chine) 之"文学"（Littérature）子目著录有《第一才子书》与《聊斋志异》两种中国小说。

23.《大英博物院图书馆藏中文刻本、写本、绘本目录》（*Catalogue of Chinese Printed Books, Manuscripts and Drawings in the Library of the British Museum*），1877 年

该书目由道格斯编纂而成①，书目按罗马拼音顺序著录，其中著录的小说有《封神演义》《东西汉全传》《中山狼传》《红楼梦》《金瓶梅》《希夷梦》《续红楼梦》《皇明英烈志传》《非烟传》《述异记》《仁贵征西》《薛仁贵征东全传》《儒林外史》《今古奇观续编十二楼》《好逑传》《西游真诠》《三国志传》《水浒传》《西游后传》《高力士传》《洞冥记》《平鬼传》《柳毅传》等。1903 年又出版了该书目的补编，著录的中国小说有《争春园》《西湖拾遗》《红楼复梦》《飞蛇全传》《粉妆楼》《凤凰山》《夏商合传》《反唐全传》《说唐后传》等②。

24.《托尼赖埃东方藏书目录》（*Catalogue de la Bibliothèque Orientale de Feu M. Jules Thonnelier*），1880 年

该书目 1880 年在巴黎出版③，书目分为宗教、哲学、科学艺术、语言、满汉文学、历史、满汉文书籍等类。其中，"满汉文书籍"（Textes Chinois et Mandchoux）主要辑录西人关于满汉文学的论著，包括翻译成西文的中国小说，著录了《好逑传》《玉娇梨》《白蛇精记》《平山冷燕》的西译文本及马礼逊的《中国春神》、德

---

① Robert Kennaway Douglas, *Catalogue of Chinese Printed Books, Manuscripts and Drawings in the Library of the British Museum*, London: Printed by order of the Trustees of the British Museum: sold by Longman, 1877.

② Robert Kennaway Douglas, *Supplementary Catalogue of Chinese printed books, manuscripts and drawings in the Library of the British Museum*, London: Printed by order of the Trustees of the British Museum: sold by Longman, 1903.

③ *Catalogue de la Bibliothèque Orientale de Feu M. Jules Thonnelier*, Paris: Ernest Leroux, 1880.

庇时的《中国小说》。

25.《莱顿大学图书馆汉籍书目》（*Catalogue des Livres Chinois qui se Trouvent dans la Bibliothèque de L'Université de Leide*），1883 年

该书目由施古德（Gustaaf Schlegel，1840－1903）编撰而成，1883 年由布里尔（E. J. Brill）出版社出版，书目分为词典词汇、历史地理、经典、佛教道教、文学等 13 目，共著录 234 种藏书①。其中，著录的小说有《东西两汉全传》《洪武全传》《隋唐演义》《南北宋志传》《东周列国全志》《龙图公案》《山海经》《武王传》《三国志演义》《绣像混唐平西演义》《绣像第八才子书》《花笺记》《红楼梦》《玉娇梨》《今古奇观》《合璧金瓶梅》《子不语》《万花楼》《绛袍全传》《雷峰塔》《西厢记》《桃花扇》《平山冷燕》《白圭志》《二度梅传》《封神演义》《宋太祖三下南唐》《大唐全传》《反唐演义》《三唐征西》《说岳全传》《情史》《梼杌闲谈》《聊斋志异》《好逑传》等三十余种。1885 年又出版了该书目的补编，增补了《东周列国志》《龙图公案》《镜花缘》《五凤吟》《聊斋志异》等中国小说或其不同的版本②。

26.《皇家亚洲学会图书馆藏中文典籍目录》（*A Catalogue of the Chinese Manuscripts in the Library of the Royal Asiatic Society*），1890 年

该书目由何为霖在修德《皇家亚洲学会中文文库目录》的基础

---

① Gustaaf Schlegel, *Catalogue des Livres Chinois qui se Trouvent dans la Bibliothèque de L'Université de Leide*，Leide：E. J. Brill, 1883. 施古德将《西厢记》《桃花扇》著录为中国小说（Roman Chinois）。

② Gustaaf Schlegel, *Supplément au Catalogue des Livres Chinois qui se Trouvent dans la Bibliothèque de L'Université de Leide*，Leide：E. J. Brill, 1885.

上编撰而成①。该书目不分纲目，共收录汉籍 559 种。其中著录的小说有《金瓶梅》《东周列国全志》《大明传》《金石姻缘》《凤求凰》《雷峰塔》《今古奇观续编十二楼》《二度梅》《聊斋志异》《封神演义》《玉娇梨》《说岳传》《平妖传》《夜谭随录》《双凤奇》《子不语》《三国演义》《百圭全传》《后西游记》《粉妆楼全传》《海瑞案传》《希夷梦》《增补智囊》《禅真逸史》《龙图公案》《红楼梦》《今古奇观》《前西游记》《西游真诠》《前红楼梦》《后红楼梦》《平山冷燕》《山海经》《水浒传》《三国演义》《金石姻缘》《好逑传》《豆棚闲话》《汉宋奇书》《三教搜神》《拍案惊奇》《女仙外史》《搜神记》等。

27.《德理文中文藏书书目》（*Catalogue des la Bibliothèque Chinoise de Feu M. le Marquis d'Herveyde Saint-Denys*），1894 年

《德理文中文藏书书目》② 分为中文藏书、与中国相关的著作以及西方书籍三个部分。其中，"中文藏书"著录的中国小说有《好逑传》《平山冷燕》《金瓶梅》《隋唐演义》《镜花缘》《粉妆楼》《雷峰塔》《今古奇观》《龙图公案》《群笑夺魁》，著录于"文学"之"才子书"（Les Thsaï-tseu）以及"小说与故事"（Roman et Contes）子目，"与中国相关的著作"辑录的译成西文的中国小说有《好逑传》《玉娇梨》《白蛇精记》《平山冷燕》《三国演义》《卖油郎独占花魁》《大明正德皇游江南传》《宋金郎团圆破毡笠》《庄子休鼓盆成大道》与雷慕莎的《中国小说》（*Contes Chinois*，含《合影楼》《蔡小姐忍辱报仇》《三孝廉让产立高名》等）、帕维的《中短篇小说集》、儒莲的《中印故事集》、德理文的《三种中国小说》（*Trois Nouvelles Chinoises*，含《蒋

① H. F. Holt, "*A Catalogue of the Chinese Manuscripts in the Library of the Royal Asiatic Society.*" *Journal of the Royal Asiatic Society of Great Britain and Ireland*, 1890, Vol.22, pp. 1 - 117.
② *Catalogue des la Bibliothèque Chinoise de Feu M. le Marquis d'Herveyde Saint-Denys*, Paris: Ernest Leroux, Éditeur, 1894.

兴哥重会珍珠衫》等），著录于"中国文学"之"诗歌、小说、故事"（Poésie-Romans-Contes）子目。

28.《林赛文库中文印本及写本目录》（*Bibliotheca Lindesiana. Catalogue of Chinese Books and Manuscripts*），1895 年

该书目乃克劳福德勋爵詹姆斯·林塞（James Ludovic Lindsay，1847－1913）为其藏书所编之书目①。该书目不分纲目，共著录 464 种藏书。其中著录的小说有《三教源流圣帝佛帅搜神记》《山海经详注》《今古奇观》《三国演义》《玉娇梨》《平山冷燕》《水浒传》《金瓶梅》《醒心编》《红楼梦》《三分梦全传》《洪武全传》《说岳全传》《说唐演义》《残唐五代全传》《仁贵征东说唐后传》《仁贵征西说唐后传》《罗通扫北前后传》《南北宋志传》《五虎平南后传》《智囊补》《封神演义全传》《西游真诠》《战国策》《好逑传》等二十余种。

29.《剑桥大学图书馆威妥玛文库汉、满文书籍目录》（*A Catalogue of the Wade Collection of Chinese and Manchu Books in the Library of the University of Cambridge*），1898 年

翟理斯编写的这一书目②共著录 883 种，4 304 卷汉满文典籍，分为儒、释、道经典；历史、传记、法规；地理；小说、戏曲、文集；字典；杂录；科技、宗教类译书、语言等部类。其中"诗歌、小说、戏曲"（Poetry，Novels，Plays，etc.）著录了 8 种中国小说，即《东周列国志》《三国志演义》《英烈传》（《云合奇踪》）《玉娇梨》《红楼梦》《聊斋志异》《金瓶梅》和《好求传》（《好逑传》）。1915 年又出版了该书目的补编，增补了《西游真诠》《水浒传》《笑林广记》《品花

---

① James Ludovic Lindsay，*Bibliotheca Lindesiana. Catalogue of Chinese books and manuscripts*，Privately Printed，1895.

② H. A. Giles，*A Catalogue of the Wade Collection of Chinese and Manchu Books in the Library of the University of Cambridge*，Cambridge：Cambrige University Press，1898.

宝鉴》《今古奇观》等中国小说①。

30.《法国国家图书馆所藏中文、韩文和日文书籍目录》（*Catalogue des Livres Chinois，Coréens，Japonais，ect. in the Bibliothèque Nationale*），1900—1902 年

古恒（Maurice Courant，1865‑1935）编撰的《法国国家图书馆所藏中文、韩文和日文书籍目录》于 1900 年至 1902 年间在巴黎出版②。该书目的中文目录分为历史、地理、文学、想象类作品等七目，想象类作品（Œuvres d'imagination）又分为"小说"（Romans）、"短篇故事"（Recueils de Nouvelles）、"杂录"（Œuvres diverses）和戏剧（Théatre）四个子目录。其中著录的小说有《第一才子书》《忠义水浒传》《玉茗堂批点残唐五代史演义传》《四雪草堂重订通俗隋唐演义》《合刻天花藏才子书》《第一奇书金瓶梅》《续金瓶梅》《新刊全像三宝太监西洋记通俗演义》《海瑞案传》《新镌全像武穆精忠传》《金圣叹加评西游真诠》《云合奇踪》《南北宋志传》《新刻二度梅全本》《夏商合传》《绣像封神演义全传》《绣像东西汉全传》《古今列女传演义》《石点头》《映旭斋批点北宋三遂平妖全传》《绣像韩湘子全传》《批评出像通俗演义禅真逸史》《天雨花》《新刻济颠大师醉菩提全传》《新镌批评绣像赛红丝小说》《新镌批评秘本玉支矶小传》《幻中真》《蝴蝶媒》《绣像两交婚》《五凤吟》《义侠好逑传》等。

西人编纂的以中国或东方为主题的图书馆馆藏目录，往往包含着对中国古典小说书目的著录，而这些中国小说书目又通常以汉籍小说书目和中国古典小说西译文本目录两种形式出现，前者在一定

① H. A. Giles，*Supplementary Catalogue of the Wade Collection of Chinese and Manchu Books in the Library of the University of Cambridge*，Cambrige：Cambrige University Press，1915.

② Maurice Courant，*Catalogue des Livres Chinois，Coréens，Japonais，ect.，in the Bibliothèque Nationale*，Paris：Ernest Leroux，Éditeur，1900‑1902.

程度上呈现出汉籍在海外的流传情况，后者则为"中学西传"，尤其是中国古典小说的西译提供了丰富的参考资料。

第二节　西人所编中国古典小说书目的学术史意义

西人所编中国古典小说书目，或存在于西人关于中国文学的著述中，或存在于西人关于中国典籍的著录中，或存在于西人编撰的图书馆藏书目录之中，构成其独特的存在形态。同时，西人对中国古典小说书目的编纂，萌蘖于"中学西传"的特定历史语境下，苗发于中西交流的双重文化视阈中，又与中国小说在西方的翻译和传播密不可分，随着"中学西传"的不断深入和西方汉学的逐步发展，亦经历了一个从偶然性到专门化的过程。

十九世纪初，西人对中国古典小说的编纂具有很大的偶然性。如法国汉学家雷慕莎撰写的《中国语言和文学随笔》只是偶尔提及《好逑传》和《山海经》，且混杂在关于中国儒家典籍和历史文献的论述之中。稍后，德庇时、卫三畏（Samuel Wells Williams，1812 - 1884）等人关于中国的著述，虽已将小说视作与戏剧、诗歌相埒的文学门类，在介绍中国文学时，往往会列举一些中国小说的篇目，但书目编纂的意识尚未自觉，还称不上是严格意义的小说书目。

十九世纪四十年代以降，随着中国小说西译的渐次拓展和日益成熟，关于中国古典小说的研究成为西方汉学研究的重要课题和学术领域，西人对中国古典小说书目的编纂意识亦逐渐自觉。或就中国小说展开专题研究，整理出初步的小说书目，如丁义华（Edward Waite Thwing，1868 - 1943）《中国小说》、甘淋（George Thomas Candlin，1853 - 1924）《中国小说》等；或从目录学的角度，对中国小说加以著录，如伟烈亚力《汉籍解题》、梅辉立《中国经典书目提要》等；

或作为西方汉学的研究总结，辑录被译成西文的中国小说书目，如高第《西人论华书目》等；或对馆藏的中文小说及其西文译本进行整理和编目，如艾约瑟《牛津大学图书馆中文书目》、翟理斯《剑桥大学图书馆威妥玛文库汉、满文书籍目录》等。内容涉及小说作者、版本情况、内容梗概、艺术成就等诸多方面，并对小说进行初步的分类编排，西人对中国古典小说书目的编纂逐步走向专门化。

而西人所编中国古典小说书目从偶然性走向专门化的历程，又大抵与中国小说西译的进程同步。西人所编中国古典小说书目，尤其是其所辑录的译成西文的中国小说书目，与中国古典小说西译互为表里。一方面，中国古典小说西译是书目编撰的前提，小说的翻译实践不断丰富着西译中国古典小说的篇目，为书目编撰提供可能；另一方面，中国小说西译文本的书目辑录，不仅是对小说翻译实践的阶段性总结，而且又勾勒出中国古典小说西译的大致进程，从而使西人辑录的译成西文的中国小说书目，成为西人所编中国古典小说书目的有机组成部分，蕴涵着中国小说游走于异域的丰富信息，为研究中西文学的交融互动，编写完整的中国文学翻译史，提供了可资参考的材料依据。

但更为重要的是，西人所编中国古典小说目录既离不开西方汉学家对中国传统文献目录的借鉴和依托，但更得益于西方汉学的小说文体观念和研究视角，从而将中国传统文献学和西方汉学相勾连，在中西小说观念的碰撞和融通中，又反过来促进了中国小说目录学的学术构建，推动了西方汉学的学科发展，具有重要的学术史意义。

西人所编中国古典小说书目，充分利用了中国传统文献目录，以之为最基本的参考和依托。如法国著名汉学家雷慕莎编纂的《国王图书馆的中文藏书和新目录规划》，曾多次提及马端临的《文献通考》[1]。

---

[1]　Abel-Rémusat, *Mémoire sur les Livres Chinois de la Bibliothèque du Roi*, Paris：le Normant，Imprimeur -libbaire，1818.

而伟烈亚力的《汉籍解题》则选择了《钦定四库全书总目提要》为资料依据，他认为："《钦定四库全书总目提要》是中国或任何其他国家书目文献中最好的一种……这个文献宝库本身就是一个图书馆，除去佛经、小说和消遣性读物，它囊括了现存中国文献的绝大部分。"① 因之，伟烈亚力的《汉籍解题》从著录方式到著录内容上都带有《钦定四库全书总目提要》的明显印迹。不仅模仿《钦定四库全书总目提要》经、史、子、集的四部分类法，而且解题内容也大都在《钦定四库全书总目提要》的基础上摘录而成。就《汉籍解题》辑录的中国小说来看，亦沿用《钦定四库全书总目提要》的著录方式，将一百余种中国小说著录于"子部·小说家"。其中，见录的文言小说及其解题也大抵参照《四库全书总目提要》择录而成。

然而，西人所编中国古典小说书目，虽然借鉴了中国传统文献目录，但更携带着编纂者自己的小说观念，是西方小说文体观念的自然流露。这在一定程度上反映出中西小说观念的差异，而中西小说观念的差异又是制约中西小说著录的基本机制和根源，从而形成了中西小说书目在所著录的小说、著录方式、著录内容等诸多方面的不同。

首先，中国古典小说，尤其是通俗小说被长期摒弃在中国传统目录学之外，这在一定程度上折射出中国人对小说的蔑视和鄙薄。这种对小说的蔑视和鄙薄，连在中国的西方人亦耳熟能详，如丁义华在《中国小说》中指出："中国文人在理论上往往对小说不屑一顾。一旦被问及是否阅读小说，将矢口否认，并认为受到了莫大的羞辱。"② 李思达在《花一个小时阅读中国小说》中云："中国文人

---

① Alexander Wylie, *Notes on Chinese Literature*，p.61.
② E. W. Thwing, "Chinese Fiction", *China Review*，Hong Kong，Vol.22，No.6，1897，p.759.

只在私底下偷读小说，因为他们对小说抱持鄙夷的态度。"① 中国人对小说持有的根深蒂固的鄙薄观念，加之明清以来官方对通俗小说的禁毁与舆论导向，更是给说部的著录形成了政令上和心理上的双重压力②。从而将小说的著录视为无稽和谬误，如清人查嗣瑮《查浦辑闻》卷下云："《续文献通考·艺文》载及《琵琶记》《水浒传》，谬甚。"由此，导致了中国通俗小说著录的相对缺失和滞后③。

　　相较之下，西人所编的中国古典小说书目，在辑录文言小说之外，更重视对白话小说的著录。如伟烈亚力《汉籍解题》在辑录文言小说之外，亦著录了《三国志演义》《西游记》《后西游记》《金瓶梅》等 15 种中国白话小说，他认为："这类小说虽然被官方目录忽略，被中国学者鄙视，却是最能洞察中国礼仪习俗的媒介，反映汉语语言变迁的样本，是大部分中国人获取历史信息的重要渠道，从而融汇成中国人特有的民族性格。因此，必须给予此类小说应有的重视，在书目中加以著录。"④ 而梅辉立《中国经典书目提要》，仅历史小说就著录了《三国演义》《水浒传》《夏商传》《春秋列国志传》等凡 16 种，并为之编写了比较详细的提要。由此可见，与受到国人轻视的待遇相反，通俗小说被视为认知和了解中国和中国人最生动直接的窗口和媒介，而备受青睐。加之，小说这种文体在西方本身具有的崇高地位，更使得西人在小说著录中，摆脱了中国人面对小说著录时的压力和掣肘，在中国传统目录学对通俗小说著录相对缺失和滞后的境域下，异军突起，成为中国小说著录的有力补

---

① Alfred Lister，"An Hour with a Chinese Literature"，*China Review*，Hong Kong，Vol.1，No.5，1873，p.285.
② 参见王利器《元明清三代禁毁小说戏曲史料》，上海：上海古籍出版社，1981 年。
③ 关于古代通俗小说的著录情况，参见潘建国《中国古代小说书目研究》第四章相关内容，上海：上海古籍出版社，2005 年。
④ Alexander Wylie，*Notes on Chinese Literature*，p.161.

充。不仅使一百多种被中国传统目录忽视的通俗小说见录于西人所编的中国小说书目，而且在著录时间上，西人比中国人早了半个世纪左右。如以著录方式上将小说单独为类且著录数量较多而论，修德牧师《皇家亚洲学会中文文库目录》（1838年）比被称为"中国小说目录学的嚆矢"① 的黄摩西《小说小话》（1907年）提前了六十九年。以初具小说专科目录的雏形而言，梅辉立的《中国经典书目提要》中的"小说书目"（1867年）则提早了四十年。

其次，少数偶见于中国官私书目著录的通俗小说，也往往被置于"史部"，如《文渊阁书目》将《忠传》《薛仁贵征辽事略》《宣和遗事》著录于"史传类"，《百川书志》将《三国志通俗演义》《忠义水浒传》著录于"史部·野史"等，通俗小说只有在"补史"观念的文饰下，才能偶然挤入中国传统目录学的视野。而西人编辑的中国小说书目，除少量小说散见于儒家经典、传记类和三教类的著录外②，大抵有三种著录方式：第一，仿照中国传统的四部分类法将小说著录于"子部·小说家类"，如伟烈亚力《汉籍解题》。但他在文言小说之后，又列出"小说"（Works of fiction）以著录通俗小说，与文言小说（Essayists）区别开来。第二，著录于"文学类"，或直接著录在"文学类"一级目录之下，如《西人论华书目》《雷慕莎藏书书目》等；或在"文学类"下设二级或三级子目，如《柯恒儒藏书书目》将中国小说著录于"文学类"下设的二级目录"小说与戏曲"。《国家科学院亚洲博物馆馆藏中文、满文、其他多种语言及日文、韩文书籍和手稿的目录》将中国小说著录于"文学类"下设的"小说"和"历史小说"二级目录之下。《皇家亚洲学会北中国支会图书馆书目（含伟烈亚力藏书书目）》在"文学类"中

---

① 胡从经《中国小说史料学史长编》，上海：上海文艺出版社，1998年，第123页。
② 雷慕莎《中国语言和文学随笔》、高第《西人论华书目》与修德牧师《皇家亚洲学会中文文库目录》的少量小说混杂于儒家经典、传记类和三教类的著录中。

"作品"的二级子目下又设置"寓言、故事、小说"的三级子目，以之著录中国小说。第三，将小说单独设类，加以著录，如修德牧师《皇家亚洲学会中文文库目录》、梅辉立《中国经典书目提要》与《乔治·斯当东爵士赠国王学院图书馆中文书籍印本及稿本书目》等。由此可见，通俗小说主要依附于"史部"而见著于少数中国传统目录时，西人编辑的中国小说书目已开始将小说视为独立的文学门类加以著录。著录方式的不同，再一次验证了小说在中西的不同际遇，而这种差异又根源于中西对通俗小说或鄙薄或青睐的大相径庭的观念。

再次，西人所编中国小说书目对通俗小说的著录内容或有繁简之分，但从整体而言，大抵涉及小说作者、成书时间、成书过程、小说类型、内容提要、小说评点、版本版式、流通价格、在西方的译介情况、西人对小说的评价等诸多方面，不仅比偶见于中国官私书目的通俗小说著录详致，而且西人对小说的评价、小说在西方的译介情况及小说的流通价格等信息亦是西人所编中国小说书目所特有的著录内容。

国内目前所知较早著录通俗小说的书目，约始于明代中期。但著录内容大都十分简略，如正统六年（1441）杨士奇《文渊阁书目》卷六"宙字号第二橱书目""史杂类"录：《忠传》一部一册，《薛仁贵征辽事略》一部一册，《宣和遗事》一部一册。嘉靖十九年（1540）高儒《百川书志》"史部·野史"录：《三国志通俗演义》二百四卷，晋平阳侯陈寿史传，明罗本贯中编次；《忠义水浒传》一百卷，钱塘施耐庵的本，罗贯中编次。著录大抵为书名、卷数、作者等内容。相较而下，梅辉立《中国经典书目提要》中对《三国演义》《水浒传》的著录则远为详致，如就《三国演义》而言，梅辉立在提要中指出《三国演义》是最早的历史小说，在叙事上为历史小说的撰写树立了范式。小说以汉末晋初的历史阶段为背景，高

潮集中在公元 190 至 220 年的三十年之间，并大抵描述了小说的主
要人物和情节；继而谈及该书成书于十四世纪中叶，作者为元人罗
贯中，但关于作者的说法仍大可商榷，而评点者金圣叹则确凿无
疑，他的名字往往和书名同现，评点也以夹注的形式和正文一起刊
行。同时，因为《三国演义》在国内享有的盛誉，使其备受西人关
注，进而介绍了西人关于《三国演义》的译介文章，如儒莲《历史
小说》（*Nouvelles Historiques*）中收录了《三国演义》部分章回的
翻译，1845 年帕维在巴黎出版了《三国演义》法译本第一卷，并
指出卫三畏《中国总论》（*The Middle Kingdom*）中将《三国志》
和《三国演义》相混淆的谬误。文章还从版本传播的角度，指出
《三国演义》在南北不同地域刊行的版本差异及其流通价格①。

　　西人对中国小说的著录不仅更为完备，而且在中国传统目录学
比较注重对作品版本、版式的描述时，西人的中国小说著录在辑录
小说的基本信息之外，亦注重小说的传播和接受情况。因而，西人
对小说的评价、译介情况和流通价格等都是西人关注和著录的对
象。如甘淋《中国小说》在著录中国小说时，指出与其类似的西方
小说，如以《以利亚特》比拟《三国演义》，以《天路历程》比拟
《西游记》，以《一千零一夜》比拟《聊斋志异》等。丁义华《中国
小说》在《三国演义》《好逑传》《玉娇梨》《平山冷燕》《水浒传》
的提要中，分别列述了各种小说在西方拥有的英、法等西译文。
1846 年在巴黎出版的《*Ve Dondey-Dupré* 东方图书馆书目》清楚标
注了每种小说的价格，如《水浒传》售价 72.50 法郎，《今古奇观》
售价 42.50 法郎，《醒世姻缘》售价 39.50 法郎，《说唐全传》售价
10.50 法郎等。均从传播的角度考察和著录了中国小说在西方的接

---

① 　本文依据梅辉立《中国经典书目提要》简述，关于《三国演义》的详细提要见
"Bibliographical. Chinese Works of Fiction II. Historical Romances"，*Notes and
Queries on China and Japan*，Vol.1，No.8，1867，pp.102 - 104。

受状况，为中国小说的著录增添了传统中国目录学所不具备的新内容。

最后，西人所编中国古典小说书目还将"辨章学术，考镜源流"的传统方法，应用于被中国传统目录学长期摒弃的通俗小说著录，就小说起源、小说分类和小说的叙事模式等诸多方面对中国小说展开考辨。不仅丰富了西人所编小说书目的学术内涵，而且在各种观点的展示和争鸣中，无疑又推动了小说研究的拓展和深化，促进了西方汉学的学科发展。

就小说起源而言，梅辉立在《中国经典书目提要》中将历史小说的缘起推溯至十一世纪的宋代，认为小说的产生与戏曲密不可分："大抵经过数百年的发展，随着戏曲代表人物的广泛传播和印刷书籍流通范围的（正好和戏曲的产生同步）扩大，历史小说应运而生，将人们久已熟悉喜爱的戏曲人物以小说的形式再现。"① 并认为言情小说兴起于元代，亦离不开戏曲的直接影响和引导作用。翟理斯则不认同小说缘起于戏曲的说法，认为中国小说大抵在元代中西交流的历史境域下，随着中亚讲说故事的传统和技艺流入中国而产生。

就小说分类而言，梅辉立认为中国小说在志怪传奇（Legend Tales）之外，有历史小说（Historial romances）和言情小说（Romantic novels）两大类。志怪传奇主要撰录神妖鬼狐的故事，充满离奇的想象。历史小说在中国也称为志传演义（Paraphrases of history），叙述历朝历代的兴替及其相应的英雄业绩。而言情小说中故事情节的展开、行为场景的铺写、人物形象的塑造已经和西方小说作家遵守的叙事规范相差无几。翟理斯则论述中国人将自己

---

① William Frederick Mayers, "Bibliographical. Chinese Works of Fiction", *Notes and Queries on China and Japan*, Hong Kong, Vol.1, No.7, 1867, p.87.

的小说分为讲史（with usurpation and plotting）、烟粉（with love and intrigue）、灵怪（with superstition）、说公案或铁骑儿（with brigandage or lawless characters generally）四类。而甘淋在《中国小说》中又将中国小说分为历史小说（the historic）、神魔小说（the mythic）和世情小说（the sentimental）三类。并进一步论述三者之间的关系："历史小说在想象和虚构的驱动下，试图描摹人性所不可知的神秘世界时，便进入了神魔小说。相反地，当植根于现实人事的叙述时，就形成了世情小说。"①

就小说叙事模式而言，梅辉立对历史小说叙事模式的概述被西方汉学界广泛接纳，一再转引，认为中国历史小说无一例外地充斥着老谋深算且被宠信的大臣，直言敢谏却不被重视的官员，勇猛尚武的将士，在艰苦卓绝的战争中实现朝代的更替；并且往往随意地为小说添加神话色彩，通过神人奇事编织情节发展的脉络②。而西人对于言情小说的叙事模式也达成了较为一致的意见，认为在中国言情小说中，多以倜傥善诗的才子和绰约能文的佳人相遇相恋、相知相配为主线，其间或有第三人的多方破坏，终能有情人结成眷属，以大团圆作结。而且往往是一夫两好、或一夫多美的婚姻配合，这主要源于中国与西方迥然不同的婚姻制度③。

另外，伟烈亚力在《汉籍解题·导言》中附有一份禁毁小说书目，载有《前红楼梦》《后红楼梦》《续红楼梦》《复红楼梦》《隋阳艳史》《浓情快史》《国色天香》《隔帘花影》等禁毁小说凡137种（含福建各种小说），与道光十八年江苏《计毁淫书目单》相比，《灯月缘》

---

① George T. Candlin, *Chinese Fiction*, Chicago: The Open Court Publishing Company, 1898, p.30.
② William Frederick Mayers, "Bibliographical. Chinese Works of Fiction", p.87.
③ George T. Candlin, *Chinese Fiction*, pp.41-42.

《邪观楼》《花灯乐》《何文秀》等 9 篇不见著录，而新增《柳八美》《合欢图》《北史演义》《干柴烈火》《女仙外史》《巧姻缘》《采花心》《夜航船》等 27 篇。另有 5 篇书名略有差异，原《红楼复梦》现作《复红楼梦》，原《妖狐媚史》现作《妖狐野史》，原《无稽谰语》现作《无稽栏语》，原《聆痴符》现作《聆痴荷》，原《寻梦栌》现作《寻梦托》，这或可视作是对中国禁毁小说史料的一种补充。

　　综上所述，西人所编中国古典小说书目，承载并折射出西方的小说文体观念，而正是其小说观念，促成了西人所编小说书目在著录小说、著录方式和著录内容等诸多方面和中国传统文献目录的不同，从而使小说书目从中国传统目录学的附庸，转化为相对独立的、自成一体的小说目录。而在"中学西传"历史语境中萌蘖的西人所编中国小说书目，又乘着"西学东渐"的文化思潮，成为将西方小说观念引入中国的有益助力，在一定程度上参与并推进了中国小说文体观念的现代化。在"中学西传"和"西学东渐"的双向交流中，西人所编中国小说书目有效地将中国传统文献学和西方汉学相勾连，一方面，以西人小说观念编撰中国小说书目的实践，推动了初步具有完备意义的小说专科目录的建立；另一方面，西人在小说书目中对中国小说展开的探究，又使之成为汉学研究不可或缺的组成部分，推进了汉学研究的深化。可以说，西人所编中国小说书目不仅促进了中国小说目录学的学术构建，而且推动了西方汉学的学科发展，具有重要的学术史意义。

第三节　马礼逊藏书书目及其小说文献学价值

　　马礼逊作为十九世纪第一位来华的新教传教士，对中西文化交流做出了突出贡献。马礼逊的生平、著作及其学术成就等诸多方面也成为海内外学者关注和研究的热点。如格林等人撰写的《马礼逊小传》①、大象出版社出版的《马礼逊文集》②、汤森的著作《马礼逊：在华传教士的先驱》③、苏精的《马礼逊与中文印刷出版》④、谭树森的《马礼逊与中西文化交流》⑤、查时杰的《马礼逊与广州十三夷馆：华人教会史的史迹探索论文集》⑥与张伟保的《中国第一所新式学堂——马礼逊学堂》⑦等对马礼逊的生平、著作等进行了广泛而深入的研究，但是对马礼逊的中文藏书及其藏书书目的关注则相对较少⑧。本节即以马礼逊藏书书目为研究对象，拟勾勒出马礼逊藏书书目从编纂、调查到完善的历史进程，并探究马礼逊藏书书目的独特属性及其小说文献学价值。本文所言马礼逊藏书书目既指狭义上的马礼逊书目，即由马礼逊为其中文藏书所编纂的书目；又包括广义上的马礼逊书目录，即由马礼逊以外的其他汉学家或目录学家为马礼逊藏书所编纂的书目。

---

① 格林著，费佩德等译《马礼逊小传》，上海：广学会，1935年。
② 《马礼逊文集》由北京外国语大学海外汉学研究中心、香港大学图书馆和澳门基金会整理编辑，有《华英字典》(*A Dictionary of the Chinese Language*)、《通用汉言之法 英吉利文话之凡例》(*A Grammar of the Chinese Language & A Grammar of the English Language*)、《马礼逊回忆录》(*Memoirs of the Life and Labours of Robert Morrison*)、《新教在华传教前十年回顾》(*A Retrospect of the First Ten Years of the Protestant Mission to China*)和《马礼逊研究文献索引》(*Bibliographies on Robert Morrison*)五种。郑州：大象出版社，2008年。
③ 汤森著，王振华译《马礼逊：在华传教士的先驱》，郑州：大象出版社，2000年。
④ 苏精《马礼逊与中文印刷出版》，台北：台湾学生书局，2000年。
⑤ 谭树森《马礼逊与中西文化交流》，杭州：中国美术学院出版社，2004年。
⑥ 查时杰《马礼逊与广州十三夷馆：华人教会史的史迹探索论文集》，桂林：广西师范大学出版社，2010年。
⑦ 张伟保《中国第一所新式学堂——马礼逊学堂》，北京：中国社会科学出版社，2012年。
⑧ 查玮、吕凌峰《伦敦大学亚非学院马礼逊中文古籍藏书及其价值》(《国际汉学》2016年第1期) 一文已开始关注马礼逊的中文藏书，以魏安的《马礼逊藏书书目》为线索，描述介绍了马礼逊藏书的历史和现状。

一、《马礼逊手稿书目》(*Morrison's Manuscript Catalogue*)，1824 年

马礼逊自 1807 年至 1823 年旅居广州期间，购买搜集了大量的中文藏书，这成为西方人较早的有意识地对中文书籍进行系统收藏的实践活动。1823 年圣诞节前夕，马礼逊携带着他的万卷藏书乘坐"滑铁卢号"轮船返回英国。在返回英国的航行途中，马礼逊为其藏书编写了书目，一般将这份书目称为《马礼逊手稿书目》(*Morrison's Manuscript Catalogue*)。根据马礼逊在手稿书目末页所标注的日期，《马礼逊手稿书目》大抵完成于 1824 年 2 月 20 日，这恰好是马礼逊乘坐"滑铁卢号"抵达英国的日子。该书目见存于马礼逊藏书之中，现藏伦敦大学亚非学院马礼逊特藏室（编号 MS80823）。

《马礼逊手稿书目》是一本约长 16 厘米、宽 13 厘米的小册子，共有近 400 页。每页上著录有数量不等的条目，总共著有 1 114 条条目，除去其中相重复的，《马礼逊手稿书目》大约著录了 900 余条条目。条目以单个中文表示，并标出拼音，如图 1.1 中的"SZE 士"。这些条目依循马礼逊《华英字典》396 个以罗马字母注音的汉字进行编目和排序。

《马礼逊手稿书目》所著录的每个条目，一般包括中文题名、卷数或简短的评语。如图 1.1 中所著"四库全书目录，9V.，An account of certain books in the Imperial Library"即"《四库全书目录》，9 函，帝国图书馆藏书的叙录"。这些评语虽然比较简略，但涉及所藏书籍的内容、种类、语言、译名、价格、印刷状况等诸多方面。就内容而言，提纲挈领地概括出书籍的主要内容，如《西游记》为僧人西天取经的故事（Story of a priest going to the west）；《红楼梦》为北京贵胄家庭的回忆（Memoirs of a rich family in Peking）；《洗冤录》为察验伤口的详细记录（Details as to

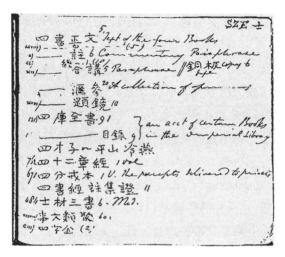

图 1.1　《马礼逊手稿书目》"SZE 士"条目

the mode of examining wounds）等。就种类而言，标注出书籍所属的类型，如《三国演义》为历史小说（historical novel）；《金瓶梅》为色情小说（A Licentious tale）；《牡丹亭》则近似歌剧（sort of opera）等。就语言而言，判断其所采用是否为口语，如认为《快心编》《金石姻缘》《儒林外史》采用了口语（colloquial）写作，而《平山冷燕》《蔼楼胜览》《秋坪新语》的语言则非口语（not colloquial）。就译名而言，译出小说的英文译名，如《红楼梦》译名为：*Dream of the red chamber*；《义侠好逑传》译名为 *Pleasing history*；《遣愁集》译名为 *Intended to banish care*。就价格而言，注明购买书籍所花费的费用，如《敕修浙江通志》价值 25 美元，《广东通志》价值 6.5 美元，《容斋随笔》价值 3 美元，《圜天图说》价值 2.5 美元等[1]。就印刷状况而言，评价其

① 《马礼逊手稿书目》著录的价格单位为"dollar"，似为当时广州流通的外国银元，又称为"洋钱"。外国银元折合成清代银两的比例大约为 1：0.717。

印刷质量的良莠，如《金云翘传》《两交婚》《麟儿报》的印刷质量低劣，而《虞初续志》《金瓶梅》《西厢记》的印刷质量良好。由此可见，《马礼逊手稿书目》较早地对《三国演义》《西游记》《金瓶梅》《红楼梦》《儒林外史》等明清流行的小说进行了著录和评点。

马礼逊抵达英国后，本打算继续"让助手留在伦敦整理藏书书目，之后他再亲自整理藏书内容并把它们公布于众"①。但是这一计划最终未能实现，但幸运的是，《马礼逊手稿目录》得以与藏书一起保存下来。《马礼逊手稿书目》虽然形式和内容还比较简易，但是不仅较为系统地对马礼逊藏书进行编目，而且在著录中又添加了马礼逊对所藏书籍的评语，《马礼逊手稿书目》是对马礼逊藏书进行整理并编写目录的有益尝试，也是西方人较早对中文书籍进行系统收藏与编目的探索。

二、约翰·威廉姆斯《马礼逊中文藏书室调查报告》(*William's Report on the Contents of the Morrison Chinese Library*)，1854 年

马礼逊的中文藏书于 1824 年被携带至英国后，暂时寄存在伦敦传教会（London Missionary Society）；并大约于 1836 年被转移到了伦敦大学学院（UCL），直至 1922 年，这批藏书一直保存在伦敦大学学院马礼逊中文藏书室。期间，汉学家约翰·威廉姆斯（John Williams，1797 - 1874）受伦敦大学学院理事会委托，对马礼逊中文藏书室的藏书及其书目进行调查，并撰写调查报告。该报告于 1854 年 9 月公开发表，即 *William's Report on the Contents of the Morrison Chinese Library*，是为约翰·威廉姆斯的《马礼逊中

---

① Eliza A. Robert Morrison, *Memoirs of the Life and Labours of Robert Morrison*, Vol. 2, London: Nabu Press, 2010, pp. 295 - 296.

文藏书室调查报告》①。

首先，约翰·威廉姆斯对马礼逊中文藏书室的藏书进行了分类统计，如下表所示：

表 1.2　约翰·威廉姆斯之马礼逊中文藏书室藏书分类表

分　　类	著作书目	卷目数量
宗教、志异等（Religious，Mystical，etc.）	266	779
医学与植物学（Medical and Botanical）	128	934
礼仪与仪式（Rites and Ceremonies）	23	294
刑法（Jurisprudence）	11	204
地形、地理等（Topography，Geography，etc.）	52	976
诗歌、戏曲等（Poetry，Drama，etc.）	36	364
历史、编年等（History，Chronology，etc.）	20	701
语言、考古等（Philology，Antiquities，etc.）	58	963
经部（Classics）	30	497
天文、乐谱等（Astronomy，Music，etc.）	23	202
教育与数学（Education and Mathematics）	31	260
传记（Biography）	11	262
目录（Bibliography）	2	157
博物与杂物（Natural History and Sundries）	16	138

① *Extract from a Report on the Contents of the Morrison Chinese Library，Made to the Council，in September 1854. Typescript Description and Summary of the Collection. by* John Williams. 现藏伦敦大学亚非学院马礼逊中文藏书室，编号 MS226830 (2)。

续　表

分　　类	著作书目	卷目数量
小说（Novels and Works of Fiction）	81	672
杂录（Miscellaneous）	39	1 326
内容不确定的书籍（Not ascertained）	8	18
总数	835	8 747
复本（Duplicates）	168	624
总数	1 003	9 371

　　由上表可知，马礼逊的中文藏书比较驳杂，涵盖宗教、医学、天文、乐谱、博物、诗歌、戏曲、小说等多个领域。其中，尤以地理、语言、医学、宗教等藏书最多。地理类占总藏书的 10.4%，语言类占 10.3%，医学类占 10%，宗教类占 10%，而马礼逊收藏的小说亦有 81 种，672 卷，占总藏书的 7.2%。约翰·威廉姆斯统计的马礼逊藏书总量，加上复本，总共有 9371 卷，这与《马礼逊手稿书目》所叙述的万卷藏书基本相埒①，但已稍有出入。

　　其次，约翰·威廉姆斯将马礼逊中文藏书室的藏书与《马礼逊手稿书目》相互参照，一方面，参照《马礼逊手稿书目》为马礼逊中文藏书室的藏书加上相应的书目序号或代码，这些序号或代码往往标于书籍首册的封面，总共有 916 条。对于《马礼逊手稿书目》中没有相对应的书籍，则标著"n. c"或"not in catalogue"，即"书目中没有著录"。另一方面，约翰·威廉姆斯仿照《马礼逊手稿书目》为马礼逊中文藏书室藏书制作了相当数

---

① 根据《马礼逊手稿书目》末页的记录，马礼逊携带至英国的中文藏书多达一万卷。"Carry to England with me altogether about 10 000 volumes."

量的目录单，但现仅存 54 张①。这些目录单与《马礼逊手稿书目》的描述大致形同，且遵循了《马礼逊手稿书目》所采用的条目分类方式。

约翰·威廉姆斯的《马礼逊中文藏书室调查报告》对马礼逊中文藏书室的藏书进行了分类和统计，并编制了方便快捷的体系，得以将马礼逊中文藏书室藏书与《马礼逊手稿书目》相互参照。另外，1870 年至 1880 年间，马礼逊中文藏书室的大部分藏书，按照西方的装订方式进行了重新装订，并相应地制作了 710 个书目单。这些书目单或由时任伦敦大学汉语教席的塞缪尔·比尔（Samuel Beal，1825 - 1889）编制而成。这些书单又被黏贴在较大的纸页之上，装订成册，即为《马礼逊中文藏书室书目》(*Catalogue of the Morrison Chinese Library*)②。《马礼逊中文藏书室书目》著录了 757 条目录，总共装订为 1 862 卷，并著录了两种未装订的条目，一为手绘彩图《云梯阵图》与《龙虎阵图》；一为拓本《宋王复叁钟鼎款识》。

三、魏安《马礼逊藏书书目》(*Catalogue of the Morrison's Collection of Chinese Books*)，1998 年

随着伦敦大学亚非学院的建立，马礼逊中文藏书被移置亚非学院，与亚非学院收藏的其他中文书籍一起保存，并逐渐混杂难辨。为了辨识马礼逊的中文藏书，魏安（Andrew C. West）对马礼逊藏书进行全面整理，并重新编写了《马礼逊藏书书目》(*Catalogue of*

---

① *Catalogue Slips for the Morrison Collection of Chinese Books at University College London. 54 MS catalogue slips.* Complied by John Williams in 1854，collated by Andrew C. West in 1998. 现存伦敦大学亚非学院马礼逊特藏室，编号 RMc.001。

② *Catalogue of the Morrison Chinese Library. 710 MS Catalogue Slips. Compiled by [Anon.] circa 1870 - 1890；with a Single-sheet Appendix Compiled by R. W. Chambers in 1918.* 现存伦敦大学亚非学院马礼逊特藏室，编号 MS 58685。

the Morrison's Collection of Chinese Books）①。该书目 1998 年在英国伦敦出版，是目前最完整和系统的马礼逊藏书书目。

首先，魏安的《马礼逊藏书书目》对马礼逊藏书进行了重新分类。将马礼逊的中文藏书分为经部（Classics）、史部（History）、子部（Philosophy）、集部（Literature）和丛部（Collected Works）五部。其中经部又分为总类、易类、书类、诗类、礼类、乐类、春秋类、四书类、小学类和经义类十个子目。史部又分为纪传类、编年类、纪事本末类、杂史类、史表类、史抄类、史评类、传记类、政书类、诏令奏议类、时令类、地理类、金石类和目录类十四个子目。子部又分为总类、儒家类、道家类、兵家类、农家类、医家类、天文算法类、术数类、艺术类、谱录类、杂家类、小说家类、类书类、佛教类、道教类、基督教类和伊斯兰教类十七个子目。集部又分为别集类、总集类、尺牍类、词类、曲类、小说类和评论类七个子目。丛部又分为汇编类和自著类两个子目。魏安《马礼逊藏书书目》的纲目分类明显借鉴了中国传统的四部分类法，特别是《四库全书总目》的分类方法。但在经、史、子、集四部之外，加设丛部。在经部下设经义类，用以著录科考文章。集部下设尺牍类来著录士人撰写的书信等。

其次，魏安的《马礼逊藏书书目》对所著录的书籍做出了详细的描述，这种描述分为英文和中文两个部分。英文部分往往包括题名、说明和编号；题名一般著录题名的汉语拼音、出版时间及是否属于最初的马礼逊藏书（以"RM"表示属于马礼逊藏书，以"Not RM"表示不属于马礼逊藏书，"RM?"则表示存疑）；说明包

---

① 　Andrew C. West, *Catalogue of the Morrison Collection of Chinese Books*, University of London, School of Oriental and African Studies, Printed and bound in Great Britain by Antony Rowe Ltd, Chippenham, Wiltshire, 1998.

括作者、内容等；编号为书籍在亚非学院马礼逊中文藏书室的索书号（以前缀"RM"表示藏于马礼逊特藏室，以"MS"表示藏于手稿特藏室），之后标注册数、卷数和长度等书籍的物理状况。中文部分则为详致的版本描述，这种版本描述一般涉及版式、图像、扉页、题识和序跋等几个部分。如魏安《马礼逊藏书书目》著录的《红楼梦》有两种，第一种为嘉庆十六年东观阁本《红楼梦》，其英文和中文描述为：

Hongloumeng. 1811. RM 248.

A Dream of Red Mansions，a novel in one hundred and twenty chapters. Originally written by Cao Xue qin (Cao Zhan，? - 1763). This edition revised and edited by Cheng Weiyuan (c.1747 - c.1818) and Gao E (c.1738 - 1805) in 1791 - 1792.

RM c.357.h.25.　　20 fascs. in 3 vols.　　17 cm

《红楼梦》一百二十回。【（清）曹雪芹（曹霑）著，（清）程伟元、高鹗补订】

清嘉庆十六年（1811）东观阁刻本，文畲堂藏版。

版式：版框13.9×10.0公分；四周单边；10行22字，旁批；版心题《红楼梦》。

图像：像赞二十四幅。

扉页：镌"嘉庆辛未（16年）重镌；东观阁梓行，文畲堂藏板；《新增批评绣像红楼梦》"。扉页背面有东观主人识语。

序跋：程伟元序，乾隆辛亥（56年）高鹗序。①

魏安《马礼逊藏书书目》对《红楼梦》的英文描述表明《红楼

---

① Andrew C. West，*Catalogue of the Morrison Collection of Chinese Books*，p.278.

梦》该版本为 1811 年出版，属于马礼逊藏书，《马礼逊手稿书目》
对应的编号为 248。《红楼梦》英文译名为 "A Dream of Red
Mansions"，全书共 120 回，作者为曹雪芹（曹霑,? —1765），
1791—1792 年间由程伟元（约 1747—约 1818）与高鹗（约 1738—
1805）编辑校订。该书现藏亚非学院马礼逊特藏室，索书号为
RMc.357. h.25。《红楼梦》此版本为 3 函 20 册，书页长 17 厘米。
中文则从题名、版式、图像、扉页和序跋对《红楼梦》做出了详细
的版本描述，英文和中文两部分相互补充，对《红楼梦》的版本和
收藏状况做出了较为全面的描述。

　　再次，魏安的《马礼逊藏书书目》不仅对所著录的书籍做出了
详细的描述，而且时或添加按语，通过按语的形式对书籍做出补充
说明。如《剪灯闲话》添加按语曰："此书乃《昔柳摭谈》的节本，
伪托随园所编。各篇末仍保留梓华生的评语，而且正文有'丁卯
【嘉庆 12 年】秋九阴雨连绵枯坐梓华楼上'等句，可知实为冯梓华
所著。"① 以按语纠正舛误，揭示马礼逊所藏《剪灯闲话》实为
《昔柳摭谈》的节本。又如《新编绣像才子春风面》按曰："此书乃
《蝴蝶媒》的重刻本。"②《飞武全传》按曰："此书乃《飞跎全传》
的重刻本。"③ 通过按语阐明版本依据。又如《诊脉发药医按》按
曰："此书抄录庚辰（道光 25 年）三月十六日至七月廿九日的医案
数百种。第三册附有作者送马礼逊先生的字帖：'回来医案第三本，
祈马先生查收，更期遣亚五再买一本，以便写清医案，顺此即请，
日安，弟黎巨帆拾片。'"④ 凭借按语阐明内容，并兼及作者黎巨
帆和马礼逊的交往活动。

---

① Andrew C. West, *Catalogue of the Morrison Collection of Chinese Books*, p.161.
② 同上书，第 284 页。
③ 同上书，第 286 页。
④ 同上书，第 108 页。

由上所述，魏安的《马礼逊藏书书目》通过重新分类、添加详细的描述、增补按语等形式对马礼逊藏书进行了全面整理和重新编目，共著录893条条目，加上复本，则共计1 001条条目。魏安编写的《马礼逊藏书书目》纲目清晰、著录完备、描述详致，是目前最完整和系统的马礼逊藏书书目。

总而言之，从《马礼逊手稿书目》到约翰·威廉姆斯的《马礼逊中文藏书室调查报告》、再到魏安的《马礼逊藏书书目》，马礼逊藏书书目不断发展和完善。就著录方式而讲，从《马礼逊手稿书目》依循《华英字典》的拼音系统，以"Chang 章"、"Chen 占"、"Chin 珍"等以罗马字母注音的汉字进行分目，到约翰·威廉姆斯《马礼逊中文藏书室调查报告》将马礼逊藏书分为"宗教、志异等"、"医学与植物学"等十七类，再到魏安的《马礼逊藏书书目》借鉴中国传统目录的四部分类法，将马礼逊藏书分为经部、史部、子部和集部，并加设丛部。马礼逊藏书的著录方式不断改进。就著录内容而讲，从《马礼逊手稿书目》的题名、卷数和简单的评语，到约翰·威廉姆斯《马礼逊中文藏书室调查报告》添加的书目序号或代码，再到魏安《马礼逊藏书书目》以英文和中文两种语言著录，英文著录部分糅合了《马礼逊手稿书目》和《马礼逊中文藏书室报告》的相关内容，中文部分则为详细的版本描述。马礼逊藏书书目的著录内容也逐渐完备。

此外，马礼逊藏书书目从《马礼逊手稿书目》到约翰·威廉姆斯的《马礼逊中文藏书室调查报告》，再到魏安《马礼逊藏书书目》的历史进程，又在一定程度上体现了马礼逊藏书从私人藏书向公共图书馆藏书的职能转变，特别是约翰·威廉姆斯为马礼逊藏书所添加的序号代码及其制作的书目单，以及或由塞缪尔·比尔编制的《马礼逊中文藏书室书目》，在某种程度上履行着协助读者索书的功能，从而促进了马礼逊藏书从私人藏书到面对公众开放的职能的转变。而马礼逊藏书从私人藏书向公共图书馆藏书的转变又从一个侧面反映出近代图书馆的发展演变。

四、马礼逊藏书书目的小说文献学价值

上文描述了马礼逊藏书书目从《马礼逊手稿书目》到约翰·威廉姆斯《马礼逊中文藏书室调查报告》，再到魏安《马礼逊藏书书目》的动态发展和不断完善的历史进程。而马礼逊藏书书目又真实记录了马礼逊的藏书状况，反映出马礼逊中文藏书具有大众性和地域性的特征。所谓大众性指马礼逊的藏书不以收藏善本、珍本为目的，马礼逊购买收藏的书籍多为当时书籍市场上通行的、大众喜欢的书籍。与清代中国古籍收藏家对宋元版本的推崇、对古籍的精鉴不同，只要是书籍市场上可以买得到、买得起的书籍，马礼逊都会购买收藏。因此，马礼逊的藏书，特别是小说多为当时流通的商业出版的书籍，如马礼逊所藏清老会贤堂翻刊明聚古斋刻本《新刻三宝出身全传》，圣德堂刻本《麟儿报》与《金云翘传》，素昧堂刻本《两交婚》，振贤堂刻本《好逑传》等等，大都不以版本、纸张或印刷取胜。但是，马礼逊藏书亦偶见一些较好的版本，如宝获斋刊刻汲古阁订正之《六十种曲》，清道光五年阮福影刊南宋建安余氏勤有堂刻本的《新刊古列女传》等。

所谓地域性是指受客观条件的限制，马礼逊在华活动区域主要集中在广州，其藏书多为广州书坊刊刻的，也包括广州书籍市场上可以购买到的其他地方刊刻的书籍。由于当时清廷对外国人在华居住政策的限定，马礼逊只能在广州居住，虽然马礼逊曾于 1816 年随阿默斯特勋爵使团（Lord Amherst's Embassy）进京，但由于该次出使的失败，马礼逊抵京当日即被遣返，并没有机会参观北京的书籍市场以扩大其藏书，马礼逊

的藏书活动主要被限制在了广州，其藏书多为广州书坊刊刻的，如博文斋、富文斋、聚贤堂、广文堂、合璧斋、荣德堂等。这些书坊聚集于西湖街和九曜坊附近，至今仍是广州主要的书籍市场。

马礼逊中文藏书不仅具有大众性和地域性的特征，而且作为对中文书籍系统收藏和编目的成功实践，马礼逊藏书书目在不断完善发展的同时还展现出其丰富的文献价值，尤其是其小说文献学价值值得引起特别的重视。

首先，马礼逊藏书书目为小说在书目著录中争得一席之地。当小说被视为"小道末技"而排除于中国传统目录时，马礼逊藏书书目摆脱了中国人面对小说著录时的压力和掣肘，著录了相当数量的小说。以 1824 年《马礼逊手稿书目》为依据，其著录的小说就有《智囊》《禅真后史》《咫闻录》《驻春园小史》《吹影编》《飞龙全传》《粉妆楼》《封神演义》《凤凰池》《霭楼胜览》《霭楼逸志》《海瑞公案》《杏花天》《好逑传》《希夷梦》《回文传》《呼家后代》《红楼梦》《后红楼梦》《续红楼梦》《洪武全书》《花笺第八才子》《肉蒲团》《儒林外史》等一百余种。其中，《马礼逊手稿书目》对《红楼梦》的著录，距乾隆五十六年《红楼梦》程甲本的刊刻仅三十三年，比国内最早著录《红楼梦》的《影堂陈设书目录》早近四十年[1]，《马礼逊手稿书目》大抵是最早著录《红楼梦》的西人书目。而马礼逊收藏和著录的小说以乾隆和嘉庆时期刊刻的为多，而乾嘉年间正是清代小说出版刊刻达到繁荣的时期。马礼逊所藏小说可以确知梓行时间的有 46 种，其梓行时间分布如表 1.3 所示：

---

[1] 侯印国《〈影堂陈设书目录〉与怡府藏本〈红楼梦〉》，《红楼梦学刊》2013 年第 4 辑。

**表 1.3　马礼逊所藏小说梓行时间分布表（以确知
梓行时间的书籍为统计对象）**

梓 　行 　时 　期	小说（种）
明代（1368—1644）	0
顺治时期（1644—1661）	0
康熙时期（1662—1722）	0
雍正时期（1723—1735）	1
乾隆时期（1736—1795）	12
嘉庆时期（1796—1820）	32
道光初年（1821—1823）	1
1823 年之后	0

　　由上表可知，马礼逊收藏和著录的小说的梓行时间分布于雍正、乾隆、嘉庆和道光时期，而集中于乾隆和嘉庆时期，尤以嘉庆时期梓行的小说最多，达 32 种。而马礼逊于 1807 年来华，其中文藏书为 1807 年至 1823 年间购买搜藏而成。由此可见，马礼逊所收藏和著录的大抵正是当代流行的簇新的小说。

　　其次，马礼逊对中国小说的收藏和著录不仅为小说在书目著录中争得了一席之地，而且马礼逊藏书书目对小说的著录门径也逐渐发展和细化。如《马礼逊手稿书目》以《华英字典》396 个罗马字母注音的汉字为目，将小说与其他书籍混杂，轩轾不分地一并著录。约翰·威廉姆斯《马礼逊中文藏书室调查报告》则已单列小说类"Novels and works of fiction"，记有 81 种小说。而魏安的《马礼逊藏书书目》所著小说既见于子部，又著于集部。子部的小说类著录文言小说，集部的小说类著录白话小说。子部的小说类先按照时代分为唐前、明代和清代。然后又按照小说种类分为志怪、传奇、杂俎和谐谑四类。集部的小说类先按照篇幅分为短篇和长篇。短篇又分为总集、专集和单本；长篇则又分为汇编、历史演义、英雄传奇、公案小说、神魔小说、世情小说、才子佳人和讽喻遣责八类。马礼逊书目对小说的著录融合中西，既借鉴了中国传统的四部分类法，又吸纳了西方的小说观念，将小说单独为类，并不断发展细化，在小说目录渐次走向专门化的同时，也反映出中西文学文化的交流和互动。

再次，马礼逊的中文藏书及其藏书书目与中国古典小说的早期西译互为表里，相辅相成，为中国小说西译及早期汉学的发展提供了最基本的文献支持和物质基础。第一，书目的著录在一定程度上促成了约定俗成的小说的译名。如《马礼逊手稿书目》将《红楼梦》著录为"Dream of the red chamber"，遂成为《红楼梦》最常见的译名；《好逑传》著录为"Pleasing history"，即采用了《好逑传》帕西译本的译名，帕西译本是《好逑传》十八世纪声名昭著的译本[1]。而且，马礼逊的中文藏书及其书目还为小说的翻译提供了中文底本。如马礼逊《中国春神》（*Horae Sinicae: Translations from the Popular Literature of the Chinese*）中翻译的《释氏源流》（*Account of FOE, the Deified Founder of a Chinese Sect*）和《道教源流》（*Account of the sect TAO-SZU*）[2]，即以马礼逊所藏《三教源流搜神大全》为底本翻译而成，著于《马礼逊手稿书目》"San三"目之下，编号为 641。马礼逊的助手汤姆斯（Peter Perring

---

① Thomas Percy ed., James Wilkinson trans., *Hau Kiou Choaan or The Pleasing History*. London: R. and J. Dodsley, 1761. 关于《好逑传》的帕西译本可参看宋丽娟、孙逊《中国古典小说的早期翻译与传播——以〈好逑传〉英译本为中心》，《文学评论》2008 年第 4 期。

② Robert Morrison, *Horae Sinicae: Translations from the Popular Literature of the Chinese*, London: Black and Pary, 1812.

Thoms，1790－1855）翻译的《花笺记》（*Hoa-tsian: Chinese Courtship in Verse*）①，以马礼逊所藏福文堂《静净斋第八才子书花笺记》翻译而成，著于《马礼逊手稿书目》"Huw 化"目之下，编号为257。

　　第二，马礼逊藏的中文藏书及其书目与马礼逊编撰的《华英字典》互为支撑，共同促进了早期汉学的发展。如《马礼逊手稿书目》条目与编排采用了《华英字典》的拼音系统，依循396个以罗马字母注音的汉字进行排序。而《华英字典》中的例子例句多来自《马礼逊手稿书目》所著录的书籍。如"外头老实，心里有数儿"②、"他说出一话来，比刀子还厉害"③ 等均摘自马礼逊所藏嘉庆十年东观阁梓行《红楼梦》，著于《马礼逊手稿书目》"Hung 哄"目之下，编号为248。

　　第三，马礼逊将中文藏书从中国广州携带至英国伦敦，其初衷即旨在开拓英国的中国研究。马礼逊捐献藏书的唯一条件是受书机构必须设立专门的中国教授席位。大约在1836年，马礼逊藏书从伦敦传教会转移至伦敦大学学院，次年修德即被任命为伦敦大学汉语教授。此后，塞缪尔·比尔亦曾担任伦敦大学学院汉语教授，伦敦大学因之成为早期汉学的重要学术机构。现今马礼逊藏书所在的伦敦大学亚非学院依然是英国汉学研究的重镇，这无疑都离不开马礼逊中文藏书及其书目所提供的文献支持和物质基础。

　　综上所述，马礼逊的中文藏书既具有大众性、地域性的特征，又具有重要的小说文献学价值。马礼逊藏书书目不仅为小说在书目

---

① P.P. Thoms，*Hoa-tsian: Chinese Courtship in Verse*，Macao：E.I. C.，1824.

② Robert Morrison，*A Dictionary of the Chinese Language in the Three Parts: Part the Third*，*Consisting of the English and Chinese*，Macao：The honorable East India Company，1822，p.474.

③ 同上。

著录中争得了一席之地，而且著录方式亦逐渐发展和细化，在一定程度上促进了小说著录的专门化，并为中国古典小说在西方的翻译及汉学的发展提供了最基本的文献支持和物质基础。此外，马礼逊藏书书目又是动态的、开放的。这种动态的、开放的属性体现为三个方面。其一，自 1824 年到 1998 年的一百七十余年间，从《马礼逊手稿书目》到约翰·威廉姆斯的《马礼逊中文藏书室调查报告》，再到魏安《马礼逊藏书书目》，马礼逊藏书书目不断发展、完善。其二，马礼逊藏书书目以马礼逊藏书为主体，但也不断容纳著录了本雅明（Benjamin Hobson，1816 - 1873）、马斯顿（William Marsden，1754 - 1836）等其他人的藏书。其三，从狭义的马礼逊书目到广义的马礼逊书目的转变，恰好与马礼逊藏书从私人藏书向公共图书馆藏书的职能转变同步。现今马礼逊藏书在伦敦大学亚非学院的特藏室，对外开放，在学者的研读中将不断碰撞出新的学术火花。这无疑赋予马礼逊藏书持续的生命力，将不断地滋养、促进汉学的发展与壮大。

第二章
西方中国古典小说版本意识的历史
嬗变及其校勘学价值

　　中国古典小说在创作改编和抄写翻刻的流传过程中，受作者文学趣味、刊刻抄写者欣赏口味以及时代文化背景等诸多因素的影响，往往会造成小说文本内容或书籍版式等各方面的差异，由此生成了小说各种不同的版本，从而形成了中国古典小说版本复杂纷呈的独特现象①。正是由于这种现象，在中国古典小说西译的过程中，小说译本所据之版本，便成为一个无法绕开的问题，亦是一个有待深入研究的课题。近年来，已有部分论文涉及相关论题，如王薇《〈红楼梦〉德文译本的底本考证》(2005)②、王金波《〈红楼梦〉德文译本底本再探》(2007)③ 和《乔利〈红楼梦〉英译本的底本考证》(2007)④ 等，皆着眼于探究一部具体小说西译文本的底本版

---

① 郭英德称之为"一书各本"现象，见其《中国古代通俗小说版本研究刍议》，《文学遗产》2005 年第 2 期。
② 王薇《〈红楼梦〉德文译本的底本考证》，《红楼梦学刊》2005 年第 3 辑。
③ 王金波《〈红楼梦〉德文译本底本再探》，《红楼梦学刊》2007 年第 2 辑。
④ 王金波《乔利〈红楼梦〉英译本的底本考证》，《明清小说研究》2007 年第 1 期。

本，属个案研究的范畴。本章试以几部中国古典小说西译的底本为例，将其置于"中学西传"的历史语境和时空维度中，探讨中国古典小说早期西译中，译者小说版本意识的历史嬗变及其潜在的校勘学价值。

第一节　从沉潜到自觉：西方中国古典小说版本意识的历史嬗变

在中国古典小说译成西文之初，小说版本复杂纷呈的现象，并没有引起译者的足够重视，他们往往以手边可得的小说版本为底本进行翻译，版本意识尚处于沉潜状态；而随着小说西译的逐步深入和西方汉学的逐渐拓展，一些译者在翻译前，开始对小说版本进行调查，从而厘择出底本和对校本，并对之进行初步的对校和修订，版本意识逐渐萌发；在此基础上，对所选底本做出进一步的整理和校勘，并撰写出简单的校勘记，版本意识便走向自觉。从沉潜，到萌发，再到自觉，不仅反映出中国古典小说早期西译过程中，译者小说版本意识的不断增强，而且译者在版本厘择和校勘中所采用的整理方法，既遵循了西方传统的文本校勘原则，又和中国乾嘉学派的考证法相仿，并率先将此方法应用到在中国被视为"小道末技"的"说部"上，在小说版本的研究上占了先机，对中国小说版本校勘学的建立具有一定的借鉴价值。

一、版本意识的沉潜与《玉娇梨》的底本考证

版本意识的沉潜指在中国古典小说译成西文之初，由于异质文化间的隔膜和客观物质条件的制约，译者对所译小说的版本认识基本上处于遮蔽状态，往往以手边可得的小说版本为底本进行翻译；即使偶或意识到所译小说具有一种以上的版本，在译文中亦没有给

出所据底本的任何信息。前者如《好逑传》帕西译本，1761 年在伦敦出版时，虽然在题目中表明译文是直接从中文翻译而成。但是，帕西没有给出所据中文底本的任何信息，以至于西方读者对这部小说是不是中国小说存在质疑。因此，帕西不得不在序言中附上一封《广州来函摘要》，摘要中说："我向一些中国朋友咨询了《好逑传》，但似乎没人知道这部小说，直到我偶尔提起铁中玉，他们马上清楚了我的意思，回答道：'大概四五百年前我们的确有一部关于他的小说，你怎么知道铁中玉呢？'"① 以此来证明中国确实有《好逑传》这部小说，但是对译本所据版本则只言未提。后者如《玉娇梨》雷慕莎译本，雷慕莎在译本序言中提及，他所看到的《玉娇梨》中文版本已有四五种之多，各个版本之间存在着些微的差别，他准备写一篇专文探讨《玉娇梨》的版本问题，惜乎后来出于某种不可考知的原因，并没能成文。而且，雷慕莎也没有注明其译本的中文底本。我们今天只能通过译本透露出的蛛丝马迹，对小说所依据的版本做出初步的推测和考证。

雷慕莎终其一生并没有到过中国，他所能接触到的中文书籍大抵依靠法国的汉籍收藏。而在雷慕莎生活的时期，法国中文图书以巴黎国家图书馆的收藏最丰。笔者检阅巴黎国家图书馆收藏的《玉娇梨》中文版本，恰为五种，正好符合雷慕莎在译文中所提到的中文版本数。这五种版本分别为：

（1）内封右方题"潇洒文章"，中间题"合刻天花藏才子书"，左下方有"绿荫堂藏版"五字，有钤印。首页"合刻天花藏才子书序"后题"天花藏主人题于素政堂。康熙丙寅年仲秋月镌"。这部书将《玉娇梨》与《平山冷燕》分上下栏合刊，上栏是《三才子玉

---

① Thomas Percy ed.，James Wilkinson trans.，*Hau Kiou Choaan or The Pleasing History*，Vol. I，Extract.

娇梨》，下栏是《四才子平山冷燕》，全书二十回，分四卷。卷内书题，上栏作"新刻天花藏批评玉娇梨"，下栏作"新刻天花藏批评平山冷燕"。第一卷于上栏《玉娇梨》卷端题"荑秋散人编次"。上栏半叶十二行，行十三字，下栏半叶九行，行十八字。白口，单栏，黑鱼尾。

（2）同（1）。合刻天花藏才子书，绿荫堂藏版。

（3）内封右方题"重镌绣像圈点秘本"，中间大字题"玉娇梨"，左下方题"金阊拥万堂梓"。内封上中画一幅，右下角有钤印。首"玉娇梨叙"，后署"素政堂主人题"。正文卷端题"新镌批评绣像玉娇梨小传"，后一行下署"荑秋散人编次"。不分卷，二十回。半叶九行，行二十四字。白口，黑鱼尾。

（4）内封右方题"重镌绣像圈点秘本"，中间大字题"玉娇梨"，左下方题"金阊拥万堂梓"。内封无画，无钤印。首"玉娇梨叙"，后署"素政堂主人题"。正文卷端题"新镌批评绣像玉娇梨小传"，后一行下署"荑秋散人编次"。正文仅存两回。半叶九行，行二十四字。白口，黑鱼尾。

（5）袖珍本。无内封，无序，无目次。正文仅存二回：第二回"老御史为儿谋妇"与第三回"白太常难途托娇女"。半叶七行，行十六字，白口，单栏。

笔者经过对校，巴黎国家图书馆所藏五种《玉娇梨》实属两个系统，一为绿荫堂藏版《玉娇梨》；一为金阊拥万堂梓《玉娇梨》圈点本。可见，雷慕莎《玉娇梨》法译本的中文底本大抵应为两者之一。下文通过法译本与绿荫堂藏版《玉娇梨》、金阊拥万堂梓《玉娇梨》圈点本的仔细对校，以期得出《玉娇梨》雷慕莎法译本的中文底本。如第十六回"花姨月姊两谈心"中言及红玉与梦梨的闺中乐事：

绿本：白小姐道："品题在妹，姐居然佳士，虽毛颜复生，亦无虑矣。"

金本：白小姐道："品题在妹，姐居然进士，虽毛颜复生，亦无虑矣。"

译本："S'il dépendait de vous de fixer les rangs, vous auriez bientôt fait de moi un docteur, dit mademoiselle Pe: que je revienne seulment au monde avec de la barbe au menton, et je puis être sans inquiétude."①

绿本和金本虽差别不大，但一为"佳士"，一谓"进士"，意思不大相同；姑且不论译文对"毛颜"的误译，译文用词"docteur"，恰与"进士"相对，与金本相同。又如第十九回"错中错各不随心"的起头诗：

绿本：天地何尝欲见欺，大都人事会差池。睁开眼看他非我，掉转头忘我是谁。弄假甚多皆色误，认真不少总情痴。姻缘究竟从前定，倒去颠来总自疑。

金本：造化何尝欲见欺，大都人事会差池。睁开眼看他非汝，掉转头忘我是谁。弄假甚多皆色误，认真太过是情痴。姻缘究竟从前定，倒去颠来总自迷。

译本：Pourquoi faut-il que le sort trompe si souvent nos vœux?

Presque toutes les affaires vont ainsi d'une manière désordonnée.

En ouvrant les yeux on voit bien que lui n'est pas moi.

Mais en se réveillant, on se demande: Qui suis-je moi-même?

Mille apparences trompeuses abusent à tous moments,

Et il est au-dessus de nous de discerner la vérité.

---

① Abel-Rémusat, *Iu-Kiao-Li, ou Les Deux Cousines: Roman Chinois*, Paris: Moutardier, 1826, Tome IV. p.44.

> La destinée du mariage doit avoir été fixée d'avance;
>
> Et pourtant, au milieu de tant de contre-temps, on finit par s'égarer. ①

译文对诗歌虽非字面上的直译，但是"sort"，"s'égarer"分别与"造化"、"自谜"对应，仍是与金本比较接近。以上例举虽只有两个，但颇能说明：雷慕莎法译《玉娇梨》的中文底本，应为金阊拥万堂梓《玉娇梨》重镌像圈点秘本。

有意思的是，雷慕莎法译本出版三年之后，巴黎刊印了《玉娇梨》的刻石堂本，是海外发行的《玉娇梨》中文版本②。该版本附有法文封面，封面上半部即雷慕莎法译本的题目及译者信息。下半部注明该版本是由巴黎亚洲协会成员土地测定几何学工程师勒瓦瑟（J. C. V. Levasseur）复制发行，1829 年由巴黎 V. RATIER 出版社出版（见图 2.1）。书内附汉文内封，上边横题"己丑年镌"，左题"栾城臣子笔"，中间大字"玉娇梨"，右下题"刻石堂藏板"。显然是在参照中文原版的基础上又稍作改动而成的。如下图所示：

图 2.1　《玉娇梨》刻石堂本法文封面

---

① Abel-Rémusat, *Iu-Kiao-Li, ou Les Deux Cousines: Roman Chinois*, Tome IV., p.165.
② 英国曼彻斯特 John Rylands 图书馆特籍书库藏有刻石堂藏板《玉娇梨》，但仅存第一、二回。

图2.2　《玉娇梨》刻石堂本内封　　图2.3　《玉娇梨》刻石堂本第一回首页

　　巴黎刊印的刻石堂本《玉娇梨》既以中文原版为底本，又以雷慕莎法译本信息为封面，由此可见，此本所据中文原版与雷慕莎法译本的中文底本应为同一个版本系统。

　　巴黎版刻石堂本《玉娇梨》正文卷端题"新镌批评绣像玉娇梨小传"，后署"荑秋散人编次"；正文中有圈点，与金闾万堂梓《玉娇梨》重镌绣像圈点秘本同。刻石堂本《玉娇梨》（以下简称刻本）在正文上边增一行空格，注明文中通俗字体的规范字形，并在字体右上标出数字，表明其在文中的确切位置。正文半叶九行，行二十四字。白口，黑鱼尾。版式亦与金闾万堂梓《玉娇梨》同。另外，在绿本和金本出现异文之处，刻本皆同金本。如第一回"小才女代父题诗"：

绿本：他好不嘴强，这是一杯也饶他不过……就依二兄说，做完诗不怕他不吃。

金本：他若不嘴强，这是一杯也饶他不过……就依二兄说，做完诗恐怕他不吃。

刻本：他若不嘴强，这是一杯也饶他不过……就依二兄说，做完诗恐怕他不吃。

绿本与金本有些微的差别，刻石堂本也从金本。又如第一回中之《赏菊诗》：

绿本：紫白红黄种色新，移来秋便有精神。好从篱下寻高士，漫向帘前认美人。处世静疏多古意，傍予疏冷似前身。莫言门闭官衙冷，香满床头已浃旬。

金本：紫白红黄种色新，移来秋便有精神。好从篱下寻高士，漫向帘前认美人。处世静疏今古意，傍予疏冷似前身。莫言门闭官衙冷，香满床头二十辰。

刻本：紫白红黄种色新，移来秋便有精神。好从篱下寻高士，漫向帘前认美人。处世静疏今古意，傍予疏冷似前身。莫言门闭官衙冷，香满床头二十辰。

刻石堂本《玉娇梨》亦与金阊万堂梓《玉娇梨》完全相同。由此可见，刻石堂本《玉娇梨》的中文底本乃金阊万堂梓《玉娇梨》重镌绣像秘本，进一步佐证了雷慕莎《玉娇梨》法译本的底本应为金阊万堂梓《玉娇梨》重镌绣像秘本。

而在雷慕莎《玉娇梨》法译本发行三年之后，英国汉学家德庇时再译《好逑传》时，已在译本中附有中文原著的内封，内封左题"精刊古本两才子书"，中间大字"好逑传"，右上题"嘉庆丙寅年镌"，右下题"福文堂藏板"。不仅对《好逑传》的真实性给出了确实的证据，避免了帕西译本所遭受的质疑；而且，清楚地表明了译本所据的版本。虽然，德庇时并没有对小说版本做出更多说明，但从完全忽略到清晰标注，预示着译者底本意识的觉醒。

二、版本意识的萌发与《聊斋志异》的底本择订

版本意识的萌发是指随着小说西译的逐步深入和汉学研究的逐渐拓展，译者不仅在译本中清楚标注出译本所据的版本信息，而且往往在翻译小说之前，对小说版本情况进行一番调查，既在此基础上厘择底本，又选出对校本，并对所选底本做出初步的对校和修订，译者的版本意识逐渐萌发。如翟理斯的英译本《聊斋志异》（*Strange Stories from a Chinese Studio*），从蒲松龄《聊斋志异》中选译了《考城隍》《瞳人语》《婴宁》等 164 篇作品，1880 年在伦敦出版，是《聊斋志异》较早被翻译和介绍到西方的译本。而且，翟理斯在译本序言中论《聊斋志异》的成书和刊刻时说："除了一些关于作者的不确切资料，这部书几乎未被任何外国人提及。比如已故的梅辉立先生（W. F. Mayers）在《中国辞汇》第 176 页上声称'《聊斋志异》作于 1710 年左右'，而实际上该作品完成于 1679 年，但从'聊斋自志'的时间可以看出《聊斋志异》实际上完成于 1679 年。我必须指出，《聊斋志异》在最初的许多年里都以抄本的方式流传。据蒲松龄的孙子在出版的书末题署，蒲松龄因过于贫困而无力支付高昂的雕版费用。直到 1740 年，当作者已经去往他所喜爱描述的那个世界多时之后，上文提到的他的孙子才将这部书刊印出版，这个版本就是现在广为熟知的版本。从那时起，就有众多版本出现在中国公众面前，其中最好的是但明伦——一个盐官刊刻的。但明伦在道光朝很发达，并在 1842 年自费刊刻了一个优秀的版本。这个版本有 16 册，小八开本，每册大约 160 页。由于不同版本的篇目偶尔会有出入，所以我要提醒中文系想将我的翻译与原文比较的学生们，我的翻译根据的是但明伦的评本，并用 1766 年刊行的

余集序本校勘。"① 由此可见，翟理斯清晰地意识到《聊斋志异》不同版本间存在着差异，在参阅了《聊斋志异》多个版本的基础上，厘择出底本和对校本，即以道光二十二年（1842）广顺但氏刻但明伦评朱墨套印本为底本，乾隆三十一年（1766）赵起杲青柯亭刻本为对校本。

据《中国小说总目提要》记载，《聊斋志异》版本有数十种之多；大抵可分为"稿本系统"、"抄本系统"和"刊本系统"。翟理斯英译本选为底本和对校本的但明论评本和青柯亭刻本均属于《聊斋志异》刊本系统中青刻本系列。其中，青柯亭刻本以《聊斋志异》郑藏本为底本，以周藏本和吴藏本为参校本，由赵起杲主持刊刻，余集、鲍廷博等人参与其事，青柯亭本遂成为后世众多翻印本的祖本。但明伦评本即以青柯亭本的重刻本为底本，篇目内容基本没有改动，却加入了大量的评语和部分注释，但文字鱼鲁之讹颇多。因此，翟理斯在以《聊斋志异》道光二十二年广顺但氏刻但明伦评朱墨套印本为底本外，又择以乾隆三十一年赵起杲青柯亭刻为对校本，在翻译之前，对所选底本进行了初步的对校和修订。

翟理斯虽然没有在译本中交代其修订之处，更没有撰写校勘记，但仔细比较译本、底本和对校本，可知翟理斯在翻译之前，以《聊斋志异》但评本为底本，青柯亭本为对校本，纠正了底本的多处讹误。如仅卷一即订正了底本文字的十处错讹：

（1）《瞳人语》

但本：曰：黑漆似巨耐杀人，以不中应曰：可同小遨游出此闷气。

---

① Herbert A. Giles, *Strange Stories from a Chinese Studio*, London：Thos. De. La Rue and Co.，1880，Introduction，pp. xvi - xvii.

青本：日：黑漆似昕耐杀人，右目中应日：可同小遨游出此闷气。

英译：When one day he heard a small voice, about as loud as a fly's, calling out from his left eye："It's horridly dark in here." To this he heard a reply from the right eye, saying "Let us go out for a stroll, and cheer ourselves up a bit."①

（2）《画壁》

但本：人惊拜老僧而问其故。

青本：朱惊拜老僧而问其故。

英译：Mr. Chu was greatly astonished at this and asked the old priest the reason.②

（3）《成仙》

但本：既而抵足寝，梦成裸伏胸上，气不能息，评问何为，殊不答。

青本：既而抵足寝，梦成裸伏胸上，气不能息，讶问何为，殊不答。

英译：They then retired to sleep on the same bed; and by-and-by Chou dreamt that Ch'êng was lying on his chest so that he could not breathe. In a fright he asked him what he was doing, but got no answer.③

（4）《王成》

但本：玉鹑渐悍而其怒益烈，其斗益急，未几雪毛摧落，垂翅而逃。

青本：玉鹑渐懈而其怒益烈，其斗益急，未几雪毛摧落，垂翅

---

① Herbert A. Giles, *Strange Stories from a Chinese Studio*, pp.6-7.
② 同上书，第12页。
③ 同上书，第58页。

而逃。

英译：and the Prince's bird was beginning to show sings of exhaustion. This enraged it all the more，and it fought more violently than ever；but soon a perfect snowstorm of feathers began to fall，and，with drooping wings，the Jade Bird made its escape.①

（5）《贾儿》

但本：自是身忽忽若有所忘，至夜不敢息烛，戒子勿熟。

青本：自是身忽忽若有所亡，至夜不敢息烛，戒子勿熟。

英译：but from that moment the trader's wife was not quite herself. When night came she dared not blow out the candle，and bade her son be sure and not sleep too soundly.②

（6）《贾儿》

但本：久之无异，乃离门扬言诈作欲搜状，歘有一物如狸，突奔门隙，急击之，仅断其尾约二寸许，淫血犹滴。

青本：久之无异，乃离门扬言诈作欲搜状，歘有一物如狸，突奔门隙，急击之，仅断其尾约二寸许，湿血犹滴。

英译：Nothing，however，happened，and he moved from the door a little way，when suddenly out rushed something like a fox，which was disappearing through the door，when he made a quick movement and cut off about two inches of its tail，from which the warm blood was still dripping as he brought the light to bear upon it.③

（7）《陆判》

但本：居无何，门外大呼曰："我请髯宗师至矣！"众起。俄负

<hr />

① Herbert A. Giles，*Strange Stories from a Chinese Studio*，p.73.
② 同上书，第85页。
③ 同上书，第86页。

判入，置凡上，奉觞酬之三。

青本：居无何，门外大呼曰："我请髯宗师至矣！"众起。俄负判入，置几上，奉觞酬之三。

英译：and before many minutes had elapsed they heard him shouting outside, "His Excellency has arrived!" At this they all got up, and in came Chu with the image on his back, which he proceeded to deposit on the table, and then poured out a triple libation in its honour.[1]

(8)《陆判》

但本：彼不艳于其二，陆判官取儿头与易之，是儿身死而头生也。愿勿相仇。

青本：彼不艳于其妻，陆判官取儿头与易之，是儿身死而头生也。愿勿相仇。

英译：Mr. Chu had nothing to do with it; but desiring a better-looking face for his wife, Judge Lu gave him mine, and thus my body is dead which my head still lives. Bear Chu no malice.[2]

(9)《陆判》

但本：朱生入礼闱，皆以场规被放，于是灰心仕进。

青本：朱三入礼闱，皆以场规被放，于是灰心仕进。

英译：Subsequent to these events Mr. Chu tried three times for his doctor's degree, but each time without success, and at last he gave up the idea of entering into official life.[3]

(10)《陆判》

但本：径出门放，于是遂绝。

---

① Herbert A. Giles, *Strange Stories from a Chinese Studio*, pp.93 - 94.
② 同上书，第101页。
③ 同上书，第101页。

青本：径出门去，于是遂绝。

英译：With this he bade them farewell，and went away.①

以上十例，译文在但本和青本存在异文时，皆同青柯亭本。显而易见，翟理斯虽然选择他认为《聊斋志异》最好的版本——但明伦评本为其翻译的底本，却仍以青柯亭本为参校本，校正了但评本文字上的豕亥鱼鲁之讹。这种修订虽然没有以任何显在的形式在译本中有所交代，却以潜在的存在方式，见证了译者在翻译之初，对底本所做出的校对工作，这不仅在一定程度上保证和提高了译文的质量，而且彰显出小说译者版本意识的萌发。

三、版本意识的自觉与《穆天子传》的底本校勘

当译者在版本意识萌发的基础上，厘择出底本和对校本，对之进行初步的对校和修订之外，对底本进行更进一步的整理和校勘，并撰写简单的校勘记时，便意味着译者的版本意识开始走向自觉。如欧德理（Ernest John Eitel，1838 - 1908）的《穆天子传》六卷本全译，刊载于《中国评论》第 17 卷第 4、5 期，题为 *Muh-T'ien-Tsze-Chuen，or Narrative of the Son of Heaven* [*posthumously called*] *Muh.*，并在译文卷一标注 Edited by Ching Lien of Nan-ch'ing；Collated with the Edition of Hung I-huen of Lin-hai。即以《穆天子传》金陵郑濂校本为底本，临海洪颐煊校本为对校本。而且欧德理在注释中指出，在小说文字有阙失或难解之处，亦参阅了《穆天子传》的其他多个版本及理雅各（James Legge，1815 - 1897）所译《竹书纪年》（*Bamboo Books*）。

《穆天子传》最早有明确记载的刻本为元代至正年间，据南台都事刘贞所藏《穆天子传》刊刻的金陵学馆重刊本。自明清以来，

---

① Herbert A. Giles, *Strange Stories from a Chinese Studio*, p.104.

《穆天子传》刻本日渐增多，且有不少手抄本一并流传。顾实先生《穆天子传知见书目提要》所列《穆天子传》的刊本、抄本和校本已达二十九种之多。欧德理英译《穆天子传》所选的底本金陵郑濂校本，载于《增订汉魏丛书》，乾隆五十六年（1791）金陵王谟刊刻，在有清一代翻刻甚多，流播广泛。欧德理择为对校本的临海洪颐煊校本乃以郑濂校本为底本，以程本、吴本、汪本等为参校本，又整理爬梳前人类书古注等著录中《穆天子传》的引文为参照，使洪颐煊校本成为《穆天子传》的精校本，被《郑堂读书记》称为"今本中最善者"。欧德理以郑濂校本为底本，以洪颐煊校本为对校本，兼顾了传播因素和校本质量。

不仅如此，欧德理还参阅了《穆天子传》的其他多个版本，及西人关于《穆天子传》的研究成果，并根据译者自己的理解，在翻译《穆天子传》之前，对底本做出了较为细致的校勘，或填补小说中的阙失，或对文本之间有出入的字句进行乙正。这些补阙和乙正，凝结着译者对底本校勘的认真思考，大致有以下三种处理方式：

（1）在郑濂校本和洪颐煊校本出现异文时，依据洪本校正郑本。如卷一：

郑本：用申八骏之乘。

洪本：用申八骏之乘。（申本作伸，下又有□字从《太平御览》四十引改删。臧镛堂云宋板《尔雅疏》引作用中八骏之乘。申为中之讹。中八骏者，内厩所畜也。）[1]

英译：Thereupon he used the carriage with the eight steeds of the second [read 中 for 伸] (Equerry)，and proceeded to the feast given on the islet at the river-fork in that portion of the Ho which

---

[1]　引文括号内的文字为原文中的双行夹注，下引同此。

*runs South of Tsih-shih.*①

译文参考洪本的注释，在译文中注明［read 中 for 伸］。又如卷二：

郑本：而丰□隆之葬，以诏后世。

洪本：而封□隆之葬（隆上字疑作丰，丰隆筮御云得《大壮》卦，遂为雷师，亦犹皇帝桥山有墓，封为增高其上土也，以标显之耳。《山海经·西山经》注、《水经·河水》注俱引作封丰隆之葬，后传写脱丰字，注隆上字疑作丰六字，本后人校者之文，今误羼入注中，正文封讹作丰，今依注改正，而注中六字姑仍其旧。），以诏后世。

英译：He then raised the mound（interpolating 封）over the tomb of Fung-lung（omitting the lacuna here indicated in the text）in order to perpetuate his memory among future generations.②

译文依据洪本，认为文中阙失"□"应为"丰"，将全句译为：而封丰隆之葬（删去了原文中的阙文符号），以诏后世。

（2）在郑濂校本和洪颐煊校本出现异文时，选择遵循郑本。如卷四：

郑本：□南征翔行，迳绝瞿道，升于太行，南济于河，驰驱千里。

洪本：南征翔行，迳绝瞿道，升于太行，南济于河，驰驱千里。

英译：(On)...（day），he marched southward and proceeding with the utmost speed, he cut right across to Tih-tao, ascended（mount）T'ai hang, and then crossed the Ho in the South, the

---

① *China Review*, Hong kong, Vol.XVII., No.4, 1889, p.229.
② 同上书，第230页。

horses having been kept at a gallop, for a distance of 1000 li.①

译文从郑本，且疑文中所阙为日期。即：（某日）南征翔行，迳绝翟道，升于太行，南济于河，驰驱千里。又如卷五：

郑本：丙辰，天子南游于黄□室之丘，以观夏后启之所居。

洪本：丙辰，天子南游于黄室之丘（黄下本有□字，从《太平御览》三十四、五百九十二引删，《文选·雪赋》注引作黄台之丘），以观夏后启之所居。

英译：On Ping-shān (1625th day)，the Son of Heaven went on an excursion towards the South of Yellow ... the heights at the residence，in order to view the dwelling of K'i of the Hia Dynasty.②

译文从郑本，认为文中有阙失，并以"..."替代了中文的阙文符号"□"。

（3）对底本中的阙失和质疑之处，译者给出与郑本、洪本皆不同的校勘意见。如卷二：

郑本：天子三日舍于鹬鸟之山，□吉日辛酉，天子升于昆仑之丘，以观皇帝之宫。

洪本：天子三日舍于鹬鸟之山，□吉日辛酉，天子升于昆仑之丘，以观皇帝之宫。

英译：The Son of Heaven resided for three days at the ... (foot) of the mountain of Yin-niao. (§22) On a lucky day (specially selected)，viz. on Sin-yiu (225th day)，the Son of Heaven ascended the heights of Kwăn-lun and viewed the palace of

---

① *China Review*，Vol. XVII.，No. 4，1889，p. 239.
② 同上书，第250页。

Hwang Ti.①

译文认为文中的阙失"□"为"脚"，即：天子三日舍于鹳鸟之山脚，吉日辛酉，天子升于昆仑之丘，以观皇帝之宫。又如卷五：

郑本：季夏庚□，休于范宫。

洪本：季夏庚□，休于范宫。

英译：In the last month of summer, on Kang-suh (855th day), he rested in a temporary palace.②

译文将文中所阙补为"戌"，即：季夏庚戌，休于范宫。又如卷六：

郑本：巳末乙酉，天子绝钘隥，乃遂西南。

洪本：乙酉，天子绝钘隥，乃遂西南。（乙酉上本有"巳末"二字，从《水经·汾水》注引删）

英译：(§155) On Ki-wei (1248th day) ... (§156) On Yueh-yiu (1274th day), the Son of Heaven proceeded in a westerly direction and crossed the pass of Ying, whereupon he forthwith went towards the South-west.③

译者疑文中有阙，将之译为：巳末□□，乙酉天子绝钘隥，乃遂西南。

由上可见，欧德理既不固守郑本，也不拘泥洪本，而是根据其对文本的理解和判断得出自己的校勘结果。更加值得注意的是，译者不仅对底本进行了补阙和乙正，又进一步将其校勘结果以注释的形式记录在案，如卷一：

---

① *China Review*，Vol.XVII.，No.4，1889，p.230.
② 同上书，第248页。
③ 同上书，第257页。

郑本：天子乃乐，□七萃之士战。

洪本：天子乃乐，□七萃之士战。

英译：when the Son of Heaven had some music performed ... Rewards were given to the officers of the seven detachments. There was some fighting going on.①

译文疑此处有讹误，添加注释：There seems to be here some corruption of the text. Nowhere else in the whole narrative is any military undertaking referred to，although the King was accompanied by a body guard in seven detachments and six（small）army corps②。即此处似有讹误，虽然天子有七萃之士和六队之卫随行，但文中其他部分皆无叙及军事活动。又如卷一：

郑本：河宗之子孙䢴柏絮，且逆天子于智之□。

洪本：河宗之子孙䢴柏絮，且逆天子于智之□。

英译：One of Ho-tsung's descendants，an earl of Pʻăng，called Sü，was the only one who came to meet the Son of Heaven at the ... of Chi.③

译文加注释曰：The original probably read 'on the plains of Yen-kü and Yü-chi④。即原文疑为：且逆天子焉居禺知之平。在注释中提出了对中文的补阙意见。又如卷六：

郑本：抗者筋夕而哭。

洪本：抗者筋夕而哭。

英译：The dressers，having made a libation before the corpse，next took their turn in wailing.⑤

---

① *China Review*，Vol.XVII.，No.4，1889，p.226.
② 同上书，第 226 页。
③ 同上书，第 227 页。
④ 同上书，第 227 页。
⑤ 同上书，第 253 页。

译文在此处加注释：I assume that 夕 is a slip of the pen for 尸①。即"夕"疑为"尸"的误笔。欧德理英译《穆天子传》共添加了119条注释，其中大约三分之一的注释都和他对底本的校勘有关。这些注释不仅标明译者对文本的校正之处，表明译者的校勘想法和根据，而且在一定程度上已经初步具备了校勘记的雏形，从而标志着译者版本意识的自觉。

第二节　中国古典小说早期西译版本处理之校勘学价值

上文以《玉娇梨》《聊斋志异》和《穆天子传》的底本整理情况为线索，大致勾勒出中国古典小说西译中，译者版本意识从沉潜到萌发再到自觉的历史嬗变。而在这个嬗变过程中，译者在底本厘择和校勘中所采用的文本整理方法，既遵循了西方传统的文本校勘原则，又和中国乾嘉学派的考证方法相仿，并率先将此方法应用到在中国被视为"小道末技"的"说部"上，这无疑在小说版本的研究上占了先机，对中国小说版本校勘学的建立具有一定的借鉴价值。这种借鉴价值主要体现在对版本的重视、内容的校勘和版式的转换三个方面。

一、对版本的重视

中国传统文献整理的校雠、版本之学虽然源远流长，但是，中国古典小说往往被视作"君子弗为"之"小道末技"，被长期摒弃在中国传统文献学之外，对中国古典小说的版本更是少有问津。相较之下，将中国古典小说翻译成西文的西方译者似更加重视小说的版本，即使是在版本意识沉潜的时期，已经开始注意中国小说的版

---

① *China Review*，Vol.XVII.，No.4，1889，p.253.

本。如雷慕莎在翻译《玉娇梨》时，提及中文小说拥有四五种版本。德庇时更是清晰标注其《好逑传》英译本的底本版本。不仅如此，随着版本意识的萌发和自觉，西方译者遂将西方传统的文本校勘原则应用于中国古典小说。胡适曾指出："中西校勘学的殊途同归的研究方法，颇使我惊异。"① 而他倡导的"用校勘考证的方法去读小说书"的小说研究新范式，实为西方杜威等人的实验主义与中国传统的乾嘉考证之学相结合的产物。实际上西方的文本校勘学源远流长，大致可以推溯至两千五百多年前的古希腊，是在对《荷马史诗》等古典文本、《圣经》文本、莎士比亚文本的校勘整理过程中逐渐发展形成的。因此，当具有版本校勘素养的西人译介中国小说时，便自觉地将底本校勘纳入翻译之中，在翻译之前，或与翻译同步，即对文本的异文进行了鉴别和修正。这在研究方法上其实和与汉儒校订儒家经典一脉相承的清代乾嘉考证之学殊途同归，不同的是在研究客体上，将考证校勘的方法引入了乾嘉学派忽视的中国古代小说的整理和校勘。

　　具体而言，西方译者在翻译中国小说过程中，不仅重视小说的版本，而且对底本的整理和校勘，又大致有三个步骤。第一步，在考察小说版本的基础上慎重选择底本。如翟理斯在参阅了《聊斋志异》多个版本的基础上，选定他认为《聊斋志异》最好的版本——道光二十二年（1842）广顺但氏明伦评朱墨套印本为底本；欧德理选择了《穆天子传》流播最为广泛的金陵郑濂校本为底本。第二步，在厘择出理想的底本之后，往往再选定其他版本为参校本，与底本进行对校。如翟理斯以《聊斋志异》乾隆三十一年（1766）赵起杲青柯亭刻本为参校本，与底本进行对校，

―――――――

① 胡适口述，唐德刚注译《胡适口述自传》，合肥：安徽教育出版社，2005 年，第 135 页。

纠正了底本中的诸多错讹。欧德理以《穆天子传》临海洪颐煊校本为对校，对底本进行了补阙和乙正。第三步，当译者将借助文本和理性推测出的最佳校勘结果记录在案时，便具备了校勘记的雏形。如欧德理以注释形式将《穆天子传》的校勘加以记录，而欧德理对《穆天子传》的校勘比倡导"用校勘考证的方法去读小说书"[1] 的胡适的《水浒传考证》（1920 年）、《红楼梦考证》（1921 年）早了近三十余年。

二、内容的校勘

内容的校勘指根据文本，对异文或阙失进行鉴别和补正。如《聊斋志异》卷二《酒友》：

但本：烛之狐也，以故而犬卧，视其瓶则空矣。

青本：烛之狐也，酣醉而犬卧，视其瓶则空矣。

英译：Striking a light，he found it was a fox，lying in a drunken sleep like a dog；and then looking at his wine bottle he saw that it had been emptied.[2]

"以故"和"酣醉"字形上的差别甚为明了，而从表达作者意图上讲，"酣醉"比"以故"更鲜明地表明了狐之"犬卧"的缘由。英译文遵循青本，将之译为"lying in a drunken sleep like a dog."以青本修正了但本。又如《聊斋志异》卷二《张诚》：

但本：每于冲衢访弟耗，途中资斧断绝，再而行。

青本：每于冲衢访弟耗，途中资斧断绝，丐而行。

英译：Whenever he came to a large town or populous place he used to ask for news of Ch'êng；and by-and-by，when his money was all spent，he begged his way on foot.[3]

---

① 杜和春等编《胡适论学往来书信选》，石家庄：河北人民出版社，1998 年，第 74 页。
② Herbert A. Giles, *Strange Stories from a Chinese Studio*, p.165.
③ 同上书，第 209 页。

"再"和"丏"可能因形近而误，而"再"在句中词意不通，"丏"则通畅地传达了文中张讷"资斧断绝"后，行乞找寻其弟的执着和艰辛。英译文亦以青本校正了但本。而欧德理的《穆天子传》，不仅在郑本和洪本出现异文时，对异文进行斟酌和鉴别，而且有些译文则和郑本、洪本皆有所不同，显示了译者对文本独特的校勘意见。如卷一：

郑本：癸丑，天子大朝于燕□之山，河水之阿。

洪本：癸丑，天子大朝于燕□之山，河水之阿。

英译：On Kwéi-ch'eu (157th day), the Son of Heaven held a grand levée at mount Yen- ...[1]

郑本和洪本均以"□"表示文中有阙失。英译文则在此处添加注释，指出原文疑为：癸丑，天子大朝于燕然之山，河水之阿。认为文中的阙失"□"应为"然"。又如《穆天子传》卷二：

郑本：曰□山是唯天下之良山也。

洪本：曰□山是唯天下之良山也。

英译：Note.--Mount ... (Chung) is one of the finest mountains of the world.[2]

英译文将文中的阙失"□"补为"春"，即：曰（春）山是唯天下之良山也。再如《穆天子传》卷四：

郑本：顾命柏夭归于丌邦，天子曰，河宗正也，柏夭再拜稽首。

洪本：顾命柏夭归于丌邦，天子曰，河宗正也，柏夭再拜稽首。

---

① *China Review*，Vol. XVII.，No. 4，1889，p. 227.
② 同上书，第 231 页。

英译：On this occasion he commanded Poh-yao to return to his own country. The son of Heaven said，'Let the descendant of Ho-tsung stop now.' Poh-yao made repeated obeisances，knocking his head on the ground.[1]

英译文在注释中说明"正"似为"止"。因此将之译为：顾命柏夭归于丌邦，天子曰河宗止也，柏夭再拜稽首。译者给出了和郑本、洪本不同的校勘意见。显而易见，上文诸例皆为对小说内容的校勘，这不仅构成了校勘学的主体部分，显示了译者的校勘素养，而且，其校勘结果反过来又在一定程度上成为判断其底本依据的有益线索。通过对底本校勘结果的反向推敲，或可还原译文底本的版本情况。

三、版式的转换

译者在对内容进行校勘之外，还通过分段、空行、换行、标点等做法，改变了小说文本的版式。这种版式的转换，虽然往往并不会影响作者意图及其表达实质，但是客观上已经形成了一种全新的文本，从而在一定程度上拓展了校勘学的外延，使版式的转换亦成为校勘学的有机组成部分。

首先，中国古典小说的西译文本，往往将中国古典小说从右往左的竖排版转换成从左往右的横排版，且取消了中文版式里的边栏、行款、版心及鱼尾。如德庇时英译本《好逑传》所附中文原著的内封，标明其英译本的中文底本为嘉庆丙寅年镌，福文堂本精刊古本两才子书《好逑传》。德庇时英译本《好逑传》扉页则将福文堂本《好逑传》的中文版式完全转换成西式的书籍版式。如下图：

---

[1] *China Review*，Vol.XVII.，No.4，1889，p.238.

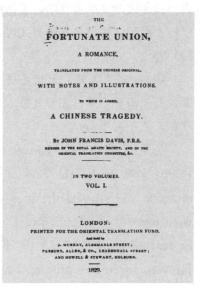

图 2.4　《好逑传》德庇时译本内封　图 2.5　《好逑传》德庇时译本扉页

《好逑传》中文内封采取从右往左的竖版，且以直线将版面分成三栏，中间一栏以大字标出书名，左右两栏以小字标注书籍刊刻的时间及其版本信息等，版面四周以双边圈围。德庇时《好逑传》英译本则使用从左往右的横版，版面亦主要包括三方面的内容，但并不分栏，依照从上往下的次序分别标注书名、译者及书籍的出版地和时间，且四周无边框。不仅将中文版式转换成西文版式，而且其所传达的信息也有所出入，如中国古典小说在内封中并不标注作者，英译本则在版面比较显著的地方给出译者信息。这又与中国人视小说为小道、小说作者往往不愿署真名的中国古代独特的文化现象相关联。

其次，中文古籍往往只有卷目或回目之分，并不划分段落，中国古典小说的版式亦循而守之，除小说中诗词歌赋等韵文需换行、提格外，其余则通篇一体，没有句子和段落之分。西人在将中国古典小说译成西文的过程中，遵循西人的阅读习惯和版式规范，通过空行、换行、提格等具体方式将译文划分句子和段落。如《穆天子传》卷六：

郑本：巳未乙酉，天子绝钘隥，乃遂西南。戊子，至于盐。己丑，天子南登于薄山窴轮之隥，乃宿于虞。庚申，天子南征，吉日辛卯，天子入于南郑。

英译：（§155）On Ki-wei（1248th day）…（§156）On Yueh-yiu（1274th day），the Son of Heaven proceeded in a westerly direction and crossed the pass of Ying，whereupon he forthwith went towards the South-west.（§157）On Wuh-tsz（1277th day），he reached Kan.（§158）On Ki-ch'eu（1278th day），the Son of Heaven，turning southwards，ascended the mountains of Poh and crossed the pass of Tin-ling，on which occasion he stayed for a night at Yü.（§159）On Kăng-yin（1279th day），the Son of Heaven proceeded in a southerly direction.（§160）（Having selected）a lucky day，viz. the Sin-mao（1281st day），the Son of Heaven entered Nan-ching（district city）.[①]

欧德理以音译的方式标示文中的天干地支，既保留了《穆天子传》以天干地支标示日子和接续时间的叙事方法，将周穆王长达数年之久的巡行天下的活动连成一体；又以序数词的形式计算周穆王出行的天数，在天干地支纪日后以括号的形式一并注出，从而把周穆王长达数年之久的巡游纪为 1281 天。同时，又以纪日为单位，用"§＋数字"的形式，对中文进行分句，将全书六卷划分成 160 个句子。这种版式的处理，不仅在版式上使得通篇疏朗有序，而且赋予小说一种内在的逻辑韵律。

---

① *China Review*，Vol.XVII.，No.5，1889，pp.257 - 258.

　　西方译者有时亦根据小说情节的转换将句意连续的句子组成一个句群，从而划分出段落。如《聊斋志异·画壁》小说文字并没有段落之分。翟理斯的英译文则将其划分为 5 个段落，从"江西孟龙潭与朱孝廉客都中，偶涉一兰若"① 至"群笑而去"为第 1 段；从"生视女，鬟云高簇，鬓凤低垂，比垂髫时尤艳绝也"到"朱局踏既久，觉耳际蝉鸣，目中火出，景状殆不可忍，惟静听以待女归，竟不复忆身之何自来也"为第 2 段；从"时孟龙潭在殿中，转瞬不见朱，疑以问僧"到"盖方伏榻下，闻叩声如雷，故出房窥听也"为第 3 段；以"共视拈花人，螺髻翘然，不复垂髫矣。朱惊拜老僧而问其故"为第 4 段；以"僧笑曰：'幻由人生，贫道何能解！'朱气结而不扬，孟心骇叹而无主。即起，历阶而出"为第 5 段。在版式上以空格、换行等方式实现段落的划分，实际上则根据小说情节的起承转合来划分段落。这不仅体现了译者对小说内在章法结构的把握，而且段落划分明显使小说的脉络更加晓畅，层次更加清晰，阅读更加简便。

　　再次，中国古典小说的西译文本均添著有标点符号，这与部分中国古籍采取圈点之法旨意相似，但两者之间亦存在着较大的差异。如雷慕莎《玉娇梨》法译本的中文底本为金阊拥万堂梓《玉娇梨》重镌绣像圈点秘本，此版本在小说中从旁加有圈点，这虽然也有句意休止停顿和评点激赏的作用，但整体版式显得繁琐凌乱，并没有能起到调节和引导阅读节奏的作用，反而妨碍读者的正文阅读。而译本则主要用句号和逗号表示句意的停顿，既便于读者的阅读，又显得版式简洁清晰。

　　标点符号虽然只是语言中的辅助书写符号，但是由于它在语言中的特定作用，其使用往往对语言影响极大，且不同的语言自有一

_____

① 《聊斋志异》卷一《画壁》，道光二十二年（1842）广顺但氏但明伦评朱墨套印本。本段引文同此。

套自成体系的标点符号系统。与语言配套使用的标点符号不仅构成并反映了语言的句法结构和表达方式，而且在更深的层次折射出各个语言所在的特定文化范畴内的思维模式。如中国传统的句读符号，在标示句子停顿和休止的作用之外，亦具有一定的评点功能，而在中国古典小说译成西文的过程中，译者以西式的标点符号替代中国传统句读符号，虽然使中国传统句读符号的点评功能遗失殆尽，然而，通过西文中逗号、句号和疑问号、感叹号等表示疑问或感叹的符号使用，加强了小说文本阅读的语气功能，文本的内在情感亦通过标点符号突显出来，在一定程度上反映了中国古代小说从传统句读到新式标点符号运用的演进轨迹。

综上所述，西方译者在翻译中国古典小说过程中对版本的重视、内容的校勘和版式的转换，均体现了西方译者版本意识的逐渐自觉，而西方译者对小说版本的重视，不仅在时间上比中国学人对小说版本的考证早了至少三十余年，而且其所采用的文本校勘方法，又和二十世纪初中国新文化运动时期，胡适倡导的"用校勘考证的方法去读小说书"的研究理念相合，与亚东图书馆出版的中国古典小说在新式标点、分段等做法上不谋而合①。而作为主其事者的胡适，他的治学方法的形成，自然与他早年留学西方的经历密不可分。胡适在继承乾嘉学派传统的基础上，借鉴杜威等人"实验主义"，并将两者结合起来运用于古典小说的整理与研究。因此，如果说"西学东渐"是促进中国新文化运动和小说研究新范式建立的重要动力，那么"中学西传"亦是另一股不可忽视的促力，尤其是，中国古典小说西译过程中，译者对小说文本的整理和校勘及其版式处理，在一定程度上可视为中国古代小说版本校勘学的先声。

---

① 关于亚东版小说的标点和分段，可参考赵真、孙逊《用现代文法处理古代小说的有益尝试——关于亚东版小说的新式标点和分段》，《上海师范大学学报》（哲学社会科学版）2009 年第 1 期。

第三章
西方的中国古典小说选本与小说的文本化

　　西方的中国古典小说选本即西方汉学家编选的中国古典小说选集，是中国古典小说在西方文本化的重要途径，如儒莲编撰的《中国小说选》(*Nouvelles Chinoise*)①、爱德华·格里泽巴赫(Eduard Grisebach，1845－1906)编译《中国小说》(*Chinesische Novellen*)②、道格斯辑录的《中国故事集》(*Chinese Stories*)③ 等。这些西人编纂的中国古典小说选本无可避免地以西方编者的小说观念来衡度中国古典小说，从而在中西文学观念的碰撞和互动中，以西方的小说观念和治学方法对中国古典小说进行文本梳理和文体考辨，并在其编选的小说选本中寄寓了对中国小说的认识和批评。但学术界目前对此类文献的关注大都囿于个案研究，如《自我投影与

---

① S. Jullien，*Nouvelles Chinoises*，Paris：L. Hachette et Cⁱᵉ，1860.
② Eduard Grisebach，*Chinesische Novellen*，Leipzig：Fr. Thiel，1884.
③ R. K. Douglas，*Chinese Stories*，Edinburg and London：William Blackwood and Son，1893.

他者审视——论托马斯·塞尔比〈中国小说中的中国人〉》①、《翟理斯译〈聊斋志异选〉的注释与译本的接受》② 等，对西人编选的中国古代小说选本缺乏较为全面的梳理和整体的考察。有鉴于此，本章即以西方汉学家编选的中国古代小说选本为研究对象，进行具体考述。文中所言西方汉学家，主要指欧美汉学家；西人所编中国古代小说选本既指狭义的西方汉学家编选的中国古代小说译文选集，又包括广义上的中国古代小说选本，即西方学者编写的中国文学作品选与中国文学史著作。

第一节　西方的中国古典小说选本述略

西方的中国古典小说选本主要有三种文本形式，其一为西人编纂的中国古典小说译文选集，其二为西人辑录的中国文学作品选，其三为西人撰写的中国文学史著作。从西人编纂的中国古典小说译文选集到中国文学作品选，再到中国文学史著作，不仅实现了中国小说在西方的文本化，而且在一定程度上反映出中国小说在西方的经典化进程。

一、西人编纂的中国古典小说译文选集

西人编纂的中国古典小说译文选集是西方的中国古典小说选本最主要的文本形式，根据文本的来源、体裁、主题等编排体制的不同，西人编纂的中国古典小说译文选集又可分为以下四种类型：

---

① 宋丽娟《自我投影与他者审视——论托马斯·塞尔比〈中国小说中的中国人〉》，《上海师范大学学报（哲学社会科学版）》，2011 年第 4 期。托马斯·塞尔比为 Thomas Gunn Selby 的直译，亦被译为师多马。
② 孙轶旻《翟理斯译〈聊斋志异选〉的注释与译本的接受》，《明清小说研究》2007 年第 2 期。

　　第一，将从同一部中国小说集中选译的故事编辑成集，入选篇目从两篇、三篇到一百余篇不等，《今古奇观》《十二楼》《聊斋志异》《俗话倾谈》等中国小说集是最常见的文本来源。如从抱瓮老人《今古奇观》选译而成的中国古典小说选本有爱德华·格里泽巴赫编译的两部《今古奇观：中国的一千零一夜》(*Kin-Ku Ki-kuan. Neue und alte Novellen der chinesischen 1001 Nacht*)，分别于1880 年与1881 年在德国斯图加特出版，第一部收有《羊角哀舍命全交》和《庄子休鼓盆成大道》2 篇故事①，第二部辑录《转运汉巧遇洞庭红》和《王娇鸾百年长恨》2 篇故事②。爱德华·格里泽巴赫的《中国小说》(*Chinesische Novellen*) 从《今古奇观》中选译了《女秀才移花接木》和《杜十娘怒沉百宝箱》2 篇故事，于1884 年在德国莱比锡出版③；之后，爱德华·格里泽巴赫又将《今古奇观》中的《卖油郎独占花魁》译成德文，仍以《中国小说》(*Chinesische Novellen*) 为名，于1886 年在德国柏林发行④。德理文编译的两部《三种中国小说》(*Trois Nouvelles Chinoises*)，分别于1885 年与1889 年在法国巴黎出版，前者从《今古奇观》中选译了《夸妙术丹客提金》《看财奴刁买冤家主》与《钱秀才错占凤凰俦》3 种小说⑤；后者从《今古奇观》中选译了《蒋兴哥重会珍珠衫》《徐老仆义愤成家》与《唐解元玩世出奇》3 种小说⑥。德理文的《六种中国小说》(Six Nouvelles) 又从《今古奇观》中选译了

---

① Eduard Grisebach, *Kin-ku Ki-kuan. Neue und alte Novellen der Chinesischen 1001 Nacht*, Stuttgart: Gebrüder Kröner, 1880.

② Eduard Grisebach, *Kin-ku Ki-kuan. Neue und alte Novellen der Chinesischen 1001 Nacht*, Stuttgart: Gebrüder Kröner, 1881.

③ Eduard Grisebach, *Chinesische Novellen*, Leipzig: Fr. Thiel, 1884.

④ Eduard Grisebach, *Chinesische Novellen*, Berlin: Lehman, 1886.

⑤ d'Hervey-Saint-Denys, *Trois Nouvelles Chinoises*, Paris: Ernest Leroux, Éditeur, 1885.

⑥ d'Hervey-Saint-Denys, *Trois Nouvelles Chinoises*, Paris: Ernest Leroux, Éditeur, 1889.

《赵县君乔送黄柑子》《金玉奴棒打薄情郎》《裴晋公义还原配》《吴保安弃家赎友》《崔俊臣巧会芙蓉屏》和《陈御史巧勘金钗钿》6 篇小说①。豪厄尔（Edward Butts Howell）编译的《今古奇观：不坚定的庄夫人及其他故事》(*The Inconstancy of Madam Chuang and Other Stories from the Chinese*) 收录有从《今古奇观》选译的《庄子休鼓盆成大道》《俞伯牙摔琴谢知音》《李谪仙醉草吓蛮书》《李汧公穷邸遇侠客》《滕大尹鬼断家私》《钱秀才错占凤凰俦》6 篇故事②。

从李渔《十二楼》选译而成的中国古典小说选本有德庇时的《中国小说》(*Chinese Novels*)，将从《十二楼》中选译的《三与楼》《合影楼》和《夺锦楼》3 篇拟话本小说编辑成集③。

从蒲松龄《聊斋志异》选译而成的小说选本有翟理斯的《聊斋志异选》(*Strange Stories from a Chinese Studio*)④，从《聊斋志异》中选译了《考城隍》《劳山道士》《娇娜》《婴宁》《罗刹海市》《阿宝》《画皮》《石清虚》等 164 篇故事辑录成集。马丁（Martin Buber，1878－1965）编译的《中国鬼神爱情故事选》(*Chinesische Geister-und-Liebesgeschichten*) 从《聊斋志异》中选译了《画壁》《陆判》《婴宁》《莲香》等 16 篇故事⑤。乔治·苏利埃·德·莫朗（Georges Soulié de Morant，1878－1955）编译的《聊斋志异选》从《聊斋志异》中选译了《绿衣女》《张诚》《夜叉国》《爱奴》《婴宁》

① d'Hervey-Saint-Denys, Six Nouvelles, Paris：J. Maisonneuve, 1892.
② Edward Butts Howell, *The Inconstancy of Madam Chuang and Other Stories from the Chinese*, Shanghai, Hong Kong, Singapore：Kelly & Walsh Limite, 1905.
③ John Francis Davis, *Chinese Novels*, *Translated from the Chinese*, London：John Murray, 1822.
④ Herbert A. Giles, *Strange Stories from a Chinese Studio*, London：Thos. de La Rue & Co., 1880.
⑤ Martin Buber, *Chinesische Geister-und-Liebesgeschichten*, Frankfurt：Rutten & Loening, 1911.

等 25 篇故事①。

　　从邵彬儒《俗话倾谈》选译而成的小说选本有师多马（Thomas Gunn Selby，1846 - 1910）编译的《中国小说中的中国人》（*the Chinaman in His Own Stories*）②，从《俗话倾谈》中选译了《骨肉试真情》《好秀才》《瓜棚遇鬼》《泼妇》《横纹柴》《九魔托世》与《生魂游地狱》7 篇故事。

　　第二，将同一体裁的中国古典小说编译成集。如雷慕莎的《中国小说选》（*Contes Chinois*）将 10 种拟话本小说辑录成集，分别为《合影楼》《蔡小姐忍辱报仇》《宋金郎团圆破毡笠》《三孝廉让产立高名》《怀私怨狠仆告主》《念亲恩孝女藏儿》《范鳅儿双镜团圆》《三与楼》《夺锦楼》与《庄子休鼓盆成大道》③。勒格朗（Émile Legrand，1841 - 1903）的《宋国的夫人》（*La Matrone du Pays de Soung-Les Deux Jumelles* [*contes chinois*]）将《庄子休鼓盆成大道》与《夺锦楼》编译成册④。

　　第三，将相同主题的中国古典小说编译成集。如《天镜》（*The Celestial Mirror*）是由毛继义（J. A. Maung Gyi）和陈途宏（Cheah Toon Hoon）编译的中国小说译文选集，该译本以中国孝义和判案故事为主题，从《二十四孝》《聊斋志异》与《龙图公案》等小说中选译了《单衣顺母》《骗马》《牙簪插地》《叶生》《鹿随獐》《青靛记谷》等 24 篇作品，1894 年由仰光德瓦兹（D'Vauz Press）出版社出版⑤。

---

① Georges Soulié de Morant，*Strange Stories from the Lodge of Leisures*. London：Constable，1913.

② Thomas G. Selby，*The Chinaman in His Own Stories*，London：Charles H. Kenny，1895.

③ Abel-Rémusat，*Contes Chinois*，Paris：Moutardier，1827.

④ Émile Legrand，*La Matrone du Pays de Soung-Les Deux jumelles* [*Contes Chinois*]，Paris：A. Lahure，Imprimeur-Éditeur，1884.

⑤ J. A. Maung Gyi and Cheah Toon Hoon，*The Celestial Mirror*，Rangoon：D'vauz Press，1894.

　　第四，将不同体裁、主题的中国古典小说辑录成集。如帕维的
《中短篇小说选》（*Choix de Contes et Nouvelles*）选译了 6 篇故事，
分别为从《今古奇观》中选译的《灌园叟晚逢仙女》《李谪仙醉草
吓蛮书》《俞伯牙摔琴谢知音》，从《龙图公案》中选译的《石狮
子》以及《西游记》第九回"陈光蕊赴任逢灾 江流僧复仇报本"
中唐僧出身的故事与第十回"老龙王拙计犯天条 魏丞相遗书托冥
吏"和第十一回"游地府太宗还魂 进瓜果刘全续配"中太宗游地
府的情节①。儒莲的《中国小说选》（*Nouvelles Chinoises*）②收有
从历史演义《三国演义》中选译的与"董卓之死"相关的情节以及
拟话本小说《滕大尹鬼断家私》和《刘小官雌雄兄弟》。道格斯的
《中国故事集》（*Chinese Stories*）将《好逑传》第三回"水小姐俏
胆移花"与《怀私怨狠仆告主》《夺锦楼》《金玉奴棒打薄情郎》《续
玄怪录·薛伟》《庄子休鼓盆成大道》《女秀才移花接木》《夸妙术丹
客提金》等 10 篇故事辑录成集③。屈内尔（Paul Kühnel，1848 -
1924）编选的《中国小说》（*Chinesische Novellen*）收有从话本小
说《今古奇观》选录的《滕大尹鬼断家私》《李谪仙醉草吓蛮书》
《俞伯牙摔琴谢知音》《夸妙术丹客提金》《钱秀才错占凤凰俦》《唐
解元玩世出奇》《裴晋公义还原配》与《赵县君乔送黄柑子》9 篇小
说，并从志怪小说《聊斋志异》中选译了《王桂庵》，共收录 10 篇
故事④。鲁德尔施贝格尔（Hans Rudelsberger）编译的《中国小说
选译》（*Chinesische Novellen aus dem Urtext Übertragen*）不仅选
录了拟话本小说《庄子休鼓盆成大道》《合影楼》《夺锦楼》《蔡小姐

①　Théodore Pavie, *Choix de Contes et Nouvelles*，Paris：B. Duprat，1839.

②　S. Jullien, *Nouvelles Chinoises*，Paris：L. Hachette et Cⁱᵉ，1860.

③　R.K. Douglas, *Chinese Stories*，Edinburgh and London：William Blackwood and
　　Sons，1893.

④　P. Kühnel, *Chinesische Novellen*，Munich：Georg Muller，1914.

忍辱报仇》《李谪仙醉草吓蛮书》《钱秀才错占凤凰俦》和《乔太守乱点鸳鸯谱》，还从志怪小说《聊斋志异》中选录了《陈云栖》《鲁公女》《倾城》《陆判》4篇故事，从公案小说《龙图公案》中选译了《偷鞋》《石狮子》《龙女》等8篇故事，此外，还选录了世情小说《金瓶梅》第十三回"李瓶姐墙头密约，迎春儿隙底私窥"的情节，以及历史演义《三国演义》第八回至第九回中与董卓、貂蝉相关的故事情节①。利奥·格雷纳（Leo Greiner）编撰《中国的前夕》(*Chinesische Abende: Novellen und Geschichten*) 从历史演义《三国演义》中选录了"水军头领的计谋""复仇者""围绕美人貂蝉的斗争"等5个情节故事，从《东周列国志》中选录了"孔夫子的诞生""笛音""龙女""重耳与姜氏"等7个情节故事，从志怪小说《聊斋志异》中选译了《赵城虎》等5篇故事，从话本小说集《今古奇观》中选录了《灌园叟晚逢仙女》②。

此外，值得指出的是，诸如巴赞的《现代文学》(*Littérature Moderne*)③、丁义华的《中国小说》(*Chinese Fiction*)④、甘淋的《中国小说》(*Chinese Fiction*)⑤ 等中国小说论著，虽或分门别类地梳理中国小说，或侧重于介绍书市流行的中国小说，或尝试描述中国小说的经典著作，但亦都选译了中国小说的某些篇章，亦可视为西人所编中国古代小说选本的补充文本。

---

① Hans Rudelsberger, *Chinesische Novellen aus dem Urtext Übertragen*, Leipzig: Inselverlag, 1914.

② Leo Greiner, *Chinesische Abende: Novellen und Geschichten*, Berlin: Erich Reiss Verlag, 1914.

③ M. G. Pauthier et M. Bazin aîné, *Chine Moderne, ou Description Historique, Géographique et Littéraire de ce Vaste Empire, d'parès des Documents Chinois*, Paris: Firmin Didot Frères, 1853, t.2, pp. 466 - 553.

④ E. W. Thwing, "*Chinese Fiction*", *China Review*, Hong Kong, Vol. 22, No. 6, Vol. 23, No.2, 1897.

⑤ George T. Candlin, *Chinese Fiction*, Chicago: The Open Court Publishing Company, 1898.

这些西人编撰的中国古典小说译文选集或把从同一部小说选集中选译的单个故事编辑成集，或从同一体裁的中国古典小说集中选译几篇结集，或将相同主题的中国古典小说编译成集，或将不同体裁、主题的中国古典小说辑录成集，形成了中国古典小说选译辑集之形式的多样性，成为中国古典小说在西方文本化的重要途径。

二、西人辑录的中国文学作品选

翟理斯的《古文珍选》（*Gems of Chinese Literature*）、乔治·苏利埃·德·莫朗的《中国文学选》（*Essai sur la Liétrature Chinois*）等西方汉学家辑录的中国文学作品选在西方文学观的引导下将被中国人视为"小道末计"的小说与诗歌、散文、戏曲并列，从而将小说纳入中国文学的范畴，在其文学作品选中选入了中国古代小说的某些篇章，从而构成了西方中国古代小说选本另一种重要的文本形式。

1.《古文珍选》（*Gems of Chinese Literature*），1884 年

翟理斯的《古文珍选》于 1884 年在伦敦和上海发行①。该书以朝代为纲，分为周代与秦代（The Chou and Ch'in Dynasties：550－200 B.C.）、汉代（The Han Dynasty：200 B.C. to 200 A.D.）、六朝（The Six Dynasties：200－600 A.D.）、唐代（The T'ang Dynasty：600－900 A.D.）、宋代（The Sung Dynasty：900－1200 A.D.）、元代与明代（The Yuan and Ming Dynasties：1200－1650 A.D.）六章，共选录了 120 余篇中国古代文学作品。如第一章"周代与秦代"选录了《战国策》卷十七楚策四"有献不死之药于荆王者"的故事：

---

① H. A. Giles, *Gems of Chinese Literature*, London & Shanghai：Kelly and Walsh, 1884. 1922 年版翟理斯《古文珍选》对初版的作品进行了增补。H. A. Giles, *Gems of Chinese Literature*, London & Shanghai：Kelly and Walsh, 1922.

A certain person having forwarded some elixir of immortality to the Prince of Ching, it was received as usual by the door-keeper. "Is this to be swallowed?" enquired the Chief Warden of the palace. "It is," replied the door-keeper. Thereupon, the Chief Warden purloined and swallowed it. At this, the prince was exceeding wroth, and ordered his immediate execution; but the Chief Warden sent a friend to plead for him, saying, "Your Highness' servant asked the door-keeper if the drug was to be swallowed; and as he replied in the affirmative, your servant accordingly swallowed it. The blame rests entirely with the door-keeper. Besides, if the elixir of life is presented to your Highness, and because your servant swallows it, your Highness slays him, that elixir is clearly the elixir of death; and for your Highness thus to put to death an innocent official is simply for your Highness to be made the sport of men."

The prince spared his life.[①]

《古文珍选》于 1922 年再版时,翟理斯对初版进行了修改,不仅将章节调整为七章,在第六章"元代和明代"之后增加了清代(Ch'ing Dynasty: A.D. 1644 – 1912)一章,而且增补了近 60 种文学作品,共收入中国作品 186 种,特别是增加了对中国小说作品的选录,如第五章宋代中,增补了罗贯中的《三国演义》,入选了"宦官挟持皇帝"与"战神"两个情节片段,前者是《三国演义》第二回至第三回中"十常侍专权"相关的故事,后者为《三国演

---

① "The Elixir of Death from the History of The Contending States." H. A. Giles, *Gems of Chinese Literature*, London & Shanghai: Kelly and Walsh, 1884, p.45.

义》与关羽相关的情节。第六章元代和明代中，增补了《红楼梦》
第四十一回"蘅芜君兰言解疑癖，潇湘子雅谑补余音"中王太医为
贾母诊病的情节：

> Just then a maid came in to say that the doctor had
> arrived, and to ask her ladyship to take her seat behind the
> curtain. "What!" cried her ladyship, "an old woman like me?
> Why I might easily be the mother of your prodigy! I am not
> afraid of him. Don't let down the curtain; he must see me as I
> am." So a small table was brought forward and a pillow placed
> on it, after which the doctor was called in. He entered with
> downcast eyes and made a respectful salutation to her ladyship,
> who at once stretched out her hand to rest upon the pillow,
> while a stool was arranged for the doctor to sit upon. Holding
> his head aside, the doctor felt the pulse for a long time, by-
> and-by doing the same with the other hand. He then bowed and
> retired.

> "Her ladyship," said the doctor to some members of the
> family, "has nothing the matter with her beyond a slight chill.
> It is not really necessary for her to take any medicine. Give her
> light food and keep her warm, and she will soon be all right
> again. I will, however, write a prescription, and if her ladyship
> fancies a dose, have it made up and give it to her; but if she
> would rather not, well — it will be all the same in the end."[1]

第七章清代文学中增补了《聊斋志异》和《镜花缘》，《聊斋

---

[1] "A Popular Physician from The Hung Lou-mêng." H. A. Giles, *Gems of Chinese Literature*, London & Shanghai: Kelly and Walsh, 1922, p.225.

志异》入选了《汤公》《孙必振》和《张不量》3 篇故事；《镜花缘》选录的是第十一回“观雅化闲游君子邦，慕仁风误入良臣府”中“君子国”的情节内容及第十四回“谈寿夭道经聂耳，论穷通路出无肠”中与“大人国”相关的情节①。虽然入选小说的时代出现舛误错乱，但小说得以与诗歌、散文相埒，作为文学珍品入选。

2.《中国文学选》(*Essai sur la Liétrature Chinois*)，1912 年

乔治·苏利埃·德·莫朗《中国文学选》1912 年在巴黎出版②。该文选以时代和文类为目，分为文明之前的中国 (La Chine avant la Civilisation)、中国文辞 (L'Écriture Chinoise)、纪元前 (De L'Antiquité au VIᵉ Siècle avant J.-C.)、哲学 (La Philosophie)、哲学的式微 (La Fin de la Philosophie)、历史 (L'Histoire)、第一个故事 (Les Premiers Contes)、诗歌 (La Poésie)、哲学的复兴 (La Renaissance de la Philosophie)、戏曲与小说 (Le Théâtre et Le Roman)、编译 (Les Compilateurs) 与新闻 (Le Journalisme) 十二章。此书不仅将小说与诗歌、戏曲、诸子散文并列，而且将戏曲与小说单独立章节。其中第十章“戏曲与小说”涉及的小说有《三国演义》《水浒传》《西游记》《好逑传》《玉娇梨》《平山冷燕》《花笺记》《平鬼传》《白圭志》《二度梅》《红楼梦》《天雨花》《蝴蝶媒》《隔帘花影》等；并选译了《西游记》第十回“老龙王拙计犯天条，魏丞相遗书托冥吏”、第十一回“游地府太宗还魂，进瓜果刘全续配”和第十二回“唐王秉诚修大会，观音显圣化金蝉”的情节；以及《好逑传》第三回“水小姐俏胆移花”和第四回“过公子

---

① H. A. Giles，*Gems of Chinese Literature*，London & Shanghai：Kelly and Walsh，1922.

② Georges Soulié de Morant，*Essai sur la Liétrature Chinois*，Paris：Mercvre de France，1912.

痴心捉月"的情节。第十一章"编译"涉及的小说有《聊斋志异》《今古奇观》《红楼梦》《金瓶梅》《禅真逸史》《禅真后史》等；并从《聊斋志异》中选译了《画壁》的故事，又翻译了《红楼梦》第一回"甄士隐梦幻识通灵，贾雨村风尘怀闺秀"的情节内容。

此外，王西里（В. П. Васильев，1818－1900）的《中国文学史资料》1888 年在圣彼得堡石印出版，该书作为王西里撰写《中国文学史纲要》的文献资料，亦涉及《聊斋志异》《西游记》《三国演义》《红楼梦》《金瓶梅》等中国古典小说①。

西人辑录的中国文学作品选所收录的小说在数量和篇幅上虽少于其编纂的中国古典小说译文选集，但将小说与诗歌、散文、戏曲并列，甚或将小说和戏曲单独设立章节，从而将小说作品视作中国文学的珍品，使之得以名正言顺地进入中国文学的范畴，这无疑在一定程度上提高并确立了中国小说的地位，又进一步推进了中国小说在西方的经典化进程。

三、西人撰写的中国文学史著作

西人撰写的中国文学史著作往往将文学作品的翻译介绍作为其文学史著作不可或缺的组成部分，如巴赞《元代》将《元人百种》所选的一百种杂剧逐一译介，王西里《中国文学史纲要》从《诗经》中选译了 128 首诗歌译成俄文，翟理斯《中国文学史》将《水浒传》《西游记》《红楼梦》等诸多中国小说片段翻译成英文。从这个意义上讲，西人撰写的中国文学史著作往往选录了中国古典小说的某些篇章，使之成为西方的中国古典小说选本的特殊存在形式之一。

---

① В. П. Васильев, Материалы по истории китайской литературы. ЛЛкции, читанные заслуж. профессором СПб. университа В. П. Васильевым, лист. 1 - й., СПб., 1888г., литогр. Иконникова, 386 с.（литогр）可参考［俄］瓦西里耶夫著，赵春梅译《中国文献史》，郑州：大象出版社，2014 年。［俄］王西里著，阎国栋译，罗流沙校《中国文学史纲要》，北京：中央编译出版社，2016 年。

1.《元代》(*Le Siècle des Youên*)，1850 年

巴赞《元代》(*Le Siècle des Youên ou Tableau Historique de la Littérature Chinoise Depuis L'avénement des Empereurs Mongols Jusqu'à la Restauration des Ming*) 1850 年在巴黎出版发行，是目前所知最早的中国文学断代史著作①。巴赞《元代》分为三个部分，第一部分为雅文学（Langue Savante），第二部分为俗文学（Langue Commune），第三部分为元代作家谱录（Notices Biographiques sur les Auteurs），对元代文学进行了较为整体的梳理和研究。其中第二部分俗文学所占比重最大，又按照文体分为小说和戏曲两个部分，小说涉及的有《三国演义》和《水浒传》两种，不仅对《三国演义》和《水浒传》做出介绍和比较，而且重点对《水浒传》进行较为系统的翻译。

巴赞《元代》所载《水浒传》法译文根据法国国家图书馆所藏《水浒传》版本②，即金圣叹批评本《第五才子书施耐庵水浒传》翻译而成，译文主要分为章回概述和情节选译两部分。巴赞认为情节摘要有助于了解《水浒传》及其所反映的习俗，因此将《水浒传》楔子、第一回至第三十四回，即《水浒传》金评本前 2 卷的内容进行章回概述。如楔子（Prologue）：

> Peste de khaï-fong-fou. Décret de l'empereur. Mission du gouverneur du palais. Un pèlerinage à la montagne *des Dragons et des Tigres*. Conférence du gouverneur avec les Taosse. Comment il laisse échapper, dans sa méprise, des démons

---

① M. Bazin aîné, *Le Siècle des Youên ou Tableau Historique de la Littérature Chinoise Depuis L'Avénement des Empereurs Mongols Jusqu'à la Restauration des Ming*, Paris: Imprimerie Nationale, 1850.

② 同上书，第 114 页。关于法国国家图书馆所藏《水浒传》版本，可参看郑振铎《巴黎国家图书馆中之中国小说与戏曲》，载其《中国文学论集》，上海：开明书店，1934 年，第 409—462 页。

et des êtres surnaturels. Le grand maître de la doctrine conjure，par des prières et des sacrifices，une maladie pestilentielle.[1]

即：开封府瘟疫·皇上颁旨·太尉奉命·龙虎山朝圣·太尉会见道士·误走妖魔·天师禳灾，瘟疫尽消。提纲挈领地归纳出《水浒传》楔子"张天师祈禳瘟疫，洪太尉误走妖魔"的主要情节。

又如第二十三回（Chapitre XXIII）：

Histoire de Wou-ta，frère de Wou-song. Comment il épouse Kin-lièn. De la curieuse réception que Kin-lièn fit à son beau-frère. Chasteté de Wou-song. Mission délicate conférée par un gouverneur. Histoire de Si-meng-khing，célèbre débauché de la dynastie des Song. Ses liaisons avec une entremetteuse de bas étage. Quelle femme c'était que madame Wang. Amours de Kin-lièn et de Si-men-khing.[2]

即：武大郎、兄弟武松、妻子金莲的故事·金莲热情地款待小叔·武松的清白·知县下达的微妙任务·西门庆的故事，宋代有名的浪子·媒客王婆牵线·金莲和西门庆的私情。提要钩玄地指出《水浒传》第二十三回"王婆贪贿说风情，郓哥不忿闹茶肆"的主要内容。

情节选译则从《水浒传》节选了"开封府瘟疫（Peste de Khaï-Fong-Fou）"、"宋代朝廷的腐败（Mœurs de la Cour Impériale，sous les Song de la Décadence）"、"史进学艺（Éducation de Sse-

---

[1] M. Bazin aîné，*Le Siècle des Youên ou Tableau Historique de la Littérature Chinoise Depuis L'Avénement des Empereurs Mongols Jusqu'à la Restauration des Ming*，p.114.

[2] 同上书，第 121—122 页。

Tsin）"、"鲁达皈依佛教（Profession de Lou-Ta）"和"武松的清白（Chasteté de Wou-Song）"五个情节。巴赞《元代》对《水浒传》的情节选译采用了直译或异化的翻译方法，即注重保留原文本独特的文化特性，尽量按本而译，不加删改。如"开封府瘟疫"从《水浒传》楔子"张天师祈禳瘟疫，洪太尉误走妖魔"节选，从"话说大宋仁宗天子在位，嘉祐三年三月三日五更三点，天子驾坐紫宸殿，受百官朝贺"① 开始，至"太尉问道：'走了的却是甚么妖魔？'那真人言不过数句，话不过一席，说出这个缘由"② 截止，将开封府瘟疫、洪太尉奉命寻天师、太尉游山走妖魔等故事情节翻译成法文。如：

原文：众人一齐都到殿内，黑暗暗不见一物。太尉教从人取十数个火把点着，将来打一照时，四边并无一物，只中央一个石碑，约高五六尺，下面石龟趺坐，大半陷在泥里。照那碑碣上时，前面都是龙章凤篆，天书符箓，人皆不识。照那碑后时，却有四个真字大书，凿着"遇洪而开"。却不是一来天罡星合当出世，二来宋朝必显忠良，三来凑巧遇着洪信，岂不是天数？洪太尉看了这四个字，大喜，便对真人说道："你等阻当我，却怎地数百年前已注定我姓字在此？遇洪而开，分明是教我开看，却何妨。我想这个魔王，都只在石碑底下。汝等从人，与我多唤几个火工人等，将锄头铁锹来掘开。"

真人慌忙谏道："太尉不可掘动，恐有利害，伤犯于人，不当稳便。"太尉大怒，喝道："你等道众，省得甚么？碑上分明凿着遇我教开，你如何阻当？快与我唤人来开。"真人又三回五次禀道："恐有不好。"太尉那里肯听，只得聚集众人，先把石碑放倒，一齐

① ［明］施耐庵著，［清］金圣叹评《水浒传》，上海：上海古籍出版社，2015 年，第17 页。
② 同上书，第31 页。

并力掘那石龟，半日方才掘得起。又掘下去，约有三四尺深，见一片大青石板，可方丈围。洪太尉叫再掘起来，真人又苦禀道："不可掘动。"太尉那里肯听，众人只得把石板一齐扛起，看时，石板底下，却是一个万丈深浅地穴。只见穴内刮喇喇一声响亮。那响非同小可，恰似：

天摧地塌，岳撼山崩。钱塘江上，潮头浪拥出海门来；泰华山头，巨灵神一劈山峰碎。共工奋怒，去盔撞倒了不周山；力士施威，飞锤击碎了始皇辇。一风撼折千竿竹，十万军中半夜雷。

那一声响亮过处，只见一道黑气，从穴里滚将起来，掀塌了半个殿角。那道黑气，直冲到半天里空中，散作百十道金光，望四面八方去了。众人吃了一惊，发声喊，都走了，撇下锄头铁锹，尽从殿内奔将出来，推倒搧翻无数。惊得洪太尉目睁口呆，罔知所措，面色如土，奔到廊下，只见真人向前叫苦不迭。①

译文：Après que ceux-ci eurent ouvert les portes, le Taï-oueï et les Tao-seé entrèrent ensemble dans l'intérieur du palais; mais il y régnait une obscurité si profonde qu'ils s'y trouvèrent comme au milieu des ténèbres, sans pouvoir distinguer un seul objet. Le Taï-oueï fit allumer des torches. Lorsque les bonzes les apportèrent, on ne trouva que les quatre murs; il y avait seulement dans le milieu un monument, haut d'environ cinq à six pieds et à la base duquel on remarquait une tortue de pierre, recouverte en partie par une eau bourbeuse. On aperçut sur ce monument une inscription, en caractères l'chouen, imitant des phénix et un livre céleste contenant des talismans. Tous ceux qui étaient là essayèrent inutilement d'en lire quelques mots; ils n'y comprenaient rien. Mais quand on

---

① ［明］施耐庵著，［清］金圣叹评《水浒传》，第30—31页。

examina ce monument à la lueur des torches, on découvrit sur l'un des côtés quatre caractères exacts, d'une belle dimension et gravés en creux; on lisait:

"Hong, que je rencontrerai par hasard, ouvrira (ce monument)."

En apercevant ces quatre caractères, Hong, le Taï-oueï, fut ravi de joie. "Eh bien, dit-il au vénérable, tout à l'heure vous mettiez des obstacles à mon projet; comment se fait-il donc qu'on ait gravé mon nom sur ce bloc de pierre, il y a quelques centaines d'années: "Hong, que je rencontrerai par hasard, ouvrira ce monument?" Vous le voyez, c'est un ordre, c'est un ordre. Je crois maintenant que le roi des démons est renfermé sous ce monument. Vite, qu'on le démolisse, que l'on creuse partout."

... Le vénérable, répéta quatre ou cinq fois qu'il appréhendait des malheurs; mais comment aurait-t-il pu fléchir le Taï-oueï? Les bonzes rassemblés en grand nombre se mirent à l'œuvre; ils commencèrent par abattre, à coups de pioches, le monument de pierre, soulevèrent, à force de bras, la tortue qui était à sa base et finirent par déblayer le sol. Ils creusèrent pendant une demi-journée environ. On était à peine parvenu à une profondeur de trois à quatre pieds, lorsqu'on trouva une dalle de jaspe vert plus large que la chamber du supérieur. Le Taï-oueï ordonna aux bonzes de soulever cette dalle. Le vénérable, dans sa vive inquiétude, avait beau s'écrier: "Il ne faut pas creuser plus avant," Hong-sin n'écoutait rien. On soulève la dalle et l'on aperçoit un précipice de dix mille tchang de profondeur. Un bruit perçant se fait d'abord entendre dans les cavités de ce gouffre immense; c'était une voix, une voix dont l'éclat pénétrait partout et qui ne ressemblait pas à celle des mortels. Tout à coup une vapeur noire sort avec impétuosité du fond de cet abîme et atteint bientôt les toits du palais qui disparaissent à l'instant ; elle s'élève jusqu'à la moitié de la hauteur du ciel ; puis, en se dispersant dans les airs, elle fait jaillir par dizaines et par centaines des étincelles semblables à des étoiles brillantes et des jets de feu qui illuminant tout l'horizon.

Les assistants, saisis d'épouvante, sont comme frappés de vertige ; l'air retentit de leurs cris tumultueux ; les bonzes, tremblants, jettent leurs pioches, leurs outils et s'élancent hors du palais ; dans leur précipitation, ils se heurtent et tombent les uns sur les autres. Quant au Taï-oueï, il était plus mort que vif. Le regard immobile, la bouche béante, il n'avait pas quitté sa place. A la fin, il s'élança comme les autres hors du palaist et rencontra bientôt le vénérable, qui ne cessait de proférer des cris.[1]

　　译文将"遇洪而开"的情节近乎事无巨细地一一翻译成法文，详细讲述了洪太尉放走妖魔的过程，这既与巴赞旨在通过情节选译了解中国人的目的相契合，又在一定程度上逐译出《水浒传》故事的缘起。通过章回概述和情节选译，巴赞将《水浒传》前两卷的内容译介成法文，使西方读者得以领略《水浒传》的故事内容，引导读者或提纲挈领或细致审慎地阅读《水浒传》文本。

　　巴赞不仅重视元代的小说和戏曲，而且将《三国演义》《水浒传》和《元曲选》推举为元代最独特和经典的文学作品，专门列为《元代》的第二部分加以较为详致的叙写。可以说，巴赞《元

---

① 　M. Bazin aîné, *Le Siècle des Youên ou Tableau Historique de la Littérature Chinoise Depuis L'Avénement des Empereurs Mongols Jusqu'à la Restauration des Ming*, pp. 141 - 144.

代》是将中国小说戏曲及其创作者写入中国文学史的较早尝试，使小说戏曲等俗文学得以与雅文学并置，在中国文学史上占有一席之地。

2.《中国文学史纲要》(Очерк истории китайской литературы)，1880 年

俄人王西里的《中国文学史纲要》于 1880 年在圣彼得堡出版，是巴赞《元代》之后又一部重要的中国文学史著作①。该书分为十四章：

第一章　开宗明义

第二章　中国人的语言与文字

第三章　中国文字和文献的古老性问题以及中国人的看法

第四章　儒学发展的第一个阶段·孔子及其实际贡献·三部最古老的儒家文献：《诗经》(中国精神发展的基础)《春秋》《论语》

第五章　作为儒家道德基础的家庭伦理——《孝经》·儒家的宗教与政治——《礼记》·儒家执政意愿的表达——《书经》

第六章　孟子

第七章　儒学发展的第二个阶段

第八章　非儒思想家·道家

第九章　佛教

第十章　中国人的科学发展·史地著作

第十一章　中国人的律学

---

① В. П. Васильев, Очерк истории китайской литературуы, издаваемой Ф. Коршем и К. ЛПиккемор, 1880.该书的中译本有赵春梅译《中国文献史》，郑州：大象出版社，2014 年；阎国栋译，罗流沙校《中国文学史纲要》，北京：中央编译出版社，2016 年。关于瓦西里耶夫《中国文学史纲要》，可参看李明滨《世界第一部中国文学史的发现》，《北京大学学报》2002 年第 1 期；阎国栋《俄国汉学家王西里的中国文学观》，《文学遗产》2014 年第 6 期。

第十二章　语言学·评论·古董

第十三章　中国人的雅文学

第十四章　俗文学·戏剧及中长篇小说①

与巴赞《元代》聚焦十元代文学不同，王西里的《中国文学史纲要》着眼于整个中国古代文学的发展史；而与巴赞《元代》相似的是，王西里的《中国文学史纲要》亦将中国文学分为雅文学和俗文学，并用第十三、十四章两个章节论述中国文学。

王西里的《中国文学史纲要》对中国古代小说的叙述集中于第十四章"俗文学·戏剧及中长篇小说"，论及的中国小说有《聊斋志异》《列仙传》《搜神记》《太平广记》《开辟演义》《东周列国志》《七国演义》《战国演义》《三国演义》《西游记》《白蛇精记》《好逑传》《玉娇梨》《水浒传》《红楼梦》《金瓶梅》《品花宝鉴》等近 20种。王西里不仅对这些作品进行了评点，如："若论语言之文雅以及叙事之简洁，则《聊斋志异》颇受推崇。"② "中国人认为《金瓶梅》是最伤风败俗的小说。"③ "《水浒传》中全是奇闻逸事和绿林强盗。"④ "所有这些历史小说大体上均以真实历史为依据，在史实不足之处补之以虚构内容，并辅之以更为清晰的叙述方式。不过，其中最为著名的是讲述三国时期历史的小说（《三国志》，毛声山著），其叙事艺术和优美文辞受到了一致推崇。"⑤ 而且重点译介了《红楼梦》《金瓶梅》等小说的故事梗概，如将《红楼梦》的情节概括为：

---

① 王西里著，阎国栋译，罗流沙校《中国文学史纲要》，北京：中央编译出版社，2016 年。

② 同上书，第 210 页。

③ 同上书，第 212 页。

④ 同上书，第 211 页。

⑤ 同上书，第 214 页。

宝玉是这部小说的主人公，他是个美男子，时而聪慧，时而乖张，时而善良，时而恶毒。他不是别人，正是女娲补天时剩下的一块石头。因不满厚彼薄己，遂转世投胎游历红尘，别人为他流了许多眼泪，他也造了许多孽。宝玉口含一块玉石出生在一个富贵殷实、亲戚众多的府第。这里住着为他选定的未婚妻，聪明而稳重的王姑娘①，但他更喜欢病态的表妹林姑娘。林姑娘不仅更招人怜爱，而且还能体谅宝玉。但结局却是宝玉扔掉了自己的护身符，就是保佑他的那块石头，然后就疯了。远远来了一个和尚和一个道士，他们是两种敌对宗教的代表，但在民众的观念中却具有密不可分的联系，因为两者所指引的都是未知的世界。和尚和道士并非凡人，他们做事周密，诱使宝玉也消失了。②

王西里简略地提引出《红楼梦》的情节主线，此外还专门论及"宝玉挨打"、"元妃省亲"的内容。王西里认为不仅可以通过《红楼梦》了解中国上层社会的生活，而且《红楼梦》亦是中国最好的小说。在《红楼梦》之后，王西里还用更多的篇幅介绍了《金瓶梅》的大致内容，特别是译介了西门庆迎娶潘金莲、李瓶儿的相关内容。王西里《中国文学史纲要》对《红楼梦》《金瓶梅》的情节概括虽然稍显粗略，但其对《红楼梦》《金瓶梅》等中国小说的定位和品评却颇有见地，对西方读者阅读中国小说起到了一定的引导作用。

3.《中国文学史》（*A History of Chinese Literature*），1901 年

翟理斯所著《中国文学史》于 1901 年在伦敦出版，该书是艾

---

① 按：应为薛宝钗。
② 此处译文出自王西里著，阎国栋译，罗流沙校《中国文学史纲要》，第 211 页，该书附有俄文原文。

德蒙·戈斯（Edmund Grosse，1849－1928）主编的世界文学简史丛书的第十种[1]，也是目前所知英语世界最早的一部中国文学史著作[2]。翟理斯的《中国文学史》以朝代为纲，分为八卷：

第一卷　分封时期（The Feudal Period，B.C. 600－200）

第二卷　汉代（The Han Dynasty，B.C.200－A.D.200）

第三卷　三国两晋南北朝时期（Minor Dynasties，A.D. 200－600）

第四卷　唐代（The T'ang Dynasty，A.D. 600－900）

第五卷　宋代（The Sung Dynasty，A.D. 900－1200）

第六卷　元代（The Mongol Dynasty，A.D.1200－1368）

第七卷　明代（The Ming Dynasty，A.D.1368－1644）

第八卷　清代（The Manchu Dynasty，A.D. 1644－1900）[3]

每卷又以各个朝代具有代表性的文类或重要事件为目，如第五卷宋代文学分为活字印刷术的发明（The Invention of Block-printing）、史学——经学和文学（History — Classical and General Literature）、诗歌（Poetry）与字典——百科全书——法医学（Dictionaries — Encyclopaedias — Medical Jurisprudence）四章。翟理斯注意到活字印刷术与文学生产的关系，将之写入章节纲目，并十分重视宋代的史学著作，对欧阳修、宋祁、司马光、王安石、

---

[1]　艾德蒙·戈斯主编的世界文学简史十种（*Short Histories of the Literature of the World*）分别为《古希腊文学史》（*Ancient Greek Literature*）、《法国文学史》（*French Literature*）、《英国现代文学史》（*Modern English Literature*）、《意大利文学史》（*Italian Literature*）、《西班牙文学史》（*Spanish Literature*）、《日本文学史》（*Japanese Literature*）、《波希米亚文学史》（*Bohemian Literature*）、《俄国文学史》（*Russian Literature*）、《梵语文学史》（*Sanskrit Literature*）与《中国文学史》（*Chinese Literature*）。由此可见，中国文学被纳入了世界文学的格局。

[2]　Herbert A. Giles, *A History of Chinese Literature*, London：W. Heinemann, 1901.

[3]　因翟理斯的《中国文学史》于1901年出版，其对清代文学的讨论截止于1900年。

苏轼等学者的史学作品加以介绍；但忽略了宋代的词体创作，同时却将百科全书、法医学等皆纳入中国文学的范畴，写入其《中国文学史》。这种做法无疑使得其文学观显得比较驳杂，这一点亦受到了郑振铎等近代学人的批评：

> 　　一方面把许多应该叙及的人，都删去不讲。一方面却又于文学史之中，滥收了许多非文学作品的东西。文学作品的范围本来不易严密的划定。但有许多文字，如法律条文、博物学之类，一看就可以决定他不是文学作品的，Giles 则连这种书也都收了进去，而且叙述得很详细。如陈扶摇的《花镜》一书，讲的是种植花木之事，如《课花十八法》《花木类考》……又如《感应篇》和《玉历钞传》二书，本为近代道士造作以愚庸夫庸妇的，不要说是要占文学史上的重要地位，恐怕还要与《三国演义》等通俗小说同等地并列也都附攀不上呢。[①]

翟理斯《中国文学史》所谓的"滥收"其实与巴赞的《元代》、王西里的《中国文学史纲要》如出一辙，是早期西方学者编写中国文学史的普遍做法，是试图调和中西文学观的早期实验。这种实验不仅体现为将百科全书、法医学、地理学、农学等作品纳入中国文学的范畴，而且亦表现为将被传统视为"小道末技"的小说戏曲写入中国文学史著作，赋予小说戏曲与诗歌、经史同等的地位。

翟理斯的《中国文学史》十分重视中国小说，纲举目张地将小说列入元代、明代和清代的章目，如元代第三章为小说（III. The Novel）、明代第二章为小说与戏曲（II. Novels and Plays）、清

---

① 郑振铎《评 H. A. Giles 的〈中国文学史〉》，《文学旬刊》1922 年第 50 期，第 1 页。

代第一章为《聊斋》——《红楼梦》(I. The "Liao Chai" — The "Hung Lou Mêng")，或将小说单独为章，或将小说与戏曲并列设章，或以《聊斋志异》《红楼梦》等经典作品为章目，将小说视作元明清文学的代表性文类，用大量的篇幅叙写中国小说。翟理斯《中国文学史》论及的中国小说有《三国演义》《水浒传》《西游记》《金瓶梅》《玉娇梨》《列国传》《镜花缘》《今古奇观》《平山冷燕》《二度梅》《聊斋志异》《红楼梦》等。翟理斯既从作者、内容、艺术、叙事等诸多方面对这些小说进行介绍，又从这些小说中选译了一些情节以飨读者。如选译了《三国演义》第七十八回"治风疾神医身死，传遗命奸雄数终"中与华佗治病相关的情节：

"'Dr. Hua,' explained the officer, 'is a mighty skilful physician, and such a one as is not often to be found. His administration of drugs, and his use of acupuncture and counter-irritants are always followed by the speedy recovery of the patient. If the sick man is suffering from some internal complaint and medicines produce no satisfactory result, then Dr. Hua will administer a dose of hashish, under the influence of which the patient becomes as it were intoxicated with wine. He now takes a sharp knife and opens the abdomen, proceeding to wash the patient's viscera with medicinal liquids, but without causing him the slightest pain. The washing finished, he sews up the wound with medicated thread and puts over it a plaster, and by the end of a month or twenty days the place has healed up. Such is his extraordinary skill. One day, for instance, as he was walking along a road, he heard some one groaning deeply, and at once declared that the cause was indigestion. On inquiry, this turned out to be the case; and accordingly, Dr. Hua ordered the sufferer to drink three points of a decoction of garlic and leeks, which he did, and vomited forth a snake between two and three feet in length, after which he could digest food as before. On another occasion, the Governor of Kuang-ling was very much depressed in his mind, besides being troubled with a flushing of the face and total loss of appetite. He consulted Dr. Hua, and the effect of some medicine administered by him was to cause the invalid to throw up a quantity of red-headed wriggling tadpoles, which the doctor told him had been generated in his system by too great indulgence in fish, and which, although temporarily expelled, would reappear after an interval of three years, when nothing could save him. And sure enough, he died three years afterwards. In a further instance, a man had a tumor growing between his eyebrows, the itching of which was insupportable. When Dr. Hua saw it, he said, 'There is a bird inside,' at which everybody laughed. However, he took a knife and opened the tumor, and out flew a canary, the patient beging to recover from that hour. Again, another man had had his toes bitten by a dog, the consequence being that two lumps of flesh grew up from the wound, one of which was very painful while the other itched unbearably. 'There are ten needles,' said Dr. Hua, 'in the sore lump, and two black and white *wei-ch'i* pips in the other.' No one believed this until Dr. Hua opened them with a knife and showed that it was so. Truly he is of the same strain as Pien Ch'iao and Ts'ang Kung of old; and as he is now living not very far from this, I wonder your Highness does not summon him.'

"At this, Ts'ao Ts'ao sent away messengers who were to travel day and night until they had brought Dr. Hua before him; and when he arrived, Ts'ao Ts'ao held out his pulse and desired him to diagnose his case.

" 'The pain in your Highness's head,' said Dr. Hua, 'arises from wind, and the seat of the disease is the brain, where the wind is collected, unable to get out. Drugs are of no avail in your present condition, for which there is but one remedy. You must first swallow a dose of hashish, and then with a sharp axe I will split open the back of your head and let the wind out. Thus the disease will be exterminated.'

"Ts'ao Ts'ao here flew into a great rage, and declared that it was a plot aimed at his life; to which Dr. Hua replied, 'Has not your Highness heard of Kuan Yü's wound in the right shoulder? I scraped the bone and remove the poison for him without a single sign of fear on his part. Your Highness's disease is but a trifling affair; why, then, so much suspicion?'

" 'You may scrape a sore shoulder-bone,' said Ts'ao Ts'ao, 'without much risk; but to split open my skull is quite another matter. It strikes me now that you are here simply to avenge your friend Kuan Yü upon this opportunity.' He thereupon gave orders that the doctor should be seized and cast into prison."①

　　翟理斯遵循中国小说原文，采用直译的方法，将华佗出神入化的医术与曹操因疑心而将华佗打入牢狱的情节译成英文，尽量为读者提供原汁原味的中国小说选段。翟理斯《中国文学史》选译的其他小说片段有：《西游记》第七回"八卦炉中逃大圣，五行山下定心猿"中孙大圣与如来佛祖打赌的情节②、第九十八回"猿熟马驯方脱壳，功成行满见真如"中唐僧师徒过凌云渡的情节③；《列国志传》第六十四回"临潼伍员争明辅，子胥威震临潼会"中众人竞为明辅的情节④；《镜花缘》第十一回"观雅化闲游君子邦，慕仁风误入良臣府"与第十二回"双宰辅畅谈俗弊，两书生敬服良箴"的情节内容⑤；《平山冷燕》第六回"才女心百折不回"中冷绛雪题诗讽宋信的情节⑥；《二度梅》第十四回"拜求神圣因留父　上天垂象念孤儿"中梅开二度的情节⑦；以及《聊斋志异》中《瞳人语》《劳山道士》《种梨》《婴宁》《凤仙》《僧孽》等故事⑧。此外，翟理斯还采用译述的方法叙写中国小说的情节梗概，如翟理斯用约三十页的篇幅讲述《红楼梦》的故事情节，并在其中穿插着对某些章回情节的直译。如在宝黛之恋的叙述中插入《红楼梦》第二十七回"滴翠亭杨妃戏彩蝶，埋香冢飞燕泣残红"中黛玉所吟葬花之诗：

　　　　Flowers fade and fly, and flying fill the sky;

---

① Herbert A. Giles, *A History of Chinese Literature*, pp. 278 - 280.
② 同上书，第 282—284 页。
③ 同上书，第 285—287 页。
④ 同上书，第 311—315 页。
⑤ 同上书，第 316—322 页。
⑥ 同上书，第 323—324 页。
⑦ 同上书，第 324—325 页。
⑧ 同上书，第 339—355 页。

Their bloom departs, their perfume gone, yet who stands pitying by?

And wandering threads of gossamer on the summer-house are seen,

And falling catkins lightly dew-steeped strike the embroidered screen.

A gril within the inner rooms, I mourn that spring is done,

A skein of sorrow binds my heart, and solace there is none.

I pass into the garden, and I turn to use my hoe,

Treading o'er fallen glories as I lightly come and go.

There are willow-sprays and flowers of elm, and these have scent enow,

I care not if the peach and plum are stripped from every bough.

The peach-tree and the plum-tree too next year may bloom again,

But next year, in the inner rooms, tell me, shall I remain?

By the third moon new fragrant nests shall see the light of day,

New swallows flit among the beams, each on its thoughtless way.

Next year once more they'll seek their food among the painted flowers,

But I may go, and beams may go, and with them swallow

bowers.

Three hundred days and sixty make a year, and therein lurk

Daggers of wind and swords of frost to do their cruel work.

How long will last the fair fresh flower which bright and brighter glows?

One morn its petals float away, but whither no one knows.

Gay blooming buds attract the eye, faded they're lost to sight;

Oh, let me sadly bury them beside these steps to-night!

Alone, unseen, I seize my hoe, with many a bitter tear;

They fall upon the naked stem and stains of blood appear.

The night-jar now has ceased to mourn, the dawn comes on apace,

I seize my hoe and close the gates, leaving the burying-place;

But not till sunbeams fleck the wall does slumber soothe my care,

The cold rain pattering on the pane as I lie shivering there.

You wonder that with flowing tears my youthful cheek is wet;

They partly rise from angry thoughts, and partly from regret.

Regre-that spring comes suddenly; anger-it cannot last,

No sound to herald its approach or warn us that'tis past.

Last night within the garden sad songs were faintly heard,

Sung, as I knew, by spirits, spirits of flower and bird.

We cannot keep them here with us, these much-loved birds and flowers,

They sing but for a season's space, and bloom a few short hours.

Ah! Would that I on feathered wing might soar aloft and fly,

With flower spirits I would seek the confines of the sky.

But high in air what grave is there?

No, give me an embroidered bag wherein to lay their charms,

And Mother Earth, pure Mother Earth, shall hide them in her arms.

Thus those sweet forms which spotless came shall spotless go again,

Nor pass besmirched with mud and filth along some noisome drain.

Farewell, dear flowers, for ever now, thus buried as 'twas best,

I have not yet divined when I with you shall sink to rest.

I who can bury flowers like this a laughing-stock shall be;

I cannot say in days to come what hands shall bury me.

See how when spring begins to fail each opening flow'ret fades;

So too there is a time of age and death for beauteous maids;

And when the fleeting spring is gone, and days of beauty o'er,

Flowers fall, and lovely maidens die, and both are know no more. ①

翟理斯较好地将《葬花吟》全诗翻译成英文，从中既可窥知黛玉的性情和诗才，亦可预见宝黛之恋的唯美和悲情。通过情节选译和译述的方法，翟理斯的《中国文学史》为西方读者提供了诸多中国小说的精彩选段，成为中国小说译文选本的一种特殊的存在形式。

4.《中国文学史》(*Geschichte der Chinesischen Litteratur*)，1902 年

葛禄博 (Wilhelm Grube，1855－1908) 的《中国文学史》(*Geschichte der Chinesischen Litteratur*) 于 1902 年在德国莱比锡出版②。该书分为十章：

第一章　与文学有关的教育、语言和写作 (Einleitung, Sprache und Schrift in ihrem Verhältnis zur Litterature)

第二章　孔子与古典文学 (Confucius und die Klassische Litterature)

第三章　前儒学时代和儒学时代的文学，旧儒学与哲学的逆流 (Litteraturdenkmäler aus der Vorconfucianischen und Confucianischen Zeit. Der ältere Confucianismus und Philosophische Gegenströmungen)

第四章　老子与道教 (Lao-tszĕ und der Taoismus)

第五章　诗歌的复兴：屈原与楚辞 (Die Wiederbelebung der Dichtkunst: K'iüh Yüan und die Elegien von Ch'u)

---

① Herbert A. Giles, *A History of Chinese Literature*, pp. 365－368.
② Wilhelm Grube, *Geschichte der Chinesischen Litteratur*, Leipzig, C. F. Amelangs Verlag, 1902.

第六章　汉代：古典的复兴，史学、哲学与诗歌（Das Zeitalter der Han： Wiedergeburt des Altertums. Die Geschichtschreibung. Philosophie und Dichtkunst.）

第七章　从汉代覆灭到唐代的建立（220—618）（Vom Sturz der Han-Dynastie bis zur Herrschaft der T'ang（220—618））

第八章　唐代（618—907）：诗歌的繁荣期（Das Zeitalter der T'ang（618—907）：Blütezeit der Lyrik）

第九章　宋代及其对中国近代的影响（Das Zeitalter der Sung und sein Einfluss auf das Moderne China）

第十章　戏剧与叙事文学（Dramatische und Erzählende Litteratur.）

葛禄博的《中国文学史》将中国小说与戏曲并列，专设为第十章。其中，第二节"叙事文学"（Die Erzählende Litteratur）用了五十余页的篇幅论述中国小说，其涉及的中国小说有《三国演义》《水浒传》《好逑传》《玉娇梨》《平山冷燕》《金瓶梅》《红楼梦》《封神演义》《西游记》《白蛇精记》《今古奇观》与《聊斋志异》等①。葛禄博的《中国文学史》不仅从作者、内容及已有译本等方面对中国小说进行描述和品评，而且从这些小说中选译了诸多篇章，以供赏阅。如迻译了《三国演义》第一回至第九回的情节②、《玉娇梨》第三回"百太常难途托娇女"的内容③、《封神演义》第一回"纣王女娲宫进香"的故事④；译述了《好逑传》的故事梗概⑤、《白蛇精

---

① Wilhelm Grube, *Geschichte der Chinesischen Litteratur*, pp. 406 - 459.
② 同上书，第 406—418 页。
③ 同上书，第 424—430 页。
④ 同上书，第 433—438 页。
⑤ 同上书，第 419—423 页。

记》的大致情节①；并从《聊斋志异》中选译了《红玉》的故事等等②。从这个意义上讲，葛禄博的《中国文学史》亦在一定程度充当了中国古典小说的选本。

巴赞的《元代》、王西里的《中国文学史纲要》、翟理斯的《中国文学史》与葛禄博的《中国文学史》等早期西方学者撰写的中国文学史著作，大都致力于中国小说的翻译和介绍，选译了诸多中国古典小说的精彩选段，使之成为中国古典小说译文选本的特殊存在形式。更为重要的是将中国小说写入文学史著作，将小说与诗歌、经史并举，清晰地标界小说在中国文学史中的定位和坐标，赋予小说在中国文学史中的重要的地位。

总而言之，西方的中国古典小说选本即西方汉学家编选的中国古典小说选集，主要有西人编纂的中国古典小说译文选集、西人辑录的中国文学作品选和西人撰写的中国文学史著作等文本形式，是中国古典小说在西方文本化的重要途径。而从西人编撰的中国古典小说译文选集到中国文学作品选，再到中国文学史著作，不仅实现了中国小说在西方的文本化，而且在一定程度上反映出中国小说在西方的经典化进程。

第二节　中国古典小说在西方的文本化

由上文所述，西方汉学家编选的中国古代小说选本主要有西人编纂的中国古代小说译文选集、西人辑录的中国文学作品选和西人撰写的中国文学史著作等文本形式，是中国古代小说在西方文本化的重要途径。而文本化主要指的是西方汉学家以中国古代小说选本

---

① Wilhelm Grube, *Geschichte der Chinesischen Litteratur*，第 439—446 页。
② 同上书，第 450—459 页。

的形式呈现或解释中国小说的实践。西人所编中国古代小说选本又天然地集译本、样本、选本于一体，从而使其小说选本具有了间质性、展示性与批评性等多重特征与功能。因之，中国古代小说在西方文本化的过程亦成为西方汉学家对中国小说进行建构性认识的重要实践。

首先，无论是西人编纂的中国古代小说译文选集、西人辑录的中国文学作品选，还是西人撰写的中国文学史著作，早期西人编选的中国古代小说选本皆以译本的形式呈现。翻译在中西文学交流中起到了极其重要的作用，译者将原作翻译成译本，从而将原作者与目的语读者相勾连，在翻译实践中生成了译者与作者、译者与读者、原作与译本、源语文化与目的语文化等多重对话关系，如图 3.1 所示。

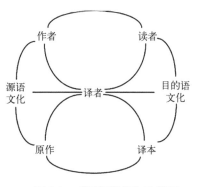

图 3.1 "翻译间性"示意图

这种多重对话关系实际上构成了一种交互的多维的间性关系，如作者、译者和读者之间的"主体间性"（intersubjectivity），原作与译本之间的"文本间性"（intertextuality），译者与原作、译本之间的"复合间性"等，这种由翻译而生成的交互的多维的间性关系或可称之为翻译间性①。以译本形式呈现的西人所编中国小说选本既是翻译间性其中的一方，又是连接对话方的中介，从这个意义上讲，西人所编中国古代小说选本具备了一种间质性。这种间质性一方面使西人编译的中国小说选本成为中国小

---

① 关于复合间性，可参阅刘悦笛《在"文本间性"与"主体间性"之间——试论文学活动中的"复合间性"》，《文艺理论研究》2005 年第 4 期。

说的样本，充当了西人认识中国小说的载体；另一方面其生成的多重对话关系又使西人所编中国小说选本成为一种开放的流动的"可写的文本"①，从而为西人构建中国小说提供了学理基础。

其次，作为中国小说的样本，西人所编中国古代小说选本无疑具有展示性的作用。西方的中国古代小说选本将优秀中国小说作品汇集于一册，有助于展现中国小说的风貌和样式，如儒莲的《中国小说选》、德理文的《三种中国小说》、爱德华·格里泽巴赫的《中国小说》、道格斯的《中国故事集》、鲁德尔施贝格尔的《中国小说选译》与利奥·格雷纳的《中国的前夕》等西方的中国古代小说选本。入选的小说既有拟话本小说《今古奇观》《十二楼》，又有文言志怪《聊斋志异》《续玄怪录》，历史演义《三国演义》《东周列国志》，神魔小说《西游记》《白蛇精记》，英雄传奇《水浒传》，世情小说《金瓶梅》《红楼梦》，公案小说《龙图公案》，才子佳人小说《好逑传》《平山冷燕》等，几乎涵盖了中国古代小说的各种题材，不仅有助于展示中国小说的基本样貌，而且为西方读者提供了可资细读的小说文本。

此外，西人所编中国古代小说选本在展示中国小说文本的同时，亦重视对小说插图的视觉呈现。如雷慕莎的《中国小说选》附有 3 幅插图，道格斯《中国故事集》有 61 幅插图，师多马的《中国小说中的中国人》有 5 幅插图，勒格朗的《宋国的夫人》有 25 幅插图等等。这些插图既有直接从中国小说插画翻刻而成的（图 3.2）；亦有根据中国小说的内容专门创作的插图（图 3.3）。图 3.2 和图 3.3 均为《庄子休鼓盆成大道》的插图，前者出自雷慕莎《中国

---

① "可写的文本"的概念由罗兰·巴特（Roland Barthes，1915—1980）提出，文中主要指编译者对中国小说的创造性阐释和改写。

小说选》，乃从法国国家图书馆所藏吴郡宝翰楼刊本《今古奇观》的插图翻刻而成；后者为勒格朗《宋国的夫人》所附插图，由西方画家重新绘制而成。西人所编中国古代小说选本添加插图的做法不仅展现了中国小说往往配制插图的传统，从插图和文本等多层面尽可能完整地展示中国小说的样貌，而且又在一定程度上兼具了展示性和间质性的双重功效。

图 3.2　雷慕莎《中国小说选》之《庄子休鼓盆成大道》插图

图 3.3　勒格朗《宋国的夫人》"富贵逝去如梦"插图

　　再次，顾名思义，西人所编中国古代小说选本，在译本、样本之外，又自然而然地以选本的形式存在，从而具有选本的批评性功能。这种批评的功能主要通过两种方式来实现，其一，"选"，即经由选录哪些作家和哪些小说的方式来呈现对小说的品评。如德理文对《今古奇观》推崇备至，其《三种小说》《六种小说》等小说选本皆选自《今古奇观》。巴赞将《水浒传》视作中国第一部喜剧小说（roman comique），认为《水浒传》不仅充满天真戏谑的风格，而且拥有同一文体的其他著作所不及之丰赡的事件、合宜的情景、详细的敷陈、丰富的日常对话和幽默的旨趣。因之，勤勉不懈地将《水浒传》金圣叹评本前两卷的内容译介成法文，收入其《元代》与《现代文学》。翟理斯将《红楼梦》视为中国小说的巅峰之作，在其《中国文学史》中不仅将《红楼梦》列入章目，而且用以单篇作品来讲最多的篇幅对《红楼梦》进行详致的论述。其二，以序言、注释与附录等副文本进行阐释。如道格斯的《中国故事集》（*Chinese Stories*）① 以《中国小说》（*Chinese Fiction*）为序言，从主题特征、审美旨趣、题材类型等诸多方面对中国小说做出阐释。翟理斯的《聊斋志异选》附有丰富的注释，既对文中出现的典故制度加以解释，亦间或论及中国小说的修辞与文法。勒格朗则在《宋国的夫人》选本中附有《以弗所的夫人》（*La Matrone d'Éphèse*）、《查第格》（*Zadig*）等附录，与《庄子休鼓盆成大道》的译文形成了互文性参照，揭示中西小说可能存在的共同主题及其交互关系。

通过翻译、展示和批评，西人编选的中国古代小说选本不仅实现了中国小说在西方的文本化，而且自觉地以西方的小说观念审度中国小说，从小说的译名、起源、类型等方面实现了对中国小说文体的认识和建构。

其一，关于"小说"这一术语的翻译，西方的中国古代小说选本采取了不同的译法，英文常用的有"fiction"、"novel"、"story"，法文有"roman"、"nouvelle"、"conte"，德文有"roman"、"novellen"

① Robert K. Douglas，ed. and trans.，*Chinese Stories*，Edinburgh and London：William Blackwood and Son，1893.

等，如甘淋的《中国小说》（*Chinese Fiction*）、德庇时的《中国小说》（*Chinese Novels*）、道格斯的《中国故事集》（*Chinese Stories*）、德理文的《三种中国小说》（*Trois Nouvelles Chinoises*）、雷穆莎的《中国小说选》（*Contes Chinois*）、爱德华·格里泽巴赫的《中国小说》（*Chinesische Novellen*）等。或出于中西小说概念和体制的差异，"小说"一词出现了诸多不同的译法。其实西人最初往往以"小说"及其音译"siaò chouě"、"seaou shwǒ"，或其字面上的意译"petit langage"、"small talk"、"trivial works"来指称小说。如雷慕莎《汉文启蒙》：

> les lettres familières，les romans，les pièces de théâtre，certains commentaires des livres anciens，les compositions légères de toute espèce，et généralement tout ce que les Chinois comprennent sous la dénomination de 小说 siaò chouě［petit langage］.[①]

虽然旨在强调官话对小说的重要性，却亦指出"小说"一词具有丰富的含义。梅辉立在《中国经典书目提要》中指出：

> Novels in general share with puerile storybooks and compendia of miscellaneous jottings the designation Siao Shwo shu，or Trivial Works ...[②]

即中国人将小说和幼稚的故事及庞杂的笔记杂糅在一起统称为"小说"。又如马礼逊的《华英字典》释曰：

> Seaou shwǒ 小说 'small talk;' this is the general

---

① Abel-Rémusat，*Élémens de la Grammaire Chinoise*，Paris：Imprimerie Royale，1822，p.37.

② W. F. Mayers，"Bibliographical Notes on Chinese Books"，*Notes and Queries on China and Japan*，London：No.10，1867，p.137.

appellation of historical novels，works of fiction of every character in the Chinese language；generally spoken of with contempt.[1]

即"小说"是对历史小说和虚构叙事作品的统称。而马礼逊在为其藏书编目时，又将《杏花天》《好逑传》《希夷梦》《儒林外史》等标注为"novel"；《驻春园小史》《呼家后代》《禅真后史》《石点头》等标注为"story"；将《今古奇观》《豆棚闲话》《虞初续志》《霭楼胜览》等标注为"tale"[2]。罗存德（Wilhelm Lobscheid，1822 - 1893）则在其《华英字典》中尝试以汉语对"fiction"、"novel"等小说相关术语进行阐释：

> Fable：a fictitious narration，寓言，托言，小说，喻言；
>
> Fiction：荒唐，小说，无稽之言，无根之语；
>
> Novel：小说，稗说；
>
> Romance：怪诞，小说，荒唐；
>
> Story：a tale，话，说，道；a written narrative of facts or events.史，事迹；a trifling tale，小说，小事迹；to tell a story.讲古，说古事，说事迹；
>
> Tale：a narrative，说，事迹，传。[3]

围绕"小说"这一术语出现了译语杂糅、概念交叠的现象，这是异质文学文化交流的一种必然。西人所编中国古代小说选本与其

---

① Robert Morrison，*Dictionary of the Chinese Language*，London：Published and Sold by Kingsbury，Parbury，and Lllen Leadenhall Street. Macao China：The Honorable East India Company's Press，1822，Vol.II. p.7.

② 《马礼逊手稿书目》现藏伦敦大学亚非学院马礼逊特藏室，编号 MS80823。

③ Wilhelm Lobscheid，*An English and Chinese Dictionary*，Revised and Enlarged by Tetsujiro Inouye，Tokio：J. Fujimoto，1883，p.487，p.505，p.916，p.752，p.1021，p.1058.

编纂的字典、书目相一致，试图在中西小说观念的碰撞中对之加以调和。一般来说，西方的中国古代小说选本往往以英文的"novel"、"fiction"，法文的"roman"，德文的"roman"来指称《三国演义》《西游记》《水浒传》《红楼梦》等章回小说，以英文的"story"，法文的"nouvelle"、"conte"，德文的"novellen"来指称《聊斋志异》《子不语》《今古奇观》《十二楼》等篇幅较短的文言志怪或话本、拟话本小说①。此外，与西人编纂的字典或书目相比，西方的中国古代小说选本具有天然的优势，即在演绎"小说"的概念之外，又可以提供直接的感性的小说文本，使得西方读者可以形成对中国小说的比较全面的印象。

其二，关于中国小说的源起，道格斯在《中国故事集》中指出虽然难以考知最早的中国小说刊刻于何时，但可以确知的是与所罗门同时代的《诗经》中已存有故事的因子，而印度佛教又为中国小说带来了神奇瑰丽的想象。翟理斯则将中国小说的缘起追溯至蒙元时期，认为中国小说大抵在元代中西交流的历史境域下，随着中亚讲说故事的传统和技艺流入中国而产生。甘淋的《中国小说》论曰："中国小说的作者和时代难以确知。但书中所列举的小说，大部分甚至全部都是创作于元、明、清三代。元代是中国小说的黄金时代，并一直延续至明清时期。《三国演义》即产生于蒙元时期，《红楼梦》和《聊斋》则创作于清代。康熙朝后仍有大量小说涌现，至今小说仍在不断增加。"② 将元、明、清视作小说创作的繁荣时代，小说亦因之成为元、明、清三代的文学代表，并出现了《三国演义》《水浒传》《西游记》《金瓶梅》

---

① 此处仅就一般情况而言，有时亦会出现例外。如德庇时的《中国小说选》（*Chinese Novels*）将从《十二楼》中选译的《合影楼》《夺锦楼》《三与楼》称之为"novel"。关于中国小说的译名，可参考关诗珮《晚清中国小说观念译转——翻译语"小说"的生成与实践》，香港：香港商务印书馆，2019 年。
② George T. Candlin, *Chinese Fiction*, p.16.

《红楼梦》等诸多经典著作。

其三，关于中国小说的分类，道格斯《中国故事集》将中国小说分为历史小说（the historical）和社会小说（the social）两类。巴赞在其《现代文学》中将中国古代小说及其作者列为两个品级，第一品级（Écrivains du premier ordre）为"才子"（Les Thsaï-tseu），又分为"古才子"和"今才子"，其中，"今才子"即"十大才子书"。"十大才子书"又包含了多种类型的中国小说，如《三国演义》是历史小说（roman historque），《好逑传》是性格小说（roman de caractère），《平山冷燕》《水浒传》《白圭志》是世情小说（roman de mœurs），《西厢记》《琵琶记》是会话小说（roman dialogué），《花笺记》是诗体小说（roman en vers），《平鬼传》为神魔小说（roman mythologique）。第二品级（Écrivains du second ordre）则包括"大传"（Ta-tchouen）和"小传"（Siao-tchouen）。"大传"即长篇小说（romans），如《西游记》《金瓶梅》等，"小传"即中短篇小说（contes et nouvelles），如《今古奇观》《十二楼》等。其中"大传"（romans）又可分为历史小说（les romans historiques）、神魔小说（les romans mythologiques）和世情小说（les romans de mœurs）三类。甘淋《中国小说》沿袭巴赞之论，亦将中国小说分为历史小说（the historic）、神魔小说（the mythic）和世情小说（the sentimental），并认为三者之间存在着紧密的联系："历史小说在想象和虚构的驱动下，试图描摹人性所不可知的神秘世界时，便进入了神魔小说。相反地，当植根于现实人事的叙述时，就形成了世情小说。"① 翟理斯《中国文学史》则将中国小说分为讲史（with usurpation and plotting）、烟粉（with love and intrigue）、灵怪（with superstition）、说公案

_____

① George T. Candlin, *Chinese Fiction*, p.30.

或铁骑儿（with brigandage or lawless characters generally）四种类型。

西人所编中国小说选本一方面受到编选者知识结构、文化素养、个人偏好等主体因素的影响；另一方面，又受到中国小说的体制形态、发展演变等客观因素的制约。因之，西人编纂中国古代小说选本的过程即是中西小说观念交流、冲突和调和的过程。这种交流、冲突和调和正反映出西方汉学家通过中国古代小说选本来认识和建构中国小说文体的实践和努力。而这种实践和努力又在一定程度上促进了中国小说在西方的经典化进程。中国古代小说在西方的经典化主要体现为以下三个层面：

第一，小说地位的提升。从西人编纂的中国古代小说译文选集，到中国文学作品选，再到中国文学史著作，中国小说的地位渐次上升。翻译和编纂中国古代小说选本，本身即是对小说的肯定。正是出于对中国小说的看重，雷慕莎、儒莲、巴赞、翟理斯、道格斯、爱德华·格里泽巴赫等著名汉学家才孜孜不倦地致力于编纂中国古代小说译文选集。西人辑录的中国文学作品选则进一步将小说与诗歌、散文、戏曲并列，小说得以作为中国文学的珍品，名正言顺地进入中国文学的范畴。而西人撰写的中国文学史著作更是堂而皇之地将中国小说写入文学史著作，不仅将小说与诗歌、经史并举，更是将小说推举为元、明、清文学的经典和代表，从而确立了小说在中国文学史中的重要地位。

第二，典范作品和作家的确立。通过筛选来确立和呈现文学经典是西人所编中国古代小说选本的重要功能。如巴赞《元代》通过对《水浒传》的系统译介，将《水浒传》推举为元代文学的代表，同时亦将《水浒传》的作者写入元代作家谱录，指出："施耐庵是著名的小说家，他是《水浒传》的作者，如果没有这位伟大作家的公义、构想和写作才能，则无法创作出如此引人入胜的具有丰富内容的文学作品。"① 不仅对施耐庵的才能倍加称许，而且将其与戴表元、马端临等诗文家、文献学家并举，写入元代文学史，将施耐庵视为元代的代表作家。巴赞在其《现代文学》则进一步将"十大才子书"推举为中国最优秀的作品，"十大才子书"即《三国演义》《好逑传》《玉娇梨》《平山冷燕》《水浒传》《西厢记》《琵琶记》《花笺记》《平鬼传》和《白圭志》。巴赞认为这些小说由极具天赋才华的才子所作，语言感人，风格优美，虽以娱乐为目的却又极具精神内蕴和理性思维，堪为中国文学之上品。甘淋《中国小说》更是明确指出中国最著名的小说有 14 部，分别为《三国演义》《水浒传》《西游记》《西厢记》《琵琶记》《红楼梦》《聊斋志异》《东周列国志》《好逑传》《玉娇梨》《白圭志》《平山冷燕》《斩鬼传》和《封神演义》。

第三，西方对中国小说的认同和仿作。西人所编中国古代小说选本在一定程度上彰显并促成了西方学者对中国小说的认可，中国小说被纳入世界文学的格局。中国小说的道德性受到西方读者的高度赞扬，如歌德评点《好逑传》说："有一对钟情男女在长期相识中很贞洁自持，有一次他俩不得不同在一间房里过夜，就谈了一夜的话，谁也不惹谁。还有许多典故都涉及道德和礼仪。正是这种在一切方面保持严格的节制，使得中国维持到几千年之久，而且还会长存下去。"② 中国小说的艺术性亦得到西方学人的认同，如甘淋在《中国小说》中将《三国演义》比作《伊利亚特》(*The Iliad*)，认为其理应与《伊利亚特》、《埃涅阿斯纪》(*The Aeneid*)、《耶路撒冷》(*The Jerusalem*)、《疯狂的奥兰多》(*The Orlando Furioso*)、《尼伯龙根之歌》(*The Nibelungenlied*)、《失乐园》(*The Paradise*

---

① M. Bazin aîné, *Le Siècle des Youên ou Tableau Historique de la Littérature Chinoise Depuis L'Avénement des Empereurs Mongols Jusqu'à la Restauration des Ming*, p.431.

② ［德］爱克曼辑录，朱光潜译《歌德谈话录》，北京：人民文学出版社，1981 年，第112 页。

Lost）等世界名著并驾齐驱①；《好逑传》更是被选入《世界小说文库》（*Bibliothèque Universelle des Romans*），在一定程度上被纳入了世界文学的格局②。

此外，对中国小说的认可进一步表现为西方文人对中国小说的仿作。或就中国小说进行再创作，或假托中国小说之名杜撰新的故事，从而将中西小说的因子交织融合，成为中西文学交流的一种有趣的文学现象。前者如奥古斯塔·韦伯斯特（Augusta Webster，1837－1894）的《俞伯牙的琴》（*Yu-Pe-Ya's Lute*，*A Chinese Tale*，*in English Verse*）③，乃就帕维《中短篇小说选》中《俞伯牙摔琴谢知音》的法译文（*Le Luth Brisé*）加工而成。奥古斯塔·韦伯斯特保留了原作的主要人物和故事情节，却将之改写成通篇一体的韵文，以韵文诗歌的形式叙述了俞伯牙和钟子期因琴而成就的一段千古高谊，如：

"Play；　　　　　　　　　　　　　　"请抚琴；

The woodman spake, "and if, like　樵夫道，"如玉珠穿弦，
　　beaded pearls

Strung on a hidden thread, whose　旋度不约而同地趋近，
　　coils and curls

Tend one way variously and do　　显露出
　　but show

To take of their free selves the　　玉珠自身的走向，
　　way they go,

---

① George T. Candlin, *Chinese Fiction*, p.28.

② *Bibliothèque Universelle des Romans*, Paris：Au Bureau, 1775－1789, Vol. 6, pp. 417－447.

③ Augusta Webster, *Yu-Pe-Ya's Lute*, *A Chinese Tale*, *in English Verse*, London：Macmillan, 1874.

The wantoning notes intangibly obey	肆意的音律无形地遵循
Some one informing thought，I dare essay	心中的思绪，我斗胆忖度，
An easy riddle with its answer told."	隐秘的意蕴。"
Yu-Pe-Ya took the lute，and clear and bold	俞伯牙鼓琴，清越粗犷
The loud notes pealed，while overhead the crew	琴音高绝，甲板上的仆从
Were still and waited for the words. "what clue，	正安待候命。"琴音何意，
Woodman，hast thou now touched，on which have run	樵夫，可猜度出，玉珠的
The beaded pearls?" he said，the strain being done.	旋律？"琴音止息，他问道。
The woodman answered him，"I knew a thought	樵夫答曰："我听到思绪
That rose up from the valley clefts and sought	起自山谷，寻觅
The naked hill-tops near the stars：I heard	接近星际的山巅：我听到
From far below the waves of sighs that stirred	底处鼓动的波浪、
The upmost belts of pines where，after night，	高处丛立的松林，夜间
A weary wind went dying. And the light	风声渐歇。黎明血色的

Of sanguine dawn was there; else, solitude."	晓光浮起；一片孤寂。"
Yu-Pe-Ya spoke not back, but marvelling viewed	俞伯牙不答。惊奇地看着
The rough-clad guest, and touched the lute once more.	朴野的客人，将琴再鼓。
The woodman answered him, "The distant roar	樵夫答道："远处咆哮
Of leaping waters left behind, the sweep	踊跃的浪涛退后，席卷
Of a resistless river, strong and deep,	无力的河流，激烈而深沉，
Onward and onward with an even might	磅礴地向前翻滚
Along its silent levels; and in sight,	冲刷着静谧的河岸；看到：
Far off, before it a dim infinite sea:	远处，模糊无垠的大海：
And lo, Yu-Pe-Ya, know we what shall be?	瞧，俞伯牙知晓将会如何？
Or can we tarry on the way we wend	或者可以逗留
With its so certain yet uncertain end?"	在定而未定的尽头？"
And mutely earnest, gazing in his eyes,	热切不语，凝视他的眼睛，
Yu-Pe-Ya paused awhile like one who tries	俞伯牙踌躇一时，仿佛
A question in himself and scarce can tell	思讨无法言说的问题
If faith or doubt be more impossible.	信赖与疑虑互相角力。
Then, "Yet," he said, "O master, hear again:	"那么，"他说道："请再听一曲，

Canst thou know this?" And 'twas the fitful strain	可试言之?""恣意的音律
He made at noonday where the lilies shone.	鼓自正午,百合正怒放。
The woodman said, "I knew one passing on	樵夫道:"我听到逝去的美丽
'Mid beauty that makes sad, and too fair joys,	引人忧思,喜乐漫溢,
Since he must lose them. And I heard the voice	终将逝去。我听到夏日
Of summer birds, leaves merry on their trees,	嘤咛的鸟语,在树间洒满愉悦,
Bright waters rippling; and yet under these	欢快的水声潺潺流淌;但是伴着
Dim whispers of farewell. And the sweet pain	辞别隐晦的低语。甜蜜的痛苦
Of present ecstasy, knowing it must wane,	目下的欢愉,终将逝去,
Thrilled in my heart; and then the long regret	内心战栗;长久的追忆
Of one who going ere nightfall gazes yet	黄昏前离去,依然凝瞩着
On home or mother or the friend he had.	故土、亲人和朋侣。
Delight was all, and all delight was sad."①	喜悦却又惹人忧伤。"

---

① Augusta Webster, *Yu-Pe-Ya's Lute*, *A Chinese Tale*, in *English Verse*, pp. 21 - 23.

　　将俞伯牙、钟子期一抚琴，一听琴，一寄情于琴，一闻琴而辨情的情节敷衍成四十九行的诗篇，描摹细腻，回环往复，且在高山、流水之外又增加了夏日一节，以抒发俞伯牙对故土的思念。且格律严整，句尾押韵，隔句换韵，又通过诗歌跨行或句式的对照赋予其一种流动的韵律美，从而将中国古代小说转化成叙事诗篇，谱出恒久友情的诗意见证。后者如托马斯·西利（Thomas Henry Sealy）的《琉璃塔》（*The Porcelain Tower*：*or*，*Nine Stories of China*），虽以琉璃塔指代中国，又以中国故事命名，实乃西方作者假托杜撰的拟中国小说，即西方作者根据其对中国的想象而虚构的中国小说①。但仍在故事情节中穿插了对茶叶、瓷器、宝塔、鸦片、长辫、裹脚等中国经典元素或传统习俗的叙写，在一定程度上折射出十九世纪西方对中国的刻板印象。

　　综上所述，西方汉学家编选的中国古代小说选本，是中国古代小说在西方文本化的重要途径，主要有西人编撰的中国古代小说译文选集、中国文学作品选和中国文学史著作等文本形式。这些文本集译本、样本、选本于一体，相应地具有间质性、展示性与批评性等特征与功能。通过翻译、展示和批评，西人编选的中国古代小说选本不仅实现了中国小说在西方的文本化，而且自觉地以西方的小说观念审度中国小说，从小说的译名、起源、类型等方面实现了对中国小说文体的认识和建构；并从小说地位的提升、经典作品与作家的确立、对中国小说的认同和仿作等诸多层面促进了中国小说在西方的经典化进程。

　　文学文化的交流总是双向的。如果说，"西学东渐"与国人

---

① 　T. H. Sealy，*The Porcelain Tower*：*or*，*Nine Stories of China*，London：Bentley，1841.琉璃塔指的是南京大报恩寺的琉璃塔，因《联合省东印度公司谒见中国皇帝或鞑靼大汗记》的介绍而在西方负有盛名，书中载有约翰·尼霍夫（Johannes Nieuhof，1618—1672）绘制的琉璃塔之图，琉璃塔遂被西方人视为中国的一种象征。

对西洋小说的翻译和研究是中国小说现代化转型的重要契机，那么"中学西传"与西人对中国小说的翻译和研究则为中国小说另辟蹊径，令其游走异域，转换新生，构成了中国小说研究的另一种维度。而在"中学西传"与"西学东渐"的双向交流中，西方的中国古代小说研究与国内的中国小说研究又形成了一种历时的交互的共生关系。这种历时的交互的共生关系大致通过四种路径来实现：其一，取道日本，传入中国。如梁启超、黄人、鲁迅等学者，通过日本学者及其著作而接触西方的小说观念，并以之对中国小说进行大张旗鼓的改革①。其二，经由来华传教士，对中国小说的创作和研究产生或多或少的影响。如傅兰雅（John Fryer，1839-1928）在《申报》发起的"求著时新小说"的活动等②。其三，通过欧美留学生或使节，对中国小说研究产生潜移默化的作用。如陈季同、吴益泰等中国学者，其留学或出使欧美的经历，使其能直接接触和吸纳西方的小说观念，并以之来研究中国小说。如陈季同的《中国故事集》（*Les Contes Chinois*）③、吴益泰的《中国小说概论》（*Le Roman Chinois*）等④。其四，欧美汉学的持续发展。十八、十九世纪的西方中国古代小说研究培育和滋养了一批专门从事中国小说研究的西方学者，这不仅在一定程度上推进了小说研究的学术化和专业化，而且使西方的中国古代小说研究得以薪火相传、继往开来。如韩南（Partick Hanan，1927-2014）、浦安迪（Andrew H. Plaks）等二十世纪的汉学家，继承汉学研究的传统，

---

① 可参看关诗珮《唐"始有意为小说"：从鲁迅的〈中国小说史略〉看现代小说（fiction）观念》，《鲁迅研究月刊》2007年第4期，第4—21页；陈广宏《黄人的文学观念与19世纪英国文学批评资源》，《文学评论》2008年第6期，第49—60页。
② 周新平主编《清末时新小说集》，上海：上海古籍出版社，2011年。
③ Tcheng-Ki-Tong, *Les Contes Chinois*, Paris：Calmann, 1889.
④ I-taï Ou, *Le Roman Chinois*, Paris：Les Éditions Véga, 1933.

创作出《中国白话小说史》（*The Chinese Vernacular Story*）①、《中国叙事学》（*Chinese Narrative*）② 等汉学力作。

这种历时的交互的共生关系又反映出西方的中国古代小说和国内的中国小说研究的密切联系，一方面，西方的中国古代小说研究植根于西方的小说观念，而西方的小说观念又直接或间接地为中国小说研究提供了理论基础；另一方面，吸引了更多国内外学者从事中国小说研究，就中国古代小说选本而言，相继出现了徐仲年的《中国文学选读》（*Anthologie de la Litérature Chinois des Origins à Nos Jours*）③、巴洛尔·阿莱西（Basile Alexéiev）的《中国文学》（*La Littérature Chinoise*）④、白芝的（Cyril Birch）《明代短篇小说选》（*Stories from a Ming Collection*）⑤、翟楚（Ch'u Chai, 1906－1986）和翟文伯（Chai Winberg）的《中国文学选》（*A Treasury of Chinese Literature*）⑥ 等诸多小说选本，中国古代小说选本一时蔚为大观。新时代日益密切的中西文学文化交流，必然会为中国小说研究带来新的生机。

第三节 巴赞《元代》及其
文学史学史价值

《元代》（*Le Siècle des Youên*），全名《元代或从蒙元兴起直至

① Partick Hanan, *The Chinese Vernacular Story*, Cambridge Massachusetts: Harvard University Press, 1981.
② Andrew H. Plaks, *Chinese Narrative: Critical and the Theoretical Essays*, Princeton, Guildford: Princeton University Press, 1977.
③ Hsu Sung-nien, *Anthologie de la Litérature Chinois des Origins à Nos Jours*, Paris: Librairie Delagrave, 1933.
④ Basile Alexéiev, *La Littérature Chinoise*, Paris: P. Geuthner, 1937.
⑤ Cyril Birch, *Stories from a Ming Collection*, London: Bodley Head, 1958.
⑥ Ch'u Chai and Chai Winberg, *A treasury of Chinese Literature: a New Prose Anthology*, *Including Fiction and Drama*, New York: Appleton-Century, 1965.

明代开国的文学史纲》(*Le Siècle des Youên ou Tableau Historique de la Littérature Chinoise Depuis L'avénement des Empereurs Mongols Jusqu'à la Restauration des Ming*)，1850 年在巴黎出版发行，是法国汉学家巴赞所著元代文学史的一部重要著作①。巴赞《元代》虽是一部中国文学的断代史著作，但其比俄人王西里的《中国文学史纲要》(1880) 还早 30 年，比英人翟理斯所著《中国文学史》(1901) 早 51 年，是目前所知最早的中国文学史著作②；而且《元代》对《四库全书总目》的依傍，对小说戏曲的重视以及译介经典作品的做法，又为之后的西人撰写中国文学史著作所采纳和模仿，巴赞《元代》在中国文学史学史上无疑具有重要的地位。而目前学术界对巴赞《元代》的研究往往以文献参考的附属形式存在，如高第在《西人论华书目》中著录了巴赞《元代》所载《水浒传》的法译文③，王丽娜《中国古典小说戏曲名著在国外》多次提及巴赞《元代》对元杂剧的翻译④，但皆为译文举隅。沈崇麟《欧洲中国学》在介绍法国汉学家巴赞时，梳理了巴赞的汉学著作，《元代》列于其中，但亦仅限于罗举书名⑤。这与《元代》的学术价值明显不相称，有鉴于此，本节拟对《元代》展开较为细致的研究，不仅旨在梳理《元代》所著录的作家作品，探究《元代》所呈现的元代文学的全貌，而且试将《元代》置于中国文学史学史的语境中，重新审

---

① M. Bazin aîné, *Le Siècle des Youên ou Tableau Historique de la Littérature Chinoise Depuis L'Avénement des Empereurs Mongols Jusqu'à la Restauration des Ming*, Paris：Imprimerie Nationale，1850.

② 本节试图从整体上探讨巴赞《元代》这部断代史著作，因此不仅论及中国古典小说，而且将元曲亦纳入讨论范围。

③ Henri Cordier, *Bibliotheca Sinica: Dictionnaire Bibliographique des Ouvrages Relatifs à L'Empire Chinois*, Paris：Ernest Leroux，1878-1885，p.1760.

④ 王丽娜《中国古典小说戏曲名著在国外》，上海：学林出版社，1988 年。

⑤ 沈崇麟《欧洲中国学》将《元代》全名译为《元代：从蒙古皇帝的即位到明代的光复这段时间里中国文学的历史年表》，但误将其出版时间记为 1845 年。沈崇麟《欧洲中国学》，北京：社会科学文献出版社，2005 年，第 76 页。

视其在中国文学史学史上的重要意义。

一、巴赞《元代》：补《元史》艺文志的有益尝试

巴赞（Antoine Pierre Louis Bazin，1799－1863）全名安托万·皮埃尔·路易·巴赞，是法国早期著名的汉学家，师从法兰西学院院士儒莲从事中国语言文学研究，并曾担任法国东方语言学院首任汉语教习①。在儒莲的影响下，巴赞对通俗文学，特别是元曲和元代文学产生了浓厚的兴趣，撰写了数部极具学术价值的著作。如巴赞编译的《中国戏曲》（Théâtre Chinois）②不仅翻译了《㑇梅香》《合汗衫》《货郎旦》《窦娥冤》四部元杂剧，而且对元曲作家及其创作情况做出了简要的介绍。巴赞还与鲍迪埃（Jean Pierre Guillaume Pautier，1801－1873）合著《现代中国》（Chine Moderne）③，巴赞负责第二卷关于中国艺术、文学、风俗、历史等内容的撰写。此外，巴赞还较早将《琵琶记》（Le Pi-Pa-Ki: ou，L'histore du Luth）翻译成法文，是目前所知《琵琶记》最早的法译本④。而《元代》这部著作则是巴赞对元代文学进行系统整理和整体观照的自觉尝试。正如巴赞在《元代》序言中所言，他之所以选择元代，是因为从1260年成吉思汗的孙子建立元朝，直至1368年明代的兴起，蒙元时代的中国文学逐步走向了成熟完善。加之，

---

① 关于巴赞的生平，可参阅李声凤《中国戏曲在法国的翻译与接受（1789—1870）》，北京：北京大学出版社，2015年，第82—86页。

② M. Bazin aîné, *Théâtre Chinois；ou，Chiox de Pièces de Théâtre，Composes sous les Empereurs Mongols，Traduites pour la Première Fois sur le Texte Orginal，Précédées d'une Introduction et Accompagnées de Notes*，1799－1863，Paris：Imprimerie Royale，1838.

③ M. G. Pauthier et M. Bazin aîné, *Chine Moderne，ou Description Historique，Géographique et Littéraire de ce Vaste Empire，d'parès des Documents Chinois*，Paris：Firmin Didot frères，1853.

④ M. Bazin aîné, *Le Pi-Pa-Ki: ou，L'Histore du Luth: Drame Chinois de Kao-Tong-Kia Représenté à Péking，en 1404 avec les Changements de Mao-Tseu*，Paris：Impr. Royale，1841.

当时中国文学史的领域尚未有人涉足①，巴赞遂致力于撰写一部比较完备的元代文学史纲。

　　巴赞《元代》以文献为基础，对有元一代的典籍进行了细致系统的整理与著录。首先，巴赞《元代》将元代典籍分为雅文学（Langue Savante）和俗文学（Langue Commune）两部分进行著录。雅文学部分借鉴《四库全书总目》的著录方法，分为经部（Livres cannoiques）、史部（Histoire）、子部（Sciences et Arts）和集部（Belles-lettres）。其中，经部又分为易类、书类、诗类、礼类、春秋类、孝经类、五经总义类、四书类、乐类和小学类；史部又分为正史类、编年类、纪事本末类、别史类、杂史类、诏令奏议类、传记类、史钞类、载记类、时令类、地理类、职官类、政书类、目录类和史评类；子部又分为儒家类、兵家类、法家类、农家类、医家类、天文算法类、术数类、艺术类、杂家类、谱录类、类书类、小说家类、释家类和道家类；集部又分为楚词（辞）类、别集、总集、诗文评和词曲类；共计四部四十四类，著录元代典籍 101 种，尤以史部地理类、经部书类及子部医家类著录的典籍数量为多。如史部地理类著录了《禁扁》《至元嘉禾志》《大德昌国州图志》《延祐四明志》《齐乘》《至正金陵新志》《治河图略》《长安志图》《吴中旧事》《平江纪事》《真腊风土记》与《岛夷志略》12 种元代地理著作，经部书类著录了《书纂言》《尚书集传纂疏》《读书丛说》《尚书辑录纂注》《尚书通考》《书蔡传旁通》《读书管见》《书义断法》《尚书纂传》与《尚书句解》10 种有关《尚书》的著述，子部医家类著录了《医垒元戎》《此事难

---

① 巴赞修过法兰西学院第一任汉学教授雷慕莎的课，雷慕莎曾谈及中国文学史的领域仍未有人涉及。Abel-Rémusat, *Mélanges Asiatiques*, Paris: Dondey-Dupré Père et Fils, 1825 - 1826, t.2, p.385.

知》《汤液本草》《经验方》《世医得效方》《外科精义》与《医经溯洄集》7 种元代医学作品，这在一定程度上折射出元代在地理、《尚书》释传及医学领域取得的进步。俗文学则按文体分为小说和戏曲两部分，小说著录有《三国演义》和《水浒传》两种，戏曲著录了《西厢记》与《元人百种》共 101 种杂剧，这无疑与元代小说戏曲的勃兴彼唱此和。

其次，巴赞《元代》不仅对元代典籍做出系统的整理与著录，而且撰写了简略的提要。如《东南纪闻》见录于子部小说类，著曰："Tong-nan-ki-wen，Histore populaire des Song，sans nom d'auteur."[1] 即宋代流行的历史故事，未署作者。题曰："原本久佚，今本乃从明《永乐大典》翻录而成。一位核姓的作家曾谋划此书，但撰写者为元人。故该书作者将宋称为'东南'。书中亦述及北宋间史事，叙述极富艺术性。"[2] 《山房随笔》亦著录于子部小说类，著曰："Chang-fang-souï-pǐ，Les délassements d'un montagnard，par TSIANG TSEU-CHING，un livre."[3] 即《山房随笔》，蒋子正撰，一卷。题曰："该书记述宋元的朝代更迭，所记甚详。但贾似道的《误国始末》叙述则更为翔实。"[4] 可见，巴赞《元代》的作品提要大抵从《四库全书简明目录》迻译而成，但存在一些误读之处。如将《东南纪闻》中"核其词意"的"核"解释为一位核姓的作者，将《山房随笔》中的"误国始末"误解为贾似道的一部著作。虽然巴赞《元代》存在这些释读舛误之处，但毕竟对所著录元代典籍之作者、主旨及相关内容等作出了差强人意的介绍。

---

[1] M. Bazin aîné, *Le Siècle des Youên ou Tableau Historique de la Littérature Chinoise Depuis L'Avénement des Empereurs Mongols Jusqu'à la Restauration des Ming*, p.94.

[2] 同上书，第 94 页。

[3] 同上书，第 96 页。

[4] 同上书，第 96 页。

再次，巴赞《元代》既充分借鉴中国传统目录学的方法，对元代典籍进行著录，撰写提要，又别出心裁，在每类著录中增制了一个表格，以记录各个朝代相应书籍的出版刊印情况。如表3.1、表3.2、表3.3分别附于子部医家类、经部乐类和子部农家类之后，绘制出从汉至今医家类典籍刊印情况、从宋至今乐家类典籍刊印情况及农家类典籍刊印情况。

表 3.1　从汉至今医家类典籍刊刻数量

汉	3 种
唐	3 种
宋	28 种
金	8 种
元	12 种
明	23 种
清	11 种
总	88 种

表 3.2　从宋至今乐类典籍刊刻数量

宋	3 种
元	3 种
明	3 种
清	12 种
总	21 种

表 3.3　从宋至今农家类典籍刊刻数量

宋	1 种
元	3 种
明	4 种
清	1 种
总	9 种

由上表可知，医家类典籍随朝代有所更迭，以宋、元、明三代数量较多。元代乐类典籍和宋明两代基本持平，而元代农家类典籍数量则高于宋、清两代。巴赞《元代》所增制的此类图表不仅有利于直观地窥知各类典籍历史的发展和承递，还可以据之判断元代各领域在历史发展中所居的坐标和地位。

由上所述，巴赞《元代》通过分类著录、撰写摘要、绘制表格等方式对元代典籍进行了细致系统的整理与著录。这恰与清人金门诏《补三史艺文志》，吴骞《四朝经籍志》，张锦云《补元史艺文志》，黄虞稷、卢文弨《补辽金元艺文志》及钱大昕《补元史艺文志》异曲同工，均致力于有元一代典籍的著录，共同填补了《元史》未有艺文志的缺失。虽然巴赞《元代》并不以所著录的元代典籍数量取胜，但却较早地将金门诏、钱大昕等人所忽略的小说戏曲视为元代的俗文学加以著录，是西方汉学家对元代典籍做出的最早的全面的介绍。而巴赞针对著录中国文献时所面临的中西文学观念、目录编纂体制等诸多差异，提出了既借鉴中国传统的四部分类法，又另辟蹊径对小说戏曲加以著录的兼容中西的实践方法。这无疑是西方汉学家对元代典籍进行系统整理和著录的有益尝试，又为西方汉学家、目录学家编纂汉籍书目提供了一种行之有效的著录方法。此后，韦烈亚力的《汉籍解题》（*Notes on Chinese Literature*）[①]，亦采用了这种兼容中西的著录方式。

二、巴赞《元代》：《水浒传》《元人百种》的系统译介

巴赞《元代》不仅对元代典籍进行了系统的整理与著录；而且融通中西文学观念，既充分借鉴了中国传统目录的著录方法，又依循西方的文学观，将小说戏曲作为元代最精华的文学作品加以著录和译介。巴赞《元代》不仅著录了《三国演义》《水浒传》《西厢记》及《元人百种》等元代小说戏曲的杰作，而且重点对《水浒传》与《元人百种》做出了详致的翻译和介绍。巴赞《元代》所载《水浒传》译文是较早译介《水浒传》的西译文，巴赞《元代》亦是最早系统翻译《元人百种》的汉学著作。

1.《水浒传》的西译

巴赞《元代》所载《水浒传》法译文根据法国国家图书馆所藏

---

① Alexander Wylie，*Notes on Chinese Literature*，Shanghai：American Presbyterian Mission Press，1867.

《水浒传》版本①，即金圣叹批评本《第五才子书施耐庵水浒传》翻译而成，译文主要分为章回概述和情节选译两部分。巴赞认为情节摘要有助于了解《水浒传》及其所反映的习俗，因此将《水浒传》楔子、第一回至第三十四回，即《水浒传》金评本前两卷的内容进行章回概述。如第三回（Chapitre Ⅲ）：

> Par quel hazard Lou-ta reconnaît Kin-lao. Histoire de Tchao, le youên-waï (titre honorifique). Description d'un repas. Lou-ta se retire dans le village des *Sept-Diamants*. Quels motifs l'engagent à embrasser la profession religieuse. Histoire du monastère de Mañdjous'rî. Ordination de Lou-ta. Description des cérémonies de la tonsure, de la prise d'habits et de l'imposition des mains. Comment le néophyte quitte son nom et s'appelle en religion *Savoir-profond*. Horrible scandale dans le monastère. Représentations faits par les bonzes au supérieur. De quelle manière *Savoir-profond* viole les préceptes et le règles du bouddhisme. Marché public. Comment les habitants d'un village relevaient du supérieur d'un monastère. Nouveaux scandales. Intempérance de *Savoir-profound*. Il bris, dans son ivresse, le statues des saints et détruit un belvédère. *Savoir-profond* est exclu de la communauté.②

即：鲁达遇到金老·赵员外·宴请·鲁达隐居七宝村·皈依佛教的

---

① M. Bazin aîné, *Le Siècle des Youên ou Tableau Historique de la Littérature Chinoise Depuis L'Avénement des Empereurs Mongols Jusqu'à la Restauration des Ming*, p. 114.（关于法国国家图书馆所藏《水浒传》版本，可参看郑振铎《巴黎国家图书馆中之中国小说与戏曲》，载其《中国文学论集》，上海：开明书店，1934年，第409—462页。）
② 同上书，第115页。

缘由·文殊院的故事·鲁达受戒·剃度仪式·赐名智深·鲁达醉闹文殊院·长老教海·智深犯戒·市镇·村民依附文殊院·智深再闹文殊院·智深醉酒行凶·打坏金刚·智深被遣离文殊院。要言不烦地点出《水浒传》第三回"赵员外重修文殊院，鲁智深大闹桃花村"的大致内容。

又如第七回（Chapitre VII）：

> Jugement de Lin-tchong；probité de Sun-ting. Comment la justice s'administrait sous les Song，dans le tribunal de Khaï-Fong-Fou. Lin-tchong reçoit la bastonnade；il est condamné à l'exil. De la conversation touchante que Lin-tchong eut avec sa femme et du conseil qu'il lui donna. Il quitte la capitale pour se rendre à Tsang-tcheou. Comment les deux archers qui conduisaient Lin-tchong l'attachèrent à un arbre dans une forêt；ce qu'ils voulaient faire.[①]

即：林冲被定罪·孙定的周全·宋朝开封府的断案情形·林冲被杖流放·林冲辞别妻子·离京赴沧州·两衙役将林冲绑于树上·其欲何为？简明扼要地指明《水浒传》第七回"林教头刺配沧州道，鲁智深大闹野猪林"的情节梗概。

此外，巴赞又从《水浒传》节选了"开封府瘟疫（Peste de Khaï-Fong-Fou）"、"宋代朝廷的腐败（Mœurs de la Cour Impériale，sous les Song de la Décadence）"、"史进学艺（Éducation de Sse-Tsin）"、"鲁达皈依佛教（Profession de Lou-Ta）"和"武松的清白（Chasteté de Wou-Song）"五个情节翻译成法文，试图通过原汁

---

① M. Bazin aîné, *Le Siècle des Youên ou Tableau Historique de la Littérature Chinoise Depuis L'Avénement des Empereurs Mongols Jusqu'à la Restauration des Ming*，p.117.

原味的情节片段的选译，更好地还原和认知《水浒传》及中国人的风俗习惯、宗教仪式等。如"开封府瘟疫"朴素而真实地描述了道士的日常习俗和宗教规范。"鲁达皈依佛教"则详细陈述了鲁达受戒出家的佛教仪式。巴赞《元代》对《水浒传》的情节选译采用了直译或异化的翻译方法，即注重保留原文本独特的文化特性，尽量按本而译，不加删改。如"鲁达皈依佛教"从《水浒传》第三回"赵员外重修文殊院　鲁智深大闹桃花村"节选，从"次日天明，赵员外道：'此处恐不稳便，欲请提辖到敝庄住几时'"① 开始，至"长老道：'员外放心，老僧自慢慢地教他念经讼咒，办道参禅'"② 截止，将鲁达隐居七宝村、鲁达皈依佛教的缘由、文殊院的故事、佛教剃度仪式、赐名智深等故事情节翻译成法文。如：

原文：首座呈将度牒上法座前，请长老赐法名。长老拿着空头度牒而说偈曰："灵光一点，价值千金；佛法广大，赐名智深。"长老赐名已罢，把度牒转将下来。书记僧填写了度牒，付与鲁智深收受。长老又赐法衣袈裟，教智深穿了。监寺引上法座前，长老与他摩顶受记，道："一要皈依佛性，二要归奉正法，三要归敬师友：此是'三归'。'五戒'者：一不要杀生，二不要偷盗，三不要邪淫，四不要贪酒，五不要妄语。"③

译文：Alors un desservant de l'autel présenta la licence au supérieur et invita celui-ci à conférer un nom bouddhique à Lou-ta. Le supérieur, sans plus tarder, la tête découverte et tenant la licence à la main, prononça les paroles sacramentelles："Un rayon

① ［明］施耐庵著，［清］金圣叹评《水浒传》，上海：上海古籍出版社，2015年，第57页。
② 同上书，第61页。
③ 同上书，第60—61页。

de la divine lumière est plus précieux qu'un monceau d'or. La loi de Foë embrasse tous les êtres," puis, il ajouta : "Je vous donne pour nom Tchi-Chin (Savoir-Profond)." Le bonze préposé à la garde des archives remplit sur la licence le nom qui avait été laissé en blanc; après quio, le supérieur remit à Lou, Savoir-profond, l'habit religieux et la chape, avec ordre de s'en revêtir à l'instant même. Celui-ci, portant pour la première fois le costume des bonzes, fut conduit à l'autel par un religieux administrateur. Alors commença la cérémonie de l'imposition des mains et de l'instruction solennelle, appellée Cheou-ki. "Voici les trois grands précepts auxquels vous devez obéir, dit à Savior-profond le supérieur Sagesse-éminente, une main posée sur la tête du néophyte : 1° Vous imiterez Bouddha; 2° Vous professerez la doctrine orthodoxe; 3° Vous respecterez vos maîtres et vos condisciples. Voici maintenant les cinq défenses : 1° Vous ne tuerez aucun être vivant; 2° Vous ne déroberez pas; 3° Vous ne commettrez pas d'impuretés; 4° Vous ne boirez pas de vin; 5° Vous ne mentirez pas."[①]

　　译文将"赐名智深"的情节事无巨细地一一翻译成法文，详细陈述了鲁达皈依佛教的宗教仪式，这与巴赞旨在通过情节选译了解中国人的目的正相契合。而巴赞《元代》所载《水浒传》法译文遂成为当时影响最大的《水浒传》西译文，并被汉学期刊及汉学著作纷纷转载，如《亚洲学刊》（*Journal Asiatique*）于 1850 年和 1851 年连载了巴赞《水浒传》的法译文 *Extraits du Chouï-Hou-Tschouen ou de*

---

① M. Bazin aîné, *Le Siècle des Youên ou Tableau Historique de la Littérature Chinoise Depuis L'Avénement des Empereurs Mongols Jusqu'à la Restauration des Ming*, pp. 177‐178.

*L'histoire des Rives du Fleuve*①。该译文又被收入《现代中国》
(*Chine Moderne*)②。此外，需要指出的是，巴赞认为"武松的清
白"的情节恰与《金瓶梅》第一回的内容一般无二，巴赞起初希图
藉此译文，在不违背礼仪的同时，向西方读者介绍《金瓶梅》这部
中国小说的经典之作，之后便直接将该译文作为《金瓶梅》第一回
的翻译载于《现代中国》，题为 *Histoire de Wou-song et de Kin-
lièn.* (*Extrait du Premier Chapitre du Kin-P'hing-Meï*)③。实仍
为《水浒传》第二十三回"武松的清白"之情节选译。

2.《元人百种》的系统译介

《元人百种》是明人臧懋循编选的一部元人杂剧选集，又名
《元曲选》，收录杂剧一百种，是收罗最富、流传最广、影响最大的
元人杂剧选集。巴赞《元代》对《元人百种》进行了系统的翻译和
介绍，对《元人百种》的系统译介也是《元代》篇幅最多的部分。

首先，巴赞《元代》对臧懋循《元人百种》所选的一百种杂剧
逐一译介，主要包括题名、题名音译及其法译、杂剧类型、作者与
内容概述等几个部分。如《汉宫秋》："1ʳᵉ《汉宫秋》，*Han-kong-
thsieou*，*ou les Chagrins dans le palais de Han.* Drame historique
composé par Ma-tchi-youên. Ce drame a été traduit en anglais par
M. J. F. Davis."④ 即第一种曲《汉宫秋》，历史剧，作者马致远。
该剧已由德庇时翻译成英文。对已被翻译成英文或法文的杂剧，则

---

① *Journal Asiatique*，Paris：Société Asiatique，t.57，1850，pp. 449 – 475；t. 58，1851，
pp. 5 – 51.

② M. G. Pauthier et M. Bazin aîné，*Chine Moderne*，*ou Description Historique*，
Géographique et Littéraire de ce Vaste Empire，*d'parès des Documents Chinois*，t.2，
pp. 500 – 520.

③ 同上书，第545—551页。

④ M. Bazin aîné，*Le Siècle des Youên ou Tableau Historique de la Littérature Chinoise
Depuis L'Avénement des Empereurs Mongols Jusqu'à la Restauration des Ming*，
p. 213.

列出其相应的译文以资参考。又如《救风尘》："12ᵉ《救风尘》，
Kieou-fong-t'chin，*Ou la Courtisane sauvée*，comédie composée par
Kouan-han-king. Petite comédie dans le genre érotique. Kouan-han-
king nous introduit dans une maison de plaisir, et la pièce a pour
sujet l'histoire de la courtisane Song-yin-tchang, qui abandonne sa
profession avilissante pour épouser le bachelier Ngan. La vie privée
d'une courtisane de la Chine est une particularité fort curieuse et
très-instructive; mais la comédie de Han-king est un peu libre; il y
a trop de naturel dans le dialogue, et trop de vérité dans les
caractères."① 即第十二种曲《救风尘》，喜剧，作者关汉卿。在
《救风尘》这部轻喜剧中，关汉卿为我们介绍了妓女宋引章从良的
故事。中国妓女的私人生活既令人好奇又蕴涵教诲。但关汉卿的戏
剧是比较自由的，充满自然的对话和真实的人物。巴赞《元代》对
《元人百种》所选一百种元人杂剧进行了或详或略的介绍，成为最
早系统译介《元人百种》的汉学著作。

　　其次，巴赞《元代》对《元人百种》中的《金钱记》《鸳鸯被》
《来生债》《薛仁贵》《铁拐李》《秋胡戏妻》《倩女离魂》《黄粱台》
《昊天塔》《赵礼让肥》《忍字记》《误入桃源》《抱妆盒》十三种杂剧
进行了较为详细的翻译，是目前所知这些杂剧首次被翻译和介绍给
西方读者。这些译文不仅分折归纳出杂剧的主要情节，而且选译了
作品中的片段。如《金钱记》：

　　原文：［王府尹云］这厮说也说不过。黄夜入人家，非奸即盗。
必定是个贼。［正末云］老相公是何言语。秀才家怎做的贼。［王府
尹云］既然你不做贼，你潜入我后花园中。［正末云］老相公听小

---

① M. Bazin aîné, *Le Siècle des Youên ou Tableau Historique de la Littérature Chinoise
Depuis L'Avénement des Empereurs Mongols Jusqu'à la Restauration des Ming*, pp.
245 - 246.

生说，有几个做贼的古人。〔王府尹云〕你看这厮说先前那几个做贼的，你说，老夫试听咱。〔正末唱〕

【滚绣球】那里有刺了臂的王仲宣，黥了额的司马迁，那里有警迹人贾生子建，那里有老而不死为盗的颜渊。〔王府尹云〕再有那几个古人做贼的来。〔正末唱〕有一个直不疑同舍郎，有一个毕吏部在酒瓮边，有一个晋韩寿偷香在贾充宅院，有一个匡衡将邻家墙壁凿穿。那里有偷瓜盗粟韩元帅，那里有钻穴逾墙闵子骞。小生委实的负屈衔冤。

〔王府尹云〕这厮带酒了也，据他欺我太甚，擅入园中，非奸即盗，难以饶恕。张千与我吊将起来。我等他酒醒呵，慢慢的问他，也未迟哩。①

译文：Le Gouverneur (au domestique)："Au fond, de deux choses l'une, cet homme est un libertin ou un voleur." Han-feï-king："Excellence, quelles paroles se sont échappées de votre bouche? Y pensez-vous, un bachelier n'est pas un voleur." Le Gouverneur："Enfin, expliquez-vous. Que venez-vous faire dans mon jardin de plaisance?" Han-feï-king："Écoutez-moi. On trouve dans l'antiquité des grands hommes, oui des grands hommes, qui ont été des voleurs." Le Gouverneur："Oh, par exemple, je vous écoute."

Han-feï-king fait au gouverneur une leçon d'histoire. Il cite d'abord Wang-tchong-siouên, le grand historiographe Sse-ma-thsiên, puis les poëtes Kou-seng et Tseu-kiên. Il rappelle poétiquement l'étrange larcin de Lieou-chin, qui vécut si longtemps dans la grotte des pêchers, sans payer son tribute à la nature; Han-cheou, de la dynastie des Thsin, qui déroba des parfums, pendant qu'il était secrétaire de

---

① 〔明〕臧晋叔编《元曲选》，北京：中华书局，1958 年，第 20—21 页。

Kou-tchong, et enfin Han-sin, le fameux capitaine, qui, pressé par la faim, déroba un melon et du millet à une vieille femme.

Le Gouverneur: "Cet homme est à moitié ivre. Si je l'écoute, il se moquera de moi. Domestique, attachez-le à la muraille avec une corde. Quand il aura cuvé son vin, je recommencerai l'interrogatoire."①

译文将《金钱记》第二折中韩飞卿闯入王府后花园被撞破，王府尹和韩飞卿对话的情节翻译成法文，其中韩飞卿的唱词以陈述的方式概述，而王府尹和韩飞卿的宾白则逐句译出。巴赞认为对话有助于了解中国的风俗习惯，而富有宾白的杂剧无疑比其他文学作品具有更强的了解中国的认知功能。此外，巴赞在翻译时，亦穿插评点。如巴赞指出上述所引王府尹审问韩飞卿的情节便摹写得生动有趣，除去一些夸夸其谈、不知所云的语句，措辞较为妥帖；但从整体上讲，《金钱记》的情节仍显得过于普通。

总而言之，巴赞《元代》将《水浒传》《西厢记》等小说戏曲作为元代最精华的文学作品加以著录和译介，不仅把《金钱记》《秋胡戏妻》《倩女离魂》《昊天塔》《忍字记》等作品首次翻译和介绍给西方读者，而且较早地对臧懋循《元人百种》做出了系统译介，这无疑既促进了中国古典小说戏曲的西译进程，又在某种程度上构成了西人所撰文学史著作译介经典作品的一般程式。

三、巴赞《元代》：全景式的元代作家谱录

巴赞《元代》不仅对元代典籍进行了系统的整理与著录，将小说戏曲作为元代最精华的文学作品加以译介，而且对元代作家做出较为全面的介绍，并建立了相对完备的元代作家谱录（Notices

---

① M. Bazin aîné, *Le Siècle des Youên ou Tableau Historique de la Littérature Chinoise Depuis L'Avénement des Empereurs Mongols Jusqu'à la Restauration des Ming*, pp. 222 - 223.

Biographiques sur les Auteurs）。巴赞《元代》按照拼音顺序，著录了自 1260 年至 1368 年期间主要的元代作家，共载有沙图穆苏、冯复京、夏文彦、熊朋来、许衡等 124 位元代作家。其中，剧作家有尚忠贤、石子章、范子安、花李郎、康进之、乔孟符、宫大用、关汉卿、李好古、李致远、马致远、孟汉卿、吴昌龄、白仁甫、孙仲章、戴善夫、张寿卿、郑德辉、郑廷玉、秦简夫、曾端卿、王实甫、王仲文、武汉臣、杨显之、杨景贤、岳伯川、石君宝、高文秀、纪君祥、贾仲名、谷子敬、李寿卿、李行道、李直夫、李文蔚、张国宾、赵明镜、王子一与杨文奎 40 人；小说家有施耐庵、刘祁与罗贯中 3 人；诗人有戴表元、张翥 2 人；注释家、批评家有敖继公、剽瑾、王元杰等 23 人；地理学家有陆有仁、袁桷等 9 人；收藏家有许谦、潘昂霄等 10 人；辞典汇编家有马端临、阴时夫等 6人；其他则包括医学家、历史学家、修辞学家、航海家、经济学家、考古学家、天文学家等 31 人①。如图所示：

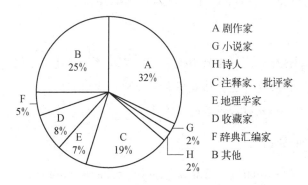

A 剧作家
G 小说家
H 诗人
C 注释家、批评家
E 地理学家
D 收藏家
F 辞典汇编家
B 其他

图 3.4　巴赞《元代》所著元代作家分类图

由图 3.4 可知，第一，巴赞《元代》将包括剧作家、小说家、

---

① 巴赞《元代》所著录的元代作家身份多重时，不重复记录，而仅取其一种身份。如《元代》将王实甫视为著名的诗人、小说家和剧作家。这里仅以其剧作家的身份计量。

诗人、注释家、评论家、地理学家、收藏家、辞典汇编家、考古学家、修辞学家、航海家等在内的 124 位元代作家记录在册，形成了相对全景式的元代作家谱录。第二，巴赞《元代》对元代作家，特别是往往被忽视的小说家、戏曲家进行著录，其所著录的元代小说家、戏曲家共有 43 位，占《元代》所载元代作家的 34% 左右，亦是巴赞《元代》所著元代作家中比重最大的部分，从而反映出巴赞对元代小说戏剧的重视。此外，巴赞还对所著录的作家一一进行介绍，主要包括姓名、身份及叙录几个部分。如施耐庵：

> Chi-naï-ngan 施耐庵, célèbre romancier. C'est l'auteur du *Choùi-hou-tchouen* (*Histoire des rives du fleuve*), dont j'ai donné des fragments. Les mandarins, voués aux fonctions publiques, peu curieux de littérature, n'ont pas rendu assez de justice à ce grand écrivain, qui a été capable de concevoir et de composer avec tant d'art, tant d'intérêt, un ouvrage aussi étendu.[①]

即：

> 施耐庵，著名的小说家。他是我所选译的《水浒传》的作者。如果没有这位伟大作家的公义、构想和写作才能，则无法创作出如此引人入胜的具有丰富内容的文学作品。

又如马端临：

> Ma-touan-lin 马端临, encyclopédiste, auteur du *Wen-hièn-thong-kao*. Son nom d'honneur était Koueï-yu. Il naquit à Lo-ping, chef-lieu d'un arrondissement, dans la province de

---

① M. Bazin aîné, *Le Siècle des Youên ou Tableau Historique de la Littérature Chinoise Depuis L'Avénement des Empereurs Mongols Jusqu'à la Restauration des Ming*, p.431.

Kiang-si, et mourut la quatrième année Ta-tĕ (l'an 1300). M. Abel-Rémusat a consacré à cet auteur une notice biographique et littéraire dans ses Nouveaux mélanges asiatiques. Ma-touan-lin est plus célèbre en Europe qu'à la Chine.①

即：

> 马端临，辞典汇编家，《文献通考》的作者。马端临字贵与，生于江西乐平，卒于元大德四年（1300）。雷慕莎在其《亚洲丛刊》中介绍了马端临的生平和著作。马端临是欧洲闻名遐迩的中国学者。

又如王实甫：

> Wang-chi-fou 王实甫, l'un des plus grands poëtes de la Chine, romancier, auteur dramatique. La biographie universelle de la Chine n'a point consacré d'article à cet écrivain célèbre, qui a trouvé et trouvera toujours des admirateurs et des enthousiastes. C'est l'auteur du *Si-siang-ki* (*Histoire du pavillon occidental*), dont j'ai parlé dans la seconde partie.②

即：

> 王实甫，中国最伟大的诗人、小说家和戏曲家。这位著名的作家未见著于中国传记，但无论是谁一旦得知王实甫，便会成为他的崇拜者和拥护者。王实甫是《西厢记》的作者，在本书第二部分中曾论及。

---

① M. Bazin aîné, *Le Siècle des Youên ou Tableau Historique de la Littérature Chinoise Depuis L'Avénement des Empereurs Mongols Jusqu'à la Restauration des Ming*, p.460.

② 同上书，第501页。

由上所述，巴赞《元代》不仅遵循一定的顺序将 124 位元代作家载入名册，而且有条不紊地一一介绍其生平著作，在一定程度上成为相对完备的元代作家谱录，这无疑有利于形成对元代作家全景式的印象。而其对元代小说家戏曲家的著录和介绍，既与《元代》对《三国演义》《水浒传》《西厢记》及《元人百种》的译介形成一种相辅相成的互文关系，共同印证了巴赞《元代》对元代小说戏曲的重视，又成为元代小说家戏剧家生平资料的有益支撑。

四、巴赞《元代》及其文学史学史意义

由上文所述，巴赞《元代》从结构上分为三个部分，第一部分为元代雅文学的整理与著录，第二部分为元代俗文学的著录与译介，第三部分为元代作家谱录。作为元代文学史的奠基之作，巴赞《元代》虽只是一部中国文学的断代史著作，但比俄人王西里的《中国文学史纲要》（1880）还早 30 年，比英人翟理斯所著《中国文学史》（1901）早 51 年，比德人葛禄博的《中国文学史》（1902）早 52 年，是目前所知最早的中国文学史著作，在中国文学史学史上无疑具有重要的地位和意义，主要体现在以下几个方面：

第一，巴赞《元代》反映出融通中西的文学观。正如董乃斌在《中国文学史的演进：范式的视角》一文中所言："文学观的内容固然丰富，但其核心则是何谓文学，即对文学本质和特性的认识，对文学内涵与外延的确定，对怎样的文本才算是文学文本的判断。"① 巴赞《元代》的文学观既接受了中国传统文学观念的影响，又秉承了西方的文学观念，呈现出一种融通中西的文学观。首先，

---

① 董乃斌《中国文学史的演进：范式的视角》，《中国社会科学》2001 年第 6 期，第 164 页。

巴赞《元代》对中国传统文学观的接受具体表现为对《四库全书总目》的依傍，这种依傍不仅表现为参照《四库全书总目》经、史、子、集的四部分类法对有元一代的典籍进行整理和著录，而更重要的是将经、史、子、集所著录的作品都视为文学作品，将哲学、医家、历史、地理、评点、目录等著作都囊括在内。因之，在元代作家谱录中不仅收入小说家、剧作家、诗人，而且将注释家、评论家、地理学家、收藏家、辞典汇编家、考古学家、修辞学家、航海家等都记录在册。其次，巴赞《元代》秉承西方的文学观念，将在中国传统中被视为"小技末道"的小说戏曲作为元代最精华的文学作品，这使得小说戏曲得以堂而皇之地进入文学史著作，并得到充分的重视和肯定。巴赞《元代》不仅在元代作家谱录中收入的小说家剧作家人数最多，比重最大，而且勤勉不懈地系统译介了《水浒传》与《元人百种》等元代小说戏曲的杰作。文学史著作对小说戏曲的译介和著录又反过来在某种程度上促进了中国小说戏曲在西方的经典化。

此外，巴赞《元代》还在一定程度上切合了十九世纪欧洲文化史派的思想，将文学史视作文化史的一部分，认为文学记录了人类社会的生活、心理和感情①。文学在某种程度上成为了解一个民族文化的最好途径。因此，巴赞《元代》十分重视小说、戏曲的认知功用，尤其将戏曲视作最有效而丰富的了解中国的最佳文学文本，故不遗余力地将《元人百种》所收一百种杂剧逐一译介，巴赞对《元人百种》的翻译和介绍也是占《元代》篇幅最多的部分，亦是巴赞《元代》被引述最多的内容。如《亚洲学刊》1851年转载了巴赞《元代》中《金钱记》的译文，题为 *Analysis and Excerpts*

---

① ［法］朗松《文学史方法》，［美］昂利·拜尔编，徐继曾译《方法、批评及文学史——朗松文论选》，北京：中国社会科学出版社，1992年，第3—4页。

of *"Le Gage D'Amour"*，该译文又被转移成英文 *An Extract from the Siècle des Youên of the Late Professor Bazin：Being an Analysis of the Kin-ts'ien-ki，or "The Love Token，" with some Passages Translated*，载于《中日丛报》1864 年。《现代中国》收入巴赞《元代》中《抱妆盒》译文 *Analysis and Fragments of "La Boîte Mystérieuse"*，该译文又转载于《亚洲丛刊》1851 年，题为 *Analysis and Excerpts of "La Boîte Mystérieuse"*。巴赞《元代》中《昊天塔》译文转载于《亚洲学刊》1851 年，题为 *Analysis and Excerpts of "La Pagode du Ciel Serein"*。《元代》中《忍字记》译文转载于《亚洲学刊》1851 年，题为 *Analysis and Excerpts of "Histoire du Caractère Jîn"*。

第二，巴赞《元代》初步构建起以文献、文体、文本为三大要素的中国古代文学的研究体系。首先，作为法国学院派汉学家的巴赞，无疑具有良好的文献素养和重视文献的学术理念。巴赞《元代》即以文献为基础，对有元一代的典籍做出了细致系统的整理和著录，不仅著录了 101 种元代的雅文学著作和 103 种元代的俗文学作品，而且还相应地撰写提要或进行译介。其中，对元代雅文学的著录和提要明显借鉴了中国传统文献，特别是《四库全书总目》。如巴赞《元代》的著录方法遵循《四库全书总目》，书目提要大多摘译自《四库全书简明目录》。但是，巴赞不是简单地参照或依傍《四库全书总目》和《四库全书简明目录》，而是进一步对之展开了切中肯綮的评点。其一，比较并指出《四库全书总目》与《四库全书简明目录》在著录中存在的差异，如《四库全书总目》著录的《易经》评注有 164 种，而《四库全书简明目录》为 165 种；《四库全书总目》著录小说家类有 318 种，而《四库全书简明目录》为 313 种等。其二，明确揭示《四库全书总目》所存在的缺憾，即《四库全书总目》并不能准确而全面地反映中国文学的全貌。这一方面是因为《四库全书总目》共著录 10 5000 种著作，明显少于著录了 22 8700 种著作的《永乐大典》①。另一方面缘于《四库全书总目》只著录雅文学，而忽视了小说、戏曲、故事以及几乎所有富有想象力的文学作品。其三，巴赞对《四库全书简明目录》的书目提要进行了细致的辨析，将其归纳为题名、版本、作者、所属流派、卷册、题材与叙事等组成部分。巴赞认为这些提要简明扼要，不像其他书目提要那般单调乏味。而且提要的撰写者持有相对公允的态度，他们不是为了证实或推翻前人的评论，而是尽量作出自己的判断，因此避免了言不由衷的赞美，也无毫无限制的指责，亦不存在丝毫的偏见或嫉妒。因此可以从中窥见中国传统学者关于典籍、文学和文学批评等方面的客观认识。其四，巴赞又指出书目提要采用了与序言一般的语言，这种语言是深奥古雅的，赋予提要一种优雅的学术风格，但无形中亦增加了译介的难度。

　　此外，巴赞《元代》还注意参考欧洲汉学或与中国研究相关的已有学术成果，进行了大量的文献准备工作，如参考了雷慕莎关于《文献通考》《四库全书简明目录》《书经》与《诗经》等中国典籍的研究，德庇时所译《汉宫秋》与《老生儿》的英译本，儒莲翻译的《灰阑记》的法译本等。此外，在《元代》之前，巴赞还编译了《中国戏剧》（*Théâtre Chinois*）一书②，该书不仅首次将《㑇梅香》《窦娥冤》等元杂剧翻译成法文，也对中国的剧作家及其作品做出了简略介绍，为巴赞编写元代文学史著作之《元代》打下了坚实的文献基础。

---

① 巴赞所论或有误，《四库全书总目》著录书籍约一万种，《永乐大典》收入明以前重要典籍七八千种。

② M. Bazin aîné, *Théâtre Chinois*；*ou*，*Choix de Pièces de Théâtre*，*Composées sous les Empereurs Mongols*，*Traduites pour la Première Fois sur le Texte Orginal*，*Précédées d'une Introduction et Accompagnées de Notes*，1799 - 1863，Paris，Imprimerie royale，1838.

其次，在文献著录的基础上，巴赞《元代》以文本为核心，对元代的经典杰作作出了详致的文本译介和文本阐释。文本译介表现对《水浒传》与《元人百种》的内容概述或情节选译，详见上文所述。文本阐释则包括文本溯源、文本解读及文学文本的比较等。如巴赞在《元代》中对《三国演义》进行了文本溯源，指出陈寿《三国志》、裴松之《三国志注》是罗贯中《三国演义》的主要素材来源，而元代无名氏创作的《三国志平话》亦为罗贯中的小说提供了可资参考的主题。但这些文本是零散的、质朴的。与之相较，罗贯中《三国演义》具有现代风格，是一种严肃的、稳定的、合宜的小说文本。

文本解读不仅指巴赞《元代》在《水浒传》《元人百种》等小说戏剧的译介中采用了翻译和评点相结合的方式，对元代文学作品的故事渊薮、情节设计、语言风格等作出评点，如认为《金钱记》题材得益于辛文房《唐才子传》，情节大多摹写得生动有趣，宾白则采用浅白的日常口语等。而且对文本引用的典故及其隐喻进行释读。如指出《水浒传》的小说题名取自《诗经·大雅》第三篇第二节"古公亶父，来朝走马，率西水浒，至于岐下"。即古公亶父不停下，从早上骑马走着，顺着西面水边，直到岐山山脚下；意指为了逃避西方鞑靼人的入侵，亶父引领人们迁徙，拯救了他的臣民。而《水浒传》成书于蒙元时期，书中描写了宋代朝廷的腐败，和诸多如亶父般为避难而迁徙的人。他们虽不是为了逃避鞑靼人的入侵，却是为了逃避施暴者的虐待。

巴赞还将《水浒传》与《三国演义》进行了比较，指出施耐庵《水浒传》似乎有意模仿《三国演义》，摹写处于战争中的社会图景及大众生活。但施耐庵的描述比罗贯中更自然，更令人愉悦。罗贯中叙述史实，施耐庵则偏重摹写习俗，因此施耐庵《水浒传》有更多的场景渲染和细节描写。而且《水浒传》的对话描写尤为突出，具有大量丰富生动的日常对话，从而使《水浒传》成为官话写作的里程碑。一言以蔽之，罗贯中《三国演义》是历史小说，风格是崇高宏大的。施耐庵《水浒传》则是喜剧小说，风格是诙谐风趣的。

再次，在文献著录、文本译释之外，巴赞《元代》亦重视文体考辨，对元代的小说、杂剧和散曲等文体展开相关论述。其一，巴赞在《元代》中将《三国演义》称为"奇书"（grande épopée），是一种具有丰富、流畅、稳定的现代风格与精准语法的中国小说。就《水浒传》而言，虽然傅尔蒙指出《水浒传》描写的是公元三世纪的历史，柯恒儒亦认为《水浒传》是历史小说（roman historique），雷慕莎称《水浒传》为半历史小说（roman semi-historique），巴赞却将《水浒传》视作中国第一部喜剧小说（roman comique），认为《水浒传》不仅充满了天真戏谑的风格，而且拥有同一文体的其他著作所不及之丰赡的事件、合宜的情景、详细的敷陈、丰富的日常对话和幽默的旨趣。

其二，巴赞在《元代》中指出杂剧（thsă-khĭ）是元代独特的戏曲形式，与西方歌剧（opéra）极为相似，都具有感人的情境、愉悦的言辞、高尚的品格和有道德的人物。并将元人杂剧分历史剧（Les drames historiques）、道化剧（Les drames Tao-sse）、性格剧（Les comédies de caractère）、情节剧（Les comédies de d'intrigue）、世情剧（Les drames domestiques）、神话剧（Les drames mythologiques）与公案剧（Les drames judiciaires ou fondés sur des causes célèbres）七种。就历史剧而言，《梧桐雨》与《连环计》是历史剧的上乘之作，正如莎士比亚笔下的哈姆雷特所言："给时代和社会看一看自己的形象和印记。"历史剧比历史著作更能生动形象地反映其所描写的对象。如从《梧桐雨》中可以认知引人入胜的唐代习俗，通过《连环计》可以了解变幻莫测的三国风尚。而且，一般来讲，历史剧中对话与日常对话有一定距离，唱词亦更优雅，往往运用了更为丰富的譬喻、典故或象征，这正与历史剧的渊博古朴的风格相契合。就道化剧而言，巴赞认为中国未有宗教戏曲。虽然元杂剧时有关于道教法场或佛教仪式的描写，但却不具备庄严的戏剧性。然而道化剧虽舍弃了严肃和庄重，却往往摹写出非比寻常的冒险、滑稽有趣的情境，并寓以讽刺的意味。《元人百种》中有九种道化剧，分别为《岳阳楼》《陈抟高卧》《黄粱梦》《桃花女》《竹叶舟》《金安寿》《任风子》《馏行首》《度柳翠》。此外，还有《忍字记》与《东坡梦》等佛教剧（drame bouddhique）。就性格剧而言，元人作家创作出与欧洲戏剧差可比拟的杂剧，如《东堂老》《鲁斋郎》《看钱奴》等，且赋之道德教化的功能。其中《鲁斋郎》堪与《唐璜》媲美，但其主要人物却是一位佛教徒。《看钱奴》则与莫里哀（Molière）《悭吝人》及普劳图斯（Plaute）《一坛黄金》有异曲同工之妙。就情节剧而言，情节剧的数量远多于性格剧，且主角以妓女居多，如《谢天香》《救风尘》《玉壶春》等，这类杂剧往往以精彩的情节取胜，但时有不合礼仪之处，与性格剧道德教化的作用相悖。就世情剧而言，世情剧没有特定的主角，而是以描写日常生活的琐事，普通大众的风俗习惯为主旨。世情剧是一种比较崇高的戏剧种类。《元人百种》中《合汗衫》《渔樵记》《潇湘雨》《老生儿》《范张鸡黍》《抱妆盒》等堪称为世情剧。与历史剧不同，世情剧中的对话往往以当时口语写就，既明快自然，又简朴浅易，保留了十四世纪中国的口语。就神话剧而言，令人出乎意料的是，虽然中国人普遍缺乏想象力，却亦创作出神话剧和仙剧（operas-féeries），如《张天师》《冤家债主》《城南柳》《误入桃源》《柳毅传书》《张生煮海》等。但这些杂剧是荒诞的，未能获得成功，尤为缺乏舞台幻境的魅力。就公案剧而言，元代的公案剧以包公判案的情节为最多，如《陈州粜米》《蝴蝶梦》《合同文字》等。巴赞认为公案剧更多地受到道德教化的影响，且往往以小说为其情节渊薮。

其三，巴赞认为散曲是元代产生的一种新的诗体，是与唐宋诗歌不同的一种不规则的韵文，与西方的颂歌（odes）比较接近。元代出现了许多优秀的散曲作家，如马致远、关汉卿、白仁甫、郑德辉等，创作出既有娱乐性，又富有壮丽思想的散曲，这些散曲家大多亦是剧作家，并将散曲融入杂剧，形成了韵文与白文（Pě-wen）交替出现、韵散相兼的杂剧体式。

第三，作为目前所知最早的中国文学史著作，巴赞《元代》对此后文学史著作的撰写能起到一定的借鉴和启迪作用。其一，《元代》之后，王西里的《中国文学史纲要》、翟理斯的《中国文学史》及葛禄博的《中国文学史》均与巴赞融通中西的文学观如出一辙，既将哲学、历史、地理、文字、评点等各类著作都囊括在文学文本之内，又重视小说、戏曲等往往被中国传统学者所蔑视的文学作品。这种文学观虽然稍显驳杂，却是十九世纪至二十世纪初叶西方学者撰写中国文学史时，试图融会贯通中西文学观的有益尝试。现代中国文学史学者如谢无量《中国大文学史》所标举之大文学观在一定程度上成为对其西方草创者的一种回应，并进而演变成当代大文学观之高级形态，即"将西方近代纯文学观的科学要求和本土古代文学实践与理论的历史传承进行适当的互补和结合，建设一种新型的、既具科学性又具民族特色的大文学观"[1]。其二，巴赞《元代》译介经典作品的做法亦为之后的文学史著作所采纳，王西里《中国文学史纲要》、翟理斯《中国文学史》皆将文学作品的翻译介绍作为其文学史著作不可或缺的组成部分，如王西里《中国文学史纲要》从《诗经》中选译了 128 首翻译成俄文，翟理斯《中国文学

---

① 董乃斌《中国文学史的演进：范式的视角》，《中国社会科学》2001 年第 6 期，第 164 页。

史》将《水浒传》《西游记》《红楼梦》《琵琶记》等诸多中国小说戏剧名著翻译成英文，葛禄博《中国文学史》将《三国演义》《玉娇梨》《封神演义》等中国小说翻译成德文。这些译文不仅成为其文学史著作的有机组成部分，亦推进了中国文学作品在西方的翻译进程。

综上所述，巴赞《元代》不仅对元代典籍进行了系统的整理与著录，而且融通中西文学观念，既充分借鉴了中国传统目录的著录方法，又依循西方的文学观，将小说、戏曲作为元代最精华的文学作品加以著录和译介；同时，对元代作家做出较为全面的介绍，并载入名册，有利于形成对于元代作家的全景式印象。此外，巴赞《元代》是目前所知最早的中国文学史著作，其对《四库全书总目》的依傍，对小说、戏曲的重视以及译介经典作品的做法，为之后的文学史著作所采纳，并初步建立起以文献、文本、文体为三大要素的中国古代文学的研究体系，巴赞《元代》在中国文学史学史上无疑具有重要的地位和作用。

第四章
插图与中国古典小说域外的视觉传播

　　明清时期的中国古典小说大都配有插图，插图与小说文本相互补充、相得益彰。中国古典小说中的插图引起了海内外学者的广泛兴趣和深入研究，鲁迅、郑振铎翻刻《十竹斋笺谱》，郑振铎的《中国古代版画丛刊》《中国古代木刻画史略》，周芜的《中国版画史图录》，柯律格（Craig Clunas）的《明代图像与视觉性》(*Pictures and Visuality in Early Modern China*)[①]，何谷里（Robert Hegel）的《明清插图本小说阅读》(*Reading Illustrated Fiction in Late Imperial China*)[②] 等，从版画、艺术学、图像学和印刷技术等诸多方面对小说插图进行了深入细致的研究[③]。而当中国古典小说经由翻译越界游旅于西方时，

[①] Craig Clunas，*Pictures and Visuality in Early Modern China*，London：Reaktion Books，1997.

[②] Robert Hegel，*Reading Illustrated Fiction in Late Imperial China*，Standford：Standford University Press，1998. 生活·读书·新知三联书店于 2019 年出版了中译本（刘诗秋译）。

[③] 近年来中国古典小说插图的相关论著，还有 Hsü Wen-chin，"Fictional Scenes on Chinese Transitional Porcelain (1620 - ca. 1683) and Their Sources of Decoration"，*Bulletin of the Museum of Far Eastern Antiquities* 58（1986），pp. 1 - 146；宋莉华《插图与 （转下页）

生成了中国古典小说的一种衍生的文本形态，即中国古典小说的西译文本。中国古典小说西译文本亦较早就开始添加插图，这些所添加的插图除了具有提示文本情节、展示人物形象的作用之外，还在一定程度上折射出西方人对中国形象的认知，具有重要的文献资料价值，而且将西方流行的艺术风格和中国插图艺术相结合，形成了独特的艺术风格。作为中国古典小说插图的域外生成，中国古典小说西译文本中的插图或可视为中国古典小说插图的特殊组成部分，是一个值得深入研究的领域。

第一节　中国古典小说西译本插图的生成与演变

　　中国古典小说西译本插图的发展轨迹大致与中国古典小说在西方的翻译进程相吻合，大抵可以分为三个阶段。1761 至 1799 年为插图的滥觞，本阶段添加插图的小说仅有《好逑传》一种，且插图数量不多，但开始较早，大抵肇始于 1761 年《好逑传》的帕西译本。插图为故事情节图，从形式上模仿中国木刻版画，但事实上与中文插图本《好逑传》的插图不符，形成了插图张冠李戴的现象。1800 至 1840 年为插图的发展阶段，本阶段添加插图的小说增至《玉娇梨》《好逑传》《王娇鸾百年长恨》等近十种，而且出现了汉字扉页和从相应的插图本中国小说直接翻刻插图的两种新形式。1841 至 1911 年为插图的逐步完善阶段，本阶段中国古典小说西译文本所添加的插图在数量、形式和艺术水平上均取得了长足的发展，仅道格斯的《中国故事集》就添加了 61 幅插图，勒格朗的《宋国的夫人》（即《庄子休鼓盆成大道》）附有 25 幅插图。插图形式在继承前两个阶段的基础上，出现了根据中国古典

（接上页）　明清小说的阅读与传播》，《文学遗产》2000 年第 4 期；潘建国《西洋照相石印术与中国古典小说图像本的近代复兴》，《学术研究》2013 年第 6 期；等等。

小说的内容，为小说创作插图的方式，与此相应，出现了为中国小说绘制插图的西方艺术家，如波森（Poirson）、威廉·帕金森（William Parkinson）等①，且随着对中国文化和中国小说的了解逐步加深，小说译本插图被赋予更深的文化内涵和别样的艺术风格。本节以 1761 年至 1911 年间中国古典小说西译文本中的插图为研究对象，拟勾勒出中国古典小说西译本插图的历史嬗变，并探究小说西译本插图的生成、类型、特色及其对中国古典小说域外阅读和传播的作用。

一、1761—1799 年：中国古典小说西译本插图的滥觞

十八世纪，翻译成西文的中国古典小说有《玉娇梨》《庄子休鼓盆成大道》《怀私怨狠仆告主》《吕大郎还金完骨肉》《好逑传》五种②。其中黄嘉略的《玉娇梨》法译本并未付梓，手稿现藏法国国家图书馆。《庄子休鼓盆成大道》《怀私怨狠仆告主》和《吕大郎还金完骨肉》的法译文首刊于杜赫德博士的《中华帝国全志》（*Description Géographique，Historique，Chronologique，Politique，et Physique de L'Empire de la Chine et de la Tartare Chinioise*）③。《中华帝国全志》作为十八世纪欧洲流传最广的关于中国的著述，制作精良，书中附有多幅铜版画，但未见与《庄子休鼓盆成大道》《怀私怨狠仆告主》和《吕大郎还金完骨肉》这三篇故事相应的插图。中国古典小说西译文本添加插图的做法大抵肇始于 1761 年《好逑传》的帕西英译本。《好逑传》的初译者为曾旅居广州的英国东印度公司职员詹姆

① 波森（Poirson）、威廉·帕金森（William Parkinson）在分别为《宋国的夫人》与《中国故事集》所作插图中，各留有签署，如图 4.15a，图中人物的左脚略低处有 V. ζ.P.的签署，图 4.16 右下角处有 William Parkinson 的签署。但波森、威廉·帕金森的生平暂不可知。

② 从"三言二拍"、《今古奇观》《十二楼》等话本、拟话本小说集选择的小说以单篇计数；节译、简译酌情收入，但转译、重译和重印则不纳入统计范围。

③ Du Halde Jean-Baptiste S. J., *Description Géographique，Historique，Chronologique，Politique，et Physique de L'Empire de la Chine et de la Tartare Chinioise*，Paris：Chez P. G. Le Mercier，1735.

斯·威尔金森，威尔金森归国后，帕西与其往还颇笃，得以从威尔金森处借得《好逑传》译稿，并将之整理编辑，于 1761 年由伦敦多利兹出版社出版，题为《好逑传或愉快的故事》（*Hau Kiou Choaan or The Pleasing History*），共 4 卷。帕西不仅为《好逑传》添加了大量的注释，而且还增饰了 4 幅插图①，如下所示。

这 4 幅插图分别放在每卷首页，并注明插图对应着文本卷 1 第 112 页、卷 2 第 159 页、卷 3 第 92 页和卷 4 第 38 页的故事情节，分别描画了过其祖水家迎亲、铁中玉路遇私逃者、铁中玉衙门承呈子与水冰心、铁中玉初结花烛四个场景。关于插图的来源，帕西在《好逑传·序》中作出了专门交待："我们在这里需要告知读者：书

图 **4.1a** 《好逑传》帕西译本"过其祖水家迎亲"插图 　　图 **4.1b** 《好逑传》帕西译本"铁中玉路遇私逃者"插图

---

① Thomas Percy ed., James Wilkinson trans., *Hau Kiou Choaan or The Pleasing History*, London: R. and J. Dodsley, 1761.

图 4.1c　《好逑传》帕西译本"铁中　　图 4.1d　《好逑传》帕西译本"水冰心、
　　　玉衙门承呈子"插图　　　　　　　　铁中玉初结花烛"插图

中所附插图是从译者藏书中的一本中国书籍中翻刻而来的，我们将
之放在每卷之首完全是出于猎奇。在那本中国书籍中，每个人物形
象都有相对应的一幅木刻插图。"① 而据帕西日记的记载，他从威
尔金森中国藏书中所借书籍有以下三种②：

　　1.《水冰心的故事》，一部四卷本的中国小说，中国式蓝色封
面。(*The History of Shuey Ping Sin*，*a Chinese Novel in 4 Books
M.S. Stitch'd in Blue Paper*，即《好逑传》)。

　　2.《一部中国戏剧的简论》，写于两页薄纸之上。(*The Argument
of a Chinese Play*，*in 2 Loose Sheets of Paper*，即 1719 年在广州上演
的一部中国戏剧的情节介绍，作为附录收入《好逑传》)。

　　3.《四卷插图本中国书籍》，1 卷为人物形象图，其余 3 卷为山水风

① *Hau Kiou Choaan or The Pleasing History*，Vol. I. p. xxxii.
② Harvard Percy Papers，folder 265.

景图等，中国式蓝色封面。(*Four Chinese Books，with Cuts，1 of Human Figures，3 of Sketches of Landscapes ect. -Stitch'd in Blue Chinese Paper.*)

帕西在《好逑传·序》所述及的插图所本之中国书籍似为帕西借书记录中的《好逑传》或《四卷插图本中国书籍》。而根据柳存仁《伦敦所见中国小说书目提要》，当时英国伦敦所藏《好逑传》为独处轩藏本，该版本无插图。且中文插图本《好逑传》附有 26 幅插图，包括人物绣像 8 幅和故事情节图 18 幅[①]。如下图：

《好逑传》帕西英译本和插图本《好逑传》的插图存在明显不同：如图 4.1b 与图 4.2a 中铁中玉的形象完全不同；图 4.1c 和图 4.2c 虽同为断案的情节，但场景设置不同，官员礼服也不同，尤其是帽翅的差别较大；图 4.1d 和图 4.2d 同为婚筵，人物服饰仪仗等

图 4.2a 《第二才子好逑传》
"铁中玉"绣像

图 4.2b 《第二才子好逑传》
"水冰心"绣像

① 《第二才子好逑传》，上海：扫叶山房，民国十四年（1925）石印本。

图 4.2c　《第二才子好逑传》"舍死命　图 4.2d　《第二才子好逑传》"验明完璧
**　救人为识英雄"插图　　　　终成名教痴好逑"插图**

亦存在差别。由此可见，《好逑传》英译本的插图并没有以插图本中文原本为直接依据，而大概是从其他中国插图临摹而成，从而造成了传播过程中插图张冠李戴的现象。

　　虽然《好逑传》帕西英译本的插图存在张冠李戴的现象，但这些插图将中国木刻版画模仿得惟妙惟肖，似非完全出自捏造，或从帕西日记所提及的《四卷插图本中国书籍》翻刻而成，或与欧洲中国瓷器所绘制的中国小说场景有关①，本文将这种插图称为"准木刻画式"。

　　帕西为《好逑传》英译本所添加的"准木刻画式"插图，固如其所言乃出于猎奇，但更可能是为了证明小说来源于中文的真实性，试

────────────

① Hsü Wen-chin, "Fictional Scenes on Chinese Transitional Porcelain (1620 – ca. 1683) and Their Sources of Decoration", *Bulletin of the Museum of Far Eastern Antiquities*, 1986, Vol.58, pp.1 – 146.

图将《好逑传》与奥利弗·哥尔德斯密斯（Goldsmith Oliver，1730 -
1774）的《世界公民》（*The Citizen of the World*）①、格莱特
（Thomas-Simon Gueulette，1683 - 1766）《达官冯皇的奇遇：中国
故事集》（*Les Avantures Merveilleuses du Mandarin Fum-Hoam:
Contes Chinois*）② 等十八世纪欧洲流行的"拟中国小说"③ 区别开

来，为质疑这部小说是否为中国小
说的西方读者释疑④。同时，《好逑
传》帕西译本的"准木刻画式"插
图又为当时欧洲通行的中国相关著
述中的"拟中国式插图"提供了另
外的可能。所谓"拟中国式插图"
指的是西人根据想象中的中国或中
国人形象而绘制的插图。如约翰·
瓦茨（John Watts）的《中华帝国
全志》（*The General History of
China*）⑤由杜赫德《中国帝国全志》
翻译而成，其第一卷卷首即附有一
幅孔子的画像（见图4.3）。

**图 4.3　约翰·瓦茨《中华帝国
全志》"孔子"插图**

---

① 　Goldsmith Oliver，*The Citizen of the World：or，Letters from a Chinese
　　Philosopher*，*Residing in London to His Friends in the East*，London：Vernor，1792.
② 　Thomas-Simon Gueulette，*Les Avantures Merveilleuses du Mandarin Fum-Hoam：
　　Contes Chinois*，Utrecht：Neaulme，1733.
③ 　本文中的"拟中国小说"指西人以虚构的中国人身份所创作的与中国相关的故事。
④ 　为了证明《好逑传》英译本确来源于中文小说，帕西既为小说添加插图，且在封面说
　　明译文是直接从中文翻译而成的；又在序言中附有一封《广州来函摘要》，摘要中说：
　　"我向一些中国朋友咨询《好逑传》，但似乎没人知道这部小说，直到我偶尔提起铁中
　　玉，他们马上清楚了我的意思，回答道：'大概四五百年前我们的确有一部关于他的
　　小说，你怎么晓得铁中玉呢？'"以此来证明中国确有《好逑传》这部小说。
⑤ 　Richard Brookes trans.，*The General History of China*，London：Printed by and for
　　John Watts at the Printing office in Wild-court near Lincolns-Inn Fields，1736.

　　图中的孔子不仅人物特征和服饰穿着俨然是西人的模式，而且插图采用的是与中国雕版不同的铜版画。与之相比，帕西《好逑传》插图无疑更接近真实的中国形象和版画技艺。而特别有意思的是，帕西《好逑传》英译本的出版，引发了《好逑传》在欧洲翻译出版的第一次热潮，被迅速转译成法文、德文和荷兰文等欧洲语言。由于《好逑传》的法、德、荷兰译本均直接从英译本转译而成，大抵继承了《好逑传》帕西译本的编排体制。就插图而言，帕西《好逑传》的插图在转译的热潮中则或被承袭，或有所创新，呈现出多样的面貌。如埃杜斯（Marc Antoine Eidous）的《好逑传》法译本《好逑传，中国故事》（*Hau Kiou Choaan Histoire Chinoise Traduit de L'Anglais*），1766 年由里昂伯努瓦迪普莱出版社出版。法译本《好逑传》依循帕西译本之例，附有 4 幅插图①。

图 4.4a　《好逑传》法译本"过其　　图 4.4b　《好逑传》法译本"铁中
　　　　　祖水家迎亲"插图　　　　　　　　　玉路遇私逃者"插图

---

①　M. A. Eidous, *Hau Kiou Choaan Histoire Chinoise Traduit de L'Anglais*，Lyon：Benoit Duplain，1766.

图 4.4c 《好逑传》法译本"铁中玉 衙门承呈子"插图　　图 4.4d 《好逑传》法译本"水冰心、铁中玉初结花烛"插图

　　《好逑传》法译本插图承袭帕西英译本，系直接从帕西译本的插图临摹而成，但图中的山、石、云及人物的帽子、鞋履等细节有细微差别。《好逑传》的荷兰译本《中国故事：讲述铁中玉先生与水冰心小姐的事迹》(*Chineesche Geschiedenis*, *Behelzende de Gevallen van den Heer Tieh-Chung-U en de Jongvrouw Shuey-Ping-Sin*)，1767 年由阿姆斯特丹 F.欧特土因出版社出版。荷兰译本《好逑传》虽亦循帕西译本附有 4 幅插图①，但其插图却有所创新：

　　《好逑传》荷兰译本的 4 幅插图虽然描绘的故事情节一如帕西译本，但插图的形式和风格则更接近《中国帝国通志》的"拟中国式插图"，将十八世纪西人想象中的中国及中国人形象以铜版画的形式呈现，图中的人物和场景具有鲜明的西方特征。

---

① *Chineesche Geschiedenis*, *Behelzende de Gevallen van den Heer Tieh-Chung-U en de Jongvrouw Shuey-Ping-Sin*, Amsterdam: De Erven van F. Houttuyn, 1767.

图 4.5a　《好逑传》荷兰译本"过其祖水家迎亲"插图

图 4.5b　《好逑传》荷兰译本"铁中玉路遇私逃者"插图

图 4.5c　《好逑传》荷兰译本"铁中玉衙门承呈子"插图

图 4.5d　《好逑传》荷兰译本"水冰心、铁中玉初结花烛"插图

　　由上所述，十八世纪添加插图的中国古典小说译本虽然只有《好逑传》一种，且所附插图数量不多，但拉开了中国古典小说译本添加插图的序幕。而《好逑传》帕西译本的"准木刻画式"插图于猎奇之外，在某种程度上发挥着证明《好逑传》译本来源于中文小说的真实性的作用，又试图与十八世纪欧洲中国相关著述中的"拟中国式插图"相区别，虽然在《好逑传》转译的过程中，《好逑传》荷兰译本再度复辟了"拟中国式插图"，但《好逑传》帕西译本的插图毕竟为西人提供了更为接近真实的关于中国的插图，为西方中国相关著述中的插图提供了另外一种可能。

二、1800—1840 年：中国古典小说西译本插图的发展

　　进入十九世纪，随着中国古典小说西译在西方的渐次拓展，中国古典小说西译本插图亦得以不断发展。1800 年至 1840 年期间，不仅添加插图的小说从滥觞阶段的一种增加至《玉娇梨》《好逑传》《王娇鸾百年长恨》《蔡小姐忍辱报仇》《三孝廉让产立高名》《庄子休鼓盆成大道》等近十种①，而且所添加的插图在继承前阶段"准木刻画式"的基础上，出现了两种新的形式：一为汉字扉页，一为直接从相应插图本中国小说中翻刻而成的中国木刻画。下文将一一简略论之：

　　首先，本阶段延续了前一阶段的"准木刻画式"插图，如雷慕莎的《玉娇梨》法译本，1826 年由巴黎蒙塔迪埃出版社出版，译本分四卷，每卷卷首附有一幅插图②：

---

① 就现所知见的资料而言，1800 年至 1840 年期间，翻译成西文的中国古典小说有《白蛇精记》《子不语》《合影楼》《五虎平南狄青后传》《平山冷燕》等 34 种。
② Abel-Rémusat, *Iu-Kiao-Li*, *ou Les Deux Cousins*；*Roman Chinois*，Paris：Moutardier，1826.

图 4.6a 　《玉娇梨》雷慕莎法
　　　　 译本"燕子"插图

图 4.6b 　《玉娇梨》雷慕莎法
　　　　 译本"花廊"插图

图 4.6c 　《玉娇梨》雷慕莎法
　　　　 译本"园门"插图

图 4.6d 　《玉娇梨》雷慕莎法
　　　　 译本"双镜"插图

这 4 幅情节插图标明了所描绘的故事依次为"燕子"（Les Hirondelles）、"花廊"（La Galerie de Fleurs）、"园门"（La Porte du Jardin）、"双镜"（Les Deux Miroirs），分别对应着文本卷 1 第 247 页"苏友白园外窥佳人"、卷 2 第 148 页"百花亭红玉识郎"、卷 3 第 162 页"卢梦梨后园赠金"和卷 4 第 43 页"白红玉帘下照镜"四个情节。图中的柳树、屏风、庭院等场景和人物形象均脱离了西方模式，接近于中国传统木刻画，但图中对联上不成形的汉字等细节却透漏出其与真实的中国仍有一定距离，雷慕莎《玉娇梨》法译本插图仍为"准木刻画式"插图。

其次，为译本添加汉字扉页，是本阶段中国古典小说西译本插图的一种新的形式，这些汉字扉页或为传统中文版式扉页，或仅以汉字书写书名作为扉页，或为汉字和西文相结合的中西合璧式扉页，成为小说译本插图的一种独特存在形式。如德庇时《好逑传》英译本，1829 年由东方翻译基金会在伦敦出版，该译本附有中文版式扉页，见图 4.7①。《好逑传》汉字扉页为从右往左的竖排版，且以直线将版面分为三栏，中间一栏以大字标出书名，左右两栏以小字标注书籍刊刻时间及其版

Fac-simile of the Title Page to Haoukewchuen,
or the Fortunate Union.

图 4.7　《好逑传》德庇时译本内封

---

① John F. Davis, *The Fortunate Union*, *A Romance Translated from the Chinese Original with Notes and Illustrations*, London, Printed from the Oriental Translation Fund, and Sold by J. Murray, 1829.

本信息等，版面四周为双栏。这不仅表明德庇时《好逑传》英译本的中文底本为精刊古本两才子书《好逑传》，嘉庆丙寅年镌、福文堂本，而且对《好逑传》的真实性给出了一个确凿的证据。这种中文版式扉页大抵直接从中文小说翻刻而成。

　　在中文版式扉页之外，亦有仅以汉字书写书名作为扉页的，如从雷慕莎《玉娇梨》转译的英译本，1827 年由伦敦亨特及克拉克出版社出版，书分二卷，每卷均附有汉字扉页（见图 4.8）①。或为汉字和西文结合而成的中西合璧式扉页，如罗伯聃的《王娇鸾百年长恨》英译本，1839 年由广州出版社出版，其扉页为从左往右的横排版，在英文书名之上又分别以汉字和汉语拼音标注书名（见图 4.9）②。

图 4.8　《玉娇梨》英译本扉页

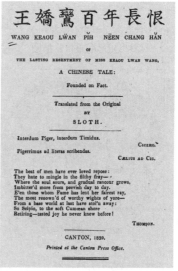

图 4.9　《王娇鸾百年长恨》
罗伯聃英译本扉页

---

①　*Iu-Kiao-Li , or , The Two Fair Cousins* , London：Hunt & Clark , 1827.

②　R. Sloth, *Wang Keaou Luan Pǐh Nëen Chang Hǎn or The Lasting Resntment of Miss Keaou Luan Wang , a Chinese Tale：Founded on Fact* , Canton：Canton Press Office , 1839.

再次，本阶段中国古典小说西译本插图的另一种新形式为直接从相应的插图本中国小说选取中国传统木刻画翻刻而成。如雷慕莎编选的《中国小说选》（*Contes Chinois*），1827 年由巴黎蒙塔迪埃出版社出版，收有《合影楼》《蔡小姐忍辱报仇》《宋金郎团圆破毡笠》《三孝廉让产立高名》《怀私怨狠仆告主》《念亲恩孝女藏儿》《范鳅儿双镜重圆》《三与楼》《夺锦楼》和《庄子休鼓盆成大道》十篇中国古代拟话本小说译文。共分为三卷，每卷卷首附插图一幅①：

L'héroïsme de la piété filiale.

图 4.10a 雷慕莎《中国小说选》之《蔡小姐忍辱报仇》插图

Les trois frères.

La Matrone du pays de Soung.

图 4.10b 雷慕莎《中国小说选》之 《三孝廉让产立高名》插图

图 4.10c 雷慕莎《中国小说选》之 《庄子休鼓盆成大道》插图

---

① Abel-Rémusat，*Contes Chinois*，Paris：Moutardier，1827.

　　插图分为两栏，上栏为从插图本《今古奇观》中选取的月光型插图；下栏则以法语表明其所对应的小说篇目，分别为《蔡小姐忍辱报仇》《三孝廉让产立高名》和《庄子休鼓盆成大道》。罗伯聃的《王娇鸾百年长恨》亦附有一幅从插图本《今古奇观》直接翻刻的插图，且以中国纸印制（见图 4.11）①。

　　1800 年至 1840 年的四十年之间，中国古典小说西译文本的插图在数量、形式等方面取得了一定进展，不仅添加插图的小说

图 4.11　《王娇鸾百年长恨》罗伯聃英译本插图

译本有所增加，而且在沿袭"准木刻画式"插图的同时，出现了汉字扉页和从相应的插图本中国小说翻刻的传统木刻画插图，这两种形式的插图不仅为小说译自中文的真实性提供了更为直接、确凿的证据，而且凭借插图从中文小说到小说译本的嫁接，使真实的中国形象得以随着中国小说西译文本的阅读传播展现给西方读者。

三、1841—1911 年：中国古典小说西译本插图的逐步完善

　　十九世纪四十年代以后，中国古典小说西译文本的插图随着小说西译的成熟而逐步完善，1841 年至 1911 年期间，添加插图的小说增至《三国演义》《西游记》《双凤奇缘》《金玉奴棒打薄情郎》

---

① R. Sloth, *Wang Keaou Lwan Pǐh Nëen Chang Hǎn or The Lasting Resntment of Miss Keaou Lwan Wang*, *a Chinese Tale: Founded on Fact*, Canton：Canton Press Office, 1839.

《女秀才移花接木》《夸妙术丹客提金》《俞伯牙摔琴谢知音》《李谪仙醉草吓蛮书》《李汧公穷邸遇侠客》《滕大尹鬼断家私》《钱秀才错占凤凰俦》《续玄怪录·薛伟》《俗话倾谈》等二十余种①，而且所添加的插图数量亦取得了长足进展，如勒格朗的《宋国的夫人》（*La Matrone du Pays de Soung-Les Deux Jumelles〔Contes Chinois〕*）② 附有 25 幅插图，道格斯的《中国故事集》（*Chinese Stories*）③ 附有 61 幅插图，甘淋（George T. Candlin）的《中国小说》（*Chinese Fiction*，1898）④ 有插图 12 幅，豪厄尔（E. B. Howell）编译的《今古奇观：不坚定的庄夫人及其它故事》（*The Inconstancy of Madam Chuang and Other Stories from the Chinese*）⑤ 有插图 12 幅，哈顿（R. A. Haden）的《双凤奇缘》（*Chao Chuin，A Novel，translated from the Original Chinese*）⑥ 有插图 30 幅等。本阶段所添加的插图不仅继承了前两个阶段的"准木刻画式"（如《双凤奇缘》插图，见图4.12）、汉字扉页（如《玉娇梨》插图，见图 4.13）⑦ 和中国传统木刻画式插

---

① 就现所知见的资料而言，1841 年至 1911 年期间，翻译成西文的中国古典小说有《搜神记》《续玄怪录》《大明正德皇游江南》《俗话倾谈》《金瓶梅》《二度梅》等 88 种。

② Émile Legrand, *La Matrone du Pays de Soung-Les Deux Jumelles〔Contes Chinois〕*, Paris：A. Lahure, Imprimeur-Éditeur, 1884.

③ Robert K. Douglas, *Chinese Stories*, Edinburgh and London：William Blackwood and Sons, 1893.

④ George T. Candlin, *Chinese Fiction*, Chicago：The Open Court Publishing Company, 1898.

⑤ E. B. Howell, *The Inconstancy of Madam Chuang and Other Stories from the Chinese*, Shanghai, Hong Kong, Singapore：Kelly & Walsh Limite, 1905.

⑥ *Chao Chuin, a Novel, Translated from the Original Chinese*, *The East of Asia Magazine*, vol.5, 1906.

⑦ Stanislas Julien, *Les Deux Cousines, Roman Chinois*, Paris：Didier et Cᵉ, Libraires-Éditeurs, 1864.

图（如《中国小说》的插图，见图
4.14)①，而更值得注意的是出现了根
据中国古典小说的内容，为小说创作
插图的方式，如勒格朗的《宋国的夫
人》、道格斯的《中国故事集》和豪
厄尔的《今古奇观》等。

　　勒格朗的《宋国的夫人》1884
年由巴黎拉于尔出版社出版，该译
本根据小说文本内容特地为译文量
身定做了 25 幅精美的彩色插图，根
据图中画者的签署日期，这 25 幅插
图作于小说译本付梓的前一年 1883

CHAO CHUIN BEWAILING HER FATE.

**图 4.12　《双凤奇缘》哈顿英
译文插图**

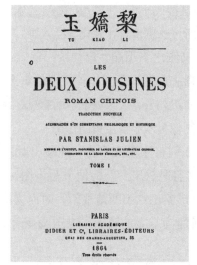

KUAN YÜN CH'ANG, THE MARS OF CHINA.　See p. 3.
(From an illustrated edition of *San Kuo Yen Yi*.)

图 4.13　《玉娇梨》儒莲法译本扉页　图 4.14　甘淋《中国小说》关羽绣像

---

①　郑振铎认为甘淋《中国小说》中所附插图，均取诸清代翻刻之《三国》《西游》俗本，
　　见其《中国古代木刻画史略》，上海：上海书店出版社，2010 年，第 224 页。

年，画者为波森（V.ζ.P.），他采用浮世绘的技法，将艳丽的色彩和怪诞的风格及其对小说文本的理解相融合，赋予插图独特的文化内涵和艺术风格①。

图 4.15a 为译本首页，居于译文开始之前。图中人物身着红色道袍，并以骷髅为头，手抱蟾蜍跪坐于梅竹之侧。其中"骷髅"大抵本于《庄子·至乐》的记述："庄子之楚，见空髑髅，髐然有形，撽以马捶，因而问之，曰：'夫子贪生失理，而为此乎？将子有亡国之事、斧钺之诛而为此乎？……'于是语卒，援髑髅，枕而卧。夜半，髑髅见梦曰：'子之谈者似辩士，视子所言，皆生人之累也，死则无此矣。子欲闻死之说乎？'庄子曰：'然。'髑髅曰：'死，无君于上，无臣于下；亦无四时之事，从然以天地为春秋，虽南面王乐，不能过也。'"② 通过庄子和骷髅对话，阐述至乐之道。庄子遇骷髅的遭遇自此成为典型的道教故事，被写入道情或小说，广为流传③。《宋国的夫人》的插图作家也许曾读到或听过这则寓言，并化其意入画。而蟾蜍则为中国文化中财富的象征。又图之下端配文曰"Les richesses passent comme un songe"，即富贵逝去如梦，既呼应了插图的寓意，又在一定程度上传达出小说文本"富贵如云，人生如梦"的哲思。插图在此无疑起着在文本阅读之前以图像提示小说主旨的作用。

图 4.15b、图 4.15c 和图 4.15d 则将小说文本中"庄子开始行旅"、"庄子辞官归隐"和"庄子坟前遇执扇女"的情节写入图画。随着故事情节的发展，图中的庄子形象也在不断地变幻，时而为执杖的旅人，时而为沉思的官宦，时而为端立的骑士，以图画阐释、

---

① 据高第《西人论华书目》记载，《宋国的夫人》的彩色插图由波森（Poirson）绘制而成。Henri Cordier, *Bibliotheca Sinica: Dictionnaire Bibliographique des Ourrages Relatifs a L'Empire Chinois*, 1878 - 1885, Paris：E. Leroux, p.1765.
② 陈鼓应《庄子今注今译》，北京：中华书局，2009 年，第 488 页。
③ 关于庄子遇骷髅故事的文本流传，可参看吴真《晚明"庄子叹骷髅"主题文学流变考》，《文学遗产》2019 年第 2 期。

Les richesses passent comme un songe.

Il prit même congé de Lao-tseu et se mit à voyager

图 4.15a　勒格朗《宋国的夫人》法译本"富贵逝去如梦"插图

图 4.15b　勒格朗《宋国的夫人》法译本"辞别老子周游访道"插图

Un jour qu'il promenait aux ... eries.

Vous voyez une veuve au pied du tombeau de son mari.

图 4.15c　勒格朗《宋国的夫人》法译本"庄子遐思"插图

图 4.15d　勒格朗《宋国的夫人》法译本"墓地遇执扇女"插图

补充文本情节，并将之形象化、生动化。插图阅读和文本阅读次第开展，互为引导，相得益彰。

插图作家采用的浮世绘技法，是日本的一种绘画技艺。它起源于十七世纪，主要用以描绘日常生活、风景名胜、戏剧场景等。浮世绘版画采用五色套版，色彩十分艳丽，在日本江户时代达到高潮，并于十九世纪中期传入欧洲，其独特的艺术风格曾影响了当时欧洲的印象派画家，如梵高（Van Gogh，1853－1890）的《唐基老爹》、马奈（Adouard Manet，1832－1883）的《吹笛少年》皆使用了浮世绘的技法。创作于1883年的《宋国的夫人》插图显然与十九世纪欧洲流行的浮世绘版画密切相关，波森以西方人的理解，借助日本浮世绘的技法来表现中国主题，成为中国小说西译文本插图多元文化融合渗透的典型存在。

波森为小说译本专门绘制的插图随着《宋国的夫人》的出版，在欧洲流传颇广，后道格斯曾从中选取了8幅插图，作为《庄子休鼓盆成大道》的插图，收入其编译的《中国故事集》。道格斯《中国故事集》收有《好逑传》（插图5幅）、《怀私怨狠仆告主》（插图6幅）、《夺锦楼》（插图7幅）、《金玉奴棒打薄情郎》（插图5幅）、《中国秀才的考取》（插图2幅）、《李明的婚姻》（插图1幅）、《薛伟》（插图6幅）、《庄子休鼓盆成大道》（插图8幅）、《女秀才移花接木》（插图14幅）、《夸妙术丹客提金》（插图6幅）十篇中国故事的译文，所附插图计有61幅[1]。其中，《庄子休鼓盆成大道》的插图翻刻自《宋国的夫人》，《女秀才移花接木》的插图则运用了西洋的透视技法（见图4.16），其来源暂不详，其余8种小说的插图均由威廉·帕金森绘制而成。威廉·帕金森所绘制的插图，在描绘文本情节的同时，似着重突出中国人的典型形象，诸如女子小脚、执扇和男子蓄长辫等形象特征都在插图中凸显（见图4.17）。

---

① 包括扉页插图1幅。

图 4.16 道格斯《中国故事集》之 《女秀才移花接木》插图

图 4.17 道格斯《中国故事集》之 《好逑传》插图

　　豪厄尔则邀请中国本土画家为其《今古奇观》选译本配图，其所附 12 幅插图不同于明清流行的插图本《今古奇观》，以相对写意的手法描绘文本故事情节，具有一定的艺术性，惜乎书中并没有画者的签署（见图 4.18）。

图 4.18a 豪厄尔《今古奇观》之《庄 子休鼓盆成大道》插图

图 4.18b 豪厄尔《今古奇观》之《李 谪仙醉草吓蛮书》插图

1841 年至 1911 年间，中国古典小说西译文本所添加的插图在数量、形式和艺术水平上均取得了长足的发展，不仅为小说译本添加插图的做法日益普遍，且插图风格多样、艺术性增强，还出现了波森、威廉·帕金森等为小说绘制插图的西方艺术家，且随着对中国文化和中国小说了解的逐步加深，译本小说的插图被赋予更深的文化内涵和别样的艺术风格。这都体现了中国小说西译文本插图的逐渐完善。

四、中国古典小说西译本插图的多元特色与制约因素

上文我们按历史时期大致勾勒出中国古典小说西译本插图的历史嬗变。中国古典小说西译本插图作为中国小说插图的域外生成，是中西文学文化交流的特殊产物，无疑具有融合中西的多元特色。这种多元特色体现在中国古典小说西译本插图的制作、内容、书中位置、作用等诸多方面。

就插图制作而言，中国古典小说译本之插图一方面自觉采用或模仿中国传统木刻版画，具有鲜明的中国特色。另一方面，积极吸纳西方绘画技艺和流行风尚，将透视画法和浮世绘技法融入插图绘制之中，赋予译本插图新奇的西方元素。同时，又善于利用西方先进的科学技术，将铜版印刷、石印术、照相术等用于插图印制，不仅形成了兼具木刻画、铜版画、石印插图等丰富多样的译本插图，甚至催生出直接以照片充当插图的做法。如《远东杂志》(*The Far East*) 新系列卷三所刊载《金玉奴棒打薄情郎》的译文中附有一幅北京仕女的照片（图 4.19)①，照片中女子盛装倚立于花架之册，花架上放置着花瓶、茶杯、书册和烟枪。以这幅带有典型中国元素的仕女照片折射小说女主角的形象，使读者对金玉奴生出一种直观而鲜活的视觉化印象。或可将之视为一种新式的独特的插图形式。

---

① *The Far East*，New Series，Shanghai：The Celestial Empire Office，Vol.3，1877.

就插图内容而言，中国小说
的插图主要有故事情节图和人物
绣像两种，故事情节图挑选小说
文本的某个精彩情节，将之绘制
成图，人物绣像则只摹写小说人
物形象。中国古典小说西译本插
图亦有故事情节图和人物绣像，
且以故事情节图居多，如《好逑
传》《玉娇梨》等译本插图；人
物绣像则多为从中国小说插图中
直接翻刻而成。如《幽王宠褒
姒》德译本插图、甘淋《中国小
说》所附《三国演义》之插图

图 4.19　北京仕女照片

等。但是，在故事情节图和人物绣像之外，中国小说译本插图还
有汉字扉页、装帧图及地图等附属插图，这是译本插图所独有
的。汉字扉页如上文所述，有传统中文版式扉页、以汉字书写书
名作为扉页及将汉字和西文相结合的中西合璧式扉页三种形式，
是小说译本插图的一种独特存在形式。装帧图一般与文本内容无
关，主要用以装饰或美化版面。或以之分割版面，使版面疏朗有
致，或选取具有中国特色的器物，如仙鹤、花鸟、瓷器等，既满
足猎奇的心理，又凸显小说及其主题的中国属性。此外，小说译
本所附之地图、汉字图表等或可称为附属插图。如《好逑传》德
庇时译本附有一幅英文地图，为 1816 年英国特史团沿大运河的
路线图，《好逑传》帕西译本附一幅汉字图表，这些附属插图无
疑与当时的中西交流及汉学研究有关，具有一定的文献参考
价值。

就插图在书中的位置而言，中国小说插图有上图下文式、分回

插图、书前插图、插图叶子四种方式①。上图下文式类似连环画，每页上部为图，下部为相应的文字。分回插图即将插图插入各回之首或中间。书前插图是指把所有插图一起放置全书卷首。插图叶子则指将插图单独整理出版的图集。相对应地，上图下文式插图为非整版插图，分回插图、书前插图和插图叶子一般为单面、双面或多页连式的整版插图。中国古典小说西译本插图通常不具备上图下文式和插图叶子这两种形式，而是将分回插图和书前插图折中，即将插图分别放在各卷卷首，或可称之为分卷插图，多为整版插图。如《好逑传》帕西译本插图即为多页连续式的整版插图。此外，译本插图还出现了一种穿插在文本之中的插图形式，从功能上讲接近于上图下文式，以插图来表现文字，但插图的位置不拘上下左右，且每页插图的数量和大小也不固定，均可视文本的情况自由编排。

就插图的作用而言，明人夏履先在《禅真逸史·凡例》中论之甚详："图像似作儿态，然史中炎凉好丑，辞绘之，辞所不到，图绘之。昔人云：诗中有画。余亦云：画中有诗。俾观者展卷，而人情物理，城市山林，胜败穷通，皇畿野店，无一不览而尽。其间仿景必真，传神必肖，可称写照妙手，奚徒铅椠为工。"② 点明了小说插图对文本具有引导、阐释、补充和形象化之作用。这亦适用于中国古典小说西译本插图的作用，译本插图不仅具有中国小说插图之提示文本情节、展示人物形象的作用，而且在一定程度上折射出西方人眼中的"中国形象"，具有重要的文献资料价值，如威廉·帕金森所绘制的《中国故事集》插图对女子小脚、男子畜辫等中国人典型形象的强调；波森《宋国的夫人》插图则将西方流行的艺术

---

① 关于中国小说插图的方式，可参看汪燕岗《古代小说插图方式之演变及意义》，《学术研究》2007年第10期。
② ［明］清溪道人《禅真逸史》，《古本小说集成》本，上海：上海古籍出版社，1990年，第4页。

风格和中国主题相结合，勾勒出西人想象中的中国人形象，亦具有独特的艺术风格。此外，小说译本插图还发挥着证明译本来自中国小说的真实性的重要作用，这在插图的滥觞和发展阶段表现得最为明显，而汉字扉页正是因此而生成的一种独特的译本插图形式。

由上所述，中国古典小说西译本插图在制作、内容、书中位置、作用等方面体现了融合中西的特色。中国古典小说西译本插图作为中国小说插图的域外生成，成为中国小说插图的有益补充和有机组成部分，促进了中国小说在西方的阅读和传播。而中国古典小说西译本插图的发展演变又受到西方中文书籍的收藏状况、西方汉学的研究进展及西方印刷技术水平等诸多因素的制约。

首先，西方中文书籍的收藏状况在很大程度上制约着中国古典小说西译文本插图的发展。《好逑传》帕西译本出版之际，欧洲的中文藏书仍十分有限。根据帕西日记的记载，《好逑传》初译者詹姆斯·威尔金森携带至英国的中文藏书似乎只有《水冰心的故事》（即《好逑传》）《一部中国戏剧的简论》与《四卷插图本中国书籍》三种①。因詹姆斯·威尔金森曾作为东印度公司职员旅居广州，其所藏《好逑传》版本极可能为广州刊刻之《好逑传》，又据柳存仁《伦敦所见中国小说书目提要》著录，当时英国伦敦所藏《好逑传》为独处轩藏本，此版本在扉页首栏标注刊刻时间的版式与晚清广州刊印的小说版式一致，詹姆斯·威尔金森所藏《好逑传》大抵即独处轩藏本②，然该版本并无插图，因此，即使帕西为了证实其译本来自中国小说的真实性，有从中文版本翻刻小说插图的美好愿望，也无从实施。帕西只能借助于当时有限的中文藏书，

① Vincent H. Ogburn，"The Wilknson MSS. and Percy's Chinese Books"，*the Review of English Studies*，Vol.9，No.33，pp. 30 – 36.
② Patricia Sieber，"The Imprint of the Imprints: Sojourners，Xiaoshuo Translations，and the Transcultural Canon of Early Chinese Fiction in Europe，1697 – 1826 "，*East Asian Publishing and Society*，3（2013），pp. 31 – 70.

从《四卷插图本中国书籍》或其他可能的中文书籍中为《好逑传》寻找插图，从而不可避免地形成了中国小说译本插图初期张冠李戴的现象。

而步入十九世纪，随着汉学在欧洲的建立，欧洲的中文藏书不断充盈，而法国作为汉学的发源地，其国家图书馆的中文藏书颇为丰富。早在十八世纪，旅居江西的法国在华耶稣会士殷弘绪曾为法国国家图书馆购买一批中国书籍，其中包含《西游记》《水浒传》《好逑传》《玉娇梨》等小说①，在殷弘绪、黄嘉略、比尼昂、傅尔蒙等学者的不懈努力下，法国国家图书馆的中文藏书日益充盈。不仅为法国汉学的建立奠定了充实的文献基础，而且法国的汉学家得以较早接触插图本中国小说，因此他们翻译的中国小说有可能从相应的插图本中国小说直接翻刻插图。如雷慕莎《中国小说选》的插图即从法国国家图书馆所藏吴郡宝翰楼刊本《今古奇观》中之插图翻刻而成。

其次，西方汉学的研究进展和中国古典小说西译文本的插图互为依托，又相互促进。在欧洲汉学还未建立的十八世纪，中国古典小说西译文本成为西人了解中国小说、甚至是认识中国的最重要的凭借。十八世纪翻译成西文的中国小说仅有《玉娇梨》《庄子休鼓盆成大道》《怀私怨狠仆告主》《吕大郎还金完骨肉》和《好逑传》5种。其中，又以《好逑传》声名最著，这不仅是因为《好逑传》所倡导的名教正好切合了十八世纪欧洲启蒙主义对理性的推崇，而且帕西为《好逑传》所添加的大量注释在一定程度上使之成为西人了解中国的百科全书。因此，帕西为《好逑传》添加插图的做法似非出于偶然，而是试图在证明译本来自中国小说的同时，以之作为西

---

① 关于殷弘绪运回法国的中国书籍书目，见 *Catalogue Codicum Manuscriptorum Bibliothecæ Regiæ*，Paris：Imprimerie royale，1739，vol.1，pp.427 - 431。

人瞭望中国和构建中国形象的必要媒介。然而，由于当时西人对中国小说的翻译和研究刚刚起步，又受制于有限的中文藏书，《好逑传》帕西译本之插图出现了张冠李戴的现象，但毕竟向真实的中国跨进了重要的一步。

进入十九世纪，欧洲汉学的建立促进了中国古典小说西译的逐步拓展，而中国古典小说西译的逐步拓展又带动了小说译本插图的不断发展。虽然证明小说译本的真实性仍是插图的重要任务，但在帕西《好逑传》的"准木刻画式"插图之外，出现了汉字扉页和从相应的插图本中国小说直接翻刻插图的两种新形式。这一方面是汉学有所进展的有效反映，另一方面又是汉学研究的有机构成。汉学研究和译本插图互为依托，又相互促进。

十九世纪四十年代以后，欧洲汉学取得了长足的进展，西人对中国小说的了解和研究日益加深，并逐步走向专业化①。与之相应，证明小说译本真实性的插图功效已经逐渐退位，取而代之的是，西人开始凭借其汉学研究成果，赋予小说插图新的内涵。如波森为《宋国的夫人》所绘制的 25 幅插图，虽然具有浓厚的浮世绘风格，图中庄子的形象亦与真实的中国人存在一定差距，但画者对小说主题的把握却十分准确。尤其是位于卷首的插图（见图 4.15a），画者调动相关的中国文化背景知识，通过"骷髅"、"蟾蜍"等具有丰富寓意的形象，贴切地传达出"富贵如梦"的旨意。而威廉·帕金森《中国故事集》之插图则有意识地通过插图表现西人眼中真实的"中国形象"，具有重要的文献参考价值。

再次，西方印刷技术为中国古典小说西译文本插图提供了必要

---

① 宋丽娟、孙逊《近代英文期刊与中国古典小说的早期翻译》，《文学遗产》2011 年第 4 期。

的物质文化支持。在西方印刷术传入中国之前，中国传统书籍及其插图的生产，主要依靠雕版印刷。而西洋铜版早在十八世纪初已经由耶稣教士传入清廷，但主要用于宫廷书籍和图画的印制①；西方的石印术和铅印术又在道光年间由来华传教士引入中国②，并逐渐取代雕版印刷，成为重要的书籍印刷方式。那么，作为西洋铜版、石印术和铅印术发源地的欧洲，其印刷技术更是运用自如，这无疑为中国古典小说西译文本插图提供了必要的物质文化支持，并生成了译本插图的一些新特征。

其一，添加插图的小说译本增多，且其所附插图数量亦有所增加。在中国小说西译本插图的滥觞阶段，添加插图的小说及其所附插图数量均十分有限（见上文）。而随着 1796 年西方石印术的发明与普及，书籍与插图制作的效率有所提高，添加插图的小说译本从滥觞期的一种增至发展期的近十种，至逐步完善阶段则已有二十余种小说附有插图，且插图数量也不断增加，如道格斯《中国故事集》即附有 61 幅插图，哈顿的《双凤奇缘》附有 30 幅插图等。

其二，西方中文活字印刷技术的掌握使汉字扉页这种小说译本特殊的插图成为可能。早在十九世纪初期，马礼逊、汤姆斯、勒格朗（Marcellin Legrand）、戴尔（Samuel Dyer，1784－1835）等西方传教士已经开始致力于铸造中文活字，经过艰苦卓绝的实验，逐渐掌握了中文活字的印刷技术③。如马礼逊的《华英字典》（1815—

---

① 关于西洋铜版传入中国的介绍，参见张秀民著，韩琦增订《中国印刷史》，杭州：浙江古籍出版社，2006 年。
② 关于石印术、铅印术传入中国的历史，参见张秀民著，韩琦增订《中国印刷史》，杭州：浙江古籍出版社，2006 年；韩琦《晚清西方印刷术在中国的早期传播》，载《中国和欧洲：印刷术与书籍史》，北京：商务印书馆，2008 年。
③ 关于西人的中文活字印刷，参见韩琦《十七至十九世纪上半叶西人研制中文活字的历史》，《印刷科技》1991 年第 7 卷第 5 期；苏精《马礼逊与中文印刷出版》，台北：台湾学生书局，2000 年。

1823)、汤姆斯的《花笺记》英译本（1824）、戴尔的《耶稣登山宝训》(1834) 等均使用了中文活字印刷。西方中文活字印刷的实践为汉字扉页这种独特的小说译本插图提供了必要的物质支持。

其三，西方彩色印刷技术的成熟催生了小说译本的彩色插图。随着西洋石印新法、五彩石印术及珂罗版印刷等印刷技术的发明和应用，出现了小说译本的彩色插图。如 1884 年巴黎拉于尔出版社出版的勒格朗《宋国的夫人》法译本附有波森为其精心制作的 25 幅彩色插图，为较早的石印彩图本小说译本，这比 1891 年上海五彩画印有限公司印制的《五彩增图东周列国志》还早了近十年。

中国古典小说西译文本之插图作为中国小说插图的有机组成部分，不仅较早地采用了铜版和石印插图，而且在清乾隆以降中国小说插图故事情节图逐渐式微、人物绣像大行其道之时，中国古典小说西译文本插图仍以故事情节画居多，中国古典小说译本中之插图或可视为中国小说插图的他者血脉，是中国古典小说插图的有益补充。

综上所述，中国古典小说西译文本的插图经历了一个从滥觞到发展再到逐步完善的历史嬗变，且小说译本插图受到了西方中文书籍的收藏状况、西方汉学的研究进展及西方印刷技术水平等诸多因素的制约。此外，中国古典小说译本中之插图不仅具有提示文本情节、展示人物形象的作用，而且在一定程度上折射出西方人眼中的"中国形象"，具有重要的文献资料价值。同时又将西方流行的艺术风格和中国插图艺术相结合，形成了独特的艺术风格。中国古典小说西译文本插图，作为中国小说插图的域外生成，是中国古典小说插图的有益补充和有机组成部分，促进了中国小说在西方的阅读和传播。

第二节　明清外销瓷与中国古典
小说的图像传播

　　明清时期，瓷器是中国出口外销的重要商品。明清外销瓷自
1514 年葡萄牙人抵达广州为开端，至十七世纪随着欧洲各国东印
度公司的建立和发展日益繁荣，并于十八世纪三十年代因东印度公
司的解体而逐渐式微①。这三百年来的外销瓷贸易，使得中国瓷器
风靡欧土。作为携带着中国传统文化因子的独特器物，瓷器与中国
古典文学的西传因缘际会，既充当了中国古典文学域外传播的物质
载体，又触发了中国古典文学在西方的翻译和流布②。而西方人对
中国瓷器的痴迷又与其对中国的想象交织在一起，这种想象既体现
为欧洲定制瓷与仿制瓷上鲜明的中国元素与经过改造的欧式"中国
风格"，又在一定程度上促进了西方对"中国瓷器"的文学书写。
目前学术界关于中国外销瓷和中西文学文化关系的研究日益勃兴，
前者如柯玫瑰、孟露夏所著《中国外销瓷》③，单霁翔、杨志刚编
著的《故宫博物院上海博物馆藏明清贸易瓷》④，余春明编著的

---

① 东印度公司（East India Companies）在明清时期的瓷器贸易中起到了重要作用，作
　为官方批准的唯一的对华贸易机构，欧洲各国的东印度公司垄断了明清时期的瓷器
　贸易。其中，荷兰东印度公司（Vereenigde Oostindiche Compagnie，1602 - 1798）与
　英国东印度公司（British East India Company，1600 - 1833）先后占据主导地位，其
　他国家的东印度公司如丹麦东印度公司（Dansk Ostindisk Kompagni，1616 - 1729）、
　法国东印度公司（Compagnie des Indes Orientales，1664 - 1789）、瑞典东印度公司
　（Swedish East India Company，1731 - 1813）等亦纷纷参与对华贸易。
② 本节不仅论及以外销瓷为载体的中国古典小说图像之域外传播，而且将诗文、戏
　曲、典故等亦纳入讨论范围。
③ ［英］柯玫瑰、孟露夏著，张淳淳译《中国外销瓷》，上海：上海书画出版社，2014 年。
④ 单霁翔、杨志刚编著《故宫博物院上海博物馆藏明清贸易瓷》，上海：上海书画出版
　社，2015 年。

《中国瓷器欧洲范儿——南昌大学博物馆藏中国清代外销瓷》[①] 等，后者如范存忠《中国文化在启蒙时期的英国》[②]、张西平《欧洲早期汉学史——中西文化交流与西方汉学的兴起》[③]、李奭学《中国晚明与欧洲文学——明末耶稣会古典型证道故事考诠》[④] 等，但将两者联系起来的研究则较少。本节即以明清外销瓷与中国古典文学西传的交互关系为考察中心，试图揭示外销瓷贸易与中西文学文化交流并不是割裂的、孤立的，而是耦合的、杂糅的有机整体，并进而探讨中西文学文化关系的多重属性。

一、以瓷为载：中国古典文学的器物传播

中国瓷器的制造历史悠久，并早在汉唐时期已经流播海外。明清时期，得益于海上丝绸之路的不断开拓和跨国贸易的快速发展，瓷器外销的规模和范围皆进一步扩大，欧洲更是成为明清外销瓷的主要市场。成千上万件瓷器经由东印度公司被运往欧土，风靡一时。瓷器不仅走入了欧洲皇室与贵族的日常生活，而其高超的技艺、精致的器型与充满异国情调的纹饰又引发了西方人对中国瓷器的痴迷和仿制。其中，以中国古典文学为装饰纹饰的外销瓷更是成为"中国风格"的经典具象，受到西方人的广泛喜好，正是从这个意义上来讲，瓷器充当了中国古典文学西传的物质载体，构成了中国传统文学器物传播的一种重要方式。具体而言，这些以中国文学为装饰纹饰的外销瓷又可以细分为诗文纹饰瓷、小说戏曲纹饰瓷以及人物典故纹饰瓷。

---

① 余春明《中国瓷器欧洲范儿——南昌大学博物馆藏中国清代外销瓷》，北京：生活·读书·新知三联书店，2014 年。
② 范存忠《中国文化在启蒙时期的英国》，南京：译林出版社，2010 年。
③ 张西平《欧洲早期汉学史——中西文化交流与西方汉学的兴起》，北京：中华书局，2009 年。
④ 李奭学《中国晚明与欧洲文学——明末耶稣会古典型证道故事考诠》，北京：生活·读书·新知三联书店，2010 年。

1. 诗文纹饰瓷

诗文纹饰瓷即以中国传统诗文为纹饰的瓷器。这类瓷器或以全篇诗文入瓷，或仅截取诗文的精彩文句，且往往配有图画。诗文是图画的文字表述，图画是诗文的形象展现，两者相得益彰，构成了一种充满诗情画意的瓷器纹饰。如伦敦大维德基金会（Percival David Foundation of Chinese Art）所藏雍正水墨珐琅碗（图4.20）和乾隆粉彩鸡缸杯（图4.21）。

图4.20　清雍正水墨珐琅碗①

图4.21　清乾隆粉彩鸡缸杯②

雍正水墨珐琅碗高63毫米、碗口直径127毫米，碗的主体是白色，其中一面以墨书"月幌见疏影，墨池闻暗香"十字题诗，题诗周围有"凤采""寿古""香清"三枚粉彩钤印。碗的另一面以浓墨工笔画出一支老梅，枝干遒劲，其上点缀着几朵疏梅，花蕾和花

① 大英博物馆藏，编号PDF，827。
② 大英博物馆藏，编号PDF，A. 827。

蕊则以淡墨勾勒。诗与画互文益彩，营造出一种高洁雅致的风格。

乾隆粉彩鸡缸杯敞口、深腹、卧足。杯身高 70 毫米，杯口直径 80 毫米。杯身一侧有墨书乾隆御题七言诗一首，诗曰："李唐越器人间无，赵宋官窑晨星看，殷周鼎彝世颇多，坚脆之质于焉辨，坚朴脆巧久暂分，立德践行义可玩。朱明去此弗甚遥，宣成雅具时犹见。寒芒秀采总称珍，就中鸡缸最为冠，牡丹丽日春风和，牝鸡逐队雄鸡绚，金尾铁距首昂藏，怒势如听贾昌唤。良工物态肖无遗，趋华风气随时变，我独警心在齐诗，不敢耽安兴以晏。乾隆丙申御题。"全诗共一百三十二字，诗尾处有"三""隆"两枚红彩钤印。诗文下绘一只母鸡带几只雏鸡觅食，憨态可掬。另一侧为顽童戏鸡，童子手舞足蹈、雄鸡昂首迈步，园中牡丹争艳、湖石玲珑。诗与画一井然整秩，一生动传神；一墨色古朴，一色彩斑斓，两者交相辉映，足堪珍玩。

此外，脍炙人口的唐宋诗文亦见诸明清外销瓷的装饰纹饰。如大英博物馆所藏明青花盆（图 4.22）与清青花碗（图 4.23）。图 4.22 明青花盆约为天启至崇祯年间所制，外侧题苏轼《赤壁赋》文，并配有苏轼游赤壁图。图 4.23 清青花碗大抵造于康熙至乾隆年间，外侧分为八个开光图像，分别绘杜甫《饮中八仙歌》中的八个人

图 4.22　明青花《赤壁赋》图盆①

图 4.23　清青花《饮中八仙歌》图碗②

①　大英博物馆藏，编号 Franks.811。
②　大英博物馆藏，编号 Franks.344.＋。

物，即李白、张旭、贺知章、崔宗之等文人雅士，并配有相应的诗文。这种诗文与书画相辅相成的装饰纹饰或许受到明清文人画"诗书画一体"的艺术风格影响，尤盛于清代康乾年间。诗文纹饰瓷亦因之成为中国古典诗文一种独特的物质载体，一并传至西海。

2. 小说戏曲纹饰瓷

小说戏曲纹饰瓷，顾名思义，指的是以小说戏曲中的人物和故事为装饰纹饰的瓷器。《西厢记》《牡丹亭》《三国演义》《杨家将》《东游记》等小说戏曲中的人物故事是外销瓷常见的装饰纹饰，而与爱情、战争、神话等主题相关的纹饰最为风行。其中，表现爱情主题的人物故事纹饰以《西厢记》最夥。事实上，《西厢记》是明清外销瓷上最为常见的戏曲纹饰，几乎全本《西厢记》的场景都曾见诸明清外销瓷，又以"惊艳""琴心""赖简""哭宴"等与爱情相关的情节最为经典①。如英国牛津大学阿希莫林博物馆所藏清康熙青花盘（图4.24），描画的为《西厢记》第三出第三折"赖简"中张生逾墙私会莺莺的情节。图中莺莺闲坐于花园之中，红娘侍立其后，却注视着正在逾墙的张生。在柳树的助力下，张生已攀上墙垣，他打着赤脚，一双靴子俨然跌落于墙脚。园中栏杆环绕，湖石耸立，一株芭蕉从墙角旁逸斜出。画面精细雅致，构图和人物十分肖像于《重校北西厢记》之"赖简"版画（图4.25），或许正是据此描摹而成。但在某些细节上有所出入，如瓷画中的张生直身站立在墙垣之上，版画中则半身攀爬其上，而张生的靴子或脱落在地，或穿戴整齐，差别较大。图4.26为大英博物馆所藏清粉彩盘，描画的也是《西厢记》"赖简"之场景，与图4.24十分相像，或许采用的是相同的摹本，但画面中缺失了红

<hr>

① 关于明清瓷器上的《西厢记》，可参看 Hsu Wen-chin, "Fictional Scenes on Chinese Transitional porcelain (1620 - ca. 1683) and their Sources of Decoration", *Bulletin of the Museum of Far Eastern Antiquities*, No.58，1986，pp.1 - 146；倪亦斌《康熙瓷器上的〈西厢记〉》，《收藏》2018 年第 4 期；何艳君《"西厢"瓷画及其在欧洲的传播与接受研究》，《戏曲研究》第 106 辑。

娘。《西厢记》之外，《牡丹亭》的人物故事也是受欢迎的装饰纹饰，如图 4.27 康熙五彩盘描绘的是《牡丹亭》第十出"惊梦"之情节，图中杜丽娘的形象被拉长，几乎占满了整个画面，柳梦梅的身形则被缩小，以此来表明梦境。或逾墙相会，或梦中邂逅，描绘浪漫绮艳的爱情场景的人物故事纹饰在明清时期颇为流行。

图 4.24　清康熙青花《西厢记》"赖简"图盘①

图 4.25　明万历《重校北西厢》"赖简"插图②

图 4.26　清粉彩《西厢记》"赖简"图盘③

图 4.27　清康熙五彩《牡丹亭》"惊梦"图盘④

① 英国牛津大学阿希莫林博物馆藏，编号 EA1978.838。
② 明万历《重校北西厢记》之"赖简"，木刻版画（双面合页），日本东京都町田市无穷会图书馆藏，转引自 Hsu Wen-chin, "Fictional Scenes on Chinese Transitional porcelain（1620 - ca. 1683）and their Sources of Decoration", *Bulletin of the Museum of Far Eastern Antiquities*, No.58, 1986, p.12, 图四二。
③ 大英博物馆藏，编号 Franks.409.a.。
④ 英国牛津大学阿希莫林博物馆藏，编号 EA1978.1169。

摹写战争主题的人物故事纹饰又被称为"刀马人"，如许之衡在其《饮流斋说瓷》中曰："绘战争故事者，谓之刀马人，无论明清瓷品，皆极为西人所嗜。至挂刀骑马而非战争者亦准于刀马人之列也。"① 可见，"刀马人"是又一种备受西人青睐的外销瓷纹饰。而描写朝代更迭、英雄豪杰的《三国演义》《杨家将》等小说遂成为"刀马人"的文学资源，被生动地展现于明清外销瓷之上。如图4.28康熙五彩碟摹画了《三国演义》第五回"虎牢关三英战吕布"的场景，

图中张飞、关羽、刘备与吕布正在酣战。图4.29康熙青花盘中心描绘的或为《杨家将》中杨四郎与辽国公主对垒的情节，边饰为六个开光图像，皆为杨四郎和辽国公主打斗之场面。"刀马人"图中将士横刀跨马、雄姿英发，形成了和瑰丽柔媚的爱情主题所不同的遒劲刚健之风。

图4.28 清康熙五彩《三国演义》"虎牢关三英战吕布"图盘②

图4.29 清康熙青花《杨家将》故事图盘③

① 许之衡《饮流斋说瓷》，济南：山东画报出版社，2010年，第115页。
② 英国牛津大学阿希莫林博物馆藏，编号EA1978.1056。
③ 大英博物馆藏，编号Franks.193。

神话主题中，明清外销瓷上出现频率最高的为《东游记》之八
仙故事纹饰。从明万历年间开始，一直到清代末期，外销瓷中都有
八仙故事。八仙者，铁拐李、钟离权、蓝采和、张果老、何仙姑、
吕洞宾、韩湘子、曹国舅也，是在民间流传甚广的道教神仙。外销
瓷上的八仙或单独入画，如图 4.30 清道光粉彩碗单绘何仙姑肖像；
或集体出场，如图 4.31 清粉彩茶壶描画了八仙过海的场面。八仙
故事纹饰寄托了民众的信仰和祈愿，亦受到西方人的喜爱，被频频
刻画在瓷器之上，甚至成为一种流行的外销瓷边饰，如图 4.32 雍
正粉彩盘，中心为鸳鸯戏水图，边缘则运用了八仙纹饰。

图 4.30　清道光粉彩《东游记》　　图 4.31　清粉彩《东游记》"八
　　　　　"何仙姑"图碗①　　　　　　　仙过海"图壶②

无论是爱情、战争还是神话主题，小说
戏曲纹饰在明清外销瓷中十分盛行，这一方
面得益于明清时期小说戏曲的蓬勃发展，为
外销瓷画提供了丰富的文学储备；另一方面
明清版画技艺精进，小说、戏曲往往配有插
图，又为外销瓷画提供了可资借鉴的摹本。
外销瓷亦因之成为小说、戏曲图像域外传播

图 4.32　清雍正粉彩"鸳
　　　　　鸯戏水"图盘③

① 大英博物馆藏，编号 Franks.622.⁺。
② 大英博物馆藏，编号 Franks.882。
③ 清雍正粉彩盘，转引自余春明《中国瓷器欧洲范儿——南昌大学博物馆馆藏中国清
代外销瓷》，第 119 页图七。

的一种有效方式，又在一定程度上成为中国小说戏曲西传的
前锋。

3. 人物典故纹饰瓷

除了在古典诗文、小说、戏曲寻找素材之外，外销瓷亦将中国
历史、文学中的名人画入瓷器。这些以中国历史、文学中的人物及
与之相关的逸闻趣事为装饰纹饰的瓷器即称为人物典故纹饰瓷。如
图4.33为大英博物馆所藏一套清粉彩瓷罐，瓷罐周身与瓷盖上刻
画有苏武、赵娥、诸葛亮、武则天、狄仁杰、李白等人物绣像，应
是以《南陵无双谱》临摹而成①。图4.34雍正粉彩盘描绘的或为
"文姬归汉"的故事，其他诸如"昭君出塞""张敞画眉""司马光
砸缸"等典故亦曾写入瓷画。

图4.33　清粉彩瓷罐②　　　　　图4.34　清雍正粉彩"文姬
　　　　　　　　　　　　　　　　　　　　归汉"图盘③

由上所述，诗文纹饰瓷、小说戏曲纹饰瓷和人物典故纹饰
瓷构成了以中国古典文学为装饰纹饰之外销瓷的三种主要形式，
并经由这种形式将瓷器与中国古典文学完美结合，不仅使瓷器

---

① 《南陵无双谱》刊刻于康熙三十三年，为清人金古良所绘，共收录了汉宋之间四十
　位名人绣像，在清代流传甚广，这些画像亦常见于清代瓷器。
② 大英博物馆藏，编号1996，1005.4.a－e。
③ 大英博物馆藏，编号Franks.870。

成为中国古典文学的物质载体，而且赋予瓷器精致典雅的文学气质和文化内蕴。明清外销瓷因之成为中国传统文学器物传播的一种重要方式，将中国古典文学带入西方世界，在装点西方人日常生活的同时，亦为之带来新鲜的视觉刺激和别样的艺术体验。

二、因瓷结缘：中国古典文学的译介

明清外销瓷作为中国古典文学的物质载体，客观上促进了其在域外的传播。但以中国古典文学为装饰纹饰的外销瓷最初仅被视作具有异国情调的东方器物，其装饰纹饰更多是一种文化点缀或符号象征；而当西方人试图解读这些装饰纹饰的来源及其涵义时，便触发了更进一步的文学文化交流。如英国古典学家韦斯顿（Stephen Weston，1747 - 1830）即是因瓷器与中国文学结下了不解之缘，开始学习汉字并翻译中国诗文。

1807 年伦敦出版的《东方文学片段，并附中国瓷瓶上的一幅画》（*Fragments of Oriental Literature，with an Outline of Painting on a Curious China Vase*）是目前所知韦斯顿翻译汉诗的最初尝试①。这尊瓷瓶为韦斯顿私人收藏，瓷瓶的图画见图 4.35，韦斯顿指出瓷画描绘的是一人单腿立于龙头之上（龙是中国十二生肖之一），另一条腿悬在空中。他右手持笔，正是从左手所握之斗中抽出。此人正朝大熊星望去（图中以小圆圈代表星星，再由直线将其连接在一起表示星座），大熊星上方的盒子或许用来表示指南针，右手边的树叶则代表空气，一切都处于流动不居的空气之中。图的左边题有十五个字："笔扫九宄云雾，斗量万斛珍珠。散人书。"对图画做出了简短而富有诗意的描述。

---

① Stephen Weston，*Fragments of Oriental Literature，with an Outline of Painting on a Curious China Vase*，London：Printed for the author，1807.

<table>
<tr><td colspan="3">HAN CHANG.</td></tr>
<tr><td>Tung
move (bud forth)</td><td>Chun
becomes, made</td><td>Yee
one and entire
(the whole)</td></tr>
<tr><td>Wha
flowers</td><td>Se
green</td><td>Shan
mountain</td></tr>
</table>

Flowers bud forth, and the whole mountain acquires the tint of Spring.

图 4.35　韦斯顿《东方文学片段》瓷画插图	图 4.36　韦斯顿《东方文学片段》对茶壶汉字的注音与释义

　　对于图中这十五个汉字，韦斯顿先是标注出每个汉字的拼音，再将每个汉字翻译成英语，试图借助这种方式来解读汉字的意义。如下所示：

Pendulous	Chui
Sweeps	Sao
(the) nine	Kièu
clean	Si
(the) world's	Yu
works	Kum
(and the) bear stars	Teu
observes	Chîm
(with) ten thousand	Van
gems	Pao
beautiful	Chîn
(like) precious stones	Chū
(the) venerable	Lao
man	Jîn
(of) books	Xū

　　这种解读存在不少舛误，如"兂"为"天"之异体字，韦斯顿却将之译成"clean"；将"雾"误作"works"；将"斟"误作

"gems"等等，但韦斯顿所采用的逐字注音翻译的方式却成为解读汉诗的一种实践，逐渐发展成早期西人常用的汉诗阅读方式。韦斯顿在《东方文学片段》一书中，亦提及其私人收藏的一柄茶壶，但未附插图，只是对其上的汉字进行解读（见图4.36），在逐字注音翻译之后，又将各个汉字的意义拼合在一起，以便形成对这一诗句的理解："Flowers bud forth, and the whole mountain acquires the tint of Spring."以此推测，茶壶上的汉字大抵应为"花动一山春色"。此外，韦斯顿还指出"HAN CHANG"或为此诗句的作者或文本出处，有误①。

1809年，韦斯顿编译的《李唐：一首中文御题诗》(*Ly Tang: An Imperial Poem, in Chinese*) 在伦敦出版②。这是韦斯顿第一次将全首诗歌完整地从中文翻译成英文，还因之获得了"汉诗英译的第一人"之美誉③。其实，早在韦斯顿之前，帕西、威廉·琼斯(William Jones, 1746–1794) 等人已将《诗经·卫风·淇奥》第一节译成英文，但他们大都是根据拉丁文翻译而成④。韦斯顿的《李唐》则直接从中文翻译而成，而其所据之中文即上文所述乾隆鸡缸杯上之御题诗，韦斯顿的《李唐》译本不仅在扉页附有鸡缸杯的插图，而且还请人将杯上的诗歌誊写下来，与译文一起出版（见图4.37）。

韦斯顿在译本序言中指出："我在瓷杯上看到这首诗歌，想弄清楚它的涵义。因署名为乾隆御题，我便开始翻译这首诗，猜度其所表达

---

① "花动一山春色"出自秦观《好事近·梦中作》："春路雨添花，花动一山春色。行到小溪深处，有黄鹂千百。飞云当面化龙蛇，夭矫转空碧。醉卧古藤阴下，了不知南北。"唐圭璋编《全宋词》，北京：中华书局，2013年，第469页。

② Stephen Weston, *Ly Tang: An Imperial Poem, in Chinese*, London：C. & R. Baldwin, 1809.

③ 吴伏生《汉诗英译研究：理雅各、翟理斯、韦利、庞德》，北京：学苑出版社，2012年，第7页。

④ Thomas Percy, ed., James Wilkinson trans., *Hau Kiou Choaan or The Pleasing History*, vol. IV, pp. 233–237. William Jones, The works of Sir William Jones, London：Printed for G. G. and J. Robinson and R. H. Evans, vol. 1, 1799, pp. 365–373.

图 4.37a　韦斯顿
《李唐：一首中文
御题诗》扉页

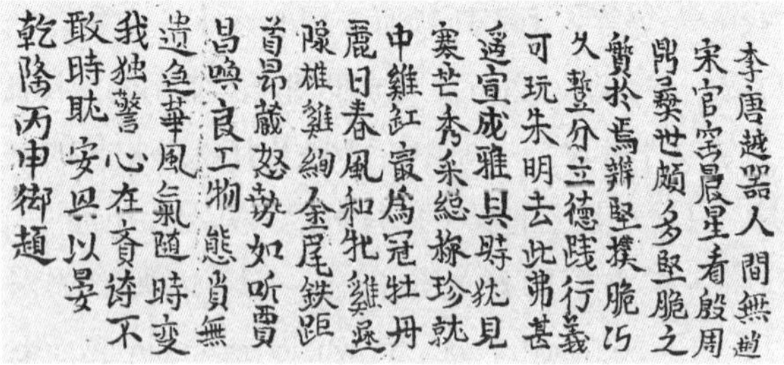

图 4.37b　韦斯顿《李唐：一首中文御题诗》内封

的意思。"① 韦斯顿提及的瓷杯即乾隆鸡缸杯，诗歌为乾隆御题之七言诗《成窑鸡缸杯》。乾隆皇帝在启蒙时期的欧洲颇负盛名，其《盛京赋》早在 1770 年已被译成法文，在巴黎出版。法国大文豪伏尔泰读了《盛京赋》后，还特意写信给乾隆皇帝，赞美他的诗情与诗才。或许正是受到伏尔泰的感染，韦斯顿对乾隆亦充满仰慕之情，当发现鸡缸杯上的汉字为乾隆御题诗时，便着手将之翻译成英文②。但韦斯顿及其誊写者对此诗都不甚了解，虽差强人意地取前两个字"李唐"作为诗题，却胶柱鼓瑟地比照鸡缸杯上的汉字陈列，将每八个字作为一句，将全诗读作："李唐越器人间无赵，宋官窑晨星看殷周……"③ 然后每行逐字注音翻译，再将每个汉字的意义拼合，猜测诗句的涵义。如第一行：

Column I

1	LY	Ly
2	Tang	Tang
3	Yue	said

---

① Stephen Weston, *Ly Tang: An Imperial Poem*, *in Chinese*, London：C. & R. Baldwin, 1809, p.3.

② 韦斯顿还将《高宗纯皇帝御制平定两金川凯歌三十章》翻译成英文，1810 年在伦敦出版。Stephen Weston, *The Conquest of the Miao-Tse*, London：C. & R. Baldwin, 1810.

③ 誊写中，在"不敢耽安兴以宴"中衍出一"时"字："不敢时耽安兴以宴。"

4	Ky	tool
5	Jin	Man
6	hien	idle
7	vu	not
8	siao	cheerful

　　韦斯顿将"越"译作"said",或将"越"误作了"曰",将"间"译作"idle",或将"间"误为"闲",将"赵"译作"cheerful",或将"赵"误为"笑",从而将第一行诗句译作:"Ly Tang,idle and unemployed,in a vacant and joyless hour spake thus:"[1] 即"李唐,游手好闲,百无聊赖地曰:"与"李唐越器人间无"谬以千里。这种误读,首先出于对中国诗歌体制的不理解,从而造成句读错误;其次对汉字的认识亦不够,往往望文生义、张冠李戴。因此,韦斯顿的译文出现了诸多谬误,但这毕竟是直接从中文将全首诗歌完整地翻译成英文的首次尝试。更重要的是,韦斯顿通过实践,形成了一种逐字注音翻译,再将每个汉字的意义整合,从而猜测诗句涵义的阅读方式。随着对汉语和诗歌体制的熟悉和掌握,韦斯顿所采用的译法亦成为一种行之有效的汉诗阅读方式。如1820年左右,韦斯顿又将贝克夫人所藏瓷杯上的一首七言诗翻译成英文:

隔一几南　It rains all night, but in the morn returns
墙盏案楼　Sol's orient beam, and darts its rising light,
丛细山夜　Reflected from the hill, on your bright eyes,
竹评光雨　Whilst in your lofty chamber to the South,
鹧蒙照晓　Before your table placed, you sip the high
鸪顶眼初　Flavour'd souchong; and tow'ring 'bove the wall,
鸣味明晴　Perch'd on a clump of bamboos, the Chay-koo sings.[2]

---

[1]　Stephen Weston, Ly Tang: An Imperial Poem, in Chinese, p.15.

[2]　*A specimen of Picturesque Poetry, in Chinese, Inscribed on a Cup in the Possession of Lady Banks, and Dedicated to Her Ladyship by the Translator S. W.* 现藏于大英图书馆。

韦斯顿依然采用了逐字注音翻译，整合揣度诗意的阅读方式，虽然仍未留意诗歌的格律和押韵，但对诗句的理解已较少舛误，将诗意直译而出。此后，翟理斯、庞德（Ezra Pound，1885 - 1972）等人在翻译中国诗歌时也曾使用这种阅读和翻译的方法。

外销瓷作为中国古典文学的物质载体，不仅在机缘巧合下触发了中国诗文在西方的翻译，而且构成了中国小说、戏曲图像域外传播的一种有效方式，使《三国演义》《西厢记》《东游记》等小说、戏曲中的人物故事图像早于文本流播至西方，如目前所知最早将《三国演义》译成西文的是英人汤姆斯，他将《三国演义》中与董卓相关的情节译成英文，题为 *The Death of the Celebrated Minister Tung-chu*，即《著名丞相董卓之死》，于 1820 年至 1821 年在《亚洲丛刊》（*Asiatic Journal*）连载①。而当时《三国演义》的图像已经依附于外销瓷在欧洲传播了二百余年。正是从这个意义上讲，外销瓷在一定程度上成为中国小说、戏曲西传的前锋。

然而，在中西文学文化交流的初期，外销瓷上小说戏曲图像的文本来源并不被人所知，很难将瓷画与文学文本对应起来。但瓷画明显的中国属性和鲜活的人物场景又使之成为西方人阅读和想象中国的视觉资源，当西人为中国小说戏曲的西译文本绘制插图时，又能从中寻找灵感或以资借鉴。这种借鉴或可体现在三个方面：

第一，瓷器往往出现在西人所绘制的小说戏曲插图之中。如图 4.38 为威廉·帕金森为道格斯《中国故事集·好逑传》所绘制的插

---

① P. P. Thoms，"The Death of the Celebrated Minister Tung-chu"，*The Asiatic Journal and Monthly Register for British India and its Dependencies*，Ser. I，Vol.10，1820；Ser. I，Vol.11，1821.

图①。图中右下角的桌子和左上角的架子上陈列着各式各样的瓷器，瓷器成为表现中国日常生活，特别是室内场景的必要摆设和典型器物。

图 4.38　道格斯《中国故事集》之　　图 4.39　《玉娇梨》雷慕莎法
　　　　《好逑传》插图　　　　　　　　　　译本"燕子"插图

　　第二，在描绘庭院、花园等故事场景时，插图和瓷画存在诸多相似之处，如往往采用柳树、芭蕉、太湖石、栏杆、墙垣等经典元素以刻画中式庭园。如图 4.39 为雷慕莎《玉娇梨》法译本插图②，图中一道墙垣将苏友白和白红玉隔在两处，墙内红玉凭窗而望，墙外友白翘首以盼，园中一棵柳树高出墙垣，在视觉上又联通了墙内

① R. K. Douglas, *Chinese Stories*, Edinburgh and London：William Blackwood and Sons，1893.

② Abel-Rémusat, *Iu-Kiao-Li ou, Les Deux Cousines: Roman Chinois*, Paris：Moutardier，1826.

和墙外。

　　第三，瓷画中的人物形象亦可为插图提供诸多参考。如图 4.40 为艾伦·莱特（Alan Wright）为道格斯《中国故事集·夸妙术丹客提金》译文所绘制的插图。图中女子身形被拉长以展现其苗条婀娜的身姿，这种处理与瓷画"lange lijzen"，即身材修长的仕女比较类似；且图中侍女为其撑伞的造型或许是从荷兰艺术家考纳利·普朗克（Cornelis Pronk，1691－1759）著名的洋伞设计中获取了灵感（如图 4.41）[1]。

图 4.40　道格斯《中国故事集》之　　　图 4.41　日本伊万里"撑伞
　　　　　《夸妙术丹客提金》插图　　　　　　　　　　仕女"图盘[2]

　　人物典故装饰瓷也有可能起到触媒的作用，引发西方人对中国历史名人产生兴趣，从而将相关的人物传记或文学典故翻译成西

---

[1]　外销瓷描画的中国仕女往往苗条婀娜，通常被称为"身材修长的美女"。而洋伞瓷画在十八世纪的欧洲十分著名，是考纳利·普朗克为荷兰东印度公司专门设计的，中心画面描绘着一位贵妇在河边喂鸟，身后侍女为其撑着洋伞。

[2]　英国牛津大学阿希莫林博物馆藏，编号 EA1978.489。

文。如费理雅（Lydia Mary Fay，1804－1878）曾先后在《中日丛报》(*The Chinese and Japanese Repository*) 上发表《班昭传》《班超传》《苏武传》《司马迁传》《董贤传》《屈原传》《赵娥传》等人物传记，是较早地在英语世界对这些历史人物做出系统介绍的汉学家。关于费理雅为什么选择译介这些人物传记，已难以考证。但这些人物的绣像均见诸《南陵无双谱》，在清代瓷器上亦十分流行。费理雅有可能鉴赏过此类画谱或相关瓷器（如图4.33），由图像而引发了对文本翻译的兴趣。费理雅还在《赵娥传》中杜撰出赵娥婚姻和谐的大团圆结局，并借助赵娥丈夫的视角，描摹出一幅赵娥的肖像图："赵娥的丈夫依然清晰地记着第一次见到她的样子：赵娥右手握着一把闪闪发光的刀，高高举过头顶。左手紧紧抓着仇人还在滴血的头颅。"[1]

　　总而言之，明清外销瓷作为中国文学西传的媒介，不仅充当了中国古典文学域外传播的物质载体，而且在机缘巧合下又触发了中国文学在西方的翻译。其一，拉开了中国古典诗文英译的帷幕，并实践出一种行之有效的阅读和翻译方式。其二，作为中国小说戏曲西译的先锋，将图像早于文本流播至西方，既为小说戏曲的文本翻译做好准备，又可以为西人绘制译本插图提供一定的借鉴。其三，有可能引发西方汉学家对中国历史、文学名人的兴趣，从而涉猎人物传记的迻译。

三、假瓷塑形：西方的中国想象与文学书写

　　明清的外销瓷贸易不仅使中国瓷器风靡欧土，更是引发了西方人对瓷器的痴迷，他们既别出心裁地定制受欧式器型和风格影响的中国瓷器，又苦心孤诣地钻研制瓷技术，在欧洲本土仿制中国瓷

---

① Lydia Mary Fay, "Memoir of Chau-woo", *The Chinese and Japnese Repository*, Vol. 3, No.29, p.547.

器。然而，无论是定制瓷或仿制瓷，以中国古典文学为装饰的瓷器纹饰依然备受青睐，但中国传统和欧式风格之间的交流促生了一种混合的风格，或将中国和西方的图样自由地杂糅组合，如图 4.42 乾隆粉彩描金盘，中心画面是《西厢记》"惊艳"的场景，但上方又绘制有英国雷蒙特和韦伯斯特（Raymond and Webster）的家族纹章，将中国戏曲的人物故事与西方家族纹章融合在一起。或对中国图样进行改造，如图 4.43 彩色瓷板，由荷兰代尔夫特（Delft）仿制，现藏于阿姆斯特丹国立博物馆。该瓷板描绘的应为《西厢记》"赖简"之场景，但图中人物变成了莺莺、张生和书童，以书童取代了红娘；园中繁花锦绣，一只猫正在闲庭阔步，充溢着别样的风味。图 4.44 为英国利物浦仿制的代尔夫特蓝陶，现藏于牛津大学阿希莫林博物馆，其纹饰是《西厢记》"惊艳"场景的一种变形，图中莺莺消失不见，仅余红娘、法聪和张生，人物造型也有较大改变，但保留了栏杆、佛殿等经典的中国元素。

图 4.42　清乾隆粉彩《西厢记》"惊艳"图盘①

西方人对中国瓷器的痴迷又往往与其对中国的想象交织在一起，这种想象不仅体现为欧洲定制瓷和仿制瓷器上鲜明的中国元素

① 清乾隆粉彩描金盘，转引自余春明《中国瓷器欧洲范儿——南昌大学博物馆馆藏中国清代外销瓷》，第 106 页图四十四。

图 4.43　荷兰彩瓷《西厢记》　　　图 4.44　英国蓝陶《西厢记》
　　　　　"赖简"图板①　　　　　　　　　　　"惊艳"图盘②

与经过改造的欧式"中国风格"，而且在一定程度上促进了西方对
"中国瓷器"的文学书写。西方关于瓷器的文学作品涵盖了诗歌、
小说、戏剧等各种体裁，既将瓷器视作了解中国的窗口，又假瓷器
表达其对中国的想象。

　　首先，用诗歌抒发对瓷器的痴迷和礼赞。如英国诗人约翰·盖
伊（John Gay，1685 - 1732）的《致一位迷恋古中国的女士》：

　　　　　是什么激起她心中的热情？

　　　　　她的眼睛因欲火而憔悴！

　　　　　她缠绵的目光如果落在我的身上，

　　　　　我会多么的幸福快乐！

　　　　　我心中掀起新的疑虑和恐惧：

　　　　　是哪个情敌近在眼前？原来是一个中国花瓶。

---

① 阿姆斯特丹国立博物馆藏，编号 BK - 1959 - 29。
② 英国牛津大学阿希莫林博物馆藏，编号 WA1978.276。

> 中国便是她的激情所在，
>
> 一只茶杯，一个盘子，一只碟子，一个碗，
>
> 能燃起她心中的欲望，
>
> 能给她无穷乐趣，能打乱她心中的宁静……①

瓷器令人如痴如醉如癫如狂，盖伊的诗歌刻画出一位沉迷于中国瓷器的女子形象，这其实是对十八世纪欧洲贵妇热衷于瓷器的一种真实描述。如法国的蓬皮杜夫人、英国的贝克夫人等都以珍藏瓷器为傲，她们的嗜好无疑又代表和引导了时代风尚，使得瓷器风靡一时。而瓷器被认为是中国所独创的，对瓷器的痴迷又进一步引起了西方人对瓷之故乡的遐想。如美国诗人朗费罗（Henry Wadsworth Longfellow，1807 - 1882）在《陶瓷》（Kéramos）中道：

> 掠过沙漠和海湾，掠过恒河，掠过喜马拉雅，
>
> 我像鸟儿飞翔，唱着歌儿飞向花团锦簇的中国，
>
> 在景德镇上空，我像鸟儿盘旋，
>
> 那是一座仿佛在燃烧的城市，
>
> 三千座火炉火焰升腾，
>
> 空中烟雾缭绕，红光直冲云霄……②

诗人乘着想象的翅膀，仿佛看到了花团锦簇的中国、火焰升腾的瓷都，甚至将中国想象成田园牧歌般浪漫宁静的国度，而瓷器正是时光沉淀的美好见证。苏格兰作家安德鲁·朗（Andrew Lang，1844 - 1912）的《青花瓷叙事诗》（Ballades in Blue China）更是

---

① John Gay，"To a Lady on Her Passion for Old China"，*The Poetical Works of John Gay*，London：Lawrence and Bullen，1893，pp. 223 - 225.

② Henry Wadsworth Longfellow，*Kéramos，and Other Poems*，London：George Routledge and Sons，1878，pp. 27 - 29.

假瓷为镜，将中国作为他者，在中国神话与西方传统的并峙中，重新审视自我①。

其次，以瓷器为主题物，创作中国小说。如托马斯·西利的《瓷浴缸》（*The Porcelain Bath*）以瓷浴缸牵引出司隆（Si-long）成为炉神（the god of the furnaces）的故事。瓷浴缸乃司隆曾经的恋人、今已贵为皇后的茶茵（Tou-Këen）所定制：

> 她异想天开地要求瓷匠烧制一个样式奇特的浴缸，浴缸的侧面和边缘由花朵、水果、禽鸟、贝壳和人物组成；整个浴缸的设计极其复杂，又极其精细。在北京做好模型，然后送往景德镇烧制。景德镇以制瓷著称，是中国最负盛名的瓷都。②

花朵、水果、禽鸟、贝壳等图样皆为外销瓷上喜用的边饰，给出设计令瓷匠按样烧制也是定制瓷常用的方式，且瓷浴缸亦是受欧风影响而出现的新器型。如此奇特繁复的瓷浴缸的制作无疑需要高超的技能，而被恋人抛弃后成为瓷匠的司隆，恰承接了烧制瓷浴缸的任务。在烧制瓷浴缸的过程中，司隆不慎跌入炉火，以生命为代价烧制出巧夺天工的瓷浴缸。但瓷浴缸虽然成全了茶茵的奢靡，却也不幸夺走了她的生命。这一对曾经的恋人皆因瓷浴缸而奔赴黄泉，司隆却终因之被追封为炉神。整篇小说以瓷浴缸为主题物，不仅串联起生动曲折的情节，而且又在叙述中嵌入作者对中国的想象，这种想象涉及中国人的形象、礼俗等诸多方面。如：

---

① Andrew Lang, *Ballades in Blue China*, *and Other Poems*, Portland: Me., T. B. Mosher, 1888, pp. 7 - 8.

② Sealy, T. H. *The Porcelain Tower: or*, *Nine Stories of China*, London: Bentley, 1841, p.136.

一个英俊的年轻人，你看：黑眼睛，大耳朵，厚嘴唇；胖得像乌龟，猪尾巴般的辫子直伸到脚后跟。①

图 4.45 《琉璃塔》之《瓷浴缸》插图

通过司隆的形象刻画突出中国人长辫子的特征，而"乌龟""猪尾巴"等形容又似乎含有一些贬义和丑化的意味。且对中国人形象的书写并不局限于文字，小说还附有专门绘制的插图，插图和文字相呼应，形成一种相互参照、互为补充的关系（如图 4.45）。而关于劝农、接旨、饯别等中国礼仪的想象则穿插于情节发展之中。如：

> 司隆谨慎地坚持离去；茶茵则代表父亲般勤地劝司隆延长逗留时间。他们彬彬有礼地谈论了四个小时十六分钟，把二百五十七卷《礼记》中每一节关于饯别的礼仪一一上演。②

小说以夸张的笔调摹写出西方人眼中中国人的繁文缛节和拘泥于礼。此外，作者一再强调小说的真实性，信誓旦旦地说故事源自中国，但实际上仍为其创作的拟中国小说，即西方人虚构或杜撰的与中国相关的故事。因此，在描写中国场景时往往混合了西式风格。如：

> 漂亮的浴室四周环绕着以最昂贵的金属制作的镜子，地上铺着层层柔软的丝绸地衣，墙壁上也镶着丝绸，象牙

① Sealy, T. H. *The Porcelain Tower: or, Nine Stories of China*, p.143.
② 同上书，第119页。

和银质的桌子上摆着一篮篮精妙绝伦的鲜花水果，以及装着珍禽的鸟笼；浴缸的两边各立着一个巨大的瓷瓶，瓷瓶里浮着些罕见的睡莲，有几只美丽珍奇的鱼儿在其间嬉戏。①

丝绸、镜子、象牙、银器、鸟笼、水果、瓷瓶、睡莲等琳琅满目的物品，使得茶茵的浴室极尽奢侈，而这种华丽旖旎的室内陈设又混杂了中西的装饰风格，形成了一种宛如外销瓷般杂糅中西艺术的风味，即经过欧风改造的"中国风格"，或透过西方的滤色镜所呈现的中国形象。

再次，"因图生文"，据瓷器纹饰杜撰中国爱情戏剧。如弗朗西斯·塔尔福德（Francis Talfourd，1828 – 1862）和威廉·霍尔（William Palmer Hale）创作的《满大人之女》（*The Mandarin's Daughter! Being the Simple Story of the Willow-pattern Plate*），即是根据英国生产的"垂柳图"瓷盘敷衍而成的故事②。"垂柳图"是一种程式化的中国瓷器山水纹饰，即往往包含柳树舟船、亭台楼阁、小桥流水等经典中国元素的装饰纹饰（如图 4.46）。"垂柳图"深受欧洲人的喜爱，不仅装饰了瓷盘、瓷杯、瓷碟、瓷碗等欧洲人的日用瓷器，还点缀了西方的文学花园，他们就"垂柳图"创作了一系列的文学作品，《满大人之女》即其中比

图 4.46 英国蓝陶"垂柳图"图盘③

① Sealy, T. H. *The Porcelain Tower: or, Nine Stories of China*, pp.143 – 144.
② Francis Talfourd, William Palmer Hale, The Mandarin's Daughter, London: T. H. Lacy, 1850.
③ 大英博物馆藏，编号 R.30。

较有代表性的作品①。《满大人之女》讲述了张生（Chang）与孔西（Koong-See）的爱情喜剧，并于 1851 年在伦敦剧院上演。该剧不仅将"垂柳图"写入剧目，而且依照"垂柳图"布置场景，将之制成幕布，并在剧情发展中穿插着对"垂柳图"的解说：

> 这是满大人和新的庭院，
>
> 这里是花园，那些是树木
>
> 在微风中摇曳；
>
> 绿荫将满大人和新的庭院装点的如天堂一般。
>
> 那里是孔西的闺房，
>
> 剧中第一幕孔西就被禁闭在这里
>
> 眺望着花园和摇曳的树木，
>
> 这里是副手张生的屋宇，
>
> 他在园中游荡
>
> 抬头凝望着禁闭可爱孔西的闺房……②

"垂柳图"成为剧情展开的地理空间，大抵依照从右往左，由前至后的顺序，自孔西的闺房，到和新的花园、亭阁，再到花匠的村舍、画廊，终至于舟船，一幕一换景。而随着场景的转换，剧情也随之变化，从"禁闭""约定"至"私奔""逃亡"再至"追捕""团圆"，在中国式的庭院里搬演了一场六幕的中国爱情故事。此外，该剧还专门设置了一位名叫齐潘西（Chim-pan-see）的中国巫师，作为剧情发展的解说者，声称："这是一个在中国广为人知的

---

① 关于"垂柳图"可参看［英］柯玫瑰、孟露夏著，张淳淳译《中国外销瓷》，上海：上海书画出版社，2014 年，第 31—35 页；Patricia O'Hara, *The Willow Pattern that We knew: The Victorian Literature of Blue Willow*, Victorian Studies；Bloomington, Ind. Vol.36, No.4, 1993, pp. 421-428。

② Francis Talfourd, William Palmer Hale, *The Mandarin's Daughter*, p.5.

古老的爱情故事。"①　实际上,《满大人之女》应为西人创作的拟中国戏剧,即西方人根据想象虚构的关于中国的戏剧。因此这出中国爱情戏剧一方面无可避免地夹杂了西方的文化因子,如第一幕公爵向孔西求婚,称其献上的珠宝曾荣获英国世博会的奖章;第三幕孔西的婚宴上,张生以游吟诗人的身份登场;第六幕逃亡途中,张生手持望远镜观察追捕者;而和新等人追来时,则出示结婚证书,从而得到宽宥等等,世博会、游吟诗人、望远镜、结婚证书等人或物皆是古老的中国所不曾拥有的。另一方面,又必然彰显了西方人眼中的"中国形象",如奇潘西的名字似乎取自黑猩猩(chimpanzee),带有明显的侮辱意味,他梳着长辫,骑着龙从中国来到伦敦,担任《满大人之女》一剧的解说者。奇潘西因之既可粉墨登场,又能游离于剧情之外,在旁白中臧否剧中人物。如齐潘西批评了和新的专断贪财,将女儿的婚姻视如买卖等等。

综上所述,瓷器作为中国的独创和象征,既是西方人借以窥知中国的窗口,更是其假以想象中国的利器,并进而刺激了西方的艺术和文学创作。他们不仅定制和仿制中国瓷器,而且以中国瓷器为题材进行文学书写,这类艺术与文学创作既尊重和复现中国元素,又融入西方人对中国的独特理解和想象,从而形成了一种真幻交融、中西兼具的艺术风格。此外,西方想象中的中国形象或褒或贬,又在一程度上成为西方自我审视的他者镜像。

明清时期如火如荼的外销瓷贸易,不仅使得瓷器风靡欧土,而且瓷器又与中国古典文学的西传因缘际会,既充当了中国古典文学域外传播的物质载体,又在机缘巧合下触发了中国古典文学在西方的翻译和流布;并进而刺激了西方的制瓷技艺和关于中国瓷器的文

---

① 　Francis Talfourd, William Palmer Hale, *The Mandarin's Daughter*, p.4.

学书写。由此可见，外销瓷贸易与中西文学文化交流并不是割裂的、孤立的，而是耦合的、杂糅的有机整体，并在一定程度上反映出中西文学文化关系的多重属性。首先，中西文学文化交流有一定的偶然性，就外销瓷而言，哪些瓷器最早流入西方，哪些纹饰最受欢迎，哪些瓷器引发翻译等等似乎是个人的偶然的选择，但是中西文学文化交流又是必然的，是文明发展的必然规律。其次，以外销瓷为载体的中西文学文化交流具有递进性，经由了一个从器物的流播，到文学翻译，再到文学艺术创作的逐渐深入的过程。再次，中西文学文化交流是互动的，无论是定制瓷、仿制瓷，还是西人关于中国瓷器的文学书写都将中国传统和欧洲风格融合，形成了一种杂糅中西的新的生成。可以说，明清时期，外销瓷和中国古典文学的西传风云际会，共同见证了中西文明的碰撞与交流，而世界文明正是如此共同走向繁荣和进步。

第五章
"才子书"：明清时期一个重要文学观念的跨文化解读

　　"才子书"是明清时期一个重要的文学概念和文化现象。在中国古典小说早期西译的过程中，"才子书"被视为"第一流的"中国小说，不仅最早被译成西文，亦对西方的文学文化产生了诸多影响。海内外学者对"才子书"展开了广泛而深入的研究，或重在梳理"才子书"的由来，如邓加荣的《"十大才子书"的由来》①、李蔚的《文学史序列中的"十大才子书"》②；或试图厘清"才子书"的概念，如赵景瑜的《关于"奇书"和"才子书"》③、刘若愚的《中国文学理论》④；或强调"才子书"的文人性，如夏志清的《中

---

① 邓加荣《"十大才子书"的由来》，《博览群书》2008 年第 2 期。
② 李蔚《文学史序列中的"十大才子书"》，《中国社会科学院报》2008 年 10 月 14 日第 006 版。
③ 赵景瑜《关于"奇书"和"才子书"》，《山西大学学报》1986 年第 2 期。
④ 刘若愚《中国文学理论》，南京：江苏教育出版社，2005 年。

国古典小说》①、浦安迪的《中国叙事学》②、谭帆的《"奇书"与
"才子书"——对明末清初小说史上一种文化现象的解读》③、向芃
的《才子书与才情论——清初通俗小说评点以"才"为中心的理论
提升》④；或探讨"才子书"早期西译的西传模式，如曾文雄、曹
诚鹰的《"十大才子书"早期英译的西传模式》⑤，取得了一系列重
要成果。本章在海内外学者研究的基础上，将"才子书"置于"中
学西传"与"西学东渐"的中西文学文化的双向交流中，探究"才
子书"在西方的译介、研究和接受，并通过"才子书"的历时性研
究，辨析西方汉学和国内小说研究的互动，进而在西方汉学和国内
小说研究的耦合关系中重新审视和研究"才子书"。

第一节 "才子书"概念的由来及其西传

　　最早提出"才子书"这一说法的，大抵是明末清初的小说戏剧
评论家金圣叹。他在《第五才子书施耐庵水浒传序一》中曰："依
世人之所谓才，则是文成于易者，才子也；依古人之所谓才，则必
文成于难者，才子也。依文成于易之说，则是迅疾挥扫，神奇扬扬
者，才子也；依文成于难之说，则必心绝气尽，面犹死人者，才子
也。故若庄周、屈平、马迁、杜甫以及施耐庵、董解元之书，是皆
所谓心绝气尽，面犹死人，然后其才前后缭绕，得成一书者

---

① ［美］夏志清《中国古典小说》，南京：江苏文艺出版社，2008年。
② ［美］浦安迪《中国叙事学》，北京：北京大学出版社，1996年。
③ 谭帆《"奇书"与"才子书"——对明末清初小说史上一种文化现象的解读》，《华东师范大学学报》2003年第6期。
④ 向芃《才子书与才情论——清初通俗小说评点以"才"为中心的理论提升》，《明清小说研究》2008年2期。
⑤ 曾文雄、曹诚鹰《"十大才子书"早期英译的西传模式》，《中国翻译》2012年第6期。

也。……夫而后知古人作书，真非苟且也者。"① 在"古人之才"和"今人之才"的分辨中隐含着将《庄子》《离骚》《史记》《杜诗》《水浒传》《西厢记》目为"六才子书"的观念。而且，金圣叹又将《水浒传》和《西厢记》明确标为"第五才子书"和"第六才子书"，分别加以详致的评点。

金圣叹"才子书"的提法及其对"才子书"批阅和评点的做法引起了文人的重视。李渔在《闲情偶寄》中指出："能于浅处见才，方是文章高手。施耐庵之《水浒》，王实甫之《西厢》，世人尽作戏文、小说看，金圣叹特标其名曰'五才子书'、'六才子书'者，其意何居？盖愤天下之小视其道，不知为古今来绝大文章，故作此等惊人语以标其目。"② 明清时期的文人因之纷纷响应金圣叹，对小说戏剧进行甄别、加以评点，叹赏为"才子书"。如毛纶对《琵琶记》进行评点，并在其《自序》中云："《西厢》有第六才子之名，今以《琵琶》为继，其即名之以第七才子也可。"③ 至清康熙年间，毛宗岗在其父毛纶《三国笺注》的基础上完成了《三国演义》的评点。在毛评本《三国演义·序》中，明确采用了"才子书"的概念，且将《三国演义》标举为"第一才子书"："而今而后知第一才子书之目，又果在《三国》也。"④

经过叹赏和评点的"才子书"则声价愈重，流传愈广，引得坊间书商效仿学步，竞以"才子书"自诩来抬高声价。如自毛宗岗将《三国演义》目为"第一才子书"之后，"竟将《三国演义》原名湮

---

① ［明］施耐庵著，［清］金圣叹评《水浒传》，上海：上海古籍出版社，2015年，第986—987页。
② ［清］李渔《闲情偶寄》，北京：中华书局，2007年，第68页。
③ 《绘风亭评第七才子书琵琶记》，清雍正元年（1723年）映秀堂刊本。
④ ［明］罗贯中著，［清］毛宗岗评改《三国演义》，上海：上海古籍出版社，1989年，第2页。

没不彰，坊间俗刻，竟刊称为《第一才子书》"①。清初刊刻的
《天花藏合刻七才子书》，实为第三才子书《玉娇梨》和第四才子书
《平山冷燕》的合集。钟戴苍评点之《花笺记》以《第八才子书花
笺记》为名付梓。菀尔堂刊刻的《平鬼传》以"第九才子书"为封
面。《白圭志》《驻春园》《三合剑》和《金锁鸳鸯珊瑚扇》皆曾以
"第十才子书"之名刊行。实际上，明清期间，有"才子书"之称
的书多达 20 余种②。在坊间书商竞以"才子书"冠名的做法成为循
例的基础上，又逐渐形成了"十大才子书"的说法，以指称明清书
籍市场上最为流行的优秀作品。约定俗成的"十大才子书"为第一
才子书《三国演义》、第二才子书《好逑传》、第三才子书《玉娇
梨》、第四才子书《平山冷燕》、第五才子书《水浒传》、第六才子
书《西厢记》、第七才子书《琵琶记》、第八才子书《花笺记》、第
九才子书《捉鬼传》（又名《平鬼传》《钟馗捉鬼传》）、第十才子书
《驻春园》（又名《双美缘》）③。

　　"才子书"在明清书籍市场的畅销无疑促进了其向西方的流布
和传播，从而拉开了"才子书"西游的帷幕。首先，西人对"才子
书"的认识大抵肇端于中国书籍的西传。早在 18 世纪，旅居江西
的法国在华耶稣会士殷弘绪④曾为法国国家图书馆购买一批中国书
籍，其中包含《西厢记》《琵琶记》《水浒传》《好逑传》《玉娇梨》

---

① 许时庚《三国演义补例》，清光绪十六年广百宋斋校印本。
② 明清期间，曾有"才子书"之称的书大抵多达 20 余种，分别为《左传》《庄子》《离
　骚》《史记》《杜甫诗》《三国演义》《水浒传》《西厢记》《古今小说》《花笺记》《平鬼
　传》《白圭志》《琵琶记》《玉娇梨》《平山冷燕》《好逑传》《二荷花史》《三合剑》《金
　锁鸳鸯珊瑚扇》《红楼梦》《何典》。
③ 关于"十大才子书"的构成，有不同说法，文中"十大才子书"参照邓加荣、赵云
　龙辑校"十大才子书"系列，线装书局 2007 年版。
④ 殷弘绪曾在江西旅居十余年，并在刘凝的帮助下购买了大量中国典籍，成为以藏书和
　文献闻名的早期汉学家。可参看 Patricia Sieber，"The Imprint of the Imprints：
　Sojourners，*Xiaoshuo* Translations，and the Transcultural Canon of Early Chinese Fiction in
　Europe，1697 - 1826." *East Asian Publishing and Society*，2013，pp.31 - 70。

等"才子书"，殷弘绪还将《玉娇梨》推荐给雷慕莎等人，间接促成了雷慕莎《玉娇梨》的法译。而傅尔蒙在其编纂的《皇家图书馆汉籍书目》（*Catalogus Librorum Bibliothecae Regiae Sinicorum*）① 中亦著录有《好逑传》《琵琶记》《平山冷燕四才子》《三国演义》《三才子》《西厢记》《第五才子书》等"才子书"。雷慕莎在傅尔蒙书目的基础上重新整理的《国王图书馆的中文藏书和新目录规划》（*Mémoire sur les Livres Chinois de la Bibliothèque du Roi*）② 既沿袭了傅尔蒙对"才子书"的著录，而且继承了其对"才子书"的看法，指出《玉娇梨》也被称为三才子，即三位诗人。这种称谓由三位有才德之人得来，他们不是小说的作者，而是《玉娇梨》的主人公，即苏友白及他的两位妻子白红玉和卢梦梨。《平山冷燕四才子》则指平如衡、山黛、冷绛雪和燕白颔四位诗人。

　　其次，西人对"才子书"的认知在中国小说，特别是第一才子书《三国演义》的译介中逐渐清晰。目前所知最早将《三国演义》译成西文的是英人汤姆斯，他将《三国演义》中与董卓相关的情节译成英文，题为：*The Death of the Celebrated Minister Tung-chu*，即《著名丞相董卓之死》，于 1820 年至 1821 年在《亚洲丛刊》（*Asiatic Journal*）连载。汤姆斯在正文之前介绍道："本文译自《三国志》，《三国志》是中国最有名的历史演义。中国人十分推崇《三国志》，不仅出于其文学价值，而且，他们认为《三国志》是对三国时期所发生的战争和灾难真实而详致的书写。下文是《三国志》序言的摘译，读者可以由此了解中国士大夫对《三国志》的评

---

① 　Étienne Fourmont，"Catalogus Librorum Bibliothecae Regiae Sinicorum"，Linguae Sinarum Mandarinicae Hieroglyphicae Grammatica Duplex，Paris：Josephi Bullot，1742，pp. 345 – 516.

② 　Abel-Rémusat，"Mémoire sur les Livres Chinois de la Bibliothèque du Roi"，*Mélanges Asiatiques*，Paris：Dondey-Dupré père et fils，1825 – 1826，T. 2，pp. 372 – 426.

价。此序为金人瑞所作，他活跃于清顺治年间，距今大约 150 年。"① 由此可见，汤姆斯英译文所据中文底本应为毛评本《三国演义》，而且汤姆斯恰将序言中与"才子书"相关的内容都翻译了出来，即"余尝集才子书者六，其目曰《庄》也，《骚》也，马之《史记》也，杜之律诗也，《水浒》也，《西厢》也。已谬加评订，海内君子皆评余以为知言。近又取《三国志》读之，见其据实指陈，非属臆造，堪与经史相表里。……而今而后，知'第一才子书'之目，又果在《三国》也。"② 经由毛评本《三国演义·序》的翻译，汤姆斯将"才子书"的概念介绍给西方读者。之后，郭实腊（Karl Gützlaff，1803 - 1851）在《三国演义》的译介中亦提及"才子书"："《三国志》是一部杰作，在编年体文学中无可匹敌，因此被置于'十才子书'之首。"③ 郭实腊进而在《开放的中国》一书中专节概述中国小说作品，他具体论及的中国小说有《平南传》《周传》《狄青后传》《说岳全传》和"十大才子书"等，并明确指出"十大才子书"由十位才子苦心孤诣结撰而成，是优秀中国小说的辑集。

再次，西人对"才子书"的认知在西人关于中国小说的书目著录中渐次成形。《御书房满汉书广录》虽然只著录了四种才子书，即第一才子书《三国演义》、第六才子书《西厢记》、第七才子书《琵琶记》和第八才子书《花笺记》，但是将"才子"作为子目进行著录，并认为"才子"指有天赋、有才华的人所创作的小说杰作。

---

① P. P. Thoms, "The Death of the Celebrated Minister Tung-chu", *The Asiatic Journal and Monthly Register for British India and its Dependencies*, Ser. I, Vol.10, 1820, p.525.

② 同上书，第 526—527 页。

③ Karl Gützlaff, "Notice of the San Kwŏ Che, or History of the Three Kingdoms, during a Period of One Hundred and Forty-seven Years, from A. D. 170 to 317", *Chinese Repository*, Vol.7, No.5, pp. 233 - 234, 1838.

之后，巴赞的《才子书述略》对"才子书"做出了较为系统的阐释，他将"才子书"分为"古才子"和"今才子"，其中"今才子"即"十大才子书"，分别为第一才子书《三国演义》、第二才子书《好逑传》、第三才子书《玉娇梨》、第四才子书《平山冷燕》、第五才子书《水浒传》、第六才子书《西厢记》、第七才子书《琵琶记》、第八才子书《花笺记》、第九才子书《平鬼传》和第十才子书《白圭志》。巴赞之后，高第编纂的《西人论华书目》，在西方流传十分广泛，高第在"文学类"首先著录的即为"才子书"，他承袭巴赞的做法，仍将"才子书"分为"古才子"和"今才子"，但重点移至"今才子"，即"十大才子书"。但是高第著录的"十大才子书"与巴赞的著录稍有出入，他将第十才子书从巴赞著录的《白圭志》改为《三合剑》。而丁义华撰写的《中国小说》一文，旨在对中国书店经营之小说做出简单描述并编写提要，这在一定程度上相当于中国小说之营业书目。在丁义华著录的二十种中国小说或丛书中，第一种即为"十才子"。他指出"十才子"顾名思义由十种小说组成，这十种小说均为杰作，几乎每个书店都在出售。丁义华著录的"十才子"分别为《三国演义》《好逑传》《玉娇梨》《平山冷燕》《水浒传》《西厢记》《琵琶记》《花笺》《平鬼传》《白圭志》。由此可见，虽然稍有出入，但经由西人关于中国书籍的书目类著作，"才子书"特别是"十大才子书"的说法渐次成型，并随之在西方流传开来①。

---

① 论及"才子书"的西人还有儒莲、晁德莅、甘淋等人。儒莲在其《平山冷燕》法译本序言中罗列了第一至第八才子书的西文译本；晁德莅的《中国文化教程》将"才子"单列，分别为《三国志》《好逑传》《玉娇梨》《平山冷燕》《水浒传》《西厢记》《琵琶记》《斩鬼传》《三合剑》；甘淋的专著《中国小说》，共拟出14种最有名的中国小说，在已经考知的"十才子"《三国演义》《好逑传》《玉娇梨》《平山冷燕》《水浒传》《西厢记》《琵琶记》《花笺记》《平鬼传》《白圭志》之外，又增加了《红楼梦》《聊斋志异》《东周列国志》和《封神演义》4种小说。

第二节 "才子书"在西方的译介与流行

　　西人在中国小说的西传、译介和书目著录中逐渐了解和熟悉"才子书"，而当"才子书"的概念为西人接受之后，"才子书"又成为引导西人选择翻译中国小说的标准，如吉亚尔·达西（Guillard d'Arcy）在其法译本《好逑传》序中言："中国人将《好逑传》称为'才子书'，因此它应该会引起我们的兴趣。"[①]儒莲在《平山冷燕》法译本序言中明确指出"才子书"直接指导了欧洲人对翻译中国小说的选择。"十大才子书"作为中国最优秀的小说辑集，是西人最早译介，也是早期小说译介用力最多的地方。"十大才子书"的西译文本见下表所示[②]：

表5.1 "十大才子书"西译文本简况（1714—1919）

《三国演义》	1. 汤姆斯《三国演义》之英文节译：*The Death of the Celebrated Minister Tung-cho*，即《著名丞相董卓之死》，是《三国演义》第八回至第九回中与"董卓之死"相关情节内容的翻译。译文载《亚洲杂志》（*The Asiatic Journal and Monthly Register for British India and its Dependencies*）Ser. I, Vol.10, 1820；Ser.I, Vol.11. 1821。 2. 儒莲《三国演义》之法文选译：*La Mort de Tongtcho*，即《董卓之死》，是《三国演义》第三回至第九回中与"董卓之死"相关情节内容的选译。译文收入儒莲《赵氏孤儿》（*Tchao-Chi-Kou-Eul ou l'Orphelin de la Chine*），Paris：Moutardier, 1834。该译文又收入儒莲《印度与中国寓言故事集》（*Les Avadânas*），Paris：Benjamin Duprat, Vol.2 - 3, 1859。该译文又收入儒莲《中国小说》（*Nouvelles Chinoises*），Paris：L. Hachette et Cie, 1860。

---

① *Hao-Khieou Tchouan, ou La Femme Accomplice, Roman Chinois, Traduit sur le Texte Original*，Paris：B. Duprat, 1842, p.viii.

② 文中关于西方视阈中的"十大才子书"则采用巴赞的说法，即《三国志》《好逑传》《玉娇梨》《平山冷燕》《水浒传》《西厢记》《琵琶记》《花笺记》《平鬼传》《白圭志》。文中著录的"十大才子书"西译文本以 1919 年为下限。

《三国演义》	3. 德庇时将《三国演义》的一些诗歌译成英文，收入其《汉诗集解》（*On the Poetry of the Chinese*），Macao：East India Company's Press，1834。 4. 帕维《三国演义》法文译本：*San-Koué-Tchy. Ilan Kouroun-IPithé*；*Histoire des Trois Royaumes*，Pairs：B. Duprat，1845 – 1851。该译本为《三国演义》第一回至第四十四回的全译。 5. 卫三畏《三国演义》英文节译：*Oath Taken by Members of the Triad Society，and Notices of its Origin*，即《桃园三结义》，是《三国演义》第一回中"桃园三结义"相关情节内容的节译。译文载《中国丛报》（*Chinese Repository*）Vol.18，1849。 6. 艾约瑟（J. Edkins）《三国演义》选译：History of the Three Kingdoms. Exact from Chap. 29. 收入其《中国会话》（Chinese Conversation），Shanghai：The Mission Press，1852. 7. 巴赞将《三国演义》第一回"宴桃园豪杰三结义，斩黄巾英雄首立功"译成法文："Révolte des Bonnets Jaunes"，收入其《现代中国》（*Chine Moderne*），Paris：Firmin Didot Frères，1853。 8. 乔治·加德纳·亚历山大（G.G. Alexander）《三国演义》英文选译：*A Chapter of Chinese History: The Minister's Stratagem*，即《中国历史中的一回，大臣之计谋》，是《三国演义》第八回至第九回中王司徒巧使连环计之相关情节内容的翻译，译文载《周报》（*Once a Week*）Vol.5，1861。亚历山大又将此译文改写为英国戏剧，题为"Teaou-shin, a Drama from the Chinese, in Five Acts"，London：Rankin & Co.，1869。 9. X. Z.《三国演义》英文节译：*San Kuo Chih*，即《三国志》，是《三国演义》第一回至第九回的节译。译文载《中国评论》（*Chinese Review*）Vol.3，No.4，1875。 10. 司登德（G. C. Stent）《三国演义》英文选译：*Brief Sketches from the Life of Kung Ming*，即《孔明的一生》，是《三国演义》中诸葛亮相关情节内容的选译。译文载《中国评论》（*Chinese Review*）Vol.5 – 8，1877 – 1879。 11. 晁德莅将《三国演义》第一回至第四回、第二十五回、第四十一回、第四十五回至第四十九回、第五十六回译成拉丁文，收入其《中国文化教程》（*Cursus Litteraturæ Sinicæ*），Chang-hai：Ex Typographia Missionis Catholicæ in orphanotrophio Tou-sè-vè（Tou-chan-wan），1879 – 1882。 12. 翟理斯《三国演义》英文节译，收入其《历史上的中国及其他概述》（*Historic China and Other Sketches*），London：T. de la Rue，1882。

《三国演义》	13. 翟理斯《三国演义》英文节译："Eunuchs Kidnap an Emperor"，"The God of War"即《宦官挟持皇帝》与《战神》，前者为《三国演义》第二回至第三回中"十常侍"专权情节的翻译，后者为《三国演义》中关羽相关情节内容的节译。译文收入翟理斯《古文珍选》(*Gems of Chinese Literature*)，London & Shanghai：Kelly and Walsh，1884。
	14. 阿恩德（C. Arendt）《三国演义》英文选译：*Parallels in Greek and Chinese Literature*，即《希腊与中国文学的相同之处》，文中有《三国演义》第四十一回、第四十二回和第一〇八回的翻译，译文载《北京东方学会杂志》(*Journal of the Peking Oriental Society*)，Vol.1‐2，1886。
	15. 德比西（S. J. De Bussy）《三国演义》法文选译：*Annales des Trois Royaumes*，收入其《中国文化教程》(*Cursus Litteraturae Sinciae*)，Shanghai：Missionis Catholicae, a l'Orphelinat de T'ou-Se-We，1891。该译本据晁德莅拉丁文译本转译而成。
	16. 邓罗（C. H. Brewitt-Taylor）《三国演义》英文选译：*A Deep-laid Plot and a Love Scene from the San Kou*，即《阴谋与爱情》，是《三国演义》第八回"王司徒巧使连环计，董太师大闹凤仪亭"的节译。译文载《中国评论》(*Chinese Review*)，Vol.20 No.1，1892。
	17. 葛禄博将《三国演义》第九十一回"祭泸水汉相班师，伐中原武侯上表"中祭祀亡灵的相关情节译成德文：*Pekinger Todtenbraüche*，载《北京东方学会杂志》(*Journal of the Peking Oriental Society*)，Vol.4，1898。
	18. 甘淋将《三国演义》卷首诗歌翻译成英文，收入其《中国小说》(*Chinese Fiction*)，Chicago：The Opening Court Publishing Co.，1898。
	19. 翟理斯《三国演义》英文节译，是《三国演义》中华佗相关情节内容的节译，收入其《中国文学史》(*A History of Chinese Literature*)，New York：D. Appleton and Company，1901。
	20. 卜舫济（F. L. Hawks Pott）《三国演义》英文选译：*Selections from "the Three Kingdom"*，即《三国演义选译》，是《三国演义》第二十九回"小霸王怒斩于吉，碧眼儿坐领江东"、第四十一回"刘玄德携民渡江，赵子龙单骑救主"与第四十六回"用奇谋孔明借箭，献密计黄盖受刑"的翻译，译文载《亚东杂志》(*The East of Asia Magazine*)，Vol.1，1902。

《三国演义》	21. 葛禄博《三国演义》德文选译，是《三国演义》第一回至第九回的选译，收入其《中国文学史》(*Geschichte der Chinesischen Litteratur*)，Leipzig：C. F. Amelangs Verlag，1902。 22. 约翰·斯蒂尔（Rev. J. Steele）《三国演义》之英文选译：*The 43rd Chapter of the Three Kingdom Novel.* "*The Logomachy*"，即《舌战》，是《三国演义》第四十三回"诸葛亮舌战群儒，鲁子敬力排众议"的英文翻译，Shanghai：Presbyterian Mission Press，1905. 此译本附有汉字，为外国人学习中文的汉语读本。 23. 利奥·格雷纳从《三国演义》中选译了五个情节片段，第一篇题为"Die List des Admirals"，即《水军头领的计谋》，译自《三国演义》第四十五回"三江口曹操折兵，群英会蒋干中计"；第二篇题为"Die Held Kuan"，译自《三国演义》第七十五回"关云长刮骨疗毒，吕子明白衣渡江"；第三篇题为"Der Rächer"，即《复仇者》，译自《三国演义》第六十八回"甘宁百骑劫魏营，左慈掷杯戏曹操"；第四篇题为"Das gelbe Storchenschloss"，译自《三国演义》第四十五回"三江口曹操折兵，群英会蒋干中计"；第五篇题为"Der Kampf um die schöne Tiao Tsien"，即《围绕美人貂蝉的斗争》，译自《三国演义》第八回"王司徒巧使连环计，董太师大闹凤仪亭"。译文收入其《中国的前夕》(*Chinesische Abende*)，Berlin：Erich Reiss Verlag，1913。 24. 鲁德尔施贝格尔《三国演义》德文选译：*Die Geschichte vom Tyrannen Tung-cho und der Shone Tänzerin Tiao-chan.* 即《权臣董卓与美人貂蝉的故事》，是《三国演义》第八回至第九回中相关情节内容的翻译。译文收入其《中国小说》(*Chinesische Novellen*)，Leipzig：C. F. Amelangs Verlag，1914. 25. 卫礼贤（R. Wilhelm）从《三国演义》中选译了两个情节片段，第一篇题为"Der Kriegs Gott"，即《战神》，是《三国演义》第七十七回"玉泉山关公显圣，洛阳城曹操感神"中关公显圣之情节内容的翻译；第二篇题为"Der Feuer Gott"，即《火神》，是《三国演义》第十一回"刘皇叔北海救孔融，吕温候濮阳破曹操"中糜竺遇见火德星君之情节内容的翻译，译文收入卫礼贤编译的《中国神话故事集》(*Chinesische Volksmärchen*)，Jena：E. Diederichs，1914.
《好述传》	1. 詹姆斯·威尔金森翻译、帕西编辑之《好述传》英译本：*Hao Kiou Choaan or the Pleasing History, A Translation from the Chinese Language. To which are added I. The Argument or Story of a Chinese Play II. A Collection of Chinese Proverbs, and III. Fragments*

	of Chinese Poetry，London：R. and J. Dodsley，1761.
	2. 埃杜斯《好逑传》法译本：*Hau Kiou Choaan Histoire Chinoise Traduit de L'Anglais*，Lyon：Benoit Duplain，1766.该译本从帕西《好逑传》英译本转译而成；并有 1828 年修订再版本：*Hau-Kiou-Choaan，ou L'union Bien Assortie，Roman Chinois*，Paris：Moutardier，1828.
	3. 穆尔（Christopher Gottlieb Murr）《好逑传》德译本：*Hoah Kjöh Tschwen，d. i. die Angenehme Geschichte des Haoh Kjöh. Ein Chinesischer Roman in vier Büchern*，Leipzig：J. F. Junius，1766。该译本从帕西《好逑传》英译本转译而成。
	4. 《好逑传》荷兰译本：*Chineesche Geschiedenis. Behelzende de Gevallen van den Heer Tieh-Chung-U en de Jongvrouw Shuey-ping-Sin*，Amsterdam：De Erven van F. Houttuyn，1767。
	5. 德庇时《好逑传》之英译本：*The Fortunate Union，A Romance Translated from the Chinese Original with Notes and Illustrations. To Which is Added a Chinese Tragedy*，London：Printed from the Oriental Translation Fund, and sold by J. Murray，1829。
《好逑传》	6. 德庇时从《好逑传》选择了 4 首诗歌译成英文："On the Poetry of the Chinese"，载《皇家亚洲学会会志》（*Journal of the Royal Asiatic Society*）Vol.2，1830。
	7. 吉亚尔·达西《好逑传》法译本：*Hao-Khieou Tchouan，ou la Femme Accomplice，Roman Chinois，Traduit sur le Texte Original*，Paris：B. Duprat，1842。
	8. 巴赞《好逑传》法文选译，收入其《现代中国》（*Chine Moderne*），Paris：Firmin Didot Frères，1853。
	9. 《好逑传》德译本：*Tieh und Pinsing. Ein Chinesischer Familienroman in Fünf Büchern. Von Haoh Kjöh*，Bremen：J. Kühlmann，1869。
	10. 德庇时《好逑传》诗歌之英文选译：*Poeseos Sinicae Commentarii: The Poetry of the Chinese*，London：Asher，1870。
	11. 晁德莅将《好逑传》第四回"过公子痴心捉月"和第五回"激义气闹公堂救祸得祸"译成拉丁文，收入其《中国文化教程》（*Cursus Litteraturæ Sinicæ*），Chang-hai：Ex Typographia Missionis Catholicæ in orphanotrophio Tou-sè-vè（Tou-chan-wan），1879-1882。

《好逑传》	12. 乔治·加布伦兹（Georg Gabelentz，亦译甲柏连孜）将《好逑传》第四回"过公子痴心捉月"译成德文："Geschichte von der Guten Vereinigung"，收入其《中国语法入门》（*Anfagsgründe der Chinesischen Grammatik*），Leipzig，T. O. Weigel，1883。书中附有中文原文。 13. 德比西将《好逑传》第四回"过公子痴心捉月"和第五回"激义气闹公堂救祸得祸"译成法文："Un Mariage Bien Assorti"，收入其《中国文化教程》（*Cursus Litteraturae Siniciae*），Shanghai：Missionis Catholicae, a l'Orphelinat de T'ou-Se-We，1891。该译本据晁德莅拉丁文转译而成。 14. 道格斯将《好逑传》第一回"省凤城侠怜鸳侣苦"翻译成英文："A Matrimonial Fraud"，收入其《中国故事集》（*Chinese Stories*），Edinburgh and London：William Blackwood and Sons，1893。 15. 亚历山大·布伦纳（Alexander Brebner）《好逑传》之英文选译：*A Little History of China and a Chinese Story*，London：Fisher and Unwin，1895。 16. 德庇时《好逑传》之英文选译：*Shueypingsin, A Story Made from the Chinese Romance Haokewchuen by an Englishman*，London，Kegan Paul，1899.该译本选自德庇时《好逑传》全译本。 17. 道格斯《好逑传》第一回"省凤城侠怜鸳侣苦"之英译本：*The Fortunate Union*，London：Kegan Paul，1900。书中附有中文原文。 18. 丁义华在其《中国小说》（"A Chinese Romance"）中选译了《好逑传》第一回"省凤城侠怜鸳侣苦"和第二回"探虎穴巧取蚌珠还"，载《中国评论》（*China Review*），Vol.25，No.6，1901。 19. 鲍康宁（F. W. Baller）《好逑传》英译本：*The Fortunate Union*，Shanghai：American Presbyterian Mission Press，1904。该出版社1911年再版了鲍康宁之《好逑传》译本。 20. 窦乐安（Rev. J. Darroch）《好逑传》选译："The Fortunate Union"，载《中国档案及教育评论》（*Chinese Recorder and Educational Review*）Vol.34，1905。
《玉娇梨》	1. 黄嘉略将《玉娇梨》前三回译成法文，手稿现存法国国家图书馆（BNF, Mss. fr, NAF280, FF.140‑208.）。黄嘉略《玉娇梨》前三回法译文至迟于1714年完成。 2. 斯当东（G. T. Staunton）将《玉娇梨》前四回译成英文："Abstract of the Four First Chapters of the Chinese Novel, Entitled Yu-Kiao-Lee"，作为附录收入其《异域录》（*Narrative of the Chinese Embassy to the Khan of the Tour-gouth Tartars in the Years 1712, 13, 14, 15*），London，John Murray，1821。

《玉娇梨》	3. 雷慕莎《玉娇梨》法文全译本：*Iu-Kiao-Li，ou Les Deux Cousins*；*Roman Chinois*，Paris：Moutardier，1826。该译本 1829 年再版：*Iu-Kiao-Li，ou Les Deux Cousins*；*Roman Chinois*，Paris：Lithographie de V. Ratier，1829。 4. 《玉娇梨》之英译本：*Iu-Kiao-Li*；*or the Two Fair Cousins*，London：Hunt and Clarke，1827。该译本据雷慕莎《玉娇梨》法译文转译而成。 5. 《玉娇梨》之德译本：*Ju-Kiao-Li，Oder Die Beyden Basen：Ein Chinesischer Roman*，Wien：Gedruckt und Verlegt bey Chr. Fr. Schade，1827。该译本据雷慕莎《玉娇梨》法译本转译而成。 6. И. кр《玉娇梨》节译，据雷慕莎法译本转译，载《雅典娜神庙》（Агеней），1828。 7. 巴赞将《玉娇梨》第五回"穷秀才辞婚富贵女"译成法文："Histoire de Yang-Ko"，收入其《现代中国》（*Chine Moderne*），Paris：Firmin Didot Frères，1853。 8. 儒莲《玉娇梨》之法文全译本：*Les Deux Cousines*，Paris：Didier，1864。 9. 儒莲《玉娇梨》之法文节译，收入其《汉语新句法》（*Syntaxe Nouvelle de la Langue Chinoise*），Paris：Maisonneuve，1869 - 1870。 10. 李思达（A. Lister）从《玉娇梨》选择了 16 首诗歌译成英文："Rhymes from the Chinese"，载《中国评论》（*China Review*）Vol. I，No.2，1872 - 1873。 11. 李思达在其《花一小时读一部中国小说》（"An Hour with a Chinese Romance"）中用英文介绍了《玉娇梨》的情节梗概，载《中国评论》（*China Review*）Vol.1，No.5，1873。 12. 晁德莅将《玉娇梨》第五回"穷秀才辞婚富贵女"译成拉丁文，收入其《中国文化教程》（*Cursus Litteraturæ Sinicæ*），Chang-hai：Ex Typographia Missionis Catholicæ in orphanotrophio Tou-sè-vè（Tou-chan-wan），1879 - 1882。 13. 阿贝尔·德兹·米歇尔（Abel des Michels）从《玉娇梨》选择了 1 首诗歌译成法文："Quelque Contes Populaires Annamites，Traduits pour la Première Fois et Explication d'un Vers Chinois"，载《东方现代语言学丛刊》（*Publica Tions de L'Ecole des Langues Orientales Vivantes*），Ser. 2，T.19，1886。 14. 德比西将《玉娇梨》第五回"穷秀才辞婚富贵女"译成法文："Yu Kiao et Li"，收入其《中国文化教程》（*Cursus Litteraturae Siniciae*），Shanghai：Missionis Catholicae，a l'Orphelinat de T'ou-Se-We，1891。该译本据晁德莅拉丁文译本转译而成。

续　表

《玉娇梨》	15. 海尔曼（H. Heilmann）从《玉娇梨》选择了 2 首诗歌译成德文，收入其《中国抒情诗歌》（*Chinesische Lyrik*），Leipzig：R. Piper，1905。 16. 贝特格（H. Bethge）从《玉娇梨》选译了 2 首诗歌译成德文，收入其《中国笛子》（*Chinesische Flöte*），Leipzig，1907。
《平山冷燕》	1. 儒莲《平山冷燕》之法文全译本：*Les Deux Jeunes Filles Lettrées. Roman Chinois*. Paris：Didier，1826。该译本 1860 年、1864 年再版。 2. 巴赞《平山冷燕》选译，收入其《现代中国》（*Chine Moderne*），Paris：Firmin Didot Frères，1853。 3. 晁德莅将《平山冷燕》第十回"一首诗占尽假风光"、第十三回"观旧句忽尔害相思"和第十四回"春梅花默然投臭味"译成拉丁文，收入其《中国文化教程》（*Cursus Litteraturæ Sinicæ*），Chang-hai：Ex Typographia Missionis Catholicæ in orphanotrophio Tou-sè-vè (Tou-chan-wan)，1879 - 1882。 4. 德比西将《平山冷燕》第十回、第十三回和第十四回译成法文："P'ing，Chan，Leng et Yen"，收入其《中国文化教程》（*Cursus Litteraturae Sinciae*），Shanghai：Missionis Catholicae, a l'Orphelinat de T'ou-Se-We，1891。该译本据晁德莅拉丁文译本转译而成。
《水浒传》	1. 威廉·硕特（Wilhelm Schott）德文选译，译文载《外国文学杂志》（*Magazin für die Literatur des Auslandes*）1834 年，内容为《水浒传》第一回中有关武松片段的翻译。 2. 巴赞《水浒传》法文选译，内容为《水浒传》楔子、第一回至第三十四回的情节概述，以及"开封府瘟疫（Peste de Khaï-Fong-Fou）"、"宋代朝廷的腐败（Mœurs de la Cour Impériale, sous les Song de la Décadence）"、"史进学艺（Éducation de Sse-Tsin）"、"鲁达皈依佛教（Profession de Lou-Ta）"和"武松的清白（Chasteté de Wou-Song）"等情节的翻译，收入巴赞编著的《元代》（*Le Siècle des Youên ou Tableau Historique de la Littérature Chinoise Depuis L'Avénement des Empereurs Mongols Jusqu'à la Restauration des Ming*），Paris：Imprimerie Nationale，1850。该译文又题为：*Extraits du Chouï-Hou-Tschouen ou de L'Histoire des Rives du Fleuve*，转载于《亚洲学刊》（*Journal Asiatique*），Série IV，Tome XVI，1850；Série IV Tome XVII，1851。此外，该译文还收入巴赞编译的《现代中国》（*Chine Moderne*），Paris：Firmin Didot Frères，1853。

《水浒传》	3. H. S.《水浒传》英文选译：*The Adventure of a Chinese Giant*, *Translated from the Shui Hu Chuan*. 即《中国巨人历险记》，是《水浒传》第三回至第七回中与鲁智深相关之情节内容的翻译。译文载《中国评论》（*China Review*）Vol.1，1872。 4. 晁德莅将《水浒传》第二十二回、第二十七回至第二十八回译成拉丁文，收入其《中国文化教程》（*Cursus Litteraturæ Sinicæ*），Chang-hai：Ex Typographia Missionis Catholicæ in orphanotrophio Tou-sè-vè（Tou-chan-wan），1879‑1882。 5. 德比西《水浒传》法文选译：*Histoire du Bord de L'Eau*，收入其《中国文化教程》（*Cursus Litteraturae Sinicae*），Shanghai：Missionis Catholicae, a l'Orphelinat de T'ou-Se-We，1891。该译本据晁德莅拉丁文译本转译而成。 6. 翟理斯《水浒传》英文节译，收入其《中国文学史》（*A History of Chinese Literature*），New York：D. Appleton and Company，1901。
《西厢记》	1. 巴赞《西厢记》法文译介，编译的《现代中国》（*Chine Moderne*），Paris：Firmin Didot Frères，1853。 2. 儒莲《玉娇梨》之法文译本：*Si-Siang-Ki；ou L'Histoire du Pavillon d'occident*, *Comédie En Seize Actes*. Geneva：T. Mueller，1872‑1880。 3. 晁德莅将《西厢记》第一本之楔子、第一本第一折"惊艳"和第二本第二折"白马解围"译成拉丁文，收入其《中国文化教程》（*Cursus Litteraturæ Sinicæ*），Chang-hai：Ex Typographia Missionis Catholicæ in orphanotrophio Tou-sè-vè（Tou-chan-wan），1879‑1882。 4. 德比西《西厢记》法文选译：*Histoire du Pavilion Occidental*，收入其《中国文化教程》（*Cursus Litteraturae Sinicae*），Shanghai：Missionis Catholicae, a l'Orphelinat de T'ou-Se-We，1891。该译本据晁德莅拉丁文译本转译而成。 5. 甘淋将《西厢记》一篇曲词翻译成英文，收入其《中国小说》（*Chinese Fiction*），Chicago：The Opening Court Publishing Co.，1898。 6. 葛禄博《西厢记》德文选译，收入其《中国文学史》（*Geschichte der Chinesischen Litteratur*），Leipzig，C. F. Amelangs Verlag，1902。 7. 乔治·苏利埃·德·莫朗《西厢记》之法文选译，内容为《西厢记》第一本第三折"墙角联吟"的译文，收入其《中国文学选》（*Essai sur la Liétrature Chinois*），Paris，Mercvre de France，1912。 8. 据王丽娜《中国古典小说戏曲名著在国外》著录，意大利汉学家奇尼（M. Chini）曾将儒莲之《西厢记》法译文转译成意大利文，由意大利恰诺出版社于1916年出版。

《琵琶记》	1. 未署名者将《琵琶记》一首曲词译成英文：*Chinese Poetry: Extracts from the Pe Pa Ke*，载《亚洲杂志》（*the Asiatic Journal and Monthly Register for British India and its Dependencies*），Ser. II，Vol.31，1840。 2. 巴赞《琵琶记》之法文译本：*Le Pi-Pa-Ki, ou Histoire du Luth, Drame Chinois de Kao-tong-kia Représenté à Péking, en 1404 avec les Changements de Mao-tseu*，Paris：Imprimerie royale，1841。 3. 艾约瑟《琵琶记》选译：From the Pe-pa ke，收入其《中国会话》（*Chinese Conversation*），Shanghai：The Mission Press，1852. 4. 巴赞《琵琶记》法文选译，译文收入巴赞编译的《现代中国》（*Chine Moderne*），Paris，Firmin Didot Frères，1853。 5. 晁德莅《琵琶记》拉丁文选译，译文收入其《中国文化教程》（*Cursus Litteraturæ Sinicæ*），Chang-hai：Ex Typographia Missionis Catholicæ in orphanotrophio Tou-sè-vè（Tou-chan-wan），1879–1882。 6. 德比西《琵琶记》法文选译：*Histoire du luth*，收入其《中国文化教程》（*Cursus Litteraturae Sinciae*），Shanghai：Missionis Catholicae, a l'Orphelinat de T'ou-Se-We，1891。该译本据晁德莅拉丁文译本转译而成。 7. 乔治·亚当（George Adams）《琵琶记》英文选译：*The Chinese Drama*，载《十九世纪》（*The Nineteenth Century*）Vol.XXXVII，1895。 8. 甘淋《琵琶记》英文选译，收入其《中国小说》（*Chinese Fiction*），Chicago：The Opening Court Publishing Co.，1898。 9. 哈钦森·波斯奈特（Hutcheson Macaulay Posnett）《琵琶记》英文选译：*Pi-Pa-Ki, or, San-pou-tsong*，载《十九世纪》（*The Nineteenth Century*）Vol.XLIX，1901。 10. 夏庞蒂埃（Léon Charpentier）《琵琶记》法文选译：*Le Pi-Pa-Ki ou L'histoire du Luth. Chef d'oeuvre du Théâtre Chinois*，载《评论》（*La Revue Anciennement Revue des Revues*），1901。
《花笺记》	1. 汤姆斯《花笺记》英文全译本：*Hoa-tsian: Chinese Courtship in Verse*，Macao：E. I. C，1824；and London：Parbury, Allen and Kingsburg，1824。 2. 海因里希·库尔茨（Heinrich Kurz）《花笺记》德文节译：*Das Blumenblatt, eine Epische Dichtung der Chinesen, aus Original Übersetzt … Nebst Einleitenden Bemerkungen Über die Chinesischen Poesie und einer Chinesischen Novelle als Anhang*，St. Gallen：Bartmann und Schertlin，1836。 3. 施古德《花笺记》荷兰译本：*Hoa Tsien Ki, of, Geschiedenis van Het Gebloemde Briefpapier, Chinesche Roman*，Batavia：Lange & Co.，1865。

续　表

《花笺记》	4. 湛约翰（J. Chalmers）《花笺记》英文节译："The History of the Flowery Billet"，载《中国评论》（*China Review*）Vol. 1，Vol. 2，1867。 5. 包令（Sir John Bowring）《化笺记》英译本：*The Hwa Tsien Ki: The Flowery Scroll, a China Novel*，London：Allen and Company，1868。 6. 罗尼（Léon de Rosny）《花笺记》法文选译："'Fa-tsien' les Billets doux, poëme cantonais du VIIIe des Tsaï-tsze modernes"，Paris：Maisonneuve et Cie，1876. 该译文又载《中国日本教育年鉴》（*Annuaire de la soc. Des etudes japonaises*）1877。
《平鬼传》	1. 巴赞简单介绍了《平鬼传》，收入其《现代中国》（*Chine Moderne*），Paris：Firmin Didot Frères，1853。 2. 晁德莅将《平鬼传》第一回译成拉丁文，收入其《中国文化教程》（*Cursus Litteraturæ Sinicæ*），Chang-hai：Ex Typographia Missionis Catholicæ in orphanotrophio Tou-sè-vè（Tou-chan-wan），1879 - 1882。
《白圭志》	1. 巴赞（A. P. L. Bazin）将《白圭志》之序言及第一回"小梅村衡才施德，大江口方山遇孩"译成法文，收入其《现代中国》（*Chine Moderne*），Paris：Firmin Didot Frères，1853。

从翻译的时间来看，《玉娇梨》是最早译成西文的"才子书"，也是目前所知最早被译成西文的中国小说；《好逑传》紧随其后，且是十八世纪欧洲声名最著的中国小说；至迟于 1853 年，"十才子"已经全部被译介成西文。从译文数量来讲，《三国演义》的西译文本最多，其余依次为《好逑传》《玉娇梨》《琵琶记》《西厢记》《水浒传》《花笺记》《平山冷燕》《平鬼传》《白圭志》。从翻译的完整性来看，《好逑传》《玉娇梨》《平山冷燕》《西厢记》《琵琶记》《花笺记》均较早就出现了全译本，而其余"才子书"的西译文本则多为节译，如《三国演义》的早期译文多集中为与董卓或诸葛亮相关情节的翻译。从翻译语言来看，则以法译文本最多。从译者来看，托马斯·帕西、雷慕莎、儒莲、巴赞、汤姆斯、德庇时、晁德莅（Angelo Zottoli，1826 - 1902）等人贡献突出，通过译者们的不懈

努力，"十才子"经由翻译游走于异域，不仅为西方带来了新奇斑斓的中国风尚，而且渐次融入西方的学术研究及文学创作领域，既促进了欧洲早期汉学的建立，又为西方文学注入了浪漫的东方色彩。

"才子书"被视为"第一流的"中国小说，不仅最早被译成西文，亦是最受西人重视的小说文本。而"才子书"在西方的流行又与"才子书"在中国国内的流行、"才子书"在西方的藏书状况及西人对"才子书"的认知密不可分。

首先，"才子书"在中国国内的流行无疑是推动其西传的重要助力。正如帕西在《好逑传》英译本序言中所言："有理由断定中国人将其视为杰作，因为通常只有那些在本国享有盛誉的书，才会被拿给外国人看，才会引起外国人翻译的兴趣。"① 近半个世纪后，斯当东（G. L. Staunton，1737－1801）在《英使谒见乾隆纪实》中说，他发现十八世纪风靡英国的悲剧《赵氏孤儿》和翻译小说《好逑传》在中国本土也很受欢迎。这在一定程度上继承并佐证了帕西的推论，即在国内享有盛誉的作品，往往比较容易引起西人的兴趣，是促进这些作品西传的重要原因。如最早翻译成西文的中国小说《玉娇梨》不仅受到殷弘绪和雷慕莎的推崇，而且被认为是最好的中国小说之一，在中国本土极为流行②。

"十大才子书"作为最优秀作品的辑集，正是明清间最流行的书籍，被不断刊刻流传，版本甚夥。清代咸丰年间，曾有人说："读书人案头无《西厢》《花笺》二书，便非读书人。"儒莲亦在《平山冷燕》法译本序言中指出中国人几乎人手一本好看的小说

---

① *Hau Kiou Choaan or The Pleasing History*, London: R. and J. Dodsley, 1761, Vol. I, Preface, p. xi.

② "List of Works upon China, Principally in the English and French Languages", *Chinese Repository*, Vol. 18, No. 8, 1849, p. 413.

《平山冷燕》。梅辉立实地考证出《三国演义》在中国南部和北部流通的版本不同。南方的《三国演义》版本为二十卷二十开本，售价为 75 美分；北方的版本为八卷或十二卷八开本，售价 3 至 6 美元不等①。丁义华则日睹了"十大才子书"在中国书店的流行，他在《中国小说》一文中指出几乎每个书店都在出售"十大才子书"。另外，据何谷理《明清插图本小说阅读》统计，明清间刊刻的《三国演义》版本有 33 种，《好逑传》53 种，《平山冷燕》46 种，《水浒传》27 种等。包筠雅（Cynthia J. Brokaw）在《文化贸易：清代至民国时期四堡的书籍交易》一书中指出作为清代至民国时期重要的书籍刊刻地和集散地的四堡，其刊刻书目中亦出现有"才子书"系列②。由此可见，"十大才子书"作为最优秀的中国作品辑集，在中国本土享有盛誉，又是明清书籍市场上最流行的书籍。这无疑促进了"十大才子书"在西方的翻译和传播。

其次，"才子书"作为明清书籍市场上最流行的书籍，又为西方人搜集和购置"十才子"提供了便利，成为西方汉籍收藏的重要内容。这些西方人在中国搜集和购置的中国书籍经由各种方式被运回欧洲，不仅构成中西书籍交流的有机组成部分，而且为西方人翻译中国小说提供了可供依据的中文原本。现以法国国王图书馆（法国国家图书馆前身）、牛津大学图书馆、大英博物馆、马礼逊藏书、皇家亚洲学会中文图书馆、东印度公司图书馆等为中心，将西方主要汉籍图书馆或私人藏书中"才子书"之收藏状况以图表描述如下：

---

① W. F. Mayers "Bibliographical Notes on Chinese Books", *Notes and Queries on China and Japan*, London, No.8, 1867, p.104.

② Cynthia J. Brokaw, *Commerce in Culture: The Sibao Book Trade in the Qing and Republican Periods*, Cambridge and London, Harvard University Press, 2007. pp.476 - 498.

表 5.2 西方汉籍藏书中"才子书"之收藏状况①

	一才子	二才子	三才子	四才子	五才子	六才子	七才子	八才子	九才子	十才子
《皇家图书馆写本目录》(1739)	√	√	√	√	√	√	√	×	×	×
《国王图书馆的中文藏书和新目录规划》(1817)	√	√	√	√	√	√	√	×	×	×
《柏林皇家图书馆藏汉满文图书目录》(1822)	√	×	×	×	×	×	×	×	×	×
《马礼逊手稿书目》(1824)	√	√	√	√	√	√	√	√	√	√
《皇家亚洲学会中文文库目录》(1838)	×	√	√	√	√	√	√	×	√	√
《国家科学院亚洲博物馆馆藏中文、满文、其他多种语言及日文、韩文书籍和手稿目录》(1840)	√	√	√	√	√	√	×	×	×	√
《御书房满汉书广录》(1840)	√	×	×	×	×	√	√	√	×	×
《东印度公司图书馆馆藏书目》(1845)	○	○	○	×	×	×	×	×	×	×

---

① 以"√"表示见于著录的"才子书"中文小说；以"○"表示见于著录的"才子书"之西文译本；以"×"表示未见著录。马礼逊中文藏书和牛津图书馆藏有全部"十才子书"；"才子书"中藏书较多的有一才子《三国演义》、二才子《好逑传》、三才子《玉娇梨》、四才子《平山冷燕》、六才子《西厢记》和七才子《琵琶记》。五才子《水浒传》、八才子《花笺记》、九才子《平鬼传》、十才子《白圭志》藏书相对较少。

续　表

	一才子	二才子	三才子	四才子	五才子	六才子	七才子	八才子	九才子	十才子
《Vᵉ Dondey-Dupré 东方图书馆书目》(1846)	√	√○	○	×	√	√	×	×	√	√
《古今图书书目》(1863)	×	×	√	√	×	×	×	×	×	×
《皇家亚洲学会北中国支会图书馆书目》(1872)	○	○	×	○	√	√	√	√	√	√
《牛津大学图书馆中文书目》(1876)	√	√	√	√	√	√	√	√	√	√
《凯礼中文藏书书目》(1876)	√	×	×	×	×	×	×	×	×	×
《大英博物院图书馆藏中文刻本、写本、绘本目录》(1877)	√	√	√	√	√	√	√	√	√	×
《托尼赖埃东方藏书目录》(1880)	×	○	○	○	×	×	×	×	×	×
莱顿大学图书馆汉籍书目（1883）	√	√	√	√	√		√	×	×	√
《剑桥大学图书馆威妥玛文库汉、满文书籍目录》(1898)	√	√	√	×	×	√	√	×	×	×

　　由上表可见，"十大才子书"在西方收藏比较广泛。西方汉籍图书馆或私人藏书中收藏之"十大才子书"客观上为西方人翻译中国小说提供了小说文本保障。如雷慕莎的《玉娇梨》法译本即是根

据巴黎国家图书馆所藏金阊拥万堂梓《玉娇梨》重镌绣像圈点秘本翻译而成,儒莲的法译本《平山冷燕》根据巴黎国家所藏《平山冷燕》的版本翻译而成。他在《平山冷燕·序》中讲:"我手上曾有两种《平山冷燕》版本,第一种藏于阿森纳图书馆,是最美最正确的版本。第二种《平山冷燕》藏于国家图书馆(编号187),字体为优雅的行书。两者之间存在诸多不同。因此,我采用了我认为较好的版本,并对两者进行了对校。"① 而汤姆斯《花笺记》英译本则是根据马礼逊藏书之福文堂藏版《静净斋第八才子书花笺记》翻译而成。汤姆斯作为东印度公司的印刷工和马礼逊的合作者,不仅可以使用马礼逊的中文藏书,而且较早掌握了汉字印刷技术,他在其《花笺记》英译本中即附有中文,并在书后附有《百美图咏》,体式均与马礼逊所藏之中文书籍样式相似。

再次,西方人极其重视"才子书"的认知功能,认为如实摹写中国及中国人的境况是"才子书"的共性,从而将"才子书"视作了解中国及中国人最有效的途径和媒介,它具有传教士著述和旅行者游记所不具备的诸多优势。第一,"才子书"是中国人自己撰写的。正如帕西在《好逑传》序言中所言:"一个民族自己创造的东西最能说明该民族的风俗人情,而且,正如一幅静止的画像与具体情境下活动着的人的区别,一个民族自身生动的叙事比一般意义上的记录更能说明本民族的特性。"② 当西方人主要凭借西方在华传教士的相关著述或来华旅行者的游记来认知中国之际,帕西则以中国小说为新的瞭望中国的窗口,认为《好逑传》更好地描绘出中国及中国人的特性。第二,中国小说,特别是"才子书"摹写了传教

---

① Stanislas Julien, *P'ing-Chan-Ling-Yen*, *ou Les Deux Filles Lettrées*, *Roman Chinois*, Paris: Didier, 1860, Préface, p.v.

② *Hau Kiou Choaan or The Pleasing Hitory*, London: R. and J. Dodsley, 1761, Vol.I, Preface, p.xiii.

士和旅行者所无法触及的中国人的日常生活，尤其是中国女子的日常生活。雷慕莎在《玉娇梨》法译本的序言中指出："中国小说比旅行者的游记更为准确宜人；谁又能比其自身更能胜任摹写自己呢？旅行家如何能与小说家抗衡？虽然传教士有很多机会可以接触和观察中国人的政治和公共生活。但他们却无法窥见中国人的日常生活。更何况，如果不了解构成社会一半的女性，就无法真正了解一个民族的思想和行为模式。而中国女子的日常生活几乎是无从接触、不易了解的。"① 而《玉娇梨》等"才子书"则如实描摹中国人的日常生活，小说中频频出现居室和游廊等场景，并巨细无遗地叙写了诸如迎来送往的礼节、家人间的对话、与外界的交往等日常家庭琐事，包括居于庭院深处的女子的窃窃私语和闺房趣事，从而弥补了传教士著述和旅行者游记在这方面的缺憾。第三，"才子书"精于细节描写。雷慕莎认为中国小说家在细节描写上出类拔萃，堪比理查逊（Richardson）②。小说所塑造的人物生动而自然，仿佛就活灵活现在读者面前，可以知晓其行为动机，听闻他们自言自语，甚至窥探他们的举止和对话等种种细节，从而得以更好地了解和认知中国及中国人。因此，在帕西、雷慕莎、儒莲、巴赞等人的共同提倡下，通过"才子书"来认识和了解中国及中国人成为西方的一种共识，这无疑又促进了"才子书"在西方的翻译和传播。

第三节 "才子书"在西方的接受与研究

随着"才子书"在西方的翻译和传播，"才子书"成为十八世

---

① Abel-Rémusat, *Iu-Kiao-Li*, *ou Les Deux Cousins*；*Roman Chinois*，Paris：Moutardier，1826，Préface，pp. 11 - 12.
② 塞缪尔·理查逊（Samuel Richardson，1689 - 1761）是 18 世纪英国著名的小说家，代表作有《克拉丽莎》《帕米拉》等。

纪和十九世纪前半叶西方人构建"中国形象"的主要依据,次第构建起"道德理性之乡"和"中国情调"之西方人眼中的"中国形象",而西人对"才子书"的接受又渗入西方的文学创作、汉语学习、汉学研究等诸多领域。

一、西方文学创作中之"才子书"

"才子书"大抵经由三种途径渐次融入西方的文学创作领域。首先,"才子书"的译文直接被选入西方的小说选集。如《世界小说文库》(*Bibliothèque Universelle des Romans*)即选录了《好逑传》的法译文①,"才子书"乘着小说选集文本化和经典化的进程,扩大其在西方的流通和影响。

其次,翻译并改写"才子书",使之适合西方的审美旨趣和精神诉求,从而成为西方文学的一部分。其中,最典型的代表为 H. S.的《中国巨人历险记》(*The Adventures of a Chinese Giant*)和乔治·加德纳·亚历山大(George Gardiner Alexander,1821 - 1879)的《貂蝉》(*The Story of Teaou-shin*),分别为五才子《水浒传》和一才子《三国演义》的翻译改写。

H. S.的《中国巨人历险记》为《水浒传》中鲁智深故事的节译,译文以鲁智深为中心人物,截取《水浒传》第三回至第七回中与鲁智深相关的情节,并通过添加开头和杜撰结局,将译文重组改写为一个相对独立完整的故事。更有意思的是,译者不仅在译文中添加了鲁智深的结局,使故事情节完满,而且,译文中鲁智深的结局和原著有很大的差别。如:

原文:鲁智深看了,从此心中忽然大悟,拍掌笑道:"俺师父智真长老,曾嘱付与洒家四句偈言,道是'逢夏而擒',俺在万松

---

① *Bibliothèque Universelle des Romans*,Paris:Au Bureau,1775 - 1789,Vol. 6,pp. 417 - 447.

林里厮杀，活捉了个夏侯成；‘遇腊而执’，俺生擒方腊；今日正应了‘听潮而圆，见信而寂’，俺想既逢潮信，合当圆寂。众和尚，俺家问你，如何唤做圆寂？"寺内众僧答道："你是出家人，还不省得？佛门中圆寂便是死。"鲁智深笑道："既然死乃唤做圆寂，洒家今已必当圆寂。烦与俺烧桶汤来，洒家沐浴。"寺内众僧，都只道他说耍，又见他这般性格，不敢不依他，只得唤道人烧汤来，与鲁智深洗浴。换了一身御赐的僧衣，便叫部下军校："去报宋公明先锋哥哥，来看洒家。"又问寺内众僧处，讨纸笔写了一篇颂子，去法堂上提把禅椅，当中坐了。焚起一炉好香，放了那张纸在禅床上，自叠起两只脚，左脚搭在右脚，自然天性腾空。比及宋公明见报，急引众头领来看时，鲁智深已自坐在禅椅上不动了。①

译文：Deep-wit would never participate in any acts of highway robbery, though many of those with whom he was associated did not scruple to do so. When the Tartars got possession of the country. He might have obtained a high and lucrative position under their rule，but，although he was probably by descent more nearly allied to the Tartar race than to the Chinese, he did not incline to enter their service. Indeed，he began about this time to long for the quite of private life. He renewed his acquaintance with old Liu at Peach Blossom Farm，and with the full consent of all parties concerned，took Miss Liu in marriage, for he needed the disguise of a monk any longer，and had never taken kindly to the profession, so he threw it aside，Law-name and all；and got instead，an excellent wife.

Farmer Lo took the place of Farmer Liu, whom he had carried

---

① 施耐庵、罗贯中《水浒传》，北京：人民文学出版社，1975 年，第 1283—1284 页。

to his grave; and strange to say, gained for himself a good name in the neighborhood as a sober and peaceable man. He used to tell his neighbours in after years how this came about. "Soon after I settled here," said he, "I had gone to a neighbouring market town on some business, and as was common with me then, I went to a tavern with some of my acquaintances, and got dead drunk. I had a good deal of money in my purse, and it might have been all stolen, if a kind friend, whose name I never knew, had not taken if from my body, as I lay there like a stupid beast upon the floor of the tavern. He took it home to my wife, and telling her where I was, and what state I was in, made her weigh the money to see that it was all correct, and departed. He had no sooner gone, however, than my wife, the jewel of my heart, came away to look after me; and late though it was, she traveled on foot a distance of several miles to the tavern. When my wife came, I knew her gentle voice, drunk as I was, and she nursed me there as tenderly as if I had been an infant. I rose by and by, and said I would go home with her; and she led me home by the hand. But all the way she only spoke kindly to me, and never uttered a word of reproach. And from that day to this," Lo Tat would conclude triumphantly, "my wife never said, 'You are drunk.' And though twenty years have gone by, she has never seen me drunk again. I don't believe much in Buddha. But I believe in woman's love. Before I knew it, I was a fool, and worse, even a murderer, — my heaven forgive me!"（虽然许多同伴都毫不迟疑地抢掠，智深却不愿参与其中。鞑靼人占领朝廷后，他本可以谋得高官厚禄，但智深却未选择出仕，虽然他更像是鞑靼人，而非汉人。事实上，智深开始向往安宁的生活，他返回桃花村和刘太公叙交，

并娶刘小姐为妻。无须再伪装成和尚，也从未喜欢过那个身份，智深将和尚、提辖等一切抛开，却赢得了贤淑的妻子。为刘太公送终后，智深成为鲁太公。令人惊奇的是，鲁太公竟在邻里间获得了沉稳平和的好名声。他曾向人谈起其中缘由："在此地安居不久"，他说，"我往邻市办事，如往常般，和相识在酒家喝得烂醉……我随身携带不少银两，若非一位至今不知姓名的相识将银两送还我的妻子，银两定会失窃，他还告知妻子我的处境。虽然天色已晚，我亲爱的妻子仍独自走了几公里的夜路，赶到酒家照顾我。虽然烂醉如泥，我听得到妻子温柔的声音，她像看顾婴儿一般等我慢慢转醒，然后牵着我回家。一路上她只是温柔地和我谈话，毫无苛责。从那时至今日"，鲁达炫耀地说："我再没喝醉过。虽然二十年过去了，她再未见过我醉酒。我不相信佛祖，但我相信爱情。在遇到爱情之前，我是一个莽汉，甚至更坏，曾是一个杀人犯——请老天饶恕我！"）①

从"听潮而圆，见信而寂"的佛家弟子的坐化到"娶妻安居，戒酒悔过"的幸福安宁的世俗婚姻生活，从佛教顿悟式的知命到对爱情的深沉信奉，鲁智深的结局出现了南辕北辙般的改动。这种改动无疑是译者有意为之，以使之符合西方人的思维方式和审美旨趣。

亚历山大的《貂蝉》则与 H. S. 对《水浒传》的翻译改写异曲同工，《貂蝉》是根据《三国演义》第八、九回中"貂蝉故事"改编而成的英国戏剧。亚历山大不仅将《三国演义》的小说体式改编成一部五幕二十二出的戏剧，而且将主题从冷硬的宫廷斗争演绎为对忠贞爱情的颂赞；更值得注意的是，亚历山大为剧中人物添加了对奴隶身份的自觉和对自由平等的追求。如何景是英剧《貂蝉》新增的一位滑稽有趣的人物，他是王允的仆人，生活在社会的最底

---

① *China Review*，Vol.1，No.4，1873，pp.227‑228.

层，幻想着出人头地，却往往弄巧成拙。但何景这个看似不起眼的人物，却作为整个故事的参与者和旁观者，反映了社会底层人物的遭遇和渴求，尤其是对自由和平等的向往。所以，当王允发觉何景背叛，而以轻蔑的态度释放何景后，何景却发出了抗议的最强声：

> Oh，A-line，why this is worse than death; he treats me with contempt — the traitor，Ho-ching，with contempt. Rather whips，chains，cangues，scorpions，arrows，or two-edged swords，than treatment such as this. Oh，this world! this wicked，wicked world! ...（"噢！阿莲，为什么这比死亡更令人难以承受；他如此轻蔑地对待我——叛徒，何景，如此的轻蔑。鞭子，镣铐，枷锁，蝎子，箭或者双刃剑，都好过如此的轻蔑。噢，这个世界，这个邪恶的，邪恶的世界！……"）①

这里，对于生活在社会最底层并背叛过主人的何景来讲，被人轻蔑是如此难堪，比死亡更难以承受。何景最终在王允的蔑视中选择了流浪的生涯，以最后的决裂维护自己作为一个人的尊严。对奴隶身份的自觉和对自由的渴望不仅体现在何景身上，更体现在作为剧中女主角貂蝉身上，她在宴请董卓的盛筵上唱道：

Yes，I'm a slave，	是，我是奴隶，
And who is free?	但谁是自由的？
Tell me，ye winds，	啊，请告诉我，
For ye alone	因为只有你
Have liberty.	拥有自由。
The chains of Fate	命运的镣链

---

① George Gardiner Alexander，*Teaou-Shin. A Drama from the Chinese in Five Acts*，London：Ranken and Company，1869，p.50.

Are forged for all,	捆锁住一切，
In every cup	每个杯中
Some drops of gall.	都掺杂着苦汁
In vain, in vain	徒然啊，虚空！
My chains they gild-	黄金镀制的镣链。
In vain my cup	徒然啊，虚空！
With wine is filled.	盛满美酒的华杯。
For I'm a slave,	因为，我是奴隶，
And would be free!	渴求着自由！
Tell me, ye winds!	风啊！请告诉我，
Where shall I find	哪里才有
True liberty.	真正的自由。
Hush! The winds answer：	静穆！风答曰：
Mortal! alas, there's slavery	人类！唉！奴役
In every breath.	遍布每个气息之中。
There is but one true liberty-	只有一种真正的自由——
'Tis found in death![1]	就是死亡！

剧中貂蝉用短促有力、叠沓往复的旋律和自问自答的方式大胆唱出对身为奴隶、身不由己的控诉及对真正自由的向往和渴求，从而抒发出貂蝉对自己身处计谋之中被压抑被控制的不满、无奈和悲苦。歌曲以"真正的自由"存于"死亡"之中为结，表明了貂蝉为追求真正的自由而不惜与生命决裂的态度。

英剧《貂蝉》出现这样的思想倾向并不是偶然的，十九世纪中后期，随着西方社会写实主义文学的兴起和现代主义哲学思潮的流

---

[1]　George Gardiner Alexander, *Teaou-Shin. A Drama from the Chinese in Five Acts*, p.25.

行,西方文学转入对现实生活的书写,注重人性的真实和情感的自由宣泄,并对现实中不平等的现象给予强烈的抨击和批判。在这样的社会背景和文化语境中,英剧《貂蝉》有意识地为剧中人物增加了对自己所处社会底层的奴隶身份的自觉,在故事情节的发展中充斥着人物对奴隶身份的控诉、对自由生活的向往,在一定程度是十九世纪西方所提倡和呼吁的平等、自由及废除奴隶制度的思想在中国文学译介中的投影,实际上是借中国的故事、中国的人物,表现十九世纪英人的精神和主张。乔治·亚历山大的《貂蝉》在保留小说主要情节的基础上,对"貂蝉故事"进行了再创作,既保有中国故事的情调,又添加了西人的精神实质和文学特性,"貂蝉故事"通过在英语世界的"投胎转世"具有了新的生命力,并成为西方文学的一部分。

再次,"才子书"成为西方人文学创作的灵感,在一定程度上刺激了西方的文学创作。如《好逑传》《玉娇梨》等中国小说很早就引起了德国大文豪歌德极大的兴趣。法国人让·雅克·安倍(Jean-Jacques Ampére,1800 – 1864)1827 年 5 月 16 日的信件记曰:"歌德从雷慕莎所译的小说谈到了中国人的道德,由此又谈起了他半个世纪前读过的中国小说,里面的情节他至今记忆犹新。"① 雷慕莎所译小说即为《玉娇梨》,而歌德半个世纪前就读过的中国小说则应为《好逑传》。《玉娇梨》《好逑传》《花笺记》等中国小说的阅读经验一方面促成了歌德对中国的好感和渴慕,歌德曾评曰:"有一对钟情男女在长期相识中很贞洁自持,有一次他俩不得不同在一间房里过夜,就谈了一夜的话,谁也不惹谁。还有许多典故都涉及道德和礼仪。正是这种在一切方面保持严格的节制,使

---

① Gunther Debon Bern, *Goethe und China*, *China und Goethe: Bericht des Heidelberger Symposions*, New York,1985,p.56.

得中国维持到几千年之久，而且还会长存下去。"① 对中国的道德礼仪推崇备至。另一方面，正是这种对中国的渴慕和推崇又激发了歌德的文学创作，如据雷慕莎记载，歌德的戏曲《斯特拉》（Stella）曾试图模拟中国小说中才子佳人式一夫多妻的婚姻模式；而歌德亦提及其《赫曼与窦绿苔》（Hermann und Dorothea）与《好逑传》有很多类似的地方。《赫曼与窦绿苔》描写善良的青年赫曼在救助逃荒灾民的过程中，结识美丽纯洁的窦绿苔，两人在牧师和旅店老板的帮助下结成良缘的故事。它与《好逑传》的相似点主要体现在人物形象的塑造、故事情节的安排及其内在的精神主旨上：男女主人公都具有高尚的道德，并且都在患难中相知相爱，却又以理性克制自己的情感，最终皆以有情人终成眷属的大团圆结束。

而歌德的十四首《中德四季晨昏合咏》则是在阅读《花笺记》后，深受感动而创作的。正如卫礼贤所言："总括地说一句，歌德在写这十几首诗时是受着《花笺记》的冲动，心情是很不平静的。他把由那本书里所得到的冲动，放在脑筋里融化组合过。他接受冲动的态度是活的，不是死的。因为他能够鲜活地理解这些冲动，深深地钻进它的幕后，所以他的思想能够和中国的真正精神直接地深深吻合。"② 或引入中国小说的情节模式，或在中国小说所承载之中国精神的冲击下进行新的文学创作，"才子书"直接或间接地、显在或潜在地成为西方人文学创作的灵感，在一定程度上刺激了西方的文学创作。

二、汉语读本中之"才子书"

"才子书"被西人视作对中国人日常生活（包括日常对话在内）

---

① ［德］爱克曼辑录，朱光潜译《歌德谈话录》，北京：人民文学出版社，1981年，第112页。

② 转引自邓加荣《"十大才子书"的由来》，《博览群书》2008年第2期，第75页。

真实而详致的叙写，因此"才子书"成为西方人学习汉语（特别是日常用语）的优先选择，很早就被编入西人学习中文的汉语读本。从只言片语入选，到截取某回某折或某出编入汉语读本，再到以整部作品为汉语读本，"才子书"成为汉语读本的重要内容。

　　以"才子书"只言片语入选的汉语读本有法国著名汉学家、耶稣会士马若瑟（Joseph de Prémare，1666－1736）撰写的《汉语札记》（*Notitia Linguae Sinicae*）、英国新教传教士马礼逊编著的《中文会话及凡例》（*Dialogues and Detached Sentences in the Chinese Language: with a Free and Verbal Translation in English*）和儒莲编写的《汉文指南》（*Syntaxe Nouvelle de la Langue Chinoise*）等。马若瑟的《汉语札记》于十八世纪早期完成①，他已经开始从《好逑传》《玉娇梨》《水浒传》等"才子书"中摘选语句作为学习白话的范例。如重复法中所选之"如花之容，似月之貌"、"看山玩水，寻花问柳"，对比法所选之"有才的未必有貌，有貌的未必才"、"欲言恩恩深难言，欲言情又无情可言"等例句均出自《好逑传》。马礼逊的《中文会话及凡例》亦从"才子书"中摘选例句，作为学习中文会话的凡例，如对话31的首句即出自《西厢记》，如图5.1所示：

　　文中附有中文及其英文翻译，英文翻

图5.1　马礼逊《中文会话及凡例》第282页

① 马若瑟的《汉语札记》1831年在马六甲出版。1847年其英译本问世：*The Notitia Linguae Sinicae of Prémare*，*Translated into English* by J. G. Bridgman，Canton：Printed at the Office of Chinese Repository，1847。

译为横排版，中文原文则为竖排版；中文左边是汉语拼音，右边则为英文，与每个中文字词相对应。马礼逊《中文会话及凡例》的这种体式又为之后的汉语读本所承袭。

从"才子书"中截取某回某出或某折编入汉语读本的有上海美华书馆 1852 年出版之《中国会话》（*Chinese Conversation*）、威妥玛编写的《语言自迩集》、约翰·斯蒂尔（J. Steel）编撰的《第一才子书三国演义第四十三回》（*The 43rd Chapter of the Three Kingdom Novel*）与晁德莅编著的《中国文化教程》（*Cursus Litteraturæ Sinicæ*）等。《中国会话》从七才子《琵琶记》和一才子《三国演义》中选取第二十一出《糟糠自厌》、第二十九出《乞丐寻夫》、第三十四出《寺中遗像》、第三十五出《两贤相遇》和第三十七出《书馆悲逢》，从一才子《三国演义》中选取第二十九回"小霸王怒斩于吉，碧眼儿坐领江东"，作为学习汉语的范本；并沿袭了马礼逊《中文会话及凡例》的体式，其中，《中国会话·吃糠》（图 5.2）与马礼逊《中文会话及凡例》体式完全一致，而《中国会话·三国志》（图 5.3）则稍加改动，将中文和英文分页排列，但仍保留其基本体式，即往往采取中文和西文对照的模式，中文保留中国古籍从右往左的竖排版式，译文依照西文书籍从左往右的横排版式。这种编排体式成为汉语读本的典型特征，亦构成了汉语读本的一种固定版式。

图 5.2　艾约瑟《中国会话》第 57 页

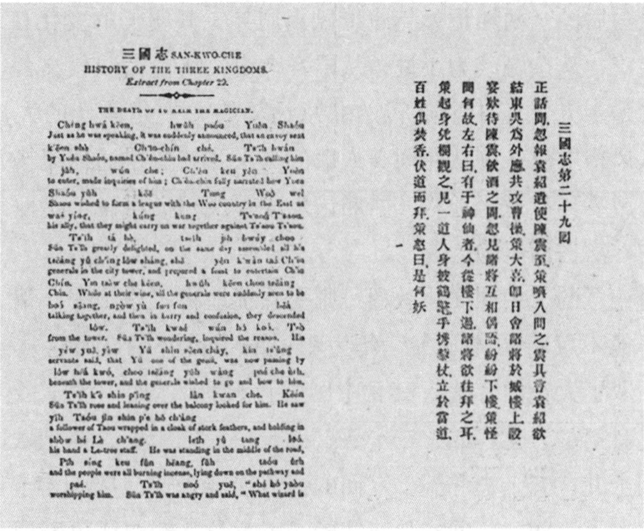
三國志 SAN-KWO-CHE
HISTORY OF THE THREE KINGDOMS.
Extract from Chapter 22.

THE DEATH OF YU KEIH THE MAGICIAN.

Just as he was speaking, it was suddenly announced, that an envoy sent by Yuên Shaôu, named Ch'ên-chin had arrived. Sün Ts'ih calling him to enter, made inquiries of him; Ch'ên-chin fully narrated how Yuên Shaôu wished to form a league with the Woo country in the East as his ally, that they might carry on war together against Ts'aou Ts'aou. Sün Ts'ih greatly delighted, on the same day assembled all his generals in the city tower, and prepared a feast to entertain Ch'ên Chin. While at their wine, all the generals were suddenly seen to be talking together, and then in hurry and confusion, they descended from the tower. Sün Ts'ih wondering, inquired the reason. His servants said, that Yü one of the gods, was now passing by beneath the tower, and the generals wished to go and bow to him. Sün Ts'ih rose and leaning over the balcony looked for him. He saw a follower of Taou wrapped in a cloak of stork feathers, and holding in his hand a Le-tree staff. He was standing in the middle of the road, and the people were all burning incense, lying down on the pathway and worshipping him. Sün Ts'ih was angry and said, "What wizard is

三國志第二十九回

正話間，忽報袁紹遣使陳震至，策喚入問之，震具言袁紹欲結東吳為外應，共攻曹操，策大喜，即日會諸將於城樓上，設宴款待陳震，飲酒之間，忽見諸將互相偶語，紛紛下樓，策怪問何故，左右曰，有于神仙者，今從樓下過，諸將欲往拜之耳，策起身凭欄觀之，見一道人，身披鶴氅，手携藜杖，立於當道，百姓俱焚香伏道而拜，策怒曰，是何妖

图 5.3　艾约瑟《中国会话》第 158、159 页

威妥玛编写的《语言自迩集》不仅选入六才子《西厢记》，而且又将之改编成白话小说，题为《秀才求婚》，又名《践约传》。如将第一本第一折《惊艳》中张生和莺莺的初见改写为：

张生猛然看见西边儿有个花园子，门是半掩半开的，里头有一位姑娘，带着一个丫头也在那儿逛。那姑娘脸皮儿雪白，嘴唇儿鲜红，头发又漆黑的，梳着个元宝，头上插着清香的玫瑰花儿，耳朵上带着碧绿的耳环子，手腕子上还有一对焦黄的金镯子，身上穿的是翠蓝布大衫。加上佩著一些珠宝玉器都是金子镶成的，是人没他打扮的那么齐整。张生一见，心里惊异的了不得，连身子都不自在了。那姑娘在门里看见张生，唇红齿白，举止不凡，真不是寻常人的样儿，恰与张生心意相同。①

① ［英］威妥玛著，张卫东译《语言自迩集：19 世纪中期的北京话》，北京：北京大学出版社，2002 年，第 291 页。

改写后的《西厢记》与原著风貌迥异，其明显的变化在于：从文体上讲，从杂剧改为小说；从语言上讲，用白话取代文言，而且采用的是十九世纪中期通行的北京话，如文中儿话音的大量使用等；从风格上讲，则从花间美人般的文采斐然变得通俗流畅并京韵十足。威妥玛有意识地将《西厢记》改写成白话小说，是西人较早进行的一次白话实验。

晁德莅的《中国文化教程》则更系统地将"才子书"编入汉语读本，他不仅将"才子书"作为小说的子目著录，而且从"才子书"截取了大量内容编入其《中国文化教程》。如一才子《三国演义》就有第一、三、四、二十五、四十一、四十五、四十六、四十七、四十九、五十三和五十六回的情节内容入选；从二才子《好逑传》选取了第四、五回；从三才子《玉娇梨》选取了第五回；从四才子《平山冷燕》选取了第十、十三和十四回；从五才子《水浒传》选取了第二十二、二十七、二十八、二十九和三十回；六才子《西厢记》入选的有第一本楔子、第一折《惊艳》与第三本第二折《白马解围》；七才子《琵琶记》入选的有第三十七出《书馆悲逢》、第三十九出《散发归林》、第四十出《李旺回话》、第四十一出《风木余恨》、第四十二出《一门旌奖》等等，晁德莅的《中国文化教程》是一次较大规模地将"才子书"纳入汉语读本的尝试。

以"才子书"的整部作品为汉语读本的有鲍康宁（Fredrick William Baller，1852 - 1922）编辑的《好逑传》（*The Fortunate Union*）等。鲍康宁的《好逑传》是其寓居山东烟台时编辑而成，他在序言中曰："且夫华文之难明，与英文无异也，吾也细览华文之《好逑传》，撮其中之精要者而辑为一书，无他志也，欲待后日之来中国者，学习华文得以由阶而升，不至望而却步矣。虽然，犹恐字样所限，令人难明，故于此书中兼写华英之文字，如画人着眉，画龙点睛，以示后人之阅此书者，一目了然，心领而神会，虽未详陈书中之事，却足以加添其聪明，虽未备载书中之言，却足以开导其学业，不亦文愈约而事愈备，词愈简而意愈赅乎？而且能阅此书，则中国之风俗赖以得知，中国之人情赖以得明。盖在人也，未经多而见识广，费力少而功效多，疑义不可得晰乎？而在吾也，未耳提而教得施，未面命而诲亦传，奇文不共欣赏乎？是则凡为致知格物之学者，亦将慨然有感于斯，而吾之志或庶乎其可以默识矣。是为序。"① 不仅将《好逑传》作为学习汉语的范本，亦藉此了解中国的风俗人情。并且鲍康宁将《好逑传》辑为汉语读本时，对中文进行了一定程度的改编，如借鉴中国句读为中文添加标点，并参照评点为中文做出注释，但注释则以脚注代替了双行夹注的形式，并采取从左往右的横版版式，经过改编的中文本或可视为一种独特的版本存在（见图 5.4）。

图 5.4　鲍康宁《好逑传》第 1 页

　　总而言之，从只言片语入选，到截取某回某折或某出编入汉语读本，再到以整部作品编为汉语读本，"才子书"成为汉语读本的重要内容，并参与了汉语读本之中西合璧版式的形成过程。而这种中西合璧的固定版式不仅使汉语读本成为中国古典小说西译的文本形态之一，构成了中国小说西译的重要内容；而且，汉语读本所附中文原文无疑携带着小说版本的重要信息，并在编入汉语读本时又

---

① 《好逑传》(*The Fortunate Union*)，上海美华书馆，1904 年。

往往添加标点和注释，甚至开展白话实验，这在一定程度上已构成一种独特的版本存在。此外，从学习对话片段，到在相对完整的情景中体味汉语，再到把握汉语的同时亦藉此了解风俗人情，"才子书"作为汉语读本的重要内容既描绘出汉语读本逐渐成熟的历史嬗变，也彰显了汉语读本日益丰富的多重功用。

三、汉学研究中之"才子书"

明清时期，"才子书"在国内的流行无疑触发了西人对"才子书"的关注和译介，"才子书"作为中国最优秀的小说辑集，是西人最早译介，也是早期小说译介用力最多的地方。西人在前汉学时期（即汉学作为一门学科正式成立之前）对"才子书"的译介和研究不仅在一定程度上促进了十九世纪初期汉学的正式成立，又促使"才子书"的译介和研究成为早期汉学研究的重要传统。而西方人对"才子书"的理解和认识经历了一个从"关于才子"（on Caizi）到"才子所作"（by Caizi），再到"才子为了才子所作"（by and for Caizi）的历史演变过程。

所谓"关于才子"指的是"才子书"叙写的是关于才子的故事。早期法国汉学家傅尔蒙和雷慕莎均持此说。雷慕莎在其编纂的《国王图书馆的中文藏书和新目录计划》中指出："傅尔蒙补充说，《玉娇梨》风格优雅，亦被称为三才子，即三位诗人。这种称谓由三位有才德之人得来，他们不是小说的作者，而是《玉娇梨》的主人公，即苏友白及他的两位妻子白红玉和卢梦梨。"[1] 又在著录《平山冷燕》时曰："据傅尔蒙所言，《平山冷燕》，四才子，指平如蘅、山黛、冷绛雪和燕白颔四位诗人。与其说他们是有德之人，还不如说他们是诗人。《平山冷燕》讲述了这四位诗人两两成就婚姻

---

[1]　Abel-Rémusat, "Mémoire sur les Livres Chinois de la Bibliothèque du Roi", *Mélanges Asiatiques*, Paris: Dondey-Dupré père et Fils, 1825 – 1826, T.2, pp. 396 – 397.

的故事。"① 傅尔蒙和雷慕莎指出"才子书"之"才子"是小说描写的对象，而非小说的作者；并且"才子"之才更偏重于作诗的文采而非德行。

较早提出"才子书"乃"才子所作"这一观点的是来华传教士郭实腊，他在《开放的中国》中曰："十才子书由十位才子苦心孤诣结撰而成，是优秀中国小说的辑集。"② 自此"才子书"乃才子所作成为西方汉学界的主流观点。硕特在其编纂的《御书房满汉书广录》中指出"才子"特指有天赋、有才华之人所创作的小说杰作。儒莲亦在《平山冷燕》法译本序言中说："在中国小说中，有十种小说的作者被称为'才子'，即天才作家。由此形成了一套优秀作家的丛书系列，通常被称为第一才子书、第二才子书、第三才子（天才作家）书等。"③"才子书"之"才子"由小说描写的对象转变为小说的作者，即天才作家。

直至近代，从事汉学研究的西方学者如陆大伟（David L. Rolston)④、夏颂（Patricia Seiber)⑤ 等人又将对"才子书"的理解拓展至"才子为了才子所作"，即"才子书"之"才子"不仅指天才作家，而且期待读者亦为才子，从而将"才子书"的读者也纳入"才子"范畴，要求读者充分调度阅读的能动性，通过文本细读的方式以窥识天才作家的锦心绣笔。

---

① Abel-Rémusat, "Mémoire sur les Livres Chinois de la Bibliothèque du Roi", *Mélanges Asiatiques*, T.2, p.398.

② Karl Gützlaff, *China Opened*, London: Smith, Elder and Co., 1838, p.468.

③ Stanislas Julien, *P'ing-Chan-Ling-Yen, ou Les Deux Filles Lettrées, Roman Chinois*, Paris: Didier, 1860, Préface, p.v.

④ David L. Rolston, *Tranditional Chinese Fiction and Fiction Commenty: Reading and Writing Between the Lines.* Standford: Standford Univeristy Press, 1997, pp.46 - 47.

⑤ Patricia Seiber, *Theaters of Desire: Authors, Readers, and the Peproduction of Early Chinese Song-Drama, 1300 - 2000*, New York: Palgrave Macmillan, 2003, pp.147 - 149.

从"关于才子"（on Caizi）到"才子所作"（by Caizi），再到，"才子为了才子所作"（by and for Caizi），西人对"才子书"的认知逐渐深入拓展，并围绕"才子书"的概念由来、书目著录及其文体特征展开了多方面的研究。

首先，关于"才子书"的概念由来，西人普遍认为"才子书"这一说法出自金圣叹。汤姆斯在译介《三国演义》时，专门将序言摘译成英文，又恰将序言中关于金圣叹"才子书"的说法一并译出。虽然《三国演义·序》乃毛宗岗托名金圣叹而作，但"才子书"的说法实出自金圣叹。经由毛本《三国演义·序》的翻译，汤姆斯将"才子书"的概念及其由来介绍给西方读者。梅辉立在其《中国经典书目提要》中亦指出："'才子书'这一说法是由著名的编辑和金圣叹提出的。"[1] 而巴赞则借鉴金圣叹的"古今才子之辨"撰写了比较详致的《古才子名录》和《今才子提要》。《古才子名录》为巴赞梳理的一份从文体和语言等诸多方面堪称为古才子或有不朽之作留世的优秀作家名单，名单以朝代为序，并附有古才子之生平传记。入选巴赞"古才子名录"的有左丘明、庄子、司马迁、杜甫、李太白、韩愈、柳宗元、司马光、王安石、欧阳修、苏轼、许衡、吴澄、刘祁、方孝孺，归有光、Lŏ-thse-yun[2]，Kouo-song-ling，T'chin-sse-lun。《今才子提要》即为十才子书《三国演义》《好逑传》《玉娇梨》《平山冷燕》《水浒传》《西厢记》《琵琶记》《花笺记》《平鬼传》《白圭志》的提要与节译。

其次，关于"才子书"的书目著录，儒莲和巴赞早就注意到"才子书"未见于中国书目（特别是钦定书目）的著录。儒莲曾提及巴黎藏有一本一百二十卷八开本的书目，著录了 1736 年至 1795

---

[1] W. F. Mayers, "Bibliographical Notes on Chinese Books", *Notes and Queries on China and Japan*, London, No.10, 1867, p.137.

[2] 以拼音著录的古才子名录，不能确指的，则保留原拼音著录，下同。

年在位的乾隆皇帝的藏书[1]，然而"才子书"等小说、戏曲均未见
著录。儒莲和巴赞指出这种著录的阙失并非出自偶然，而是出于中
国人，特别是官方对"才子书"等说部所持有的根深蒂固的鄙薄观
念。然而，与受到国人轻视的待遇相反，包括"才子书"在内的说
部在西方则备受青睐，因之，西人所编中国古典小说书目往往对
"才子书"加以著录，且其著录方式大抵有两种：第一，将"才子
书"分散，或杂入其他典籍一起著录，如雷慕莎的《国王图书馆的
中文藏书和新目录规划》、艾约瑟的《牛津大学图书馆中文书目》
等；或并入"小说"类加以著录，如修德的《皇家亚洲学会中文文
库目录》、伟烈亚力的《汉籍解题》等。第二，将"才子书"设为
子目，单独著录。如巴赞的《才子书述略》与高第的《西人论华书
目》。"才子书"在西人所编中国小说书目中的著录不仅证实了西人
对"才子书"的重视和青睐，而且当"才子书"被作为子目单独著
录时，"才子书"又在一定程度上被视为一种亚文类（Sub-gener），
从而引发了西人关于"才子书"文类特征的一系列讨论。

再次，西人关于"才子书"文类特征的讨论主要围绕"才子
书"的属性、语言、起源、风格旨趣等方面展开。

就"才子书"的属性而言，梅辉立在其《中国经典书目提要》
中曰："中国人往往蔑视虚构文学，将之视为'君子弗为'之小道。
而虚构文学的称呼无疑成为其蔑视态度最直接的证据。小说和幼稚
的故事及庞杂的笔记糅杂在一起被统称为'小说'。直至上个世纪，
历史演义或'传'、英雄传奇或'传奇'才被称为'才子书'，从
'小说'独立出来。'才子书'的称谓由著名的编辑和评点家金圣叹
提出。虽然金圣叹的'才子书'最初并非仅仅指称小说，但后来，

---

[1]　Stanislas Julien, *P'ing-Chan-Ling-Yen*, *ou Les Deux Filles Lettrées*, *Roman Chinois*,
　　　Préface, p. vi.

'才子书'却成为小说的特称，并特指十本著名的才子书，即'十大才子书'。"① 将"才子书"视为从小说独立出来的一种亚文类，并点明"才子书"是小说的特称，特指"十大才子书"。巴赞则不仅指出"才子书"特指小说，而且进一步对"十大才子书"进行了文体分类，他认为《三国演义》是历史小说（roman historique），《好逑传》是性格小说（roman de caractère），《平山冷燕》《水浒传》《白圭志》是习俗小说（roman de mœurs），《西厢记》《琵琶记》是会话小说（roman dialogué），《花笺记》是诗体小说（roman en vers），《平鬼传》是神话小说（roman mythologique）；而如实地描写习俗和礼仪则是"才子书"的共性。

就"才子书"的语言而言，巴赞指出"才子书"使用的语言乃通用的官话，是在两个及以上的省份通用的日常用语。但书面官话与日常官话又略有不同，这是因为书面语言往往需用多音节词，而少用单音节词，因此需压缩日常官话在书面语言中出现的比例。较多使用日常官话的中国小说有《金瓶梅》和《红楼梦》，但"才子书"采用的则为书面官话。就"才子书"的起源而言，则与中国人何时开始使用官话写作密切相关。巴赞认为使用官话进行写作始于小说和戏剧，并具体肇端于蒙元时期的《元人百种曲》。之后，出现了一批用官话写作，并以作品描写女性（甚至是妓女）的独特的作家。他们的作品完善了官话或谓中国的写作艺术，不仅拓宽了官话的使用范围，而且突出了官话的效用和美感。"才子书"大抵起源于这个时期，但囿于世人的偏见，"才子书"往往未署明作者。西人也因之无从知晓《好逑传》《玉娇梨》《平山冷燕》等"才子书"究竟为何人所作。

---

① W. F. Mayers, "Bibliographical Notes on Chinese Books", *Notes and Queries on China and Japan*, London, No.10, 1867, p.137.

就"才子书"的风格旨趣而言,巴赞指出"十大才子书"是一种以娱乐为目的且风格优美的文学作品。《西厢记》的语言热烈、明智而充满感情,《花笺记》的语言简单、天真而优雅,《平鬼传》里的一些描写堪与但丁比肩。每一部才子书的精神内蕴、语言风格和行为方式都是独特鲜明、不遑多让的。"才子书"中的理性思索远远优于那些模仿古文的作品,"才子书"是最优秀的中国小说。这也正是巴赞极力向西人推荐"才子书"的原因所在,这又进一步推进了"才子书"在西方的传播和接受。

总而言之,西人就"才子书"的概念由来、书目著录及其文体特征展开了多方面的研究,并在研究中形成了重视小说序跋和强调"才子书"的文人性等传统。对小说序跋的重视体现为对"才子书"序跋的翻译和介绍。对"才子书"文人性的强调则主要表现在三个方面:其一,强调"才子书"为极具天赋、极有才华的才子所作;其二,强调"才子书"的语言风格极具感情,极其优美;其三,强调"才子书"的精神内蕴、理性思索极具特色,极其明智。西人对才子书的译介和研究构成了早期汉学研究的重要内容。

现代的西方汉学研究继承了早期汉学"才子书"的研究传统,不仅将对小说序跋的重视拓展至对包括小说序跋、评点、插图在内的小说复合文本的重视;如陆大伟的《中国古代小说与评点》、何谷理《明清插图本小说阅读》[①] 等著作将小说的评点、插图等纳入小说研究领域。而且在细读小说文本的基础上进一步凸显"才子书"的文人性,特别是聚焦于"才子书"的文法,就其叙事模式展开细致而深入的探究。如浦安迪的《中国叙事学》、夏志清的《中国古典小说》等。而现代的汉学研究对"才子书"文人性的凸显,

----

① Robert Hegel, *Reading Illustrated Fiction in Late Imperial China*,Stanford:Stanford University Press,1998.生活·读书·新知三联书店于 2019 年出版了中译本(刘诗秋译)。

又与中国国内对"才子书"通俗性的强调迥异其趣。现代国内的小说研究，在新文学运动和白话文运动的特定历史语境中，往往将"才子书"视为通俗文学，更重视"才子书"以俗语描写俗事的特征。在当代中西学术交流日益密切的背景下，现代汉学研究对"才子书"文人性的凸显又在一定程度上影响了国内小说研究的动向，促使当代国内小说研究从对"才子书"通俗性的重视转向对其文人性的深入探究。

综上所述，"才子书"的西游和东洄构成了一种双向互动的耦合关系，共同促进了中国小说研究的深入和发展。首先，明清时期"才子书"在国内的流行无疑触发了西人对"才子书"关注和译介，"才子书"是最早译成西文的中国小说，亦是早期小说译介用力最多的地方。其次，西人在前汉学时期对"才子书"的译介和研究不仅在一定程度上促进了十九世纪初汉学的正式成立，而且促使"才子书"的译介和研究成为早期汉学研究的重要传统。再次，十九世纪西人对"才子书"的译介、研究和接受在汉学促力下不断推进和深入，不仅译介的"才子书"种类和译本增多；而且就"才子书"的概念由来、书目著录及其文体特征展开了多方面的研究；且西人对"才子书"的接受又逐步渗入西方的文学创作、汉语学习及汉学研究等诸多领域。最后，现代的汉学研究不仅继承了早期汉学"才子书"的研究传统，在对小说评点细读的基础上进一步凸显"才子书"的文人性；而且在当代中西学术交流日益密切的背景下，又在一定程度上影响了国内小说研究的动向，促使国内小说研究从对"才子书"通俗性的重视转向对其文人性的深入探究。

而在西方汉学和国内小说研究的耦合关系中，"才子书"又是一个动态的、复合的文学概念。其动态性主要体现为历时性，即"才子书"的概念随着时间的变化而变化，如西人关于"才子书"

的理解经历了一个从"关于才子"到"才子所作"，再到"才子为了才子所作"的历史演变过程。"才子书"概念的复合性主要体现为空间性和多元性。所谓空间性指"才子书"跨越空间界限传播时，其概念亦随之有所变动。多元性则指通过"才子书"这一提法将小说的作者、评点者和读者构成了一个有机整体，不仅"才子书"的作者需为才子，而且要求其评点者和读者也应是才子；即近代汉学研究者所提出的"才子为了才子所作"（by and for Caizi）的观点。而这种观点恰与"才子书"的提出者金圣叹的主张相切合，金圣叹在《读第五才子书法》中曾说："旧时《水浒传》，贩夫皂隶都看；此本虽不曾增减一字，却是与小人没分之书，必要真正有锦绣心肠者，方解说道好。"① 这在一定程度上又改变了小说的阅读方式，要求读者（评点者亦可视为特殊的读者）充分调动阅读能动性，通过文本细读的方式以窥识作者的锦绣心肠。不仅"才子书"的文人性藉此彰显无遗，而且西方汉学和国内小说研究关于"才子书"的探讨又在原典的重读中达到了契合。

---

① ［明］施耐庵著，［清］金圣叹评《水浒传》，上海：上海古籍出版社，2015年，第1004页。

第六章
中国古典小说名著在欧美的著录与接受

　　《金瓶梅》《聊斋志异》《红楼梦》等中国古典小说皆鲜见于晚清官私书目，却较早受到西方藏书家和目录学家的关注，被著录入《马礼逊手稿书目》《皇家亚洲学会中文文库目录》《剑桥大学图书馆威妥玛文库汉、满文书籍目录》《法国国家图书馆所藏中文、韩文和日文书籍目录》等西人编纂的中国书目。本章拟探析十九世纪西方藏书家、目录学家对《金瓶梅》《聊斋志异》《红楼梦》等中国小说名著的著录，及其对中国小说的认知与评价，并进而描述《金瓶梅》《聊斋志异》《红楼梦》等中国小说名著在西方翻译和接受状况。

第一节　西方人眼中的"奇书"《金瓶梅》

　　据目前所知的文献记载，欧洲人对《金瓶梅》的关注和搜集最早可追溯至十九世纪初期。法国汉学家雷慕莎在其《太上感应篇》（*Récompenses et des Peines*，1816）法译文序言中曾提及《金瓶梅》。编纂于1824年的《马礼逊手稿书目》已将《金瓶梅》著录在册，此后，《金瓶梅》又见著于《雷慕莎藏书书目》（1833年）、《皇家亚洲学会中文文库目录》（1838年）、《柯恒儒藏书书目》（1839年）等多种十九世纪西人所编书目。这些书目著录的《金瓶梅》以张竹坡评点的"第一奇书"本及其满文译本最多。这无疑为《金瓶梅》的翻译提供了文本支持，在一定程度上促进了《金瓶梅》的翻译，而《金瓶梅》的译介又进一步推动了西方人对《金瓶梅》的认识。本节拟对《金瓶梅》在十九世纪欧洲的著录与流传进行考证，并进而探讨《金瓶梅》在十九世纪欧洲的接受及其影响。

一、十九世纪西人所编藏书书目中的《金瓶梅》

购买和搜集汉籍是早期汉学研究的重要活动之一，为汉学研究的开展提供了最基本的文献支持和物质基础。而西方藏书家或汉学家就其藏书编纂而成的藏书目录，又反映出汉籍在海外的流布和收藏状况。《金瓶梅》作为海淫之作，在国内虽屡屡被禁，且鲜见于晚清官私书目，却见著于十余种19世纪西人编纂的藏书目录之中。

1.《马礼逊手稿书目》（*Morrison's Manuscript Catalogue*），1824年

《马礼逊手稿书目》[①] 由来华新教传教士马礼逊就其中文藏书编纂而成，马礼逊收藏有《皋鹤堂批评第一奇书金瓶梅》，并将之著入"Kin 斤"目之下。马礼逊认为《金瓶梅》是一部海淫的色情小说（a licentious tale），以口语写就，该版本印刷状况良好，但马礼逊将《金瓶梅》的作者误为《三国演义》的作者。

《马礼逊手稿书目》所著《皋鹤堂批评第一奇书金瓶梅》，为一

① 《马礼逊手稿书目》现藏伦敦大学亚非学院马礼逊特藏室，编号 MS80823。

百回本，署名笑笑生，有张竹坡评点，为清代崇经堂刻本。首附有《趣谈》《寓意说》《非淫书论》《杂录小引》《竹坡闲话》《家众杂录》及《读法》，并有康熙乙亥谢颐序，以及像赞二十幅。正文每半叶十一行，每行二十五字，四周单边，板心题"第一奇书"，下镌"崇经堂"。

2.《雷慕莎藏书书目》（*Catalogue des Lives，Imprimés et Manuscrits la Bibliothèque de Feu M. J.-P. Abel-Rémusat*），1833 年

梅森·西尔韦斯特编纂的《雷慕莎藏书书目》将《金瓶梅》著录于"汉满日印度文书籍"下之"文学"（Belles-Lettres）子目，编号为 1637，著曰："《金瓶梅》（*Kin phing meï*），中国小说，21 函，有绣像。《金瓶梅》最早于 1695 年付梓，在中国享有盛誉，其优美的文风曾引起康熙皇帝的兄弟的赞赏，将之翻译成满文。全书共100 回，讲述了富有的杂货铺老板西门庆及其爱情故事。书名《金瓶梅》即为西门庆三个爱人的名字。没有一本书比《金瓶梅》更能让人们了解中国人的生活及其风俗习惯；然而全书充满了淫秽的描述，使其无法翻译成欧洲语言；翻译成拉丁文亦十分困难，因为很多中文都无法找到相应的拉丁文表述。"①

3.《皇家亚洲学会中文文库目录》（*Catalogue of the Chinese Library of the Royal Asiatic Society*），1838 年

修德编纂的《皇家亚洲学会中文文库目录》② 分为语言、诗歌、小说等二十二目，小说目（Works of fiction）著有中国小说《红楼梦》《今古奇观》《好逑传》等 23 种，其中第 4 种及第 6 种皆为《金瓶梅》。第 4 种为"第一奇书"（Te yih k'e shoo），译名为

---

① Maison Silvestre, *Catalogue des Lives，Imprimés et Manuscrits la Bibliothèque de Feu M. J.-P. Abel-Rémusat*, Paris：J.-S. Merlin, 1833, pp. 182 - 183.

② Rev. S. Kidd, *Catalogue of the Chinese Library of the Royal Asiatic Society*, London：John W. Parker, 1838.

"The Most Wonderful Book"，二十卷，作者为凤洲之门人，康熙年间刊印。第 6 种为《金瓶梅传》（*Kin ping mei chuen*）译名为 "The Golden-potted Plums Narrated"，为第一奇书的另一版本。修德认为《金瓶梅》这部小说摹写了中国人的行为标准与风俗习惯，特别是关于爱情婚姻的习俗。他还指出据《金瓶梅》序言所论，该小说的主旨是为了扬善惩恶。

4.《柯恒儒藏书书目》（*Catalogue des Livres Imprimés: des Manuscrits, et des Ouvrages Chinois, Tartars, Japonais, etc., Composant la Bibliothèque de Feu M. Klaproth*），1839 年

朗德雷斯编纂的《柯恒儒藏书书目》将《金瓶梅》著录于文学目（Littérature）之"小说与戏剧"（Romans et pieces de theater）子目，著有两种《金瓶梅》，编号分别为 243 与 244。编号 243 为绣像本《金瓶梅》，著曰："《金瓶梅》（*Kin Ping Meï*），100 回，每回附 2 幅插图。《金瓶梅》的题名取自书中三个女主角的名字。小说讲述了一个富有杂货商的爱情与阴谋。书中任何一个男人和女人都反映出社会生活的某个侧面。因此，翻译这部著作无疑对了解中国习俗大有裨益。但不幸的是，书中有太多不可译的内容，不仅难以翻成法语，而且亦找不当相应的拉丁语，所以也无法译成拉丁文。"[1] 该书目还指出，正是《金瓶梅》所描摹的情景使得该书在 1695 年问世时便被康熙皇帝勒令禁止。但如此的禁令反而益增其声价，因罕得一见而更引人遐思。

编号 244 则为《金瓶梅》之满文译本，该译本于康熙四十七年（1708）出版，据传译者或为康熙皇帝的兄弟。虽然康熙

---

[1] C. Landresse, *Catalogue des Livres imprimés: des Manuscirts, et des Ouvrages Chinois, Tartars, Japonais, etc., Composant la Bibliothèque de Feu M. Klaproth*, Paris: R. Merlin, libraire, 1839, p.398.

将《金瓶梅》列为禁书，但其优美的文风却吸引译者将之译成满文。

5.《国家科学院亚洲博物馆馆藏中文、满文、其他多种语言及日文、韩文书籍和手稿目录》(*Catalogue des Livres et Manuscrits Chinois，Mandchous，Polyglottes，Japonnais et Coreens de la Bibliothèque de Musee Asiatique de l'Academie Impriale des Sciences*)，1840 年

该书目分为字典、宗教、历史、文学、医学等十八目，文学(Littérature) 下设历史小说、小说、戏曲、诗歌、歌谣五个子目。其中《金瓶梅》著录于"小说"(Romans fiction) 子目，且著有两种《金瓶梅》，分别为《金瓶梅》满文译本（*Roman King-ping-meï，en Mandchu*）及第一奇书本（*Ti-y-ko-chow*），小说讲述了一个富商的故事（*histoire d'un riche débauché*）。

6.《拜勒藏书书目》(*Catalogue des Livres Français，Allemands，Anglais，Italiens，Grecs，Latins et Orientaux Imprimés et Manuscrits de la Collection de Livres Chinois et des Peintures et Dessins Faits en Chine et dans l'Inde Composant la Bibliothèque de Feu M. Charles Henry Bailleul*)，1856 年

该书目分为经典、宗教、文学、历史地理、百科全书等七目，文学 (Littérature) 又分为"辞典"与"诗歌小说"子目。《金瓶梅》著录于"诗歌小说"(*Poésies，romans，ect.*)，著曰："《金瓶梅》，著名小说，100 回，有绣像。"[①] 且摘引了《柯恒儒藏书书目》关于《金瓶梅》的相关论述。

---

① *Catalogue des Livres Français，Allemands，Anglais，Italiens，Grecs，Latins et Orientaux Imprimés et Manuscrits de la Collection de Livres Chinois et des Peintures et Dessins Faits en Chine et dans l'Inde Composant la Bibliothèque de Feu M. Charles Henry Bailleul*，Paris：H. Labitte，1856，p.230.

7.《埃尔·利奥波德·范·阿尔施泰因藏书书目》(*Catalogue des Livres et Manuscrits Formant la Bibliothèque de Feu Mr. P. Léopold van Alstein*)，1863 年

该书目将为中国小说著录于"文学"目之"亚洲语言"子目下设的"中国语言文学"的四级目录"小说"(Romans)之下，编号为第 2699 至 2722。其中，编号 2705 为《金瓶梅》，著曰："《金瓶梅》(*Kin phing meï*)，著名的中国小说，20 卷，12 开本。"①

8.《大英博物院图书馆藏中文刻本、写本、绘本目录》(*Catalogue of Chinese Printed Books, Manuscripts and Drawings in the Library of the British Museum*)，1877 年

该书目由道格斯编纂而成，书目按罗马拼音顺序著录，《金瓶梅》见著于"张竹坡(Chang Chǔh-po)"条目之下。著曰："《金瓶梅》，即金、瓶与梅的故事，或言王世贞作，该书有张竹坡评点，全书 100 回，1695 年，八开本。"② 另据柳存仁《伦敦所见中国小说书目提要》，大英博物馆所藏《金瓶梅》为本衙藏板，即张竹坡评本，但非康熙间原刻，而似为道光年间刻本③。

9.《莱顿大学图书馆汉籍书目》(*Catalogue des Livres Chinois qui se Trouvent dans la Bibliothèque de L'Université de Leide*)，1883 年

施古德编撰的这一书目分为词典词汇、历史地理、经典、佛教道教、文学等，共著录藏书 234 种，其中第 190 种为《合璧金瓶

---

① Pierre Léopold van Alstein, *Catalogue des Livres et Manuscrits Formant la Bibliothèque de Feu Mr. P. Léopold van Alstein*, Gand: C. Annoot-Braeckman, 1863, p.194.

② Robert Kennaway Douglas, *Catalogue of Chinese Printed Books, Manuscripts and Drawings in the Library of the British Museum*, London: Printed by order of the Trustees of the British Museum, Sold by Longman, 1877, p.11.

③ 柳存仁《伦敦所见中国小说书目提要》，北京：书目文献出版社，1982 年，第 206—207 页。

梅》，见著于"文学"（Belles Lettres），著曰："《合璧金瓶梅》（*Hoh-pih King*，*Ping*，*Mei*），*Histoire de Kin*，*Ping et Mei*，1708 年版，32 册，4 卷，8 开本。"①

10.《皇家亚洲学会图书馆藏中文典籍目录》（*A Catalogue of the Chinese manuscripts in the Library of the Royal Asiatic Society*），1890 年

该书目由何为霖在修德《皇家亚洲学会中文文库目录》的基础上编撰而成，参引了道格斯的《大英博物院图书馆藏中文刻本、写本和绘本目录》的相关著录。该书目不分纲目，共收录汉籍 559 种。书目第 1 条和第 2 条即为《金瓶梅》（*Chin*，*P'ing*，*Mei*），何为霖沿袭修德的著录，认为《金瓶梅》摹写了中国的行为习俗，特别是与爱情婚姻相关的风俗。全书共两函，20 册。亦见著于大英博物院图书馆书目。

11.《德理文藏书书目》（*Catalogue des la Bibliothèque Chinoise de Feu M. le Marquis d'Herveyde Saint-Denys*），1894 年

《德理文藏书书目》将《金瓶梅》著录于"文学"下之"小说与故事"（Roman et Contes）子目，编号为 73，著曰："《金瓶梅》（*Kin Ping Mei*），著名小说，100 回。21 本，有绣像。这本小说作者为明人王世贞，他描绘了那个堕落的时代。正如伟烈亚力在《汉籍解题》中所说，从艺术来讲，《金瓶梅》是中国文学中最杰出的作品之一。然而，书中的大多数表述语义隐晦，使这部作品因淫秽而被康熙皇帝禁止，但是，这也没能阻止康熙皇帝的兄弟在 1708 年发行其优雅的满文译本。"② 此外，该书目还指出《金瓶梅》的

---

① Gustaaf Schlegel, *Catalogue des Livres Chinois qui se Trouvent dans la Bibliothèque de L'Université de Leide*，Leide：E. J. Brill, 1883, p.24.

② *Catalogue des la Bibliothèque Chinoise de Feu M. le Marquis d'Herveyde Saint-Denys*，Paris：Ernest Leroux, Éditeur, 1894, p.17.

标题是由小说中三位女主人公的名字组合而成的。而这三位女主人公组合在一起，又赋予这部作品意义：插在金瓶里的梅花，有时亦以此称呼该作品。而小说则讲述了一个富有杂货铺老板浮躁荒唐的生活。如冉默德（Maurice Jametel，1856－1889）曾在《未知的中国》中所言，《金瓶梅》作者生动再现了生活中的人，如实地记录了他们的言行，没有任何改变或雕琢……《金瓶梅》作者为我们描绘了那个时代道德生活的真实画面，翻译《金瓶梅》将有助于我们进一步了解中国私密的家庭生活。但如此诲淫之作又往往令学者们望而却步。

12.《林赛文库中文印本及写本目录》（*Bibliotheca Lindesiana. Catalogue of Chinese Books and Manuscripts*），1895 年

该书目乃克劳福德勋爵詹姆斯·林塞为其藏书所编之书目。该书目不分纲目，共著录 464 种藏书。其中第 147 种与 369 种为《金瓶梅》，前者为第一奇书本，著曰："金、瓶与梅的故事。署名王世贞，张竹坡评点，全书 100 回，4 卷 2 册，1695 年刊刻。"① 后者为《金瓶梅》之满文译本。该书目所著录藏书现藏英国曼彻斯特大学约翰·莱兰兹图书馆（John Rylands Library）。

13.《剑桥大学图书馆威妥玛文库汉、满文书籍目录》（*A Catalogue of the Wade Collection of Chinese and Manchu Books in the Library of the University of Cambridge*），1898 年

该书目由翟理斯就剑桥大学威妥玛藏书编写而成，翟理斯将《金瓶梅》著录于"诗歌、小说、戏曲"（Poetry，Novels，Plays，etc.），著曰："《金瓶梅》是一部描写了十二世纪社会生活的世情小说。或言作者为王世贞，王世贞逝于 1593 年。该书附有插图及张

---

① James Ludovic Lindsay, *Bibliotheca Lindesiana. Catalogue of Chinese Books and Manuscripts*. Wigan：Privately printed，1895，p.9.

竹坡评点，成书于 1695 年，书长 22.5 厘米。"①

  14.《法国国家图书馆所藏中文、韩文和日文书籍目录》
(*Catalogue des Livres Chinois，Coréens，Japonais，ect.，in the Bibliothèque Nationale*)，1900—1902 年

  该书目由古恒编撰而成，《金瓶梅》见著于"想象类作品"
(Œuvres d'imagination) 之"小说"(Romans) 子目，著曰："《第一奇书金瓶梅》(*Ti yi khi chou-Kin phing mei*)，即'Le premier des Livres Merveilleux：Kin phing mei'，署名王世贞（1529—1593），彭城张竹坡评点，有清人谢颐序言，并附有《寓意说》《读法》等。每回附插图，小说描摹了十二世纪早期的阴谋与道德。"②

  总而言之，《金瓶梅》见著于《马礼逊手稿书目》《皇家亚洲学会中文文库目录》《柯恒儒藏书书目》等十余种十九世纪西方人编纂的藏书书目。由此可见，其一，《金瓶梅》早在十九世纪初期已经传至欧洲，并受到西方汉学家、藏书家和书目学家的重视。其二，这些传至欧洲的《金瓶梅》以张竹坡评点的第一奇书本及其满文译文最多，为《金瓶梅》在欧洲的译介提供了文本支持。其三，这些藏书书目不仅将《金瓶梅》著录在案，而且做出了简单的描述，在一定程度上构建起西方人对《金瓶梅》的最初印象。

二、巴赞首译《金瓶梅》之再考证

  西方汉学家、藏书家对《金瓶梅》的收藏和著录，为《金瓶梅》的翻译提供了文本支持，在一定程度上促进了《金瓶梅》在

---

① H. A. Giles，*A Catalogue of the Wade Collection of Chinese and Manchu Books in the Library of the University of Cambridge*，Cambrige：Cambrige University Press，1898，p.91.
② Maurice Courant，*Catalogue des Livres Chinois，Coréens，Japonais，ect.，in the Bibliothèque Nationale*，Paris：Ernest Leroux，Éditeur，1900－1902，p.399.

欧洲的译介。发行于 1853 年的《现代中国》(*Chine Moderne*) 即刊载了《金瓶梅》第一回中与武松、潘金莲相关的情节翻译成法文，题为 *Histoire de Wou-song et de Kin-lièn.* (*Extrait du premier chapitre du Kin-p'hing-meï*)，译者为法国汉学家巴赞①。该译文一直被学界普遍视作《金瓶梅》最早的西译文，如高第《西人论华书目》即将巴赞译文列为《金瓶梅》译文之首②，王丽娜《中国古典小说戏曲名著在国外》将巴赞视为《金瓶梅》的最早译者③。宁宗一在其《〈金瓶梅〉十二讲》中亦曰："《金瓶梅》传入西方，最早将其片段文字译出的是法国汉学家巴赞。巴赞的译文题为《武松与金莲的故事》，其故事实为小说第一回的内容。"④

实际上，这段译文最初乃《水浒传》第二十三回的节译，题为 *Chasteté de Wou-Song*，即"武松的清白"，收入巴赞编著的《元代》(*Le Siècle des Youên*，1850)⑤。巴赞在《元代》中曾指出这段故事恰同《金瓶梅》第一回的情节如出一辙，正好可以在不违背礼法的情况下，将之译成法文，以窥得《金瓶梅》之一斑。巴赞因之又将这段译文作为《金瓶梅》第一回的译文收入其《现代中国》，题目相应改为 *Histoire de Wou-song et de Kin-lièn.* (*Extrait du premier chapitre du Kin-p'hing-meï*)，即"武松与金莲的故事"（《金瓶梅》第一回之摘译），但译文内容却一般无二。如图 6.1、

---

① M. G. Pauthier et M. Bazin, *Chine Moderne, ou Description Historique, Géographique et Littéraire de ce Vaste Empire, d'parès des Documents Chinois*, Paris：Firmin Didot frères, 1853, t.2, pp.545 - 551.

② Henri Cordier, *Bibliotheca Sinica: Dictionnaire Bibliograhpique des Ourrages Relatifs à L'Empire Chinois*, 1878 - 1885, Paris：E. Leroux, p.1772.

③ 王丽娜《中国古典小说戏曲名著在国外》，上海：学林出版社，1988 年，第 135 页。

④ 宁宗一《〈金瓶梅〉十二讲》，北京：北京出版社，2016 年，第 217 页。

⑤ M. Bazin, *Le Siècle des Youên ou Tableau Historique de la Littérature Chinoise Depuis L'Avénement des Empereurs Mongols Jusqu'à la Restauration des Ming*, Paris：Imprimerie Nationale, 1850, pp.178 - 198.

图 6.2 所示：

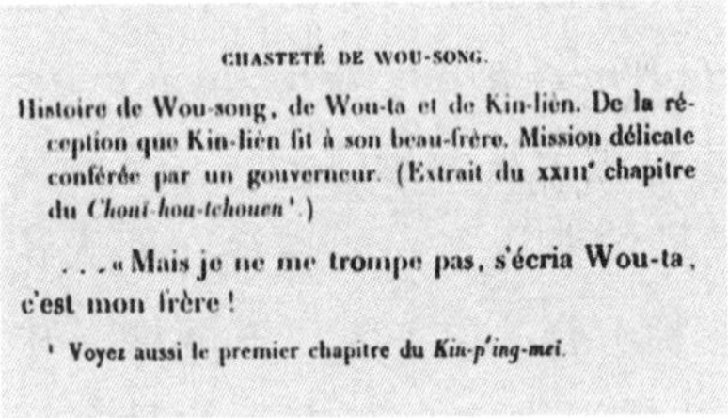

图 6.1　巴赞《元代》第 178 页　　　图 6.2　鲍迪埃、巴赞《现代
　　　　　　　　　　　　　　　　　　　　　中国》第 545 页

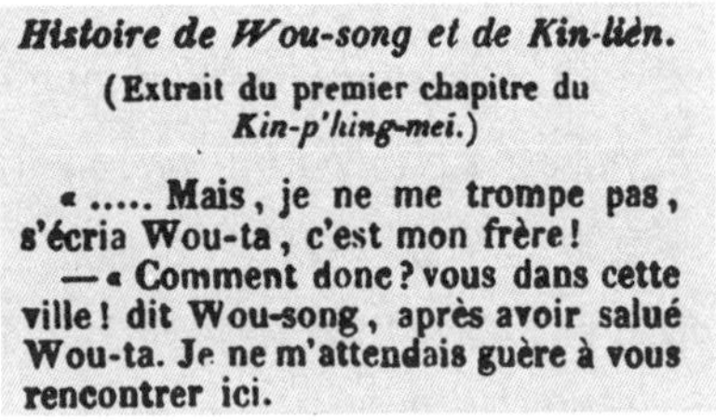

　　武松与金莲的这段情节虽皆见诸《水浒传》与《金瓶梅》，且故事脉络大同小异，但具体描述则出入较大，而在其出入之处巴赞译文往往多依循《水浒传》，如：

　　《金瓶梅》：却说武松一日在街上闲行，只见背后一个人叫道："兄弟，本县相公抬举你做了巡捕都头，怎不看顾我！"武松回头见了这人，不觉得：欢从额头角边出，喜逐欢容笑口开。这人不是别人，却是武松日常间要去寻他的嫡亲哥哥武大。却说武大自从兄弟分别之后，因时遭饥馑，搬移在清河县紫石街，赁房居住。[1]

　　《水浒传》：话说当日武都头回转身来看见那人，扑翻身便拜。那人原来不是别人，正是武松的嫡亲哥哥武大郎，武松拜罢，说道："一年有余不见哥哥，如何却在这里？"武大道："二哥，你去了许多时，如何不寄封书来与我？我又怨你，又想你。"武松道："哥哥如何是怨我想我？"武大道："我怨你时，当初你在清河县里，要便吃酒醉了，和人相打，时常吃官司，教我要随衙听候，不曾有一个月净办，常教我受苦，我这个便是怨你处。想你时，我近来取

_____

[1]　［明］兰陵笑笑生著，王汝梅校注《皋鹤堂批评第一奇书金瓶梅》，长春：吉林大学出版社，1994 年，第 28—29 页。

得一个老小，清河县人不怯气，都来相欺负，没人做主；你在家时，谁敢来放个屁？我如今在那里安不得身，只得搬来这里赁房居住，因此便是想你处。"①

译文："… Mais, je ne me trompe pas, s'écria Wou-ta, c'est mon frère!" " Comment done? Vous dans cette ville ! dit Wou-song, après avoir salué Wou-ta. Je ne m'attendais guère à vous rencontrer ici." "Ah! mon frère, depuis plus d'un an que nous sommes séparés, pourquoi ne m'avez-vous pas écrit? En vous voyant, je ne puis dissimuler ni mon ressentiment ni mon affection：mon ressentiment, quand je pense à tous vos désorders；toujours dans les cabarets, toujours frappant, tantôt celuici, tantôt celui-là；toujours des démêlés avec la justice. Je ne me souviens pas d'avoir joui un mois du calme et de la tranquillité. Que de soucis! que d'amertumes! que de tribulations! Oh! quand je pense à cela, je ne vous aime pas. Mais voulez-vous savoir quand je vous aime? Écoutez-moi. Les habitants du district de Tsing-ho ne sont pas d'un caractère facile；vous les connaissez. Ces gens-là n'ouvrent la bouche que pour dire des sottises. Après votre départ, ils m'ont trompé de mille manières, puis tant tourmenté, tant opprimé, qu'à la fin j'ai quitté le district. Quand vous étiez à la maison. nul n'aurait osé souffler dans ses doigts. oh! quand je pense à cela, je vous aime."②

在武松兄弟相见之后，《水浒传》通过武大与武松的对答，在

---

① ［明］施耐庵著，［清］金圣叹评《水浒传》，上海：上海古籍出版社，2015 年，第 324 页。

② M. G. Pauthier et M. Bazin, *Chine Moderne，ou Description Historique，Géographique et Littéraire de ce Vaste Empire，d'parès des Documents Chinois*, Paris：Firmin Didot frères, 1853, t.2, pp.545 – 546.

怨想絮叨之中以第一人称交待了搬家之缘由，而《金瓶梅》则代之以第三人称的简单陈述。相比之下，巴赞的法译文明显与《水浒传》的表述一致。又如：

《金瓶梅》：妇人又道："莫不别处有婶婶？可请来厮会也好。"武松道："武二并不曾婚娶。"妇人又问道："叔叔青春多少？"武松道："虚度二十八岁。"妇人道："原来叔叔倒长奴三岁。叔叔今番从那里来？"武松道："在沧州住了一年有余，只想哥哥在旧房居住，不道移在这里。"①

《水浒传》：那妇人道："莫不别处有婶婶？可取来厮会也好。"武松道："武二并不曾婚娶。"妇人又问道："叔叔，青春多少？"武松道："武二二十五岁。"那妇人道："长奴三岁。叔叔，今番从那里来？"武松道："在沧州住了一年有余，只想哥哥在清河县住，不想却搬在这里。"②

译文："N'aurais-je pas quelque part une petite belle-sœur d'un caractère agréable, enjoué, que vous seriez heureux de ..." "Je ne suis pas encore marié." "Mon beau-frère, dit alors Kin-lièn d'un ton de voix plein de douceur, quell âge avez-vous? "Vingt-cinq ans." "Juste trois années de plus que votre servant. Mon beau-frère, d'où venez-vous maintenant?" "Du district de Tsang-tcheou, où j'ai séjourné plus d'un an. Je ne m'attendais pas à rencontrer mon frère dans le Yang-ko."③

---

① ［明］兰陵笑笑生著，王汝梅校注《皋鹤堂批评第一奇书金瓶梅》，长春：吉林大学出版社，1994年，第33页。

② ［明］施耐庵著，［清］金圣叹评《水浒传》，上海：上海古籍出版社，2015年，第326—327页。

③ M. G. Pauthier et M. Bazin, *Chine Moderne, ou Description Historique, Géographique et Littéraire de ce Vaste Empire, d'pares des Documents Chinois*, Paris: Firmin Didot frères, 1853, t.2, p.547.

在武松与金莲的这段对话中，《金瓶梅》中武松的年龄为二十八岁，《水浒传》中则为二十五岁，巴赞译文为二十五岁，与《水浒传》相同。另外，《金瓶梅》指出武大原在旧房居住，而迁至清河，《金瓶梅》中的故事地为清河县。而《水浒传》中武大原居住在清河县，后搬至阳谷县，故事发生在阳谷，巴赞的译文仍与《水浒传》的叙述相一致。由此可见，从文本翻译而言，巴赞译文实为《水浒传》二十三回"王婆贪贿说风情，郓哥不忿闹茶肆"中与武松和金莲相关情节的翻译。但由于这段故事同时见于《金瓶梅》与《水浒传》，且情节大同小异。所以从情节内容而言，巴赞的译文客观地又在一定程度上促进了西方人对《金瓶梅》的认识。

随着新文献的持续发掘，尘封上百年的加布伦兹（H. C. v. d. Gabelentz）之《金瓶梅》德译文手稿（Gin-Ping-Mei），终于得见天日，是为目前所知《金瓶梅》最早的西文全译本。该译本最早由德国汉学家钱穆（Martin Gimm）于 1998 年发现。手稿现藏于德国阿腾堡国家档案馆，共 3842 页，由康农·加布伦兹（Hans Conon von der Gabelentz，1807－1874）于 1862 年至 1869 年间据《金瓶梅》满文译本翻译而成。译文共 100 回，从第 1 回"西门庆热结十兄弟，武二郎冷遇亲哥嫂"的卷首诗开始，直至第 100 回"韩爱姐路遇二捣鬼，普静师幻度孝哥儿"卷尾诗结束，主要由康农·加布伦兹翻译，仅第 13 回至 16 回由乔治·加布伦兹（Georg Gabelentz，1840－1893，亦译为甲柏连孜）和阿尔伯特·加布伦兹（Albert Gabelentz）翻译①。该手稿直至 2005 年才由柏林国家图

---

① 关于加布伦兹之《金瓶梅》德译文手稿，可参看 Martin Gimm, *Hans Conon von der Gabelentz und die Übersetzung des Chinesischen Romans Jin Ping Mei*, Harrassowitz Verlag, Wiesbaden, 2005；苗怀明、宋楠《国外首部〈金瓶梅〉全译本的发现与探析》，《上海师范大学学报（哲学社会科学版）》2015 年第 6 期。

书馆陆续整理出版①。然而在 19 世纪，加布伦兹译本曾以节译文的形式见载于《东方学会杂志》（*Zeitschrift der Deutschen Morgenländischen Gesellschaft*）、《东方与美洲杂志》（*Revue Orientale et Américaine*）等杂志。如乔治·加布伦兹《金瓶梅》第 100 回之节选，收入其《满文书籍》（*Mandschu-Bücher*）一文，载《东方学会杂志》1862 年第 16 期②。《东方与美洲杂志》1879 年第 3 期刊载了乔治·加布伦兹《金瓶梅》第 13 回之节译③。

由上所述，虽然巴赞《金瓶梅》之第一回节译文实为《水浒传》同一情节之翻译，《金瓶梅》加布伦兹德译文手稿亦未能即时付梓。但巴赞译文及《金瓶梅》德译文手稿节选的发表毕竟拉开了《金瓶梅》西译的帷幕。而巴赞关于武松与金莲故事情节的翻译，康农·加布伦兹、乔治·加布伦兹及阿尔伯特·加布伦兹对《金瓶梅》的译介，无疑在一定程度上推进了西方人对《金瓶梅》的认识和了解，并为二十世纪《金瓶梅》西译的蔚为大观奠定了基础。

三、西方人眼中的"奇书"《金瓶梅》

早在 1816 年，法国汉学家雷慕莎在《太上感应篇》译文序言中就论及《金瓶梅》曰："尽管法律如何严明，道德家们及其各派信徒们连续不断地夸张其辞，中国道德沦丧也像世界其他国家那样严重。说实话，绝大部分的作家发出谦虚的表示，以至于也有说得很滑稽的矫揉造作。但也有好多的作品，充斥着令人气愤的厚颜无耻的东西……如果不管是从上面已经提到的这部著名的长篇小说

---

① Jing Ping Mei, übersetz. v. Hans Conon v.d. Gabelentz, beaarbeitet v. Martin Gimm, ediert v. H. Walranvens, Staatsbibliothek zu Berlin, 2005 - 2013.

② Georg Gabelentz. "Mandschu-Bücher", *Zeitschrift der Deutschen Morgenländischen Gesellschaft*, V. 16, 1862, pp.538 - 546.

③ *Revue Orientale et Américaine*, n.s. t.3, 1879, pp.169 - 197.另据苗怀明、宋楠《国外首部〈金瓶梅〉全译本的发现与探析》一文，德国《环球》杂志还刊载了乔治·加布伦兹《金瓶梅》第 1 回节译及阿尔伯特·加布伦兹《金瓶梅》第 33 回至 35 回的节译。

《金瓶梅》中，或下面将要说的腐败堕落的罗马以至于现代欧洲所产生的那些最下流无耻的作品中，人们也许有可能从中做出有利于民族的道德品质的结论。我除了对这部书的鼎鼎大名之外，其他一无所知。尽管遭到北京皇廷的痛斥，它还是找到了著名的圣祖皇帝（康熙，1662—1722 年在位）的一位弟兄当了译者。而这位亲王所译成的满文本，后来成为一部优美雅致校正无误的本子。"① 尽管雷慕莎谦虚地说他对《金瓶梅》所知甚少，但却暗示出《金瓶梅》充满荒谬矛盾的奇谲魅力。其一，《金瓶梅》充斥着与道德相悖的厚颜无耻的描写，却可以从中得出有利于道德的结论。其二，《金瓶梅》虽被皇廷列为禁书，却又由皇廷中地位显贵的亲王译成满文。而《金瓶梅》之满文译本似充当了十九世纪西方人认识了解《金瓶梅》这部奇书的最初媒介。

　　加布伦兹《金瓶梅》译本手稿即是根据《金瓶梅》满文译本翻译而成，《金瓶梅》满文译本又是以张竹坡评点第一奇书为翻译底本，是其一百回的全译。满文本《金瓶梅》为康熙四十七年（1708）刻本，正文前还有一篇满文译者作于"康熙四十七年五月穀旦"的序文。加布伦兹手稿亦将这篇序文翻译成德文，并将与"四大奇书"相关的内容翻译了出来，即"《三国演义》《水浒传》《西游记》《金瓶梅》四部书，在平话中称为四大奇书，而《金瓶梅》堪称之最"②，将"四大奇书"的概念介绍给西方读者。与此同时，乔治·加布伦兹在其《满文书籍》中亦曰："《金瓶梅》，一

① Abel-Rémusat, *Le Livre des Récompenses et des Peines*, *Traduit du Chinois*, *avec des Notes et des Éclaircissemens*, *Paris*, *Chez Antoine-Augustin Renouard*, *1816*, pp.58 - 59.这一段译文又见徐朔方编选校阅、沈亨寿等翻译《金瓶梅西方论文集》，上海：上海古籍出版社，1987 年，第 267—268 页。
② *Jing Ping Mei*, übersetz. v. Hans Conon v. d. Gabelentz, beaarbeitet v. Martin Gimm, ediert v. H. Walranvens, Staatsbibliothek zu Berlin, 2005 - 2013, p.1.满文译本《金瓶梅》序言参见王汝梅《满文译文金瓶梅叙录（上篇）》，《现代语文》2013 年第 2 期，第 21 页。

个富有而鲁莽的香料商人西门庆的故事，是中国的四大奇书之一
（vier grossen Wunderbücher）。"① 其实，修德《皇家亚洲学会中文
文库目录》即著录有《第一奇书》，并将之译为 *The Most
Wonderful Book*；德国汉学家海因里希·库尔茨（Heinrich Kurz，
1805‑1873）在 1830 年便已参照冯梦龙的说法，列出了"四大奇
书"：《三国演义》《水浒传》《西游记》和《金瓶梅》②。丁义华在其
《中国小说》（*Chinese Fiction*）一文中指出"四大奇书（*The Four
Wonderful Books*）"为当时中国书铺之畅销书③。由此可见，通过
《金瓶梅》的著录和译介，十九世纪西方的目录学家、汉学家已将
"奇书"的概念引入西方。虽然他们并没有对"奇书"概念做出进
一步清晰的界定，但其对《金瓶梅》的著录、译介及相关评点又在
一定程度上反映出其对《金瓶梅》这部奇书的认识。

首先，《金瓶梅》这部奇书是对中国世态人情的摹写，是了解
中国社会生活的有益媒介。雷慕莎在《玉娇梨》法译本序言中就曾
指出《金瓶梅》描述了身处市井的男男女女的生活百态，如果将这
部小说翻译出来，会让其他一切关于中国风俗世态的专著变得多
余④。修德《皇家亚洲学会中文文库目录》、朗德雷斯《柯恒儒藏
书书目》与翟理斯《剑桥大学图书馆威妥玛文库汉、满文书籍目
录》不仅将《金瓶梅》著录在案，而且都言之凿凿地声称《金瓶
梅》对了解中国的社会习俗大有裨益。梅辉立更是将《金瓶梅》归
入"言情小说（Romantic Novels）"下之"京话小说"（Peking

---

① Georg Gabelentz. "Mandschu-Bücher", *Zeitschrift der Deutschen Morgenländischen Gesellschaft*, V.16, 1862, p.543.
② 参见李双志《世态·人情·性事——〈金瓶梅〉的"窥淫"笔法与西传曲折》，《读书》2016 年第 3 期。
③ E. W. Thwing, "Chinese Fiction", *The China Review*, Vol.22, No.6, 1897, p.760.
④ Abel-Rémusat, *Iu-Kiao-Li, ou Les Deux Cousins; Roman Chinois*, Paris: Moutardier, 1826, p.22.

School）。所谓的"京话小说"，除了顾名思义需使用首都的方言进行创作之外，作品还必须描写日常生活，而不仅仅是叙述故事或逞才角技。作为"京话小说"的《金瓶梅》无疑更为接近现代欧洲小说的标准，塑造出了具有活泼泼生机的人物，有助于窥知中国人"不奇而奇"的日常生活与世态人情。

其次，《金瓶梅》充斥着大量的床笫之事的描写，是一部诲淫之作。《马礼逊手稿书目》即将《金瓶梅》著录为色情小说（a licentious tale），乔治·加布伦兹在其《满文书籍》一文中写道："《金瓶梅》懂得如何从根源上抛开世俗对道德与举止端庄的偏见，在美酒和情爱中展开故事的情节。"① 梅辉立更是将《金瓶梅》比作薄伽丘的《十日谈》，但其笔法无疑更为大胆自由。虽然性事描写使得《金瓶梅》一问世便被列为禁书，甚至翻译成西文时，亦处处掣肘。但《金瓶梅》的性事描写又是世态人情不可或缺的一部分，正如伟烈亚力所言，《金瓶梅》描绘出了那个时代的荒淫放荡。也就是说，正是世态、人情、性事的复杂交叠赋予《金瓶梅》现实主义的叙事风格，引得译者在重重压力之下，仍勤勉不懈地将之翻译出来。

再次，十九世纪的西人大都认为《金瓶梅》这部小说的语言为京话。如梅辉立将《金瓶梅》视作"京话小说"的开篇之作，认为《金瓶梅》采用了优雅而纯粹的京话（elegant and thoroughly colloquial Pekingese），没有任何中国文学作品堪与之媲美。冉默德沿袭梅辉立的看法，撰写了《京话与金瓶梅》一文，载《中日与大洋洲学会》（*Société Sinico-japonaise et Océanienne*）1888 年第

---

① Georg Gabelentz. "Mandschu-Bücher", *Zeitschrift der Deutschen Morgenländischen Gesellschaft*, V.16, 1862, p.544.

7 期①。此外，伟烈亚力还指出《金瓶梅》的语言往往具有一种双重含义，涉及从未在书面语中出现过的术语、俚语。方言、俚语、双关语恰与《金瓶梅》的内容相得益彰，使得《金瓶梅》具有了一种别样的风格，成为"于风格上最可推重之中国小说"②。

十九世纪目录学家、汉学家主要从《金瓶梅》的内容、语言、风格等方面展开论述，在一定程度上反映出西方人眼中之《金瓶梅》是一部以"奇文"摹写"奇事"的"奇书"。《金瓶梅》亦因之被写入早期西方汉学家编写的中国文学史著作。如俄国汉学家王西里《中国文学史纲要》将《金瓶梅》列入《俗文学·戏剧及中长篇小说》一章，不仅简单介绍了《金瓶梅》的故事梗概，并且指出："中国人认为《金瓶梅》是最伤风败俗的小说。此书书名由小说中三个女人（潘金莲、李瓶儿和春梅）名字中的一个字组成。提起这部小说，腐儒们都会摇头，但是，可能没有哪位会放过一睹为快的机会。对我们而言，《金瓶梅》揭示了中国人的内心生活，暴露了肉欲横流和下流龌龊的一面。"③ 英国汉学家翟理斯《中国文学史》④ 在《明代文学（1368—1644）》一章中着重介绍了《金瓶梅》这部小说，但亦指出有人认为《金瓶梅》成书于 17 世纪，是对康熙朝世风堕落的一种影射。全书以简洁明快的风格写成，语言接近北京方言，而且很多词语都语带双关，甚至有一类涵义非常不雅。这无疑增加了翻译的难度，也许只有翻译过印度《性经》的伯顿（Richard Francis Burton，1821 - 1890）才能胜任其职。德国汉

① Maurice Jametel，"L'argot pékinois et le *Kin-ping-mei*"，*Société Sinico-japonaise et Océanienne*，t.7，1888，pp.1 - 18.
② Abel-Rémusat，*Élémens de la Grammaire Chinoise*，Paris，Imprimerie Royale，1822，Préface，p.xxiii.
③ ［俄］王西里著，阎国栋译，［俄］罗流沙校《中国文学史纲要》，北京：中央编译出版社，2016 年，第 212—213 页。
④ H. A. Giles，*A History of Chinese Literature*，London：W. Heinemman，1901.

学家葛禄博亦在其《中国文学史》①论及《金瓶梅》，认为《金瓶梅》以无情且无耻的现实主义描述了一个深陷道德泥沼的中国社会，令现代文学中最极端的自然主义也为之汗颜，堪称为中国社会风情史的记录。因此，任何想要了解中国文化情状的人都不可忽视《金瓶梅》。

　　这些文学史著作对《金瓶梅》的选录与介绍表明《金瓶梅》在早期西方汉学家编写的中国文学史著作中占有了一席之地，这又在一定程度上促进了《金瓶梅》在欧洲的经典化进程，并引发了二十世纪《金瓶梅》翻译的蓬勃发展。如法国汉学家乔治·苏利埃·德·莫朗《金瓶梅》法译本②、德国汉学家库恩（Franz Kühn，1889-1961）《金瓶梅》德译本③、奥托·祁拔（Otto Kibat）与阿尔图尔·祁拔（Artur Kibat，1878-1961）兄弟的德译本④、克莱门特·埃杰顿（Clement Egerton）英译本⑤等相继问世。而《金瓶梅》翻译的勃兴又催生了新一轮的《金瓶梅》研究热，现当代汉学家对《金瓶梅》展开了深入详致的研究，其中，特别值得指出的是浦安迪所提出的"奇书文体"这一概念，浦安迪将"奇书文体"视作一种文类（genre），并从结构、修辞、思想等诸多方面探讨了"奇书文体"这一明清长篇章回体小说文体

① Wilhelm Grube, *Geschichte der Chinesischen Litteratur*, Leipzig: C. F. Amelangs Verlag, 1902.

② G. Soulié de Morant, *Lotus d'or*, *Roman Adapté du Chinois*, *avec la Reproduction de Quatorze Gravures et de Deux Pages de L'Édition Chinoise*, Paris: Charpentier et Fasquelle, 1912.

③ Franz Kühn, *Kin Ping Meh*, *oder die Abenteuerliche Geschichte von His Men und seinen sechs Frauen*, Leipzig: Insel-Verlag, 1930.

④ Otto Kibat, Artur Kibat, *Djin Ping Meh*, *Unter Weitgehender*, Gotha: Engelhard-Reyher Verlag, 1928-1933.

⑤ Clement Egerton, *The Golden Lotus*, London: G. Routledge, 1939.

的叙事特征，试图重建中国古典文学的叙事传统①。而浦安迪所提出的这一概念又为国内小说的学术研究提供了一种视角，尝试重新构建起《金瓶梅》及"四大奇书"等明清章回小说经典作品之文人属性②。

综上所述，《金瓶梅》早在十九世纪初期已经传至欧洲，并受到西方藏书家、目录学家的重视，被著录入《马礼逊手稿书目》《皇家亚洲学会中文文库目录》《柯恒儒藏书书目》等多种西人编纂的藏书书目。而《金瓶梅》在欧洲的流布与著录，又为《金瓶梅》的译介提供了文本支持，在一定程度上促进了《金瓶梅》在欧洲的翻译。相应地，《金瓶梅》的译介又进一步推动了西方人对《金瓶梅》的认识和接受，并逐步地经典化，不仅在王西里、翟理斯、葛禄博等早期西方汉学家撰写的中国文学史著作中占有了一席之地，而且催生了二十世纪《金瓶梅》翻译的蔚为大观，从而引发了西方汉学家对《金瓶梅》与"四大奇书"等明清章回小说文体的叙事学研究，又进而开启了国内学术界对明清小说文人属性的探讨。"东海西海，心理攸同"，中西研究学者共同促进了《金瓶梅》研究的学术发展。

第二节　十九世纪西人所编中国书目中的《聊斋志异》

正如蒋瑞藻《小说考证》所言："《聊斋志异》一书，为近代说

---

① ［美］浦安迪著，沈亨寿译《明代小说四大奇书》，北京：生活·读书·新知三联书店，2006年。

② 可参见谭帆《"奇书"与"才子书"——对明末清初小说史上一种文化现象的解读》，《华东师范大学学报（哲学社会科学版）》2003年第6期；刘晓军《"四大奇书"与章回小说文体的形成》，《学术研究》2010年第10期；罗书华《四大奇书经典演变与名实变迁》，《河北学刊》2018年第1期。

部珍品，几于家弦户诵，甚至用为研文之助，其流传之广，盖可知矣。然不为《四库说部》所收。"[1] 但墙内开花墙外香，被《四库全书总目》忽略的《聊斋志异》却受到了十九世纪西方藏书家、书目学家的重视。就现有文献而言，最早著录《聊斋志异》的西人书目似为《马礼逊手稿书目》。该书目由马礼逊于 1824 年编纂而成，距乾隆三十一年（1766）《聊斋志异》青柯亭本的刊刻仅五十八年。此后，《聊斋志异》又陆续见著于《皇家亚洲学会中文文库目录》（1838 年）、《中国经典书目提要》（1867 年）等多种十九世纪西人所编中国书目，本节即以这些书目中的《聊斋志异》为研究对象，探析《聊斋志异》在十九世纪西人所编中国书目中的著录情况，兼论其对《聊斋志异》在西方的翻译、接受和传播的影响。

一、十九世纪西人所编藏书书目中的《聊斋志异》

在十九世纪中西文化交流的活动中，马礼逊、斯当东、威妥玛等西方人士以及皇家亚洲学会、牛津大学等汉学研究机构较早就开始有意识地搜集和收藏中国典籍，成为一种有益的文化实践。这些在中国购置的书籍经由各种方式被运回欧洲，不仅构成了汉籍流传海外的物质存在，为汉学的发展提供了最基本的文献支持；而且往往都编纂有或详或略的藏书书目，这在一定程度上反映出西人对所藏汉籍的认知与评价。作为清代说部珍品，《聊斋志异》即见著于以下多种十九世纪西人编纂的藏书书目之中。

1.《马礼逊手稿书目》（*Morrison's Manuscript Catalogue*），1824 年

《马礼逊手稿书目》由来华新教传教士马礼逊就其中文藏书编纂而成，是目前所知最早著录《聊斋志异》的书目。《马礼逊手稿书目》将《聊斋志异》著入 "Leaou 了" 目之下。著录译名为

---

[1]　蒋瑞藻《小说考证》，上海：上海古籍出版社，1984 年，第 219 页。

Collection of wonderful stories，但马礼逊误认为《聊斋志异》采用了口语（colloquial）写作。

《马礼逊手稿书目》所著录《聊斋志异》为十六卷本。扉页题"淄川蒲留仙著《聊斋志异》，青柯亭开雕"。有乾隆三十年余集序及赵起杲例言。正文每半叶九行，每行二十一字，左右双边，黑口，版心题"聊斋志异"。并在余集序后刻有"杭州油局桥陈氏刊"字样。

2.《皇家亚洲学会中文文库目录》（*Catalogue of the Chinese Library of the Royal Asiatic Society*），1838年

修德牧师根据皇家亚洲学会中文图书馆藏书编纂而成的《皇家亚洲学会中文文库目录》分为语言、历史、传记、诗歌、小说、游记等二十二目。其中"小说"目（Works of fiction）著有23种中国小说，第23种为《聊斋志异》（*Leaou Chae che e*），著录译名为：*The fortuitous narration of strange occurrences*。修德指出《聊斋志异》曾被比作斯宾塞的《妖后》（the "Fairy Queen" of Spenser），作者旨在揭示尘世万象的短暂性（It appears to be the object of the author to depict the transitory nature of earthly things）①。皇家亚洲学会图书馆藏有两种《聊斋志异》，皆为十六卷本。

3.《乔治·斯当东爵士赠国王学院图书馆中文书籍印本及稿本书目》（*Catalogue of Chinese Printed Books & Manuscripts Presented to the Library of King's College*），1853年

此书目②分为语言、历史、伦理、诗歌、小说等十一目，共著录中国典籍74种，其中"小说"（Novels）目著有《聊斋志异》《红

---

① Samuel Kidd, *Catalogue of the Chinese Library of the Royal Asiatic Society*, London: John W. Parker, 1838, p.55.

② *Catalogue of Chinese Printed Books & Manuscripts Presented to the Library of King's College*, 1853.《乔治·斯当东爵士赠国王学院图书馆中文书籍印本及稿本书目》现藏伦敦大学亚非学院图书馆（SOAS callmark EC82.114）。

楼梦》《三国演义》《好逑传》《唐演传》与《今古奇观》6 种小说，著录比较简略，所著录《聊斋志异》为十六卷本，英译名为 *The Pastimes of Study- Fairy tales*。

4.《牛津大学图书馆中文书目》（*A Catalogue of Chinese Works in the Bodleian Library*），1876 年

艾约瑟编纂的《牛津大学图书馆中文书目》不分纲目，共著录中国典籍 299 条。其中第 61 条为《聊斋志异》（*Leaou chae che p'ing choo*），著曰："《聊斋志评注》（*The Leaou chae History with Comment*），作者蒲松龄，是一本文风优雅且在中国极为流行的故事集（A collection of stories in elegant style and of most remarkable popularity）。共 16 卷，于 1765 年刊行。"① 该馆所藏《聊斋志异》为 1843 年翻刻本。

5.《凯礼中文藏书书目》（*Bibliothèque Chinois: Catalogue des Livres Chinois Provenant de la Bibliothèque de Feu M. J. M. Callery*），1876 年

此书目分为西人论华书目和汉籍书目两部分，其中，《聊斋志异》见著于"汉籍书目"之"文学（Littérature）"类：《聊斋志异》（*LIAO-TCHAÏ-TCHE-Y*），著名的寓言、中国传统故事及历史轶事集（Recueil célèbre de contes allégoriques et d'anecdotes tirés de l'histoire et des traditions populaires de la Chine）。纸张为黄色。并指出："如果仔细阅读《聊斋志异》将有助于汉学家解决其所面对关于中国历史或传统精神的不可逾越的困难，因为《聊斋志异》所反映出的思想或哲学，无疑比史家的记载更为丰富。"②

① Joseph Edkins，*A Catalogue of Chinese Works in the Bodleian Library*，Oxford：Clarendon Press，1876，p.11.
② *Bibliothèque Chinois: Catalogue des Livres Chinois Provenant de la Bibliothèque de Feu M. J. M. Callery*，Pairs：Ernest Leroux Éditeur，1876，p.30.

6.《大英博物院图书馆藏中文刻本、写本、绘本目录》（*Catalogue of Chinese Printed Books，Manuscripts and Drawings in the Library of the British Museum*），1877 年

道格斯编纂的《大英博物院图书馆藏中文刻本、写本绘本目录》按罗马拼音顺序著录。《聊斋志异》见录于"蒲留仙（Poo Lew-seen）"条目之下。著有 2 种《聊斋志异》，著录译名为 Curious Stories from a Carless Man's Study，一种记为 1765 年十六卷本，于杭州刊行。另一种于 1767 年刊刻，亦为十六卷本，有王士正评语。据柳存仁《伦敦所见中国小说书目提要》所论，该本或为乾隆三十二年福建建安李时宪翻刻本①。

7.《莱顿大学图书馆汉籍书目》（*Catalogue des Livres Chinois qui se Trouvent dans la Bibliothèque de L'Université de Leide*），1883 年

施古德编撰的这一书目分为词典词汇、历史地理、经典、佛教道教、文学等，共著录藏书 234 种，其中第 218 种为《聊斋志异》，见著于"文学"（Belles Lettres），著曰："《批点聊斋志异》（*Pi-tien Liao-tchai-tchi-i*），*Les Contes de LIAO-TCHAI*，4 卷。"②

8.《皇家亚洲学会图书馆藏中文典籍目录》（*A Catalogue of the Chinese Manuscripts in the Library of the Royal Asiatic Society*），1890 年

何为霖整理的《皇家亚洲文学图书馆藏中文典籍目录》共著录汉籍 562 条，其中，第 40 条、第 93 条和第 384 条皆为《聊斋志

---

① 柳存仁《伦敦所见中国小说书目提要》，北京：书目文献出版社，1982 年，第 261—263 页。

② Gustaaf Schlegel, *Catalogue des Livres Chinois qui se Trouvent dans la Bibliothèque de L'Université de Leide*，Leide: E. J. Brill, 1883，p.27.

异》，第 40 条著曰："*Liao Chai chih i*，16vols. Ref. B. M. P.67；L. U. 52，4；Kidd，p.55. Translated by H. A. Giles under the title of 'Strange Stories from a Chinese Studio.' 2vols. London，1880. [Amherst I，B.2]"① 即《聊斋志异》十六卷，参见大英博物馆书目第 67 页，伦敦大学书目第 52 页，修德书目第 55 页。翟理斯曾有《聊斋志异》译本，名为"Strange Stories from a Chinese Studio"，翟理斯译本为两卷本，1880 年在伦敦出版。皇家亚洲学会图书馆所藏第一种《聊斋志异》的索书号为：Amherst I，B.2。而第 93 条所著《聊斋志异》为两函十六卷本，1768 年刊刻。第 384 条《聊斋志异》亦为两函十六卷本，刊刻于 1765 年。

9.《林赛文库中文印本及写本目录》(*Bibliotheca Lindesiana. Catalogue of Chinese Books and Manuscripts*)，1895 年

该书目乃克劳福德勋爵詹姆斯·林塞为其藏书所编之书目，不分纲目，共著录 464 种藏书。其中第 367 种为《聊斋志异》，著曰："《譯墦聊斋志异》(*Chin fan liao chai chih i*)，译名为 'Curious stories from a careless man's study'，蒲松龄著，满汉文合璧，3 函 24 册，1848 年刊刻。"②

10.《剑桥大学图书馆威妥玛文库汉、满文书籍目录》(*A Catalogue of the Wade Collection of Chinese and Manchu Books in the Library of the University of Cambridge*)，1898 年

翟理斯编写的这一书目，分类有儒、释、道经典，历史、传记、法规，诗歌、小说、戏曲，语言等等。《聊斋志异》著录于"诗歌、小说、戏曲"(Poetry，Novels，Plays，etc.)，著曰："《聊斋

---

① H. F. Holt，"A Catalogue of the Chinese Manuscripts in the Library of the Royal Asiatic Society"，*Journal of the Royal Asiatic Society of Great Britain and Ireland*，1890，p.8.

② James Ludovic Lindsay，*Bibliotheca Lindesiana. Catalogue of Chinese Books and manuscripts*. Wigan：Privately printed，1895，p.8.

志异》（*Liao Chai Chih I*）是一本故事集，作者为出生于 1622 年的蒲松龄（P'u Sung-ling）。该书主要描写超自然的事物，书中有评论和注释，该馆所藏《聊斋志异》刊行于 1884 年。"①

11.《法国国家图书馆所藏中文、韩文和日文书籍目录》（*Catalogue des Livres Chinois，Coréens，Japonais，ect., in the Bibliothèque Nationale*），1900—1902 年

该书目由古恒编撰而成，《聊斋志异》见著于"想象类作品"（Œuvres d'imagination）之"短篇故事"（Recueils de Nouvelles）子目，著曰："《批点聊斋志异》（*Phi tien liao tchai tchi yi*），即'Histoires extraordinaires du pavillon Liao'，作者蒲松龄，字留仙，号聊斋，淄川人。有聊斋自序（1679 年）、仁和余集序（1765 年）、南海何守奇序（1816 年）、聊斋小传等。知不足斋刊本，新城王士正贻上评，一经堂藏板。"②

由上所述，《聊斋志异》见著于《马礼逊手稿书目》《凯礼中文藏书书目》《牛津大学图书馆中文书目》等多种十九世纪西人编纂的藏书书目。这些藏书书目所著录的《聊斋志异》版本为十六卷本，以青柯亭本及其翻刻本以及但明伦评本最多。虽然这些藏书书目对《聊斋志异》的著录比较简单，译名亦不一致。但毕竟较早地对《聊斋志异》进行著录，且大都认为《聊斋志异》是一部奇异故事的辑集，又或多或少地加以品评，成为构建十九世纪西方人眼中《聊斋志异》的一种重要的文本支持。

二、十九世纪西人所编汉籍书目中的《聊斋志异》

除十九世纪西人编纂的藏书书目，西人编纂的汉籍书目也较

---

① H. A. Giles, *A Catalogue of the Wade Collection of Chinese and Manchu Books in the Library of the University of Cambridge*. Cambridge：University press, 1898, p.91.

② Maurice Courant, *Catalogue des Livres Chinois，Coréens，Japonais，ect.，in the Bibliothèque Nationale*，Paris：Ernest Leroux, Éditeur, 1900 - 1902, pp. 432 - 433.

早地对《聊斋志异》进行了著录。与藏书书目就其藏书状况编写不同，西人编纂的汉籍书目则不受藏书状况的限制，可以从目录文献的角度，对汉籍进行著录，且往往编写有相应的提要或叙录。如梅辉立的《中国经典书目提要》、高第的《西人论华书目》等。这些汉籍书目对《聊斋志异》的著录内容较为详细，涉及《聊斋志异》的作者生平、内容主旨、行文风格及翻译流传等诸多方面。

1.《中国经典书目提要》（*Bibliographical Notes on Chinese Books*），1867 年

英国汉学家梅辉立撰写的《中国经典书目提要》最早于 1867 年在《中日释疑报》（*Notes and Quires on China and Japan*）连载，后又于 1872 年在《凤凰杂志》（*The Phoenix*）再刊。该文将中国典籍分为演义（Paraphrases of History）、志怪（the Record of Marvels）、游记（Works of Travel）、谱录（Chinese Biographical Dictionaries）和小说（Chinese Works of Fiction）五目。其中，《聊斋志异》见著于志怪。

梅辉立不仅将《聊斋志异》（*Liao Chai Chih Yi*）著录于志怪，而且《聊斋志异》还是志怪目唯一著录的著作。梅辉立将《聊斋志异》视为记录异闻或志怪文学中最为流行、传播最为广泛的作品，对《聊斋志异》展开了较为详实的论述。首先，介绍了《聊斋志异》的作者及其创作意图。梅辉立指出《聊斋志异》的作者为蒲松龄，山东人，活动于顺治康熙年间（约 1640—1720）。尽管蒲松龄焚膏继晷地研习古文与典籍，却在通过童子试之后屡挫于乡试。为了慰藉科场失利的痛苦，蒲松龄开始广泛收集中国各阶层关于狐仙、精灵与鬼怪的传奇故事，并拟以《鬼狐传》名之。然友人认为此名与内容均不足以尽显其才，蒲松龄乃增益他条，并改其名曰《聊斋志异》。

其次，梅辉立指出《聊斋志异》最初以抄本的形式流传，直至 1740 年蒲松龄之孙才将《聊斋志异》付梓刊印。之后《聊斋志异》出现了许多版本，但其中最有价值和最完整的版本由两淮盐运史但明伦赞助刊刻，并为文中晦涩难解的词汇和典故增加了注释，且为每篇撰写评语，是为道光二十二年刊刻的《聊斋志异》但评本。

再次，鉴于《聊斋志异》的故事大都与精灵鬼怪有涉，而中国人又普遍将之具象为狐仙。梅辉立选译了其中最具代表性且篇幅最为经济的一篇，即《酒友》(The Boon Companion) 一文以窥全豹。梅辉立的译文从"车生者，家不中资而耽饮"译至"狐量豪，善谐，于是恨相得晚"为止，仅翻译了《酒友》的前半部分，但几乎逐字逐句地将狐仙和车生成为酒友情节译出。如：

原文：烛之，狐也，酣醉而犬卧。视其瓶，则空矣。因笑曰："此我酒友也。"不忍惊，覆衣加臂，与之共寝。留烛以观其变。半夜，狐欠伸。生笑曰："美哉睡乎！"启覆视之，儒冠之俊人也。起拜榻前，谢不杀之恩。[1]

译文：He cast a light upon it and behold! it was a Fox, lying asleep (as if) drunk. He looked at the bottle, and it was empty! Amused at this, he exclaimed: "Here is a boon-companion for me!" and could not bring himself to startle his bed-fellow, but covered it with the clothes and threw his arm around it, keeping his candle alight to watch its transformation. In the middle of the night the fox stretched itself, and our hero laughed, saying: "Well done! You have had a nap!" and throwing off the covering beheld a handsome man in scholar's garb, who rose and made an obeisance

---

[1] ［清］蒲松龄《聊斋志异》，北京：人民文学出版社，1989 年，第 227 页。

before his pillow, in gratitude for the mercy shewn in not putting him to death while sleeping.①

　　梅辉立以直译的方式将以上情节忠实地翻译成英文，重在展现狐仙幻化的法力和贪杯的个性。但梅辉立指出虽狐仙大都具有幻化人身的本领，但并不皆如《酒友》之狐仙般无邪，而是具有多种多样的性格，或邪恶，或善良，或痴情，或勤学。《聊斋志异》成为承载中国人眼中狐仙形象的最生动有趣的文学文本。

　　2.《西人论华书目》（*Bibliotheca Sinica: Dictionnaire Bibliograhpique des Ourrages Relatifs à L'Empire Chinois*），1878—1885 年

　　法国汉学家高第整理编纂的《西人论华书目》，1878 年至 1885 年在巴黎出版，1895 年又有补充卷发行。全书分为综合、地理、历史、文学等类，分门别类地将欧洲人关于中国的著述编纂成目。《聊斋志异》著录于"文学"（Littérature）类，主要辑录《聊斋志异》的西文译本。

　　高第《西人论华书目》在《聊斋志异》条目下共列出 6 条记录，实涉及 8 种《聊斋志异》的西译文本，分别为阿连璧（Clement Francis Romilly Allen，1844‑1920）选译的《聊斋志异》（*Tales from the Liao Chai Chih yi*）②、梅辉立《酒友》英译文（*The Boon Companion*）、郭实腊译介的《聊斋志异》（*Liáu Chái I*

① W. F. Mayers, "Bibliographical Notes on Chinese Books", *Notes and Quires on China and Japan*, Hong Kong: Charles A. Saint, Vol.I, No.Ⅲ, 1867, p.26.
② C. F. R. Allen, "Tales from the Liao Chai Chih Yi", *China Review*. Vol.2 No.6, 1874; Vol.3 No.1, 1874; Vol.3 No.2, 1874; Vol.3 No.3, 1874; Vol.3 No.4, 1875; Vol.3 No.5, 1875; Vol.4 No.1, 1875.阿连璧从《聊斋志异》中选译了《考城隍》《狐嫁女》《娇娜》《细柳》等 18 篇故事。

Chi，or Extraordinary Legends of *Liáu Chái I Chi*）①、翟理斯的英译本《聊斋志异选》（*Strange Stories from a Chinese Studio*）②、陈季同（Tcheng-ki-tong，1851－1907）的法译本《中国故事集》（*Contes Chinois*）③、谢翁（A. Chéon）《罗祖》法译文（*Histoire de La-tô*）④ 以及翟理斯在其译本序言中所提及其他译文，即翟氏所译《罗刹海市》《续黄梁》⑤ 与卫三畏翻译的《种梨》《骂鸭》⑥ 等。此外，高第还摘录了翟理斯对《聊斋志异》的相关评价。如翟理斯指出《聊斋志异》的作者是山东淄博人，姓蒲，名松龄，字留仙。但其崇拜者则称其为"柳泉"，这无疑是更富想象力的名号等等。

此外，丁义华撰有《中国小说》（*Chinese Fiction*）一文，该文载《中国评论》第二十二卷⑦，旨在对中国书店经营之小说做出简单描述并编写提要，这在一定程度上相当于中国小说之营业书目。

---

① K. F. Gützlaff，*Liáu Chái I Chi*，or Extraordinary Legends from *Liáu Chái I Chi*，*Chinese Repository*. Vol.XI，No.4，1842.郭实腊译介了《祝翁》《张诚》《曾友于》《续黄梁》《瞳人语》等 9 篇故事。

② H. A. Giles，*Strange Stories from a Chinese Studio*. London：T. de La Rue and Co.，1880.该译本从《聊斋志异》中选译了《考城隍》《瞳人语》《画壁》《种梨》《劳山道士》《长清僧》等 164 篇故事。

③ Tcheng Ki-tong，*Contes Chinois*，Paris：Calmann Lévy，1889.该译本从《聊斋志异》选了《王桂庵》《白秋练》《青梅》《香玉》《辛十四娘》等 26 篇故事。

④ 谢翁（A. Chéon）将《聊斋志异》之《罗祖》译成法文 *Seules la Charité et la Mansuétude Élèvent L'Homme au Rang de Bouddha*；*Histoire de La-Tô*.编入其文章 "Conte Chinois Extrait de la Collection Intitule Liêu-trai"，载《印度支那研究学会会报》（*Bulletin de la Société Etudes Indo-Chinoises de Saigon*）第一期半年刊，1889 年。

⑤ 翟理斯从《聊斋志异》中选了《罗刹海市》（*The Lo-Ch'a Country and Sea-Market*）和《续黄梁》（*Dr. Tsêng's Dream*）两篇故事译成英文，分别载《华洋通闻》（*Celestial Empire*）1877 年 3 月 29 日版和 1877 年 4 月 12 日版。

⑥ 卫三畏从《聊斋志异》中选了《骂鸭》（*The Story of the Taoist Priest*）和《种梨》（*The Seller of Plums*）两篇故事译成英文，收入其编译的《中国总论》（*The Middle Kingdom*），New York & London：Wiley & Putnam，1848。

⑦ E. W. Thwing，"Chinese Fiction"，*China Review*，Vol.22，No.6，pp.758－764.

在丁义华著录的 20 种中国小说或丛书中，第 3 种即为《聊斋志异》，著录译名为 *A Book of Strange Tales*。

综上所述，梅辉立《中国经典书目提要》、高第《西人论华书目》和丁义华《中国小说》对《聊斋志异》的著录，不再仅仅基于藏书状况，而是尝试从目录学的角度斟酌《聊斋志异》在中国小说中应有的地位，特别是针对作者生平、创作意图、小说版本及其翻译流传情况等诸多方面展开了更进一步的探析。

三、西人所编中国书目中的《聊斋志异》及其影响

如上文所述，或基于藏书状况，或从文献目录的角度，或重在整理汉学研究的已有成果，马礼逊、梅辉立、高第等西方藏书家、目录学家与汉学家对《聊斋志异》进行著录。这些书目不仅成为构建十九世纪西方人眼中《聊斋志异》的重要文本支持，而且对《聊斋志异》在西方的翻译介绍、传播接受及其经典化产生了一定的积极影响。

首先，当《聊斋志异》因其"一书而兼两体"被《四库全书总目》黜落时，却受到了西方藏书家、目录学家的重视，见著于《马礼逊手稿书目》《牛津大学图书馆中文书目》等多种十九世纪西人所编中国书目。这些书目对《聊斋志异》的著录不仅占据了先机，而且在著录方式上进行不断的尝试，大抵出现了四种不同的著录门径。其一，不分纲目，与其他中国典籍著录在一起，如《马礼逊手稿书目》《牛津大学图书馆中文书目》等。其二，著录于文学类，如《凯礼中文藏书书目》《西人论华书目》。其三，著录于小说，如修德的《皇家亚洲学会中文文库目录》及《乔治·斯当东爵士赠国王学院图书馆中文书籍印本及稿本书目》将小说单独为目，将《聊斋志异》与《红楼梦》《好逑传》等小说一并著录。其四，著录于志怪，如梅辉立的《中国经典书目提要》不仅将《聊斋志异》著录于志怪，而且还是志怪目唯一著录的著作，将之视为记录异闻或志

怪文学中最为流行、传播最为广泛的作品。由此可见，西人对《聊斋志异》的著录虽未统一门径，或著录于文学，或著录于小说，或著录于志怪等，尚未形成共识，反映出十九世纪西人对《聊斋志异》的切磋砥砺，而其对《聊斋志异》认知亦是一个不断深入发展的过程。

其次，西人所编中国书目称《聊斋志异》以其行文风格而备受瞩目，《聊斋志异》因之成为西方人学习汉语，特别是学习古文的有效载体。如艾约瑟称《聊斋志异》是一部文风优雅且在中国极为流行的故事集。梅辉立更是认为《聊斋志异》大部分故事内容极其枯燥乏味，蒲松龄的声名与其说是来自作品内容，不如说是来自行文方式，他继承了古代史家雅洁的文风，又辅之以广博的学识和妥帖的典故，形成了古雅蕴藉的文体风格。《聊斋志异》这种突出文体风格亦早就引起西人的重视，将之作为学习古文的凭借。如卫三畏的《拾级大成》(*Easy Lessons in Chinese*)① 即从《聊斋志异》中选译了《骂鸭》《曹操冢》等故事，并采用了中文、中文拼音、英译文三者兼备的方式（见图 6.3）。此外，又给出《黑兽》《牛飞》《赵城虎》等 9 篇故事的汉语（见图 6.4），以资阅读。前者采用从左往右的横版，后者采用从右往左的竖版，并标注句读，形成了以一种掺杂中西的独特版式，为早期汉语读本所特有。

再次，《聊斋志异》的书目著录与其西译相辅相成，共同促进了《聊斋志异》在西方的经典化。其一，西人书目对《聊斋志异》的著录为其翻译提供了中文底本的版本参考。如十九世纪西人所编中国书目中所著录的《聊斋志异》版本皆为十六卷本，以青柯亭本与但明伦评本最多。梅辉立《中国经典书目提要》更将但明伦评本

---

① Samuel Wells William，*Easy Lessons in Chinese: or Progressive Exercises to Facilitate the Study of that Language*，*Especially Adapted to the Canton Dialect*，Macao：Printed at the office of the Chinese Repository，1842.

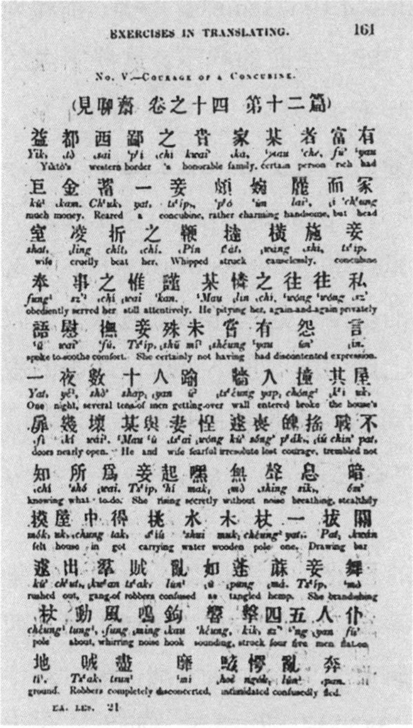

EXERCISES IN TRANSLATING. 161

No. V.—Courage of a Concubine.

(見聊齋 卷之十四 第十二篇)

益都西鄙之貴家某者富有
Yiktó's western border 's honorable family, certain person rich had

巨金畜一妾頗婉麗而家
much money. Reared a concubine, rather charming handsome, but head

室凌折之鞭撻橫施妾
wife cruelly beat her. Whipped struck ceaselessly, concubine

奉事之惟謹某憐之往往私
obediently served her still attentively. He pitying her, again-and-again privately

語慰撫妾殊未嘗有怨言
spoke to soothe comfort. She certainly not having had discontented expression.

一夜數十人踰垣入撞其屋
One night, several tens of men getting-over wall entered broke the house's

扉幾壞某與妻惶遽喪魄搖戰不
doors nearly open. He and wife fearful irresolute lost courage, trembled not

知所爲妾起嘿無聲息暗
knowing what to do. She rising secretly without noise breathing, stealthily

摸屋中得挑水木杖一拔關
felt house in got carrying water wooden pole one. Drawing bar

遽出羣賊亂如蓬麻妾舞
rushed out, gang of robbers confused as tangled hemp. She brandishing

杖動風鳴鉤響擊四五人仆
pole about, whirring noise hook sounding, struck four five men flat on

地賊盡靡駭愕亂奔
ground. Robbers completely disconcerted, intimidated confusedly fled.

EA. LES. 21

图 6.3　卫三畏《拾级大成》第 161 页

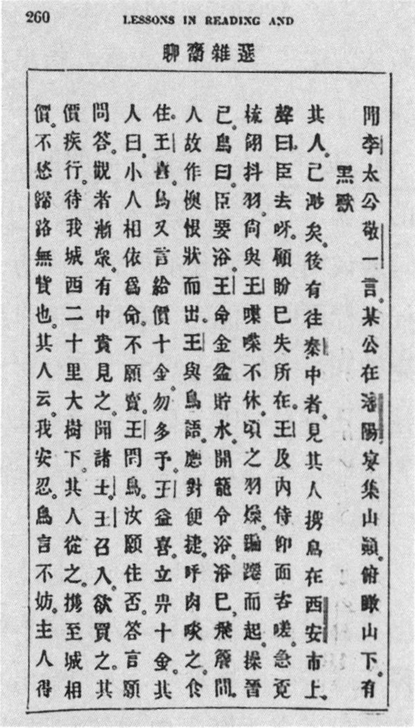

260 LESSONS IN READING AND

聊齋雜選

聞李太公敬一言某公在洛陽宴集山巔俯瞰山下有

黑獸

其人已渺矣後有往秦中者見其人携鳥在西安市上

聲曰臣去呀顧盼已失所在王及內侍仰面咨嗟急覔

棱翎抖羽向與王喋喋不休頃之羽燥翩躚而起操晉

已鳥曰臣要浴王命金盆貯水開籠令浴浴已飛簷間

人故作懊恨狀而出王與鳥語鳥應對便捷呼肉啖之

住王喜鳥又言給價十金勿多予王益喜立畀十金其

人曰小人相依爲命不願賣王問鳥汝願住否答言願

問答觀者漸衆有中貴見之聞諸王王召入欲買之其

價疾行待我城西二十里大樹下其人從之携至城相

價不慼歸路無貲也其人云我安忍鳥言不妨主人得

图 6.4　卫三畏《拾级大成》第 260 页

视为《聊斋志异》最有价值最完整的版本。翟理斯借鉴并秉承了这种观点，其英译本《聊斋志异选》即以但明伦评本为底本，并用1766年刊行的余集序本校勘。翟理斯对《聊斋志异》版本的精审与底本厘择无疑为其译本奠定了扎实的文献基础，翟氏英译本遂成为十九世纪《聊斋志异》最为流行的经典译本。

其二，西人书目对《聊斋志异》的著录虽未形成固定的译名，却引发了对《聊斋志异》译名的争鸣与探讨。如修德参照马礼逊《华英字典》将《聊斋志异》的译名著录为“The fortuitous narration of strange occurrences”，斯当东则借鉴卫三畏的译法，将《聊斋志异》著录为“the Pastime of Study-Fairy tales”，梅辉立又将其译

为 "The Record of Marvels; or Tales of the Genni"，等等。而翟理斯认为这些译名都不正确，指出："按照字面的顺序，这些字表示'聊（Liao）——斋（library）——志（record）——异（strange）'。'聊'是作者为其书斋所起的极富想象力的名字……对于这个不可译的'聊'，我尝试将之替换成'中国的'（Chinese），如此才能更清楚地说明这部著作的内容，因为'鬼故事'（Tales of the Genii）这样的标题并不能完全表达这部作品的范围。这些作品既包含了道教鬼神和法术的离奇故事，又有对海上虚构国度里不可思议之事的叙述，还有对中国人日常生活琐事与奇特自然现象的描述。"① 因此，翟理斯认为《聊斋志异》的准确译名应为 *Strange Stories from a Chinese Studio*。

其三，《聊斋志异》在书目中的著录，特别是高第《西人论华书目》对《聊斋志异》西译文本的著录，不仅是对《聊斋志异》西译实践的阶段性总结，又勾勒出《聊斋志异》在西方翻译的过程中从零星译介逐渐走向系统翻译的大致进程。如高第《西人论华书目》共涉及 8 种《聊斋志异》的西译文本，语言以英文和法文为主。1880 年翟理斯《聊斋志异》英译本问世之前多为零星故事的选译，且或收入关于中国的著作中，或在外文报刊上刊登，尚未出现单行本。而翟氏《聊斋志异》英译本共选译《考城隍》《瞳人语》《画壁》《种梨》《劳山道士》《长清僧》等 164 篇故事，是当时选译篇目最多的系统的西文译本，于 1880 年发行出版，标志着《聊斋志异》的西译进入了新的阶段，即从零星译介走向了系统翻译，相继出现了翟理斯英译本、陈季同法译本等。

其四，西人书目对《聊斋志异》的著录不仅引发了对《聊斋志

---

① H. A. Giles, *Strange Stories from a Chinese Studio*, London: T. de La Rue and Co., 1880, pp. xxviii - xxix.

异》更多的关注和译介，又使《聊斋志异》得以步入中国文学史著述和中国文学选集之中，从而促进了《聊斋志异》在西方的经典化进程。如俄国汉学家王西里在《中国文学史纲要》第十四章《俗文学、戏剧及中长篇小说》中提及《聊斋志异·罗刹海市》，认为这篇故事讲述落难书生因精通文章而娶到龙女的故事，从而彰显了中国人的自信。翟理斯不仅在其《古文选珍》选录《聊斋自志》《汤公》《孙必振》《张不量》四篇作为古文典范，更在《中国文学史》中称清代文学由蒲松龄的《聊斋志异》拉开帷幕，并用了大量笔墨和篇幅详细地介绍《聊斋志异》。书目的著录、系统译本的问世、中国文学选集的收录、文学史著述的介绍无疑成为《聊斋志异》在西方经典化的主要途径，共同促进了《聊斋志异》在西方的经典化进程。

由上所述，《聊斋志异》见著于《马礼逊手稿书目》《皇家亚洲学会中文文库目录》《中国经典书目提要》等多种十九世纪西人所编中国书目，这些书目对《聊斋志异》的著录既占据了先机，又在一定程度呈现出十九世纪汉学家对《聊斋志异》的认识不断深入发展的过程，而《聊斋志异》在书目中的著录又与其在西方的翻译和接受互为补充，不仅推动了《聊斋志异》在西方的翻译进程，又使之进入中国文学史和文学选集的范畴，共同促进了《聊斋志异》在西方的经典化进程。

第三节　十九世纪西人所编中国书目中的《红楼梦》

鲜见于晚清官私书目的《红楼梦》，却较早被著录入西人编纂的中国书目。就现有文献而言，最早著录《红楼梦》的为《马礼逊手稿书目》。该书目由马礼逊于 1824 年编纂而成，距乾隆五十六年

《红楼梦》程甲本的刊刻仅三十三年，比国内最早著录《红楼梦》的《影堂陈设书目录》早近四十年①。西人对《红楼梦》的著录不仅占了先机，而且《红楼梦》又屡屡见著于诸如伟烈亚力《汉籍解题》（1867年）、梅辉立《中国经典书目提要》（1867年）等西人编纂的中国书目。本节拟从书目著录的角度探析十九世纪西方藏书家、书目学家对《红楼梦》的著录、认知与评价，并兼论其对《红楼梦》在西方翻译和接受的影响。

一、藏书与编目：西人所编藏书书目中的《红楼梦》

对中国书籍的搜集与典藏是早期汉学研究的重要活动，为汉学研究的开展提供了最基本的文献支持和物质基础。西方藏书家或汉学家就其藏书编纂而成的藏书目录，成为汉学研究的直接学术成果，不仅构成西人所编中国书目的一种独特存在形态，而且在一定程度上呈现出汉籍在海外的收藏和流传情况。《红楼梦》被视为中国小说巅峰之作，在付梓不久即受到西方藏书家和汉学家的重视，见著于十余种十九世纪西人编纂的藏书目录之中。

1.《马礼逊手稿书目》（*Morrison's Manuscript Catalogue*），1824年

《马礼逊手稿书目》由来华新教传教士马礼逊就其中文藏书编纂而成，是目前所知最早著录《红楼梦》的书目。《马礼逊手稿书目》著录有两种《红楼梦》，编号分别为248与248½，著入"Hung 哄"目之下。著录译名为 *Dream of the red chamber*，马礼逊认为《红楼梦》是叙写一个北京贵族家庭的传记。

《马礼逊手稿书目》所著编号248之《红楼梦》，为二十四卷一百二十回本。扉页题"新增批评红楼梦"、"嘉庆辛未重镌，东观阁

---

① 侯印国《〈影堂陈设书目录〉与怡府藏本〈红楼梦〉》，《红楼梦学刊》2013年第4辑。

梓行，文畲堂藏版"。扉页背面有东观主人识语云："《红楼梦》一书，向来只有抄本，仅八十卷。近因程氏搜辑刊印，始成全璧。但原刻系用活字摆成，勘对较难，书中颠倒错落，几不成文。且所印不多，则所行不广。爰细加厘定，订讹正舛，寿诸梨枣。"① 并有程伟元序、高鹗序。绣像二十四叶，前图后赞。正文每半叶十行，每行二十二字，四周单边，板心题"红楼梦"，有旁批。《马礼逊手稿书目》所著编号 248½ 之《红楼梦》，为一百二十回本。扉页题"新增批评绣像红楼梦，嘉庆戊寅重镌，东观阁梓行"。亦有东观主人识语，程伟元序、高鹗序。正文每半叶十一行，每行二十二字，左右双边，板心题"红楼梦"，亦有旁批。可见，《马礼逊手稿书目》所著录之 2 种《红楼梦》分别为嘉庆十六年（1811）重刊本和嘉庆二十三年（1818 年）重刊本，属于《红楼梦》东观阁刊本系统。

2.《皇家亚洲学会中文文库目录》(*Catalogue of the Chinese Library of the Royal Asiatic Society*)，1838 年

修德牧师根据皇家亚洲学会中文图书馆藏书编成《皇家亚洲学会中文文库目录》，1838 年在伦敦出版发行。该书目分为语言、历史、传记、诗歌、小说、游记等二十二目，其中"小说"目(Works of fiction) 著有中国小说 23 种，第一种即为《红楼梦》。修德认为《红楼梦》采用的语言为北京官话，小说在中国享有盛誉。

3.《柯恒儒藏书书目》(*Catalogue des Livres Imprimés: des Manuscirts, et des Ouvrages Chinois, Tartars, Japonais, etc., Composant la Bibliothèque de Feu M. Klaproth*)，1839 年

朗德雷斯编纂的《柯恒儒藏书书目》共分七目：经典，哲学与

---

① 《红楼梦》，嘉庆十六年（1811 年）重刊本，东观阁梓行，文畲堂藏版。

宗教，历史，法律、政治与管理，地理，科学与艺术，文学。文学（Littérature）又分为十二子目，《红楼梦》见著于文学第七子目"小说与戏剧"（Romans et pieces de theater），编号为 245。著曰："《红楼梦》（*Houng Leou Meng*），法译名为 *Les Songes de la chambre rouge*，4 卷。中国小说，乾隆五十六年（1791 年）刊行。英译名为 *The Dream of the red chamber*，该书描摹出一幅明代宫廷的风俗画。"①

4.《Ve Dondey-Dupré 东方图书馆书目》（*Catalogue de la Librairie Orientale de Ve Dondey-Dupré*），1846 年

该书目分为汉籍、西译汉籍、中国历史、日本典籍等七目。"汉籍"（Ouvrages imprimés en Chine）共著录中国典籍一百二十三条，将小说、戏剧、诗歌等著录在一起，并给出简略提要。其中第二十七条即为《红楼梦》（*Hong-Leou-Mong*），其法译名为 *Les Songes de la Chambre rouge*。该书目将《红楼梦》著录为享有盛誉的历史小说，认为《红楼梦》摹写了明代宫廷的事迹。其所收藏的《红楼梦》为二十卷本，当时售价为 52.5 法郎。

5.《乔治·斯当东爵士赠国王学院图书馆中文书籍印本及稿本书目》（*Catalogue of Chinese Printed Books & Manuscripts Presented to the Library of King's College*），1853 年

该书目分为语言、历史、伦理、诗歌、小说等十一目，共著录中国典籍 74 种，其中"小说"（Novels）目著有《聊斋志异》《红楼梦》《三国演义》《好逑传》《唐演传》与《今古奇观》6 种小说，著录比较简略，所著录《红楼梦》为二十卷本，英译名为 *The Dreams of the Red Chamber*。

---

① C. Landresse, *Catalogue des Livres Imprimés: des Manuscirts, et des Ouvrages Chinois, Tartars, Japonais, etc.*, *Composant la Bibliothèque de Feu M. Klaproth*, Paris：R. Merlin, libraire, 1839, p.398.

6.《埃尔·利奥波德·范·阿尔施泰因藏书书目》(*Catalogue des Livres et Manuscrits Formant la Bibliothèque de Feu Mr. P. Léopold van Alstein*)，1863 年

该书目共著录中国小说 24 种，编号为第 2699 至 2722，著录于"文学"类之"亚洲语言"子目下设的"中国语言文学"的四级目录"小说"(Romans)。其中，编号 2707 为《红楼梦》，著曰："《红楼梦》(*Les Songes de la Chambre Rouge*)，著名的中国小说，20 卷，12 开本。"①

7.《牛津大学图书馆中文书目》(*A Catalogue of Chinese Works in the Bodleian Library*)，1876 年

艾约瑟编纂的《牛津大学图书馆中文书目》不分纲目，共著录中国典籍二百九十九条。其中第六十九条为《红楼梦》，著曰："《红楼梦》(*Hung low mung*) 英译名为 *Dream of the Red Chamber*，是上世纪用北京官话写成的一部广为流传的小说，前有高鹗 1778 年序，届时小说已闻名二十余年矣。"② 该馆所藏《红楼梦》为二十卷本，1811 年刊刻。

8.《大英博物院图书馆藏中文刻本、写本、绘本目录》(*Catalogue of Chinese Printed Books, Manuscripts and Drawings in the Library of the British Museum*)，1877 年

道格斯编纂的《大英博物院图书馆藏中文刻本、写本、绘本目录》按罗马拼音顺序著录。《红楼梦》见录于"曹雪芹 (Tsaou Seuĕ-kin)"条目之下。著有 2 种《红楼梦》。一种为 1811 年刊刻本，另一种仅存第四十六回至五十一回，大约刊于十九世纪二十

---

① Pierre Léopold van Alstein, *Catalogue des Livres et Manuscrits Formant la Bibliothèque de Feu Mr. P. Léopold van Alstein*, Gand：C. Annoot-Braeckman, 1863, p.194.

② Joseph Edkins, *A Catalogue of Chinese Works in the Bodleian Library*, Oxford：Clarendon Press, 1876, p.12.

年代。

9.《莱顿大学图书馆汉籍书目》(*Catalogue des Livres Chinois qui se Trouvent dans la Bibliothèque de L'Université de Leide*)，1883 年

施古德编撰的这一书目分为词典词汇、历史地理、经典、佛教道教、文学等，共著录藏书 234 种，其中第 186 种为《红楼梦》，见著于"文学"(Belles Lettres)，著曰："《红楼梦》(*Houng-leou moung*)，*Songes de l'appartement ronge.* 小说，24 册，4 卷，12 开本。"①

10.《皇家亚洲学会图书馆藏中文典籍目录》(*A Catalogue of the Chinese Manuscripts in the Library of the Royal Asiatic Society*)，1890 年

该书目由何为霖在修德《皇家亚洲学会中文文库目录》的基础上编撰而成。该书目不分纲目，共收录汉籍 559 种。书目第 87 条、245 条和 388 条为《红楼梦》(*Hung Lou mêng*)。其中第 87 条《红楼梦》为两函二十卷本，1811 年刊刻，并指出《红楼梦》的译名为"The Dream of the Red Chamber"，在中国极具盛名。《皇家亚洲学会华北分会杂志》1885 年刊载了一篇介绍《红楼梦》内容梗概的文章②，《皇家亚洲学会中文文库目录》《大英博物院图书馆藏中文刻本、写本和绘本目录》《汉籍解题》均著有《红楼梦》。第 245 条所著《红楼梦》于 1835 年刊刻，八卷。而第 388 条《红楼梦》著曰："其约定俗成的译名为'The Dream of the Red Chamber'，但'红楼'隐喻着财富和

① Gustaaf Schlegel, *Catalogue des Livres Chinois qui se Trouvent dans la Bibliothèque de L'Université de Leide*, Leide: E. J. Brill, 1883, p.24.
② 即翟理斯《红楼梦》英文节译 "The Hung Lou Meng: Commonly Called the Dream of the Red Chamber"，载《皇家亚洲学会华北分会杂志》(*Journal of the North-China Branch of the Royal Asiatic Society*) Vol.XX. No.1, No.2, 1885。

权势。这部小说极尽所能地讲述了一个权贵家族的颓败。全书共 120 回，24 卷，故事涉及 400 余人物，但艺术手法高超，叙事有条不紊……或言《红楼梦》作者为生活于清代初期的曹雪芹，由于小说被认为是对清廷的讽喻，《红楼梦》曾一度被列为禁书，但如今已风行全地。"①

11.《林赛文库中文印本及写本目录》(*Bibliotheca Lindesiana. Catalogue of Chinese Books and Manuscripts*)，1895 年

该书目乃克劳福德勋爵詹姆斯·林塞为其藏书所编之书目。该书目不分纲目，共著录 464 种藏书。其中第 149 种与 402 种为《红楼梦》，前者为 1830 年刊刻，著曰："《红楼梦》(*Hung Lou Mêng*) 即 'The Dream of the red chamber'，作者曹雪芹，4 卷 20 册。"② 后者为 1832 年刊刻，4 函 24 册。

12.《剑桥大学图书馆威妥玛文库汉、满文书籍目录》(*A Catalogue of the Wade Collection of Chinese and Manchu Books in the Library of the University of Cambridge*)，1898 年

翟理斯编撰的这一书目，分类有儒、释、道经典，历史、传记、法规，诗歌、小说、戏曲，语言等等。《红楼梦》著录于"诗歌、小说、戏曲"(Poetry, Novels, Plays, etc.)，著曰："《红楼梦》(*Hung lou mêng*) 是一部世情小说，以 'The Dream of the Red Chamber' 之名享誉西洋。《红楼梦》作者为活动于十七世纪的曹雪芹 (Ts'ao Hsüeh-ch'in)。该馆所藏《红楼梦》刊行于道光十二年

① H. F. Holt, "A Catalogue of the Chinese Manuscripts in the Library of the Royal Asiatic Society." *Journal of the Royal Asiatic Society of Great Britain and Ireland*, 1890, Vol.22, p.65.

② James Ludovic Lindsay, *Bibliotheca Lindesiana. Catalogue of Chinese Books and manuscripts*, Wigan: Privately printed, 1895, p.27.

（1832），有插图和王希廉评语。"①

13.《法国国家图书馆所藏中文、韩文和日文书籍目录》
（*Catalogue des Livres Chinois，Coréens，Japonais，ect.，in the
Bibliothèque Nationale*），1900—1902 年

该书目由古恒编撰而成，《红楼梦》见著于"想象类作品"
（Œuvres d'imagination）之"小说"（Romans）子目，著曰："《新
增批评绣像红楼梦》（*Sin tseng phi phing sieou siang hong leou
mong*），作者曹雪芹，有铁岭高鹗序、插图和小字评点，东观阁梓
行，文畬堂藏板。"②

由上所述，《红楼梦》在西人所编藏书书目中的著录发轫于马
礼逊、柯恒儒、斯当东等西方汉学家，或皇家亚洲学会、牛津大学
等汉学研究机构的汉籍收藏。这些藏书书目所著录的《红楼梦》版
本有二十卷本、二十四卷本等，以东观阁重刊本及王希廉评本最
多。尽管这些藏书书目对《红楼梦》的著录门径或有不同，内容亦
各有偏重，且大都比较简略，但显而易见，《红楼梦》在西人所编
藏书书目中取得了一席之地，并拥有相对固定的译名，从而在十九
世纪已经获得了西人较为一致的认同。

二、解题与叙录：西人所编汉籍书目中的《红楼梦》

随着汉籍收藏的日益充盈，汉学研究的逐步深入，西方的汉学
家、目录学家以中国传统目录学著作为借鉴，开始从目录学的角
度，对汉籍进行著录并编写相应的解题与叙录。其中，比较重要的
有伟烈亚力的《汉籍解题》、梅辉立的《中国经典书目提要》、高第
的《西人论华书目》等。这些汉籍书目皆著录有《红楼梦》，且著

---

① H. A. Giles，*A Catalogue of the Wade Collection of Chinese and Manchu Books in the
Library of the University of Cambridge*，Cambridge：University press，1898，p.91.
② Maurice Courant，*Catalogue des Livres Chinois，Coréens，Japonais，ect.，in the
Bibliothèque Nationale*，Paris：Ernest Leroux，Éditeur，1900－1902，p.415.

录内容亦日渐详致，涉及《红楼梦》的作者生平、内容主旨、价值得失、流传情况等诸多方面。

1.《汉籍解题》(*Notes on Chinese Literature*)，1867 年

《汉籍解题》，又称《中国文献记略》《中国文学札记》等，由英国汉学家、目录学家伟烈亚力编纂而成，最早由美华书馆于 1867 年在上海和伦敦刊行。该书参照《四库全书总目提要》四部分类法，将两千余种中国经典按经（Classics）、史（History）、子（Philosophers）、集（Belles-letters）分类著录，并撰写简略提要。其中，子部下列儒家、兵家、谱录、类书、小说家、释家等十四个子目录。而"子部·小说家"在遵循《四库全书总目提要》分为叙述杂事、缀辑琐语、记录异闻之外，又加列"小说"（Works of fiction）一目，著有十五种中国小说①。《红楼梦》即著录于该"小说"目之下。

《汉籍解题》所著《红楼梦》(*Hung lôw múng*)为一百二十回本，认为《红楼梦》是一部流行的摹写日常生活的小说，作者是生活在当代稍早时期的曹雪芹（Tsaou Seuĕ-k'in）。并指出《红楼梦》虽是小说，但其叙事却是有事实依据的，除了开头几回被小说修辞所掩蔽。

2.《中国经典书目提要》(*Bibliographical Notes on Chinese Books*)，1867 年

英国汉学家梅辉立撰写的《中国经典书目提要》最早于 1867 年在《中日释疑报》(*Notes and Quires on China and Japan*)连载，后又于 1872 年在《凤凰杂志》(*The Phoenix*)再刊。该文将中国典籍分为自传演义、志怪、游记、谱录和小说（Chinese

---

① 《汉籍题解》著录的这十五种小说为《三国志演义》《西游记》《后西游记》《金瓶梅》《水浒传》《东周列国志》《红楼梦》《西洋记》《说岳全传》《封神演义》《正德皇帝游江南》《双凤奇缘》《好逑传》《玉娇梨》《平山冷燕》。

Works of Fiction）五目。"小说"目又分为历史小说（Historical
Romances）与言情小说（Romantic Novels）两类，《红楼梦》见著
于言情小说。

梅辉立不仅将《红楼梦》（*Hung Low Mêng*）著录于言情小说
子目，而且把《红楼梦》与《金瓶梅》《品花宝鉴》合称为"京话
小说"（Pekingese School）。所谓的"京话小说"必然具备两个要
素，第一，使用首都的方言进行创作；第二，作品不仅仅是叙述故
事或逞才角技，而是为了摹写日常生活。因之，"京话小说"比较
接近现代欧洲小说的标准，更能塑造出具有鲜活情感与丰沛激情的
人物。《红楼梦》正是其中翘楚。

梅辉立在充分肯定《红楼梦》文学价值的同时，围绕贾宝玉、
林黛玉和薛宝钗勾勒出《红楼梦》的内容梗概，既注重摹写这三位
主要人物的性格发展，又重点介绍了诸如"石头补天"、"太虚幻
境"等预言性的情节；并尝试着从《红楼梦》选译了三段文字。第
一段为：

> Vast as is Heaven above or Earth below ——
>
> Sighs may such limits fill for passion vainly past，
>
> Grieve for the senseless youth，the hapless maiden's woe！
>
> Not oft is love's light pledge redeem'ed at last！[①]

即"厚地高天，堪叹古今情不尽；痴男怨女，可怜风月债难偿"。
乃镌刻于太虚幻境宫门之上的对联。既预言着未来，又使整部小说
笼罩着一股梦幻般的哀愁。第二段为：

> Vain to be soft in temper，mild in ways，

---

① W. F. Mayers，"Bibliographical Notes on Chinese Books"，*Notes and Quires on China and Japan*，Hong kong：Charles A. Saint，Vol.I，No.XII，1867，p.167.

Fair as the fairest bloom of summer's days!

The gifted one whom Fortune loves, extol;

To thine, unhappy youth! Fate links no kindred soul![1]

即"枉自温柔和顺，空云似桂如兰。堪羡优伶有福，谁知公子无缘"。实乃《红楼梦》中袭人之判词，梅辉立误将之视作黛玉命运的预言。第三段译文为：

Not often shines serene the orb of night!

The radiant sky too soon grows dull and cold!

Though high as Heaven the mind's aspiring flight,

Still earthly chains the body basely hold.

Genius and wit bring hatred in their train,

Envy's foul tongue embitters length of days.

O passionate youth! Thy longings too are vain![2]

即"霁月难逢，彩云易散。心比天高，身为下贱。风流灵巧招人怨。寿夭多因诽谤生，多情公子空牵念"。为《红楼梦》中晴雯的判词，梅辉立则认为小说借此惕励忧伤。此外，除上述重要人物和情节外，梅辉立还论及盛气凌人的王熙凤、自私怯懦的浪荡子薛蟠与性格独特的农妇刘姥姥，指出他们对小说情节的发展亦有重要作用；而"王熙凤毒设相思局"、"俏平儿软语救贾琏"等情节则描写得风趣幽默，可资赏阅。

梅辉立确言《红楼梦》作者为曹雪芹，而小说情节则源自真实生活："小说描写的荣国公府邸，事实上是明国公的府邸，明国公是世袭的贵族，在乾隆朝早期，或上个世纪中叶，因行为不当而被剥夺了财

---

① W. F. Mayers, "Bibliographical Notes on Chinese Books", *Notes and Quires on China and Japan*, Vol.I, No.XII, 1867, p.168.

② 同上书，第 168 页。

富和官爵。或言曹雪芹曾为明国府记事。"① 正因如此，《红楼梦》半个世纪以来，一直被禁。但即使《红楼梦》还被官方禁止时，其手稿已经价值 30 到 50 美元，至十九世纪六十年代，《红楼梦》已有二十卷本、二十四卷本、三十卷本等众多版本，是中国最为流行的小说。

3.《西人论华书目》（Bibliotheca Sinica: Dictionnaire Bibliograhpique Des Ourrages Relatifs à L'Empire Chinois），1878—1885 年

《西人论华书目》由法国汉学家高第（Henri Cordier）整理编纂而成，于 1878 年至 1885 年在巴黎发行，1895 年又出版其补充卷。全书分为综合、地理、历史、科学艺术、语言文学等部类，分门别类地将欧洲人关于中国的著述编纂成目，是欧洲人关于中国著述的一部权威目录学著作。《红楼梦》著录于"文学"（Littérature）目，主要辑录《红楼梦》的西文译本。

高第《西人论华书目》在《红楼梦》条目下共列出 5 条记录，实为 3 种《红楼梦》的西译文本，分别为罗伯聃（Robert Thom，1807－1846）《正音撮要》（The Chinese Speaker）所收《红楼梦》译文②、翟理斯的《红楼梦》英文节译③、乔利（H. Bencraft Joly，1857－1898）的《红楼梦》英译本④。此外，高第还摘录了翟理斯

---

① W. F. Mayers, "Bibliographical Notes on Chinese Books", *Notes and Quires on China and Japan*, Vol.I, No.XII, 1867, p.168.

② 罗伯聃将《红楼梦》第六回中"刘姥姥一进荣国府"的内容译成英文 "Extract from the Hung-Low-Mung" 并附中文，且标识出中文拼音和英文译文相对应。译文收入其编撰的《正音撮要》（*The Chinese Speaker*），Ningpo, Presbyterian Mission Press, 1846.

③ 翟理斯《红楼梦》英文节译 "The Hung Lou Meng: Commonly Called the Dream of the Red Chamber", 载《皇家亚洲学会华北分会杂志》（*Journal of the North-China Branch of the Royal Asiatic Society*）Vol.XX. No.1, No.2, 1885。

④ 乔利《红楼梦》英译本：*Hung Lou Meng; or the Dream of the Red Chamber*, *A Chinese Novel*, Shanghai: Kelly & Walsh, 1892－1893。该译本是《红楼梦》前五十六回的全译。

对《红楼梦》的相关评价。如翟理斯指出《红楼梦》大约成书于十八世纪后半叶，作者尚未可知。《红楼梦》全书共二十四卷，一百二十回，平均每回 30 页，全书约有 4 000 页等等。

综上所述，伟烈亚力的《汉籍解题》、梅辉立的《中国经典书目提要》和高第的《西人论华书目》等西人所编汉籍书目对《红楼梦》的著录，不再仅仅基于藏书状况，而尝试着从目录学的角度审视判度《红楼梦》在中国典籍或中国小说中的地位，在辨章学术、考镜源流之际，针对小说译名、小说特性、叙事艺术及其文学价值等诸多方面展开逐步深入的探析。

三、西人所编中国书目中的《红楼梦》及其影响

从收藏、编目到撰写相应的解题、叙录，《红楼梦》在国内官私书目大都付之阙如的境遇中，屡屡见著于十九世纪西人编纂的中国书目。这些书目不仅记录了西方公私藏书对《红楼梦》的收藏状况，而且采用目录学的方法将《红楼梦》著录在册，对《红楼梦》的翻译介绍、传播接受和学术研究产生了不容忽视的影响，主要体现在以下几个方面：

第一，为《红楼梦》在中国书目中争得一席之地。侯印国《〈影堂陈设书目录〉与怡府藏本〈红楼梦〉》考证出《影堂陈设书目录》大抵成书于咸丰十一年（1861）载垣被赐死后怡府藏书散出前夕，是目前所知唯一一部著录了《红楼梦》的清代重要私家目录①。而上文所提及的《马礼逊手稿书目》，于 1824 年由马礼逊编纂而成，其对《红楼梦》的著录比《影堂陈设书目录》提早了近四十年。之后，《红楼梦》又见著于《柯恒儒藏书书目》（1839 年）、《乔治·斯当东爵士赠国王学院图书馆中文书籍印本及稿本书目》

---

① 《影堂陈设书目录》将《红楼梦》著录在第四册"中杂字号"第十五号。见侯印国《〈影堂陈设书目录〉与怡府藏本〈红楼梦〉》，《红楼梦学刊》2013 年第 4 辑，第 62—75 页。

（1853 年）、梅辉立《中国经典书目提要》（1867 年）等十余种西人编纂的中国书目。

西人对《红楼梦》的著录不仅占据了先机，而且在著录方式上，较早出现了将小说单独立目，并对《红楼梦》加以著录的做法，如修德的《皇家亚洲学会中文文库目录》（1838 年）将《红楼梦》著录入小说目；伟烈亚力的《汉籍解题》则在"子部·小说家"之下，又列出"小说"子目，对《红楼梦》等十五种中国小说加以著录。伟烈亚力指出："这类优秀的中国小说未见著于中国文学，但欧洲的观念却大相径庭，认为这类小说十分重要，不应被忽视。这类小说虽然被官方目录忽略，被中国学者鄙视，却是最能洞察中国礼仪习俗的媒介，反映汉语语言变迁的样本，是大部分中国人获取历史信息的重要渠道，从而融汇成中国人特有的民族性格。因此，必须给予此类小说应有的重视，在书目中加以著录。"① 由此可见，与被视为"小道末技"而长期被摒弃在中国传统目录之外截然相反，《红楼梦》等中国小说被西人视为认知和了解中国和中国人最生动直接的媒介而备受青睐。加之，小说这种文体在西方本身所具有的崇高地位，更使得西人在小说著录中，摆脱了中国人面对小说著录时的压力和掣肘，为《红楼梦》在书目著录中赢得了应有的一席之地。

第二，《红楼梦》的书目著录与其西译互为表里，相辅相成。首先，《红楼梦》的书目著录在一定程度上促成了约定俗成的《红楼梦》译名。1822 年出版的马礼逊《华英字典》（*A Dictionary of the Chinese Language*）第三卷在释"妙"字时，提到了"妙玉"，并注曰"the admirable gem, name of the female characters in the

---

① Alexander Wylie, *Notes on Chinese Literature*, Shanghai: American Presbyterian Mission Press, 1867, p.161.

novel called 红楼梦 the Dreams of the red chamber"①，首次将《红楼梦》译为 "the Dreams of the red Chamber"。紧接着，马礼逊在《马礼逊手稿书目》中则将 "梦" 从复数 "Dreams" 调整成单数 "Dream"，将《红楼梦》著录为 "Dream of the red chamber"，遂成为《红楼梦》最为常见的译名。如《柯恒儒藏书书目》《乔治·斯当东爵士赠国王学院图书馆中文书籍印本及稿本书目》《大英博物院图书馆藏中文刻本、写本、绘本目录》等即将《红楼梦》译名著录为 "the Dream of the red chamber"。虽然翟理斯曾对此译名提出不同意见："虽然一般将《红楼梦》译为 *The Dream of the Red Chamber*，但这并不是《红楼梦》书名的准确翻译。红的意思是红色，楼指阁，梦是梦，但是'红楼梦'的含义并不是简单将这三字的英文组合在一起的意思……虽然《红楼梦》讲述了若干个梦，但是没有一个梦是发生在红楼之中，此处的红楼使用的是其寓意。正如一首有名的歌曲中所说的'大理石厅'，它也是梦的一部分。歌曲作者如此说：'我梦见我住在大理石厅。'所以'红楼梦'的含义亦如此。这是一个发生在两座富丽堂皇的建筑之内的关于财富和权力的梦，因此书名的正确翻译应为'财富和权力之梦'。"② 但翟理斯在《剑桥大学图书馆威妥玛文库汉、满文书籍目录》《中国文学史》(*A History of Chinese History*) 等著述中均保留了《红楼梦》"the Dream of the Red Chamber" 约定俗成的译名。

其次，《红楼梦》的书目著录在某种程度上是对《红楼梦》西

---

①　Robert Morrison, *A Dictionary of the Chinese Language in the Three Parts*, *Part the Third*, *Consisting of the English and Chinese*, Macao: The Honorable East India Company, 1822, p.614.

②　Henri Cordier, *Bibliotheca Sinica: Dictionnaire Bibliograhpique des Ourrages Relatifs a L'Empire Chinos*, 1878–1885, Paris: E. Leroux, pp. 1771–1772.

译实践的阶段性总结，如梅辉立的《中国经典书目提要》指出至十九世纪六十年代尚未出现较成规模的《红楼梦》译本。仅有郭实腊、罗伯聃、艾约瑟、德庇时等人对《红楼梦》的零星译介，高第《西人论华书目》则辑录了罗伯聃、翟理斯和乔利翻译的《红楼梦》译文（本），从而勾勒出《红楼梦》在西方翻译的过程中从零星译介逐渐走向系统翻译的大致进程。而西人所编中国书目中对《红楼梦》的著录及推崇无疑又引发了对《红楼梦》更多的关注和译介。

第三，《红楼梦》在书目中的著录，亦是西人对《红楼梦》不断探索、认识不断发展的过程。《红楼梦》虽见著于《马礼逊手稿书目》《汉籍解题》《中国经典书目提要》等十余种西人编纂的中国书目，但这些书目对《红楼梦》的著录又存在诸多差异。如就小说类型而言，《Ve Dondey-Dupre 东方图书馆书目》将《红楼梦》著录为历史小说，《汉籍解题》称《红楼梦》为日常小说，《剑桥大学图书馆威妥玛文库汉、满文书籍目录》则将《红楼梦》归入世情小说，《中国经典书目提要》又称《红楼梦》乃言情小说中的京话小说。

就小说作者而言，《汉籍解题》《中国经典书目提要》《大英博物院图书馆藏中文刻本、写本、绘本目录》《皇家亚洲学会图书馆藏中文典籍目录》《剑桥大学图书馆威妥玛文库汉、满文书籍目录》《法国国家图书馆所藏中文、韩文和日文书籍目录》称《红楼梦》作者为曹雪芹，其余书目则或言作者未知，或不著作者。

就小说所据事实来源而言，《马礼逊手稿书目》称《红楼梦》是北京贵族家庭的自传。《柯恒儒藏书书目》及《Ve Dondey-Dupre 东方图书馆书目》则言《红楼梦》摹写了明代宫廷的习俗。而《中国经典书目提要》的观点与《红楼梦》的索引派暗合，认为《红楼梦》描写的荣国公府，实乃明国公府，即明珠府邸。

就小说的成书时间而言，《中国经典书目提要》将《红楼梦》

系于《金瓶梅》之后，《品花宝鉴》之前；《牛津大学图书馆中文书目》言《红楼梦》成书于十八世纪。而书目中所呈现的翟理斯对《红楼梦》成书时间的判断亦有相互矛盾之处，如翟理斯所编《剑桥大学图书馆威妥玛文库汉、满文书籍目录》称《红楼梦》成书于十七世纪，而其被《西人论华书目》辑录的《红楼梦》英译文又称《红楼梦》成书于十八世纪后半叶。相应地，翟理斯选编的《古文珍选》(*Gems of Chinese Literature*) 将《红楼梦》列入元明之代 (Yuan and Ming Dynasties, A.D. 1266 – 1644)，而其撰写的《中国文学史》(*A History of Chinese Literature*) 则将《红楼梦》归入清代文学 (The Manchu Dynasty, A.D. 1644 – 1900)。显而易见，这些《红楼梦》著录中出现的这样或那样的差异显示出西方书目学家、汉学家对《红楼梦》的认识是在争鸣、商榷，甚至舛错、抵牾中不断自我纠正、深入发展的过程。

　　第四，西人所编中国书目中的《红楼梦》，既重视其作为汉语读本的实用功能，更自觉凸显《红楼梦》的文学艺术价值。目前所知，最早提及《红楼梦》的西方人似应为十九世纪来华传教士马礼逊。早在 1816 年，马礼逊在《中文对话与单句》(*Dialogues and Detached Sentences in the Chinese Language*) 中就曾提及《红楼梦》，并指出《红楼梦》说的全是京话，对学习汉语大有裨益[1]。自此之后，马礼逊的《华英字典》、罗伯聃的《正音撮要》、艾约瑟的《汉语官话口语语法》(*A Grammar of the Chinese Colloquial Language*)[2] 等陆续从《红楼梦》摘录字句、章回以作为外国人学习汉语官话的读本，重视其语言学习的实用功能。相较而言，十九

---

[1]　Robert Morrison, *Dialogues and Detached Sentences in the Chinese Language*, Macao: Printed at the Honorable East India Company's Press, by P. P. Thoms, 1816, pp. 86 – 88.

[2]　Joseph Edkins, *A Grammar of the Chinese Colloquial Language*, *Commonly Called the Mandarin Dialect*, Shanghai: Presbyterian Mission Press, 1864.

世纪的汉学家似多对《红楼梦》的文学艺术价值持保留意见。如郭实腊认为《红楼梦》故事冗长乏味，艺术上更是乏善可陈①。欧德理更是将《红楼梦》视作缺乏事实依据且毫无道德的"淫书"②。

　　西人所编中国书目对《红楼梦》的著录，虽依然重视《红楼梦》作为汉语读本的实用功能，在著录中强调《红楼梦》采用北京官话写作的语言特性。但更值得注意的是，在书目的著录中日益凸显出《红楼梦》的文学价值。如修德指出《红楼梦》在国内享有盛誉，伟烈亚力则称《红楼梦》是一部有事实依据的摹写日常生活的流行小说。梅辉立更是对《红楼梦》给予热情的肯定与赞扬，他认为《红楼梦》超越了其他中国小说，就犹如威廉·萨克雷（William Thackery，1811－1863）、布尔沃·利顿（Edward Bulwer-lytton，1803－1873）的小说远逾前几代乏味而朴拙的作品一般。复杂多面的人物性格、琐屑的家庭关系、激情的撼人力量、饱受折磨的爱之渴望，都在《红楼梦》中淋漓尽致地呈现出来。如同大自然的杰作，暴风雨夹杂着阳光，《红楼梦》喜剧的辅线与悲剧的主线交织缠绕，故事始于悲伤的预言，终于悲剧结局。虽然《红楼梦》叙述中使用了超自然的元素，但这不仅与小说所描述的人物性格相契合，而且也远不及英国小说中超自然元素那么突出。而《红楼梦》中卓然宜人的幽默、巴黎戏剧般的愉悦既满足了流行的大众口味，又能免于粗俗。

　　综上所述，《红楼梦》见著于《马礼逊手稿书目》《汉籍解题》《中国经典书目提要》等十余种十九世纪西人所编中国书目，这些书目对《红楼梦》的著录不仅占据了先机，其中《马礼逊手稿书

---

① Karl Friedrich August Gützlaff, "*Hung Lau Mung, or Dreams in the Red Chamber; a novel. 20 vols. Duodecimo*", *Chinese Repository*, Vol. XI, No. 5, 1842, pp. 266 - 273.
② Ernest J. Eitel, "Notices of New Books", *The China Review*, Vol. 20, No. 1, 1892, pp. 65 - 66.

目》比国内最早著录《红楼梦》的《影堂陈设书目录》还早近四十年。而且这些书目所具有的天然优势，使其得以摆脱中国人面对小说著录时的压力和掣肘，为《红楼梦》在书目著录中赢得了应有的一席之地。此外，西人所编中国书目对《红楼梦》的著录在一定程度上呈现出十九世纪汉学家对《红楼梦》的认识不断深入发展的过程，而《红楼梦》在书目中的著录又与其在西方的翻译和接受互为补充，在西方汉学家普遍推重《红楼梦》语言学习的实用功能之际，较早倡言《红楼梦》崇高的文学价值，共同构建起十九世纪西方人眼中的《红楼梦》。

参考文献

中文：

（明）晁瑮《宝文堂书目》，上海：古典文学出版社，1957 年。

（清）永瑢等《四库全书总目提要》，上海：商务印书馆，1931 年。

孙楷第《中国通俗小说书目》，北京：作家出版社，1957 年。

袁行霈、侯忠义《中国文言小说书目》，北京：北京大学出版社，1981 年。

宁稼雨《中国文言小说总目提要》，济南：齐鲁书社，1996 年。

程毅中《古小说简目》，北京：中华书局，1981 年。

柳存仁《伦敦所见中国小说书目提要》，北京：书目文献出版社，1982 年。

上海图书馆编《上海图书馆西文珍本书目》，上海：上海社会科学院出版社，1992 年。

王尔敏编《中国文献西译书目》，台北：台湾商务印书馆，1975 年。

［法］费赖之著，冯秉钧译《在华耶稣会士列传及书目》，北京：中华书局，1995 年。

［法］费赖之著，耿昇译《在华耶稣会士列传及书目补编》，北京：中华书局，1995 年。

［葡］曾德昭著，何高济译《大中国志》，上海：上海古籍出版社，1998 年。

［西］门多萨撰，何高济译《中华大帝国史》，北京：中华书局，1998 年。

［法］杜赫德编，邓德弟等译《耶稣会士中国书简集——中国回忆录》，郑州：大象出版社，2001 年。

［英］赫德逊著，王遵仲等译《欧洲与中国》，北京：中华书局，1995 年。

黄光域编《近代中国专名翻译词典》，成都：四川人民出版社，2001 年。

范存忠《中国文化在启蒙时期的英国》，上海：上海外语教育出版社，1991 年。

黄长著、孙越生、王祖望主编《欧洲中国学》，北京：社会科学文献出版社，2005 年。

马祖毅、任荣珍《汉籍外译史》，武汉：湖北教育出版社，2003 年。

韩琦、［意］米盖拉编《中国和欧洲：印刷术与书籍史》，北京：商务印书馆，2008 年。

刘登阁、周云芳《西学东渐与东学西渐》，北京：中国社会科学出版社，2000 年。

许明龙《欧洲 18 世纪中国热》，太原：山西教育出版社，1999 年。

周宁《天朝遥远——西方的中国形象研究》，北京：北京大学出版社，2006年。

　　钱钟书等《林纾的翻译》，北京：商务印书馆，1981年。

　　阎宗临《中西交通史》，桂林：广西师范大学出版社，2007年。

　　王丽娜《中国古典小说戏曲名著在国外》，上海：学林出版社，1988年。

　　朱学勤、王丽娜《中国与欧洲文化交流志》，上海：上海人民出版社，1998年。

　　莫东寅《汉学发达史》，上海：上海书店出版社，1989年。

　　张国刚、吴莉苇等《明清传教士与欧洲汉学》，北京：中国社会科学出版社，2001年。

　　何寅、许光华主编《国外汉学史》，上海：上海外语教育出版社，2002年。

　　张西平《欧洲早期汉学史——中西文化交流与西方汉学的兴起》，北京：中华书局，2009年。

　　吴孟雪、曾丽雅《明代欧洲汉学史》，北京：东方出版社，2000年。

　　陈铨等《中国纯文学对德国文学的影响》，台北：台湾学生书局，1971年。

　　黄鸣奋《英语世界中国古典文学之传播》，上海：学林出版社，1997年。

　　张弘《中国文学在英国》，广州：花城出版社，1992年。

　　李明滨《中国文学在俄苏》，广州：花城出版社，1990年。

　　宋伟杰《中国·文学·美国——美国小说戏剧中的中国形象》，广州：花城出版社，2003年。

　　钱林森《中国文学在法国》，广州：花城出版社，1990年。

　　曹卫东《中国文学在德国》，广州：花城出版社，2002年。

　　查建明、谢天振《中国20世纪外国文学翻译史》，武汉：湖北教育出版社，2007年。

计翔翔《十七世纪中期汉学著作研究：以曾德昭〈大中国志〉和安文思〈中国新志〉为中心》，上海：上海古籍出版社，2002年。

胡翠娥《文学翻译与文化参与——晚清小说翻译的文化研究》，上海：上海外语教育出版社，2007年。

何绍斌《越界与想象——晚清新教传教士译介史论》，上海：上海三联书店，2008年。

李声凤《中国戏曲在法国的翻译与接受（1789—1870）》，北京：北京大学出版社，2015年。

孟华主编《比较文学形象学》，北京：北京大学出版社，2001年。

葛桂录《中英文学关系编年史》，上海：上海三联书店，2004年。

段怀清、周俐玲《〈中国评论〉与晚清中英文学交流》，广州：广东人民出版社，2006年。

［美］萨姆瓦（L. A. Samoar）《跨文化传通》，北京：生活·读书·新知三联书店，1988年。

［法］维吉尔·毕诺著，耿昇译《中国对法国哲学思想形成的影响》，北京：商务印书馆，2000年。

朱谦之《中国哲学对欧洲的影响》，上海：上海人民出版社，2006年。

［英］约·罗伯茨著，蒋重跃、刘林海译《十九世纪西方人眼中的中国》，北京：中华书局，2006年。

［法］亨利·柯蒂埃著，唐玉清译《18世纪法国视野里的中国》，上海：上海书店出版社，2006年。

［法］托马-西蒙·格莱特著，刘云虹译《达官冯皇的奇遇：中国故事集》，上海：上海书店出版社，2006年。

〔法〕服尔德著，傅雷译《查第格》，北京：人民文学出版社，1956年。

〔德〕歌德著，郭沫若译《赫曼与窦绿苔》，北京：人民文学出版社，1955年。

〔德〕爱克曼辑录，朱光潜译《歌德谈话录》，北京：人民文学出版社，1981年。

（汉）班固撰，（唐）颜师古注《汉书》，北京：中华书局，1962年。

（晋）郭璞注《穆天子传》，上海：上海古籍出版社，1990年。

（晋）干宝《搜神记》，北京：中华书局，1979年。

（元）郭守正、朱伯庐《二十四孝》，北京：北京华龄出版社，1997年。

《好逑传》，大文堂藏板。

《绣像大全三教源流圣帝佛帅搜神记》，一经堂藏板。

《合刻天花藏才子书》，绿荫堂藏板。

《重镌绣像圈点秘本玉娇梨》，金闾拥万堂梓。

《玉娇梨》，刻石堂藏板。

（明）罗贯中著，（清）毛宗岗评改《三国演义》，上海：上海古籍出版社，1989年。

（明）施耐庵著，（清）金圣叹评《水浒传》，上海：上海古籍出版社，2015年。

（明）罗贯中《残唐五代史演义》，北京：宝文堂书店，1983年。

（明）吴承恩《西游记》，北京：人民文学出版社，1955年。

（明）冯梦龙、（明）蔡元放编《东周列国志》，北京：人民文学出版社，1955年。

（明）冯梦龙《警世通言》，北京：人民文学出版社，1956年。

（明）冯梦龙《喻世明言》，北京：人民文学出版社，1958 年。

（明）凌濛初《拍案惊奇》，北京，人民文学出版社，1991 年。

（明）抱瓮老人《今古奇观》，北京，人民文学出版社，1957 年。

（明）余象斗等《四游记》，上海：上海古籍出版社，1986 年。

（明）臧晋叔编《元曲选》，北京：中华书局，1958 年，

（明）清溪道人《禅真逸史》，上海：上海古籍出版社，1990 年。

（明）胡应麟《少室山房笔丛》，扫叶山房 1923 年石印本。

（明）冯梦龙编著《智囊全集》，北京：中华书局，2007 年。

（明）兰陵笑笑生《金瓶梅词话》，北京：人民文学出版社，1985 年。

（明）兰陵笑笑生著，王汝梅校注《皋鹤堂批评第一奇书金瓶梅》，长春：吉林大学出版社，1994 年。

秦修容整理《金瓶梅会校会评本》，北京：中华书局：1998 年。

（清）李渔《十二楼》，北京：人民文学出版社，1986 年。

（清）李渔《闲情偶寄》，北京：中华书局，2007 年。

（清）蒲松龄《聊斋志异》，北京：人民文学出版社，1989 年。

（清）纪昀《阅微草堂笔记》，上海：上海古籍出版社，2005 年。

（清）袁枚《子不语》，上海：上海古籍出版社，1986 年。

（清）俞万春《荡寇志》，北京：人民文学出版社，1981 年。

（清）如莲居士《薛刚反唐》，北京：中国文联出版社，1998 年。

（清）竹溪山人《粉妆楼》，上海：上海古籍出版社，1995 年。

（清）天花主人编次《二度梅》，太原：北岳文艺出版社，1994 年。

（清）曹雪芹《红楼梦》，北京：北京师范大学出版社，1987年。

（清）李汝珍《绘图镜花缘》，北京：北京市中国书店，1985年。

（清）静恬主人编《疗妒缘》，沈阳：春风文艺出版社，1994年。

（清）佚名著，卜维义校点《麟儿报》，沈阳：春风文艺出版社，1983年。

（清）雪樵主人《双凤奇缘》，沈阳：春风文艺出版社，1987年。

《包公案》，北京：宝文堂书店，1985年。

（清）游戏主人纂辑《笑林广记》，济南：齐鲁书社，2009年。

《古本小说集成》，上海：上海古籍出版社，1990年。

傅璇琮、谢灼华主编《中国藏书通史》，宁波：宁波出版社，2001年。

张秀民著，韩琦增订《中国印刷史》，杭州：浙江古籍出版社，2006年。

傅惜华《中国古典文学版画选集》，上海：上海人民美术出版社，1978年。

首都图书馆编辑《古代小说版画图录》，北京：线装书局，1996年。

鲁迅校录《唐宋传奇集》，北京：人民文学出版社，1973年。

鲁迅校录《古小说钩沉》，北京：人民文学出版社，1974年。

鲁迅《中国小说史略》，上海：上海古籍出版社，1998年。

鲁迅《且介亭杂文》，北京：人民文学出版社，1952年。

孔另境《中国小说史料》，上海：上海古籍出版社，1982年。

阿英《晚清小说史》，上海：上海文艺联合出版社，1954年。

夏志清《中国古典小说》，南京：江苏文艺出版社，2008 年。

胡士莹《话本小说概论》，北京：中华书局，1980 年。

汪辟疆校录《唐人小说》，上海：上海古籍出版社，1978 年。

蒋瑞藻《小说考证》，上海：上海古籍出版社，1984 年。

郑振铎《中国文学论集》，上海：开明书店，1934 年。

郑振铎《中国古代木刻画史略》，上海：上海书店出版社，2010 年.

胡从经《中国小说史料学史长编》，上海：上海文艺出版社，1998 年。

刘若愚《中国文学理论》，南京：江苏教育出版社，2005 年。

李宗为《唐人传奇》，北京：中华书局，1985 年。

王利器辑录《历代笑话集》，上海：上海古典文学出版社，1956 年。

王贞珉、王利器辑《历代笑话续编》，沈阳：春风文艺出版社，1985 年。

王利器辑录《元明清三代禁毁小说戏曲史料》，上海：上海古籍出版社，1981 年。

新兴书局编《笔记小说大观丛刊》，台北：新兴书局有限公司，1984 年。

周新平主编《清末时新小说集》，上海：上海古籍出版社，2011 年。

杨义《中国古典小说史论》，北京：中国社会科学出版社，2004 年。

陈平原《中国小说叙事模式的转变》，北京：北京大学出版社，2003 年。

陈平原《陈平原小说史论集》，石家庄：河北人民出版社，1997 年。

陈平原、夏晓虹编《二十世纪中国小说理论资料》（第一卷），北京：北京大学出版社，1997年。

杜和春等编《胡适论学往来书信选》，石家庄：河北人民出版社，1998年。

胡适口述，唐德刚注译《胡适口述自传》，合肥：安徽教育出版社，2005年。

潘建国《中国古代小说书目研究》，上海：上海古籍出版社，2005年。

［英］汤森著，王振华译《马礼逊——在华传教士的先驱》，郑州：大象出版社，2002年。

苏精《马礼逊与中文印刷出版》，台北：台湾学生书局，2000年。

查时杰《马礼逊与广州十三夷馆：华人教会史的史迹探索论文集》，桂林：广西师范大学出版社，2010年。

张伟保《中国第一所新式学堂——马礼逊学堂》，北京：中国社会科学出版社，2012年。

［俄］瓦西里耶夫著，赵春梅译《中国文献史》，郑州：大象出版社，2014年。

［俄］王西里著，阎国栋译，［俄］罗流沙校《中国文学史纲要》，北京：中央编译出版社，2016年。

关诗珮《晚清中国小说观念译转——翻译语"小说"的生成与实践》，香港：香港商务印书馆，2019年。

［英］柯玫瑰、孟露夏著，张淳淳译《中国外销瓷》，上海：上海书画出版社，2014年。

单霁翔、杨志刚编著《故宫博物院上海博物馆藏明清贸易瓷》，上海：上海书画出版社，2015年。

余春明《中国瓷器欧洲范儿——南昌大学博物馆馆藏中国清代

外销瓷》，北京：生活·读书·新知三联书店，2014 年。

许之衡《饮流斋说瓷》，济南：山东画报出版社，2010 年。

[英] 威妥玛著，张卫东译《语言自迩集：19 世纪中期的北京话》，北京：北京大学出版社，2002 年。

[英] 鲍康宁编辑《好逑传》，清宣统三年（1911）铅印本。

吴伏生《汉诗英译研究：理雅各、翟理斯、韦利、庞德》，北京：学苑出版社，2012 年。

西文：

A Catalogue of Chinese Works in the Bodleian Library, by Joseph Edkins, Oxford: Clarendon Press, 1876.

A Catalogue of the Library of the Hon. East-India Company, London: J. & H. Cox, 1845.

A Catalogue of the Library of the North China Branch of the Royal Asiatic Society (Including the Library of Alex. Wylie, Esq.), Shanghai: Printed at the "Ching-Foong" General Printing Office, 1872.

A Catalogue of the Wade Collection of Chinese and Manchu Books in the Library of the University of Cambridge, by H. A. Giles, Cambrige: Cambrige University Press, 1898.

A Dictionary of the Chinese Language, by Robert Morrison, Macao: The honorable East India Company, 1822.

A List of Published Translations from Chinese into English, French and German, by Martha Davidson, Ann Arbor: Published for the American Council of Learned Societies by J. W. Edwards, 1952-1957.

A History of Chinese Literature, by Herbert A. Giles,

London: W. Heinemann, 1901.

A Social History of the Chinese Books, by Joseph MaDermott, Hong Kong: Hong Kong University Press, 2006.

A Supplement to the Catalogue of the Library of the Hon. East-India Company, London: J. & H. Cox, 1851.

A Treasury of Chinese Literature: a New Prose Anthology, Including Fiction and Drama, by Ch'u Chai and Chai Winberg, New York: Appleton-Century, 1965.

An English and Chinese Dictionary, revised and enlarged by Tetsujiro Inouye, by Wilhelm Lobscheid, Tokio: J. Fujimoto, 1883.

A Historical and Descriptive Account of China, by Hugh Murray, London: C. Knight, 1836.

Anthologie de la Litérature Chinois des Origins à Nos Jours, par Hsu Sung-nien, Paris: Librairie Delagrave, 1933.

Bibliotheca Sinica: Dictionnaire Bibliographique des Ouvrages Relatifs à L'Empire Chinois, par Henri Cordier, Pairs: Librairie Orientale & Américaine, 1878—1885.

Bibliothèque Chinoise. Catalogue des Livres Chinois Composant la Bibliothèque de Feu M. G. Pauthier, par Louis-Xavier de Ricard, Paris: Ernest Leroux, 1873.

Bibliothèque Chinoise: Catalogue des Livres Chinois Provenant de la Bibliothèque de Feu M. J. M. Callery, Paris: Ernest Leroux, 1876.

Bibliotheca Lindesiana. Catalogue of Chinese Books and Manuscripts, by James Ludovic Lindsay, Privately Printed, 1895.

Bibliothèque Universelle des Romans, Paris: Au Bureau,

1775 -1789.

Catalogue of Chinese Printed Books, Manuscripts and Drawings in the Library of the British Museum, by Robert Kennaway Douglas, London: Printed by order of the Trustees of the British Museum: Sold by Longman, 1877.

Catalogue of the Chinese Library of the Royal Asiatic Society, by Samuel Kidd, London: John W. Parker, 1838.

Catalogue of the Morrison Collection, by Andrew C. West, London: University of London, 1998.

Catalogue des Livres, Imprimés et Manuscrits la Bibliothèque de Feu M. J.-P. Abel-Rémusat, par Maison Silvestre, Paris: J.-S. Merlin, 1833.

Catalogue des Livres Imprimés, des Manuscrits et des Ouvrages Chinois, Tartares, Japonais, etc., Composant la Bibliothèque de Feu M. Klaproth, par C. Landresse, Paris: R. Merlin, libraire, 1839.

Catalogue des Livres et Manuscrits Chinois, Mandchous, Polyglottes, Japonnais et Coreens de la Bibliothèque de Musee Asiatique de L'Academie Impriale des Sciences, par M. Brosset, St. Pétersbourg: À l'imprimerie de l'Académie impériale des sciences, 1840.

Catalogue de la Librairie Orientale de Ve Dondey-Dupré, Paris: Imprimerse de Ve Dondey-Dupré, 1846.

Catalogue des Livres Français, Allemands, Anglais, Italiens, Grecs, Latins et Orientaux Imprimés et Manuscrits de la Collection de Livres Chinois et des Peintures et Dessins Faits en Chine et dans L'Inde Composant la Bibliothèque de Feu M. Charles

Henry Bailleul, Paris: H. Labitte, 1856.

Catalogue de Livres Anciens et Modernes, Paris: Maisonneuve et Cie, 1863.

Catalogue des Livres et Manuscrits Formant la Bibliothèque de Feu Mr. P. Léopold van Alstein, par Pierre Léopold van Alstein, Gand: C. Annoot-Braeckman, 1863.

Catalogue de la Bibliothèque Orientale de Feu M. Jules Thonnelier, Paris: Ernest Leroux, 1880.

Catalogue des Livres Chinois qui se Trouvent dans la Bibliothèque de L'Université de Leide, par Gustaaf Schlegel, Leide: E. J. Brill, 1883.

Catalogue des la Bibliothèque Chinoise de Feu M. le Marquis d'Herveyde Saint-Denys, Paris: Ernest Leroux, Éditeur, 1894.

Catalogue des Livres Chinois, Coréens, Japonais, ect., in the *Bibliothèque Nationale*, par Maurice Courant, Paris: Ernest Leroux, Éditeur, 1900 – 1902.

Catalogus Codicum Manuscriptorum Bibliothecæ Regiæ, Paris: Imprimerie royale, 1739.

Catalogus Librorum Bibliothecæ Regiæ Sinicorum, par Étienne Fourmont, Paris: Bullot, 1742.

China, or Illustrations of the Symbols ... and Literature of China, by Samuel Kidd, London: Printed for Taylor & Walton, 1841.

Chinese Fiction, by George T. Candlin, Chicago: The Open Court Publishing Company, 1898.

Chine Moderne, ou Description Historique, Géographique et Littéraire de ce Vaste Empire, d'parès des Documents Chinois, M.

G. Pauthier et M. Bazin aîné, Paris: Firmin Didot frères, 1853.

Chinese Novels, *Transalted from the Chinese*, by John Francis Davis, London: John Murray, 1822.

China Opened, by Karl Gützlaff, London: Smith, Elder and Co., 1838.

Chinese Stories, by Robert Kennaway Douglas, Edinburgh and London: William Blackwood and Son, 1893.

Chinese Narrative: Critical and the Theoretical Essays, by Andrew H. Plaks, Princeton, Guildford: Princeton University Press, 1977.

Chineesche Geschiedenis, *Behelzende de Gevallen van den Heer Tieh-Chung-U en de Jongvrouw Shuey-ping-Sin*, Amsterdam: De Erven van F. Houttuyn, 1767.

Chinesische Geister-und-Liebesgeschichten, von Martin Buber, Frankfurt: Rutten & Loening, 1911.

Chinesische Novellen, von Eduard Grisebach, Leipzig: Fr. Thiel, 1884.

Chinesische Novellen, von Eduard Grisebach, Berlin: Lehman, 1886.

Chinesische Novellen, von Paul Kühnel, Munich: Georg Muller, 1914.

Chinesische Novellen aus dem Urtext Übertragen, von Hans Rudelsberger, Leipzig: Inselverlag, 1914.

Chinesische Abende: Novellen und Geschichten, von Leo Greiner, Berlin: Erich Reiss Verlag, 1914.

Choix de Contes et Nouvelles, par Théodore Pavie, Paris: B. Duprat, 1839.

Contes Chinois, par Abel-Rémusat, Paris: Moutardier, 1827.

Commerce in Culture: the Sibao Book Trade in the Qing and Republican Periods, by Cynthia J. Brokaw, Cambridge and London, Harvard University Press, 2007.

Descriptive Catalogue of the Chinese, Japanese, and Manchu books, by James Summer, London: Printed by Order of the Secretary of State for India in Council, 1872.

Descriptive Translation Studies and Beyond, by Gideon Toury, Shanghai: Shanghai Foreign Language Education Press, 2001.

Description Géographique, Historique, Chronologique, Politique, et Physique de L'Empire de la Chine et de la Tartarie Chinoise, Paris: P. G. Le Mercier, 1735.

Die Treulose Witwe. Eine Chinesisch Novelle, und Ihre Wanderung Durch die Weltliteratur, von Edward Griesbach, Wien: L. Rosner, 1873.

Élémens de la Grammaire Chinoise, Abel-Rémusat, Paris: Imprimerie Royale, 1822.

Essai sur la Langue et la Littérature, par Abel- Rémusat, Paris: Chez Treuttel et Wurtz, 1811.

Essai sur la Liétrature Chinois, par Georges Soulié de Morant, Paris: Mercvre de France, 1912.

Fragments of Oriental Literature, with an Outline of Painting on a Curious China Vase, by Stephen Weston, London: Printed for the author, 1807.

Gems of Chinese Literature, by Giles, Herbert Allen, London &. Shanghai: Kelly and Walsh, 1884.

Gems of Chinese Literature, by H. A. Giles, London &
Shanghai: Kelly and Walsh, 1922.

Geschichte der Chinesischen Litteratur, von Wilhelm Grube,
Leipzig: C. F. Amelangs Verlag, 1902.

Hao-Khieou Tchouan, *ou la Femme Accomplice*, *Roman
Chinois*, *Traduit sur le Texte Original*, Paris: B. Duprat, 1842.

Hau Kiou Choaan or The Pleasing History. Thomas Percy
ed., James Wilkinson trans., London: R. and J. Dodsley, 1761.

Hoa tsian: Chinese Courtship in Verse, by P. P. Thoms,
Macao: E.I. C., 1824.

*Horae Sinicae: Translations from the Popular Literature of
the Chinese*, by Robert Morrison, London, 1812.

Iu-Kiao-Li, *ou Les Deux Cousines: Roman Chinois*, par Abel-
Rémusat, Paris: Moutardier, 1826.

James Madden's Oriental Catalogue for 1847, London: 8,
Leadenhall Street, 1847.

*Kin-ku Ki-kuan. Neue und alte Novellen der Chinesischen
1001 Nacht*, von Eduard Grisebach, Stuttgart: Gebrüder Kröner,
1880.

*Kin-ku Ki-kuan. Neue und alte Novellen der Chinesischen
1001 Nacht*, von Eduard Grisebach, Stuttgart: Gebrüder Kröner,
1881.

La Littérature Chinoise, par Basile Alexéiev, Paris: P.
Geuthner, 1937.

La Matrone du Pays de Soung-Les Deux Jumelles [*Contes
Chinois*], par É. L. J. Legrand, Paris: A. Lahure, Imprimeur-
Éditeur, 1884.

Le Roman Chinois, par I-taï Ou, Paris: Les Éditions Véga, 1933.

Le Contes Chinoise, par Tcheng-Ki-Tong, Pairs: Calmann Levy, 1889.

Le Siècle des Youên ou Tableau Historique de la Littérature Chinoise Depuis L'Avénement des Empereurs mongols Jusqu'à la Restauration des Ming, par Antoine Pierre Louis Bazin, Paris: Imprimerie Nationale, 1850.

Les Deux Cousines, *Roman Chinois*, par Stanislas Julien, Paris: Didier et Cᵉ, Libraires-Éditeurs, 1864.

Ly Tang: An Imperial Poem, *in Chinese*, by Stephen Weston, London: C.&- R. Baldwin, 1809.

Mélanges Asiatiques, par Abel Rémusat, Paris: Dondey-Dupré Père et Fils, 1825 – 1826.

Mémoire sur les Livres Chinois de la Bibliothèque du Roi, par Abel-Rémusat, Paris: le Normant, Imprimeur-libbaire, 1818.

Memoirs of the Life and Labours of Robert Morrison, by Eliza A. Robert Morrison, London: Nabu Press, 2010.

Notes on Chinese Literature, by Alexander Wylie, Shanghai: American Presbyterian Mission Press, 1867.

Notes on Chinese Literature, by A. Wylie, Taipei: CH'ENG WEN Publishing Company, 1972.

Nouvelles Chinoises, par S. Julien, Paris: L. Hachette et Cⁱᵉ, Benjamin Duprat, 1860.

Pé-Ché-Tsing-Ki, *Blanche et Bleue ou les Couleuveres Fée*; *Roman Chinois*, par S. Julien, Paris: Charles Gosselin, 1834.

P'ing-Chan-Ling-Yen, *ou Les Deux Jeunes Filles Lettree*,

Roman Chinoise，par S. Julien，Paris：Didier，1826.

Printing and Book Culture in Later Imperial China，by Cynthia J Brokaw and Kai Wing Chow：Berkeley，Les Angeles，London：University of California Press，2005.

Reading Illustrated Fiction in Later Imperial China，by Robert E Hegel，California：Stanford University Press，1998.

Six Nouvelles Chinoise，par d'Hervey-Saint-Denys，Pairs：J. Maisonneuve，1892.

Stories from a Ming Collection，by Cyril Birch，London：Bodley Head，1958.

Strange Stories from a Chinese Studio，by H. A. Gilles，London：Thos. De. La Rue and Co.，1880.

Strange Stories from the Lodge of Leisures．by Georges Soulié de Morant，London：Constable，1913.

Supplementary Catalogue of Chinese Printed Books，*Manuscripts and Drawings in the Library of the British Museum*，by Robert Kennaway Douglas，London：Printed by order of the Trustees of the British Museum：sold by Longman，1903.

Supplément au Catalogue des Livres Chinois qui se Trouvent dans la Bibliothèque de L'Université de Leide，par Gustaaf Schlegel，Leide：E. J. Brill，1885.

Supplementary Catalogue of the Wade Collection of Chinese and Manchu Books in the Library of the University of Cambridge，by H. A. Giles，Cambrige：Cambrige University Press，1915.

Teaou-Shin. A Drama from the Chinese in Five Acts，by G. G. Alexander，London：Rankin & Co.，1869.

The Celestial Mirror，by J. A. Maung Gyi and Cheah Toon

Hoon, Rangoon: D'vauz press, 1894.

The Chinaman in His Own Stories, by Thomas G. Selby, London: Charles H. Kenny, 1895.

The Chinese: A General Description of the Empire of china and Its Inhabitants, by John F. Davis, London: C. Knight, 1836.

The Chinese Vernacular Story, by Partick Hanan, Cambridge Massachusetts: Harvard University Press, 1981.

The Citizen of the World: or, Letters form a Chinese Philosopher, Residing in London to His Friends in the East, by Oliver Goldsmith, London: Venor, 1792.

The Conquest of the Miao-Tse, by Stephen Weston, London: C.& R. Baldwin, 1810.

The Cusus Literaturæ Sinicæ, by P. Zottoli, S. J., Chang-ai: ex typographia Misssionis Catholicae in Orphanotrophio Tou-Sè-Wè, 1879 – 1883.

The Fortunate Unions, a Romance Translated from the Chinese and a Chinese Tragedy, by John Francis Davis, London: Printed from the Oriental Translation Fund, and Sold by J. Murray, 1829.

The General History of China, trans. Richard Brookes, London: Printed by and for John Watts at the Printing Office in Wild-Court near Lincolns-Inn Fields, 1736.

The Inconstancy of Madam Chuang and Other Stories from the Chinese, by E. B. Howell, Shanghai, Hong Kong, Singapore: Kelly & Walsh Limite, 1905.

The Mandarin's Daughter, by Francis Talfourd, William Palmer Hale, London: T. H. Lacy, 1850.

The Matrons, *Six Short Histories*, by Thomas Percy, London: R. and J. Dodsley, 1762.

The Middle Kingdom, by Samuel W. Williams, New York & London: Wiley & Putnam, 1848.

The Mystery of the White Snake: A Legend of Tunder Peak Tower, *From the Chinese*, by Samuel I. Woodbridge, Shanghai: North-China Herald Office, 1896.

The Notitia Linguae Sinicae of Prémare Translated into English by J. G. Bridgman, Canton: Printed at the office of Chinese Repository, 1847.

The Porcelain Tower: or, *Nine Stories of China*, by T. H. Sealy, London: Bentley, 1841.

The Restitution of the Bride and Other Stories from the Chinese, by E. B. Howell, Shanhgai: Kelly and Walsh, 1905.

The Translation's Invisibility, by Lawrence Venuti, London: Routledge, 1995.

Theaters of Desire: Authors, *Readers*, *and the Peproduction of Early Chinese Song-Drama*, *1300 - 2000*, by Patricia Seiber, New York: Palgrave Macmillan 2003.

Translation/History/Culture: a Sourcebook, by André Lefevere, New York and London: Routledge, 1992.

Tranditional Chinese Fiction and Fiction Commentry: Reading and Writing Between the Lines, by David L. Rolston, Standford: Standford Univeristy Press, 1997.

Trois Nouvelles Chinoise, par d'Hervey-Saint-Denys, Pairs: Ernest Leroux, Éditeur, 1885.

Trois Nouvelles Chinoise, par d'Hervey-Saint-Denys, Pairs:

Éditeur, 1889.

Verzeichniss der Chinesischen und Mandshuichen Bücher und Handschriften der Königlichen Bibliothek zu Berlin, von Julius Heinrich Klaproth, Pairs; in der Königlichen Druckerer, 1822.

Verzeichniss der Chinesischen und Mandshuischen Bücher und Handschrifen der Königlichen Bibliothek zu Berlin, von Wilhelm Schott, Berlin; Druckerei der Königlichen akademie der wissenschaften, 1840.

Wang Keaou Lwän Pih Neen Chang Hän, the Lasting Resentment of Miss Keaou Lwan Wang, a Chinese Tale Founded on Fact, by R. Sloth, Canton; Canton Press Office, 1839.

Yu-Pe-Ya's Lute. A Chinese Tale, in English verse, by Mrs. Augusta Webster, London; Macmillan, 1874.

后　记

　　自 2005 年以"中国古典小说的早期西译"为博士论文选题，2009 年博士论文初成，到 2017 年《"中学西传"与中国古典小说的早期翻译（1735—1911）》出版，再到 2021 年《西方的中国古典小说研究（1714—1919）》书稿付梓，十六年的时光如白驹过隙。《西方的中国古典小说研究（1714—1919）》是在《"中学西传"与中国古典小说的早期翻译（1735—1911）》的基础上，进一步地深入和拓展。《"中学西传"与中国古典小说的早期翻译（1735—1911）》重在对中国古典小说西译文本的整理和研究，如编纂中国古典小说早期西译文本简目，描述中国古典小说西译从滥觞到发展再到逐步完善的历史嬗变等等。《西方的中国古典小说研究（1714—1919）》旨在对 1714 年至 1919 年间西方的中国古典小说研究进行整体考察，在厘清西方的中国古典小说范畴的基础上，尝试构建西方中国古典小说的研究体系，并探讨其与国内中国古典小说研究的关系。

　　陈寅恪先生曾说："其真能于思想上自成系统，有所创获，必须一方面吸收输入外来之学说，一方面不忘民族之地位。此二种相反而相成之态度，乃二千年吾民族与他民族思想接触史之所昭示者也。"因之，在"中学西传"与"西学东渐"的双向交流中，西方的中国古典小说研究与国内的中国古典小说研究是一种相辅相成的关系。中国古典小说这一研究客体的同一性构成了两者的亲缘关系和对话基础。而西方学者和国内学者之研究主体的差异性，及其所承袭的文化、学理、传统、观念等诸多不同，又形成了对话内容的丰富性和多样性。可以说，西方的中国古典小说研究构成了中国古典小说研究的另一种维度。西方的中国古典小说研究和国内的中国古典小说研究相辅相成，共同促进了中国古典小说研究的深入和发展。

《西方的中国古典小说研究（1714—1919）》即是对十八世纪至二十世纪初期西方的中国古典小说研究进行整体考察的一种尝试。简而言之，西方的中国古典小说研究肇始于汉籍的搜藏和编目，在中国古典小说的翻译和阅读中逐渐拓展，又在对中国古典小说的阐释和研习中走向专业化，形成了重视文献、文本、文体的学术传统与研究体系。而西方的中国古典小说研究学者既自觉地以西方的理念审视中国古典小说，又有意识地借鉴中国传统之学，从这个意义上来讲，西方的中国古典小说的研究本就是中西互动互融、相辅相成的过程。

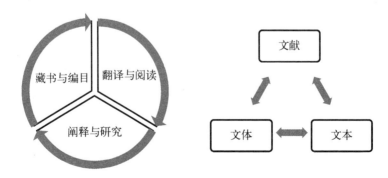

　　书中的部分章节，曾在《文学评论》《文学遗产》《中国文学研究》《明清小说研究》《红楼梦学刊》《蒲松龄研究》等刊物发表，感谢编辑部老师们的指导和帮助！

　　也特别感谢师母孙菊园老师和导师孙逊老师！浮生若梦，师母的朗朗笑声、老师的谆谆教诲犹在耳边，奈何其人已远。愿以此书答谢他们十余年来的悉心引导和支持。

　　由于个人学力有限，书中难免疏漏之处，敬请学界同仁多提宝贵意见。

宋丽娟

辛丑仲秋于沪上平阳居

图书在版编目(CIP)数据

西方的中国古典小说研究：1714—1919 / 宋丽娟著.
—上海：上海古籍出版社，2022.8
（中华典籍与国家文明研究丛书）
ISBN 978-7-5732-0273-4

Ⅰ.①西… Ⅱ.①宋… Ⅲ.①古典小说-小说研究-
中国 Ⅳ.①I207.41

中国版本图书馆 CIP 数据核字(2022)第 094431 号

中华典籍与国家文明研究丛书
西方的中国古典小说研究(1714—1919)
宋丽娟 著
上海古籍出版社出版发行
（上海市闵行区号景路 159 弄 1-5 号 A 座 5F 邮政编码 201101）
（1）网址：www.guji.com.cn
（2）E-mail：guji1@guji.com.cn
（3）易文网网址：www.ewen.co
上海展强印刷有限公司印刷
开本 890×1240 1/32 印张 11.5 插页 6 字数 357,000
2022 年 8 月第 1 版 2022 年 8 月第 1 次印刷
印数：1—1,500
ISBN 978-7-5732-0273-4
Ⅰ·3628 定价：58.00 元
如有质量问题，请与承印公司联系
电话：021-66366565